W0220072

ATRIUM

Samantha Harvey

WESTWIND

Roman

Aus dem Englischen
von Steffen Jacobs

Atrium Verlag · Zürich

MIX
Papier aus verantwortungsvollen Quellen
FSC® C083411
www.fsc.org

Deutsche Erstausgabe
1. Auflage 2020
© Atrium Verlag AG, Zürich, 2020
Alle Rechte vorbehalten
Die Originalausgabe erschien 2018 unter dem Titel *The Western Wind* bei Jonathan Cape, an imprint of Vintage Publishing, London.
© Samantha Harvey 2018
Aus dem Englischen von Steffen Jacobs
Lektorat: Claudia Jürgens
Umschlaggestaltung: Hauptmann & Kompanie Werbeagentur, Zürich
Satz: Greiner & Reichel, Köln
Druck und Bindung: CPI books GmbH, Leck
Printed in Germany
ISBN 978-3-85535-077-3

www.atrium-verlag.com
www.facebook.com/atriumverlag
www.instagram.com/atriumverlag

TAG 4

Fastnachtsdienstag, auch Pfannkuchendienstag genannt
17. Februar 1491

Rohrkolben

Bin ich auch Staub und Asche, so schlafe ich doch den Schlaf der Engel. Nichts weckt mich nachts auf, nicht, ehe ich bereit bin. Aber in jener Nacht war mein Schlaf unruhig und morgens wurde er von angstvollen Rufen zerschnitten. Eine zischelnde, drängende Stimme durch das Sprechgitter: »Pater, sind Sie da drin?«

»Carter?« Selbst halb im Schlaf erkannte ich seine Stimme: »Um was geht's?«

»Ein Mann ist im Fluss ertrunken. Drüben bei West Fields. Ich – ich war da wegen eines Baums, der in den Fluss gestürzt ist. Da lag ein Mann im Wasser, der hing wie ein Stofffetzen unter dem Stamm fest, Pater.«

»Ist er tot?«

»So tot, wie man nur sein kann.«

Ich hatte auf dem niedrigen Schemel im Beichtstuhl geschlafen, die Wange gegen das Eichenholz gelehnt. Mein Schlaf war unruhig gewesen, überhaupt nicht den Engeln nah. Jetzt stand ich auf und glättete, so gut es ging, meine Soutane. Draußen war es dunkel; es hätte Nacht sein können oder früher Morgen. Meine Hände und Füße waren steif vor Kälte. Ich schob die Trennwand gerade weit genug zur Seite, um den Beichtstuhl verlassen zu können – der im Grunde kein Beichtstuhl ist, sondern ein Provisorium aus Balken und Vorhängen –, und sah im Kerzenschein das gerotete, besorgte Gesicht von Herry Carter.

»Ich habe Sie erst im Pfarrhaus gesucht, aber da waren Sie nicht«, stotterte er. »Da habe ich mich gefragt, ob Sie vielleicht hier sind.«

Ich hätte ihm gern gesagt, dass ich normalerweise nicht sitzend im Beichtstuhl schlief, dass ich selbst nicht wusste, was mich in dieser Nacht dazu gebracht hatte. Aber Carter sah nicht aus, als ob ihn das interessieren würde. Er wollte bloß zurück zum Fluss.

»Vielleicht kann er noch die Letzte Ölung bekommen«, sagte er mit dünnen, missmutig verzogenen Lippen.

»Du sagtest, er sei tot.«

»Aber wenn wir ihm ein bisschen Messwein einflößen könnten …«

Eine tote Kehle ist nicht empfänglich für Messwein, dachte ich, aber ich schwieg.

»Wenn uns wenigstens das gelingt«, sagte Carter, »kann er vielleicht einen halbwegs anständigen Tod sterben. Sonst …«

Sonst läge ein garstiges Schicksal vor ihm, und die Zeit, in der er wie ein Stofffetzen unter einem umgestürzten Baum festgehangen hatte, würde ihm wie die Erinnerung an eine rosige Vergangenheit erscheinen. Herry Carter tat recht daran, dem Toten Besseres zu wünschen. Also verließen wir die Kirche und liefen los.

Als Erstes bemerkte ich, wie heftig und bitterkalt der Ostwind war. Die Dämmerung hatte gerade erst eingesetzt und am Himmel zeigte sich nur eine schwache Ahnung von Tageslicht. Wir liefen den Pfad nach West Fields entlang, das beinahe eine Meile entfernt liegt, größtenteils schräg gegenüber auf der anderen Seite des Flusses. Der Fluss schlängelt sich windungsreich dahin und braucht fast zwei Meilen, um dieselbe Strecke zurückzulegen. Ich eilte atemlos weiter, mein Gewand flatterte wie ein Segel im Wind, der Messwein schwappte in meiner rechten Hand in der Flasche, das Weihöl in meiner linken und meine Oberschenkel brannten. Wie ein Reh, hatte mein Vater immer gesagt und dabei gezwinkert, weil er gern Rehe schoss. Carter war jung, klein gewachsen, flink auf den Beinen. Mit seinen blonden windzerzausten Haaren und den schlammverkrusteten Knien verkörperte er die schlichte, flaumige Unschuld der Jugend. Mit rhythmischen Armbewegungen lief er voran.

Das Weideland in den Flussbiegungen war überflutet, aber nicht mehr so sehr wie zuvor; es war, als hätte der Wind das Wasser zurück in den Fluss geschoben. Über uns wölbte sich ein hoher, bewegter Himmel, der nach Sonnenaufgang blau sein würde, und alles außer dem Wind war nass – der Pfad, das Gras, die Erde, unsere Füße und Knöchel, die Baumstämme, die Nester mitsamt den Küken darin. Meine Zehen waren wie Frösche in einem Sumpf. Als wir an den Rand des saftigen Weidelands bei West Fields kamen, wurde die Welt noch nasser – durchweichte Schafe mit zitternden Lämmern; Kühe, die auf der Suche nach trockenerem Boden durch das Gras planschten, um fressen zu können, ohne gleichzeitig saufen zu müssen. Townshends Pferde hatten einander die Schnauzen auf die durchnässten Flanken gelegt und bildeten ein Viereck im Sumpf. Nur der Wind selbst war trocken, trocken und kalt, und blies die langen Regentage fort.

»Dort«, sagte Carter und zeigte auf eine Stelle des Flusses, die siebzig oder achtzig Schritte vor uns lag. »Ich habe es mit meiner Axt markiert.«

Keine gute Markierung. Mit der in die Uferböschung gerammten Klinge ragte die Axt keine zehn Zoll aus dem Boden. Man hätte eine Markierung gebraucht, um sie zu finden. Aber Herry Carter hatte die scharfen Augen der Jugend, und seine Gedanken waren auf nichts anderes als diese Axt und die Stelle des Flusses gerichtet, der einen alten, toten Stofffetzen von einem Mann angespült hatte. Mit dem Wind im Rücken beschleunigte er seine Schritte. Jetzt war er schon bei der Axt, schritt unruhig am Ufer auf und ab und stand knöcheltief im Wasser, als ich ihn endlich eingeholt hatte.

»Sie ist fort«, sagte er. Er klang verzweifelt, seine Stimme war kratzig. »Die Leiche. Dort war sie.« *Dort* bezeichnete den umgestürzten Baum in der Biegung eines Seitenarms. Der Fluss toste wild durch diesen Seitenarm; nichts hätte dort an Ort und Stelle bleiben können, gar nichts. Nicht die Leiche eines Menschen, nicht einmal die Leiche einer Kuh. Wie hatte Carter das glauben können? Andererseits, was hätte er tun sollen? Allein hatte er den Mann nicht bergen können.

»Wo ist er hin?«, fragte Carter wieder und wieder. Er hastete hin und her wie ein Hirtenhund. Dann blieb er stehen, sah geradewegs auf das Wasser hinaus und sagte mit flacher Stimme: »Wo ist die Leiche hin? Sie war genau dort.«

Mein weißes Messhemd war durchnässt und schlammverschmiert bis zu den Knien. Ich verspürte eine gewisse Niedergeschlagenheit, denn nun musste ich Carter Fragen stellen, und das wollte ich nicht. Ich wollte selbst herausfinden, was geschehen war. Die Worte blieben mir im Hals stecken, und wie sehr ich mich auch räusperte, sie wollten nicht herauskommen. Ich hätte überallhin geschaut, nur um mir den Anblick dieses kläglichen, ziellosen Herumlaufens zu ersparen. Überallhin: aufwärts, abwärts. Aufwärts zu den Sternen, die jetzt bei Tagesanbruch verblassten.

Als ich mich wieder nach Carter umsah, stand er links von mir, ungefähr dreißig Ellen flussabwärts, knietief und völlig entgeistert im Wasser, nah bei einem dichten Röhricht. Die Rohrkolben bogen sich im Wind. Erst als ich näher kam, sah ich, dass er etwas Hellgrünes in der Hand hatte, ein Stück Stoff, das er kraftlos in die Höhe hielt. Ein Hemd.

»Ich habe es dort gefunden«, sagte er und deutete kurz auf das Röhricht. »Es hing einfach da.«

Ich musste also gar keine Fragen stellen, die ich nicht stellen wollte, denn das Hemd zeigte unmissverständlich, wer der Ertrunkene war. Wir wussten beide, wem es gehörte; selbst in diesem schwachen Licht war klar, dass ein solches Hemd nur einem einzigen Mann im Dorf gehören konnte. Alle anderen trugen beigefarbene, braune oder graue Hemden, aus einer Wolle gemacht, die ihre schäfische Herkunft nie ganz verleugnen konnte. Kein anderer besaß eines aus gutem Leinen, das einst so grün wie der im Wind wogende Flachs gewesen war, aus dem es gewebt wurde. Jetzt war es verblasst, aber es war immer noch ein schönes Holländerhemd. Schon ehe Carter das Hemd gefunden hatte, musste er beim Anblick der Leiche sofort gewusst haben, dass es sich um Newman handelte. Wie viele andere aufgeschwemmte Leichen sollten in diesem Fluss treiben? Wie viele andere Männer waren drei Tage zuvor verschwunden?

Aber es liegt in unserer Natur, das zu verleugnen, was uns ängstigt, und daran ist nichts Boshaftes und Stumpfsinniges. Existiert nicht immer ein heiterer Teil in uns, der hofft, dass das, was wir wissen, nicht wahr ist? Carter versuchte das Hemd zu einem ordentlichen, pietätvollen Geviert zu falten – wenn sein Tod auch unordentlich war, hatte Newman doch ein ordentliches Leben geführt. Das Hemd war zu nass, um die Form zu behalten, und das Bündel wurde unter Carters Händen lose und unförmig. Murmelnd befahl er seinen linkischen Fingern, das Hemd erneut zu falten, und wieder löste es sich. Dann stopfte er es in den Bund seiner Hose, lief an der Böschung entlang flussabwärts, stieß dabei heulend Newmans Namen aus und platschte durch das aufspritzende Wasser, das sich im ersten Sonnenlicht rosa färbte.

Ach, dass ich den Messwein und das Öl in den Fluss schütten musste! Schlimm genug, dass der Mann keine letzte Beichte hatte ablegen können, aber welche Hoffnung bestand für ihn, wenn ich ihm nicht den kleinsten Tropfen Wein einflößen konnte? Carter hatte recht, es hätte vielleicht ausgereicht, seinen Mund, seine Lippen damit zu benetzen. Mit dem Öl ein Kreuz auf seine Stirn zu malen. Und jetzt lief Carter, wie von Dämonen besessen, am Ufer auf und ab, der Wind wehte unablässig, unsere Beinkleider waren durchnässt und der Tag hatte eine verzweifelte Stimmung angenommen.

Kurz darauf kam Carter wutschnaubend zurück und ging in die Hocke.

»Er ist fort«, sagte er wieder, »der Leichnam ist fort.«

»Er wird jetzt schon auf halbem Weg zum Meer sein«, entgegnete ich – auch wenn wir beide wussten, dass das unmöglich war, lief es aufs Gleiche hinaus. Nach fünf Biegungen und zwei weit geschwungenen Schleifen hinter dem Dorf verbreitert und beschleunigt sich der dann in gerader Linie verlaufende Fluss. Nach mehreren Regentagen floss er so schnell wie ein bergab rumpelnder Karren und scherte sich wenig um das, was ihm in den Weg kam. Carter nickte und sackte in sich zusammen.

Im Grunde noch ein Junge, und ein guter obendrein. Dieser

Morgen hatte ihn stark mitgenommen. Newman war ihm ein Freund und ein Ersatzvater gewesen, und in den drei Tagen, seit er ertrunken war, hatte Carter sich wider alle Vernunft mit dem Gedanken getröstet, dass sein väterlicher Freund vielleicht noch lebte. Immerhin hatte man noch keine Leiche gefunden. Wenn eine Leiche verschwindet, dann verschwindet auch der Tod, schien Carter gedacht zu haben, und mich hatte seine Zuversicht berührt, obwohl sie aus schiefem Gebälk gezimmert war.

Der Fluss war durchtrieben und launisch – er hatte sich auf einen Toten gestürzt, sodass wir uns nicht in Würde von ihm verabschieden konnten. Schon zum zweiten Mal war ich an sein Ufer gerannt, um Newmans Leiche zu suchen, und schon zum zweiten Mal war es mir nicht gelungen. Ich finde, wenn die Natur zweimal das gleiche Unterfangen vereitelt, sollte man sich fragen, ob noch etwas anderes als bloßes Missgeschick dahintersteckt – aber das sagte ich meinem Freund nicht. »Du musst jetzt stark sein, Herry«, sagte ich ihm stattdessen, und die Zuneigung lenkte meine Hand zu seinem Kopf. So standen wir eine Weile da, stemmten uns mit dem Rücken gegen den Wind, und trotz des Schlamms und der Nässe fuhr der Wind unter mein Messhemd und bauschte es vor mir auf. Die Rohrkolben bogen sich summend im Wind. Trotz meiner Verzweiflung gefiel mir das.

Wir gingen über die Felder zurück. Jetzt bauschte sich meine Robe wie ein Brautkleid hinter mir, während die Soutane darunter gegen mein Schienbein klatschte – ich bitte um Verzeihung, dass ich so viel über meine Unterschenkel spreche, aber das würde wohl jeder, dessen Gewand schwer wie zwei volle Wassereimer ist und sich wie etwas Lebendiges verhält. Ich schämte mich dafür, dass ich durch ein Fieber im Vormonat schwach und kurzatmig und zittrig auf den Beinen war. Ich wusste, wie mein Haar in diesem Wind aussah – ein Wust aus dunklen wilden Locken rund um meine Tonsur. Ich war es, der jetzt wie ein Besessener aussah, aber das war Carter natürlich egal. Genau wie ich stemmte er sich mit voller Wucht gegen den Wind, der sich uns entgegenwarf.

Sein Gesicht wirkte versteinert und er verweigerte jede Unterhaltung. Er sah mich nicht einmal an. Es war heller geworden, und als wir langsamer gingen, sah ich den Schnitt an seinem rechten Ohr, den er sich einige Tage zuvor zugezogen hatte: Er war bei der Reparatur des Kirchenvordachs ausgerutscht und das Ohr hatte sich an einer Schieferschindel verfangen. Die Schnittwunde war tief und halbfingerlang, und ihre Röte und Tiefe gefielen mir so wenig wie der grünliche Ausfluss und die kastaniengroße Schwellung.

Wir kehrten dort auf den Pfad zurück, wo er sich nach links zur Brücke und nach rechts zum Dorf gabelte. Wir bogen rechts ab. Ein Paar Hände schob mich nach vorn, fort von der halb fertigen Brücke, wo Newman, wie wir glaubten, ertrunken war, und als ich in diese Richtung sah, ähnelten die Wolken dicken alten Grobianen, während sie vor uns nur vereinzelt am hohen Himmel standen und sich bereits lichteten.

Dann die Sonne: ein Gesang aus Bronze, der sich ungesehen hinter Oak Hill erhob, dem langen, bewaldeten Bergkamm, der bei uns »der faule Hund« genannt wird (manchmal auch nur »der Hund«, wenn wir faul sind). Der Kamm verläuft entlang der nordöstlichen Grenze von Oakham, sodass die aufgehende Sonne vom Dorf aus niemals sichtbar ist. Aber sie taucht alle Bäume auf dem Kamm in ihr Licht. So war es auch jetzt: ein rötlicher, anfangs schwacher Schein, der dann weit ausgreift, kühl und rosig. Ich muss dann immer denken, dass gleich auf der anderen Seite das Meer liegt. Weiter weg vom Fluss blies der Wind mit weniger Ingrimm, und wir gingen schweigend nebeneinanderher. Carter griff von Zeit zu Zeit hinter sich, um sich zu vergewissern, dass das Hemd noch in seinem Hosenbund steckte. Ich hätte ihn gern getröstet, aber wie sollte ich das ohne Gebete und Bibelgleichnisse tun? Sie waren alles, was ich hatte. Es war offenkundig, dass Carter der Sinn nicht danach stand. Die Trauer hatte ihn zornig und ungeduldig gemacht.

»Dieser Schnitt an deinem Ohr«, sagte ich, »der sieht nicht so aus, als ob er heilen würde.«

»Er heilt«, sagte er.

»Ich finde, er ist schlimmer geworden.«

»Er ist besser als gestern.«

»Das finde ich nicht.« Er stürmte weiter voran, mit wenig Geduld und langen Schritten. Ich sagte: »Ich finde, der sieht gar nicht gut aus.«

»Dann sehen Sie woandershin.«

Und dort, an der Wegbiegung, bei den mit vormals leuchtenden Stofffetzen geschmückten Birken, kniete er nieder. Im hochgewachsenen Gras lag ein toter Hund. Carter drehte sich zu mir um, dann wieder zurück zu dem Hund. »War der auf dem Hinweg auch schon hier?«

»Gesehen habe ich ihn nicht«, sagte ich, »aber er war bestimmt da. Wir sind ja schnell gelaufen, da konnten wir ihn nicht bemerken.«

Es war die Zeit des Sonnenaufgangs, und ich musste Morgengebete sprechen und Beichten abnehmen und hatte keine Zeit, mich mit einem Hund aufzuhalten. Aber Carter legte eine Hand auf den Brustkorb des Hundes. »Kalt wie Lehm«, murmelte er. Trotzdem hatte das schwarze Fell des Tieres einen so gesunden Schimmer, als ob er jederzeit aufspringen und fortlaufen könnte, und genau das hätten wir auch erwartet, wenn ihm nicht die Zunge zum Hals herausgehangen und der Körper leblos dagelegen hätte. Wenn man einen toten Hund sieht – oder überhaupt einen Leichnam –, dann kann man meistens davon ausgehen, dass er verhungert ist oder erschlagen wurde oder von einem galoppierenden Pferd überrannt oder von Alter oder Mutlosigkeit niedergestreckt. Dieser Hund sah zwar dünn, aber nicht verhungert aus, auch nicht erschlagen, verletzt oder alt. Eigentlich sah er aus, als ob er recht guter Dinge wäre. Er lag einfach da, als wäre er vom Himmel gefallen.

»Hätten wir ihn nicht bemerkt?«, fragte Carter. Seine Hand lag flach auf der Flanke des Tieres.

»Es war noch dunkel.«

»Und wir sind gerannt.«

»Wir hatten es eilig.«

Einige Augenblicke standen wir einfach da, und meine Hand schloss sich fest um die Fläschchen mit Weihöl und Messwein. Eben waren wir noch wegen Newman erschüttert gewesen, und jetzt standen wir wie Sheriffs auf Streife neben einem toten Hund, als ob der etwas ganz Ungewöhnliches und Unheimliches wäre.

»Er könnte …«, setzte Carter an, »ich könnte …« Er legte seine Hand auf Newmans Hemd und zerrte daran herum. »Vielleicht hatte ich unrecht mit dem, was ich vorhin im Fluss sah.«

»Nein«, sagte ich. »Nein.«

»Vielleicht war es keine Leiche, die sich in dem Baum verfangen hatte, vielleicht war es nur ein Schatten – bestimmt werden die Leute sagen, dass es nur ein Schatten war.«

»Und das Hemd?«, fragte ich. »Ist das auch nur ein Schatten?«

»Aber Sie haben es doch selbst gesagt – es war noch dunkel. Wenn wir einen toten Hund übersehen haben, der wirklich *da* war, vielleicht habe ich dann einen Mann gesehen, der *nicht* da war?«

Ich wollte Carter nicht durcheinanderbringen, aber ich musste doch auf die Tatsachen hinweisen. »Herry, am Samstagmorgen wurde ein Mann gesehen, der den Fluss hinabtrieb«, sagte ich so freundlich und klar, wie ich konnte. »Robert Tunley bekam ihn kurz zu Gesicht und sagte, es hätte durchaus Newman sein können. Seitdem wurde Newman nicht mehr gesehen, und er ist der Einzige, der im Dorf vermisst wird. Es ist unwahrscheinlich, dass ein Fremder ertrunken ist. Wir haben weiß Gott nicht viele Besucher hier.«

Es gab keine Fremden, weil der Fluss uns von der Welt abschnitt. Aber dies war nicht der richtige Zeitpunkt, um über unsere eingestürzte Brücke zu jammern, so sehr es mich auch dazu drängte.

Ich legte ihm meine Hand auf die Schulter. »Und jetzt wird flussabwärts eine Leiche angespült …«

»Nicht weit *genug* flussabwärts«, widersprach Carter. Er stieß mit dem Fuß den Bauch des Hundes an und schob meine Hand fort. »Sie haben doch gesehen, wie schnell das Wasser fließt – in drei Tagen wäre eine Leiche viel weiter fortgeschwemmt worden.«

»Und du hast gesehen, wie lang die Strecke ist, die sie zurücklegen muss, durch die eine Flussbiegung bei Odd Mill, die andere bei Burn Wood. Eine Leiche kann dort überall unterwegs stecken bleiben, sich in abgefallenen Ästen verfangen, an einer Böschung auflaufen …«

Carter wandte sich mir zu. »Die Leute werden mir nicht glauben, wenn ich sage, dass ich die Leiche von Tom Newman gesehen habe. Sie werden sich über mich lustig machen.«

»Du hast sein Hemd gefunden«, sagte ich. »Hier ist es. Was sollen die Leute dagegen sagen?«

Wir standen wortlos in der Kälte. Seine Schultern hingen so tief herab, dass ich ihn am liebsten aufgerichtet und in die Arme genommen hätte. Lass die Leute doch reden, wollte ich sagen. Du weißt, was du gesehen hast – andere zählen nicht. Ich hielt die Flaschen umklammert, der Wind fuhr in den raschelnden Birkenhain. Auf einmal überkam mich eine große Traurigkeit, und ich fragte mich, woher die Bäume die Zuversicht zum Weiterwachsen nahmen, wenn Wind, Regen und Schnee sie den ganzen Winter auf diese Weise schikanierten.

In wortlosem Einverständnis setzten Carter und ich uns in Bewegung, angelockt vielleicht durch den Geruch nach Bratfett, der uns schwach erreichte. Er drang nur einmal und auch nur einen Moment lang zu uns, sodass man ihn fast für Einbildung halten konnte, aber plötzlich dachte ich nur noch an Eier und an Brot, das in das warme Speckfett vom Vortag getunkt wird. So flüchtig der Duft auch war, ich entwickelte einen gewaltigen Appetit. Vielleicht war auch Carter hungrig, denn er beschleunigte seine Schritte und ging so schnell, dass ich in meinen schweren, nassen Messgewändern nicht mitkam. Als wir das Dorf erreichten, lag ich rund dreißig Schritte zurück.

Carter eilte zu seinem Haus, einen Steinwurf von der Kirche entfernt. Er wollte bestimmt seiner Frau das Hemd zeigen, damit sie es waschen und er es behalten konnte – als trauriges Andenken an eine große Liebe, die ihm genommen worden war, fortgetragen wie ein Zweig im Schnabel einer Krähe.

»Carter!« Ich wollte zumindest anbieten, das Hemd zu weihen, auch wenn es eine kühne Idee war, ein Stück altes Leinen zu weihen. »Herry! Herry Carter!« Aber Carter antwortete nicht. Er hielt sich das Hemd über den Kopf und wedelte damit herum, als ob er Zuschauer hätte.

Dann geh hin und leide, dachte ich – aber nicht auf herzlose Art. Menschen klammern sich an ihr Recht zu leiden, und manchmal ist es besser, wenn man sie eine Weile lässt. Ich würde Newman in der Messe erwähnen und dafür sorgen, dass der Baum aus dem Fluss entfernt würde. Natürlich nicht an diesem Tag; heute würden die Stunden im Flug vergehen. Ich brauchte eine halbe Stunde Schlaf. Versuche, nicht davon zu träumen, wie der Leichnam flussabwärts gerissen wird, versuche, nicht unglücklich über die Grausamkeit des Todes zu sein. Denke nur an das rosafarbene Licht in den Rohrkolben an der Stelle, wo das Hemd lag, und denke daran, wie gut es ist, dass das Hemd dort gefunden wurde, genau *dort*, in der sanften Heiligkeit der Rohrkolben. Das ist das beste aller denkbaren Zeichen, und selbst wenn dieser Mann eines grausamen und ungeklärten Todes sterben musste, ehe er so plötzlich verschwand, als hätte ihn ein Wal verschluckt, so blieb doch etwas von ihm in jenem Röhricht hängen – gefangen, gehalten, geborgen, gerettet –, wie ein Mann, der in die Arme seines Volkes zurücksinkt.

War das Licht auf den Binsen überhaupt rosafarben? Vielleicht nicht, aber in meinem Herzen eben doch, und so würde es immer bleiben. Dort, in meinen Gedanken, auf dem Weg nach Hause, war auch die kluge und sanfte Stimme meiner Schwester: *Die Sprache des Menschen verstummt vor den Wundern des Herrn*. Warum ich das hörte, weiß ich nicht, außer dass ich müde, traurig, zornig und getröstet zugleich war. Als ich die Kirchentür öffnete, weinte ich um Thomas Newman und war überrascht, wie lange es dauerte, ehe die Tränen versiegten.

Aberglaube

»Ein Priester ist zugleich auch Richter und Sheriff, ob er will oder nicht.«

»Das ist richtig«, sagte ich, ohne überrascht zu sein, denn ich hatte mich daran gewöhnt, dass der Dekan vor mir in der Kirche war und dort müßig auf mich wartete. Diesmal lehnte er an einem Pfeiler neben dem Eingang zur Sakristei und ließ den Ersatzrosenkranz, der dort immer an einem Nagel neben der Tür hängt, durch seine Kinderhände gleiten.

»Wie ich höre, ist die Leiche von Newman wieder aufgetaucht. Oder – *war* aufgetaucht«, sagte er, »ehe sie wieder verschwand.«

»Das hat sich aber schnell herumgesprochen.«

Mein Abschied von Carter lag erst zehn Minuten zurück. Ich hatte die Kirche betreten und war in die Sakristei gegangen, um etwas Trockenes zum Anziehen zu finden. Ich hatte meine Tränen mit der Stola getrocknet, die dort an einem Haken hängt, bis die weiße Seide große graue Flecken hatte. Als ich herauskam, war der Dekan schon da; er hatte ein untrügliches Gespür für alles Scheußliche. Da stand ich also vor ihm. In den Armen hielt ich einen schweren Wäschestapel, das frische Messhemd lag gefaltet auf der frischen Soutane, und beide warteten nur darauf, dass ich sie nach Hause mitnahm und anzog. Am traurigen Zustand meiner Schuhe konnte ich nichts ändern.

»Ich sah Sie und Carter von irgendwoher zurückkehren«, sagte er, »und ich war, nun ja, neugierig. Also fragte ich Carter, wo Sie gewesen sind.«

»Offenbar sind Sie der bessere Richter und Sheriff.«

Er sah mich an. Klein und penibel wie eine Feldmaus, die aufgeregt hin und her flitzt, von Korn und Gras gestriegelt. Deren winziges Herz in einer kleinen, mutlosen Brust pocht. Ich hingegen war groß und unsicher, meine Augen tränenrot. Die Robe schlammverschmiert und obendrein auf das Schändlichste mit Gänseschmalz befleckt.

»Heute ist der letzte Tag«, sagte er und entnahm seiner Börse eine kleine Papierrolle, die er öffnete. Es war der Ablass, der seit Samstag an die Kirchentür geschlagen war. »Ihnen ist doch klar, dass ein Mann wie Newman nicht einfach ohne Erklärung sterben darf?«

Ich wollte sprechen, aber er ließ es nicht zu. »Und Sie werden sagen, dass es eine Erklärung gibt – der Fluss steht hoch, es hat stark geregnet, Menschen sind keine Fische. Sie fallen hinein, sie ertrinken.«

»Das ist richtig.«

»Aber Newman war nicht die Sorte Mensch, die einfach in einen Fluss fällt.«

Ich ging zum Altar, um die schweren Gewänder dort abzulegen. Ich war nass, und mir war kalt. Ich fragte erschöpft: »Gibt es eine *Sorte Mensch*, die in Flüsse fällt?«

»Heute ist der letzte Tag«, wiederholte er, und ich sah zu unserem Ostfenster hoch, das in weitem Bogen dünnes, silbriges Morgenlicht hereinließ. Er schwenkte die Papierrolle, als ob ich sie nie zuvor gesehen hätte, als ob sie nicht drei Tage an meine Kirchentür geschlagen gewesen wäre. »Dieser Ablass ist die beste Möglichkeit, den Mörder zu einem Geständnis zu bewegen …«

»Es gibt keinen Mörder.«

»Das glauben wir nur so lange, bis einer gesteht. Wie ich sagte, ist dieser Ablass die beste Möglichkeit, den Mörder zu einem Geständnis zu bewegen, und er verfällt mit dem heutigen Tag. Morgen ist es zu spät. Ein guter Ablass, Reve – mehr können weder Sie noch ich anbieten, mehr wird niemand in dieser traurigen Gemeinde jemals bekommen. Es gibt hier viele Menschen, die ihn brauchen, mit oder ohne Mord. Dies ist kein Dorf, das den Himmel bevölkern wird. Wussten Sie, dass das Purgatorium einen Warteraum hat? Er heißt Oakham.«

Als Junge hatte ich immer geglaubt, dass der Zorn in großen Menschen wohne: Mein Vater war ein hochgewachsener Mann. Es erschien mir immer noch seltsam, wenn Menschen wie der Dekan, blasse und nichtssagende Menschen mit schmalen Gesichtern, so viel Wut in sich trugen. Sie verbarg sich unter einer kühlen Haut, in blau geäderten Händen, die so leise zitterten, dass es kaum auffiel. Aber mir fiel es auf. Der Ablass bebte in seiner Hand wie ein Weidenkätzchen.

»Wenn Sie Oakham so hassen, könnten Sie doch einfach gehen«, sagte ich. »Vielen gefällt es sowieso nicht, dass Sie sich in Newmans Haus niedergelassen haben.«

Er runzelte die Stirn, wedelte mit dem Ablass herum und sagte mit einer Stimme, die tiefer sein sollte als seine normale Tonlage: »Schon vergessen? Ich muss in einem Todesfall ermitteln.«

»Ach ja.«

»Wenn ich jetzt fortgehe, am letzten Beichttag vor der Fastenzeit, am letzten Tag, wo ein großzügiger Ablass gewährt wird, nach all der harten Arbeit …« Er hielt inne, und ich fragte mich, welche harte Arbeit er seiner Meinung nach geleistet hatte. »Ich will nicht, dass jemand anders die Früchte erntet, die ich gesät habe.«

Du willst nicht gehen, ehe jemand an den Schandpfahl gefesselt wurde, dachte ich. Du willst nicht ausgerechnet an diesem Tag gehen, diesem Festtag, falls das Dorf in wilden Aufruhr ausbricht, animalisch, wie wir sind.

»Oh, ich verstehe Sie gut«, sagte ich. Ich beugte mich vor, um ein fingerlanges Stück Hartriegel aufzuheben, das von dem Wandleuchter an der Altarsäule herabgefallen sein musste, wo es zusammen mit Hexenhasel und Winterblüte langsam verdorrte – es waren die Hochzeitsblumen meiner Schwester, die da verwelkten. Dann wusste ich nicht, was ich mit dem Zweiglein tun sollte, also hielt ich es müßig in der Hand. Ich wollte ihn spüren lassen, dass ich es interessanter fände als ihn, aber ich glaube nicht, dass er das bemerkte.

Im westlichen Teil der Kirche, an der Nordwand gegenüber dem Eingang, ist bei uns ein Wandgemälde des heiligen Christophorus zu sehen, wie er das Jesuskind über den Fluss trägt – eine enorme Gestalt, fast ein Riese, der den Knaben, klein wie ein einwöchiges Lamm, in der Armbeuge hält. Die gekreuzten Füßchen des Kindes ruhen in der Hand des Heiligen. Das Bild nimmt die gesamte Wand ein, von den Dachsparren bis zum Türsturz. Viel Rosa, Rot und Gelb. Es heißt, wenn man es innerhalb eines Tages vor dem Tod sieht, ersetzt es die Letzte Ölung. Wenn der Tod überraschend oder in Abgeschiedenheit eintritt und die Letzte Ölung nicht möglich war, dann kann einen der Anblick des heiligen Christophorus immer noch vor der Hölle retten. Wenn Newman ihn an dem Freitag, ehe er ertrunken war, gesehen hatte, war seine Seele jetzt auf sicherer Überfahrt ins Jenseits. Hatte er ihn gesehen? Niemand außer Newman konnte das wissen. Ich hatte mein Gedächtnis wieder und wieder befragt, aber keine Antwort gefunden. Nichts. Ich nahm den Stapel Gewänder wieder auf, ging zu dem Gemälde und kniete nieder.

Der Dekan sah zu mir, wandte sich verdrossen ab, sah wieder zu mir, seufzte und hantierte mit dem Kelch, den er geistesabwesend vom Altar genommen hatte, drehte dessen Stiel zwischen seinen Fingern. Der Rosenkranz war immer noch um seine Knöchel geschlungen. Ich sollte *unser* Rosenkranz sagen, der von Oakham. Ein Geschenk von Robert Tunley. Der Dekan stellte den Kelch mit plötzlicher Ungeduld zurück, ging zur Altarsäule, kratzte mit dem Fingernagel am Stein, drehte sich auf dem Absatz herum, schielte über die gesamte Länge der Kirche hin zum Beichtstuhl. Ich hörte nicht mit dem Beten auf, aber ich wusste, was er tat, denn ich weiß, wie man sieht, ohne zu schauen, während er nur wusste, wie man schaut, ohne zu sehen. Ich wusste, dass er drauf und dran war, die Geduld zu verlieren, und gleich auf mich zutrippeln würde.

»Reve«, sagte er schließlich und klapperte mit kurzen, schnellen Schritten durch das Hauptschiff. Er wackelte mit den Fingern, um mich zum Aufstehen zu bewegen. »Es reicht, Reve. Wenn ich morgen nicht mit neuen Informationen über Newmans Tod zum Erzdiakon gehen kann, dann leiden wir alle darunter. Sie haben während der letzten zwei Tage ununterbrochen Beichten abgenommen – jetzt bleibt Ihnen noch ein Tag, um etwas herauszufinden. Wollen Sie das tun?«

Ich unterbrach mein Gebet und hob den Kopf. »Haben wir heute Morgen nicht schon etwas gefunden?«

»Eine verschwundene Leiche und ein lausiges Hemd?«

»Thomas Newmans Hemd. Und wo haben wir dieses Hemd gefunden? In den *Rohrkolben*. Wie Sie wissen, stehen sie für die Arme Gottes – sie bedeuten, dass Newman ihm sicher übergeben wurde. Wie kam das Hemd dorthin? Wir wissen es nicht, aber es war da, und was mich betrifft, so freue ich mich über jedes Zeichen Gottes. Es ist ja nicht so, dass wir viele erhalten würden.«

Der Dekan öffnete den Mund zum Widerspruch, schloss ihn aber wieder. Aus seiner Körperhaltung wich die Anspannung, seine Lippen formten ein schwaches Lächeln, und etwas Freundliches zeigte sich in seinem Gesichtsausdruck – vielleicht der Junge, den seine Mutter einst liebte. Ich fragte mich, was ihn besänftigt hatte. Einen Augenblick lang sah ich ihn, wie ich ihn am Samstag gesehen hatte, als er auf seiner traurigen, seelenvollen Stute in Oakham angekommen war. Wie unbegreiflich Menschen doch sind, voller Winkel und Nischen. Manchmal alt und gemein, dann wieder jung und freundlich. Aber letztlich ist das alles vergebens, dachte ich, denn er war nie für lange Zeit freundlich.

Und tatsächlich sah er jetzt in die Höhe und hob die Arme. »Ein Hemd in den Rohrkolben, halleluja!« Dann ließ er die Arme sinken. »Das reicht leider nicht, Reve. Finden Sie mehr heraus.«

Ich stand da mit dem Arm voller Kleidungsstücke, das Stückchen Hartriegel immer noch in der Hand, und wusste nicht, was ich sagen sollte.

»Das Hemd hat Carter mir übrigens gegeben …« Er heuchelte Freude über einen guten, klaren Einfall, schlug die Hände zusammen, hob eine Augenbraue. »Ich denke, ich werde es an den Maibaum beim Old Cross hängen, damit es uns alle an die Kürze unseres lieb gewonnenen, kleinen Erdenlebens erinnert. Was meinen Sie?«

Ich verbeugte mich, einzig deshalb, weil er der Dekan war und ich bloß ein Priester. »Entschuldigen Sie mich«, sagte ich.

Ich ging nach Hause, aß ein Stück altes Brot, schlief kurz, zog mich um, kehrte zurück. Die Glocke hatte längst schon zehn Uhr geschlagen. Im Dorf spielten die Kinder Fangen und Dreibeinlauf und bauten Burgen aus Schlamm. Janet Grant, die Kirchendienerin, teilte mir mit, dass sie ihre morgendliche Runde gedreht und an die Türen geklopft habe, um sich zu vergewissern, dass niemand verschlafen hatte oder krank geworden oder gestorben war. Glücklicherweise hatte sich Tür um Tür geöffnet. Ich war erleichtert, dass auch die von Sarah Spenser dazu zählte; so, wie es ihr am Vorabend gegangen war, hatte ich mich gefragt, ob sie die Nacht überleben würde. Auf Townshends Feldern standen Männer in gebeugter Haltung und traktierten die Erde mit Spaten, Rechen und Eggen, um den schlammigen Grund auf die Aussaat vorzubereiten. Ackerboden konnte man sie nicht mehr nennen, unsere Erde, diesen unpflügbaren Matsch, in dem der Rechen versinkt wie die Gabel in ausgelassenem Fett.

Ich kniete im Altarraum nieder, und das Licht von Osten schien blass und matt auf meine Hände. Heile Carters Wunde, betete ich, lass Sarah Spenser gesund werden. Verbessere unseren Ackerboden, lass unsere Samen gedeihen. Nimm mein Gebet zur Terz an, auch wenn ich mich verspätet habe, und zur Sext, für die ich zu früh dran bin. Verzeih, dass ich Mette und Laudes ganz versäumt habe.

Der Wind zerstreute die elf Schläge der Glocke. Danach ging Janet Grant mit der Beichtglocke hinaus, damit die Arbeiter ihre Werkzeuge niederlegten und zur Beichte kämen. Ich erhob mich und ließ mich in dem kleinen Abteil nieder, das eigentlich nur eine dreieckige Nische und kein richtiger Beichtstuhl ist, eine Kiste ohne Dach, schnell und notdürftig zusammengezimmert. Abteil, Kiste – alles Wörter, die der Sache eine Struktur zusprechen, die sie nicht besitzt. Ich saß hinter einer Trennwand aus Eichenholz, an der drei Rosenkränze hingen, um anzuzeigen, dass ich anwesend war und die Beichte abnahm. Das geschah im Tagesverlauf dreimal, und jedes Mal entfernte ich danach einen Rosenkranz. Das verleiht der Sache eine gewisse Dringlichkeit, etwas Dramatisches – so hatte man es mir in meiner Ausbildung beigebracht. Etwas Dramatisches! Als ob wir davon noch mehr brauchten. Ich setzte mich auf den niedrigen Schemel, zog mir das Schultertuch über den Kopf und starrte auf die Wand.

Ich saß in der südwestlichen Ecke der Kirche, nahe dem Eingang. Schwaches Licht sickerte von oben herab und verendete zu meinen Füßen. Am frühen Morgen zeigte das weiß gekalkte Gemäuer ein dunkles Graubraun; wenn der Morgen fortschritt, hellte es zu einem matten Wollweiß auf, so wie jetzt. Ich hatte viele Stunden auf diese Steine gestarrt, bis sie zu einem Gewebe geworden waren, das vor meinen Augen gesponnen wurde. An sonnigen Tagen fiel irgendwann ein Lichtstreif darauf und veränderte die Beschaffenheit. Jetzt im Februar fiel dieser Lichtstreif ungefähr um zwei Uhr schräg auf die Mauer und schmückte sie wie eine Seidenstola. Bei wolkenlosem Himmel konnte ich anhand seiner Breite und seines Winkels auf zehn oder zwanzig Minuten genau die Uhrzeit bestimmen.

Ich hockte mit ungelenk angezogenen Beinen an einem Platz, der beinahe zur Gänze aus Winkeln bestand, zu spitz, um Bequemlichkeit zu bieten. Mein Rücken war in einen dieser Winkel gequetscht, meine Knie in einen anderen, ein Becher Bier stand neben meinem rechten Fuß. Ich stellte mir das

Bild vor: *Der Priester auf der Hühnerstange*. Eines Tages würde ich vielleicht die Unbequemlichkeit dieser simplen Kiste hinter mir lassen, würde einen richtigen Beichtstuhl von geschickten Handwerkern mit richtigem Werkzeug anfertigen oder einen aus Italien kommen lassen (was die Mittel dieser Gemeinde weit übersteigen würde, wenn das, was ich über Italien weiß, stimmt).

Trotz der Abenteuer des heutigen Morgens, trotz Newmans Tod und Carters Trauer überkam mich ein Gefühl lauteren, gottgeweihten Wartens. Vielleicht war das Gefühl wegen meiner morgendlichen Abenteuer sogar besonders stark. Wieder einmal neigte sich ein Jahr dem Frühling zu, und in wenigen Stunden begann die Fastenzeit. Als ich acht Jahre alt war und das Tauchen lernte, holte ich vorher immer noch tief und gierig Luft, sodass mein Kopf anzuschwellen schien und in der Sekunde, ehe ich ins Wasser tauchte, alle Farben und Formen besonders kräftig wirkten. So war es jetzt auch. Vor uns lag eine Zeit der Entbehrungen, lagen vierzig Tagen des Hungrigseins. Während der viertägigen Fastnachtszeit holten wir tief Luft, wir rochen, schmeckten, spürten, aßen, tanzten, beichteten. Nun ja, zumindest die anderen aßen und tanzten und beichteten. Ich spürte bloß, wie sich eine dunkle Ahnung und etwas Erwartungsvolles in mir regte – ein heftiger Missklang meiner Sinne.

Ich schloss die Augen. Dort zeichneten sich in der Uferböschung und im wadentiefen Schlamm feuchte Hufabdrücke ab und dort einige längere, schmalere, flachere Spuren, die – konnte das sein? – vielleicht der ausrutschende Fuß eines Mannes hinterlassen hatte, der bei der Brücke das Flussufer zu erreichen versucht hatte – wohl um besser erkennen zu können, warum die Brücke kürzlich eingestürzt war. Die schmalen Spuren beunruhigten mich; sie zeigten mir, wie schwach Newman gewesen sein musste. Selbst drei Tage später war es schwierig, dieses unbeholfene Ende mit einem so beherrschten Menschen wie Thomas Newman in Verbindung zu bringen – und doch hätte es bei den starken Regenfällen der letzten Zeit jeden, der zu nah am Ufer des tosenden, wirbelnden Flusses stand, schwindeln können. Gebannt wie durch einen Fluch. Der beherrschteste Mensch der Welt konnte ins Rutschen kommen, wenn er mit abgelaufenen Schuhsohlen auf den regennassen Schlick geriet.

Finden Sie etwas, hatte der Dekan gesagt und damit gemeint: Finden Sie den Mörder für mich. Ich hatte es ihm zugesichert. Was ich ihm zu sagen versäumt hatte: Der Mörder ist ein anderer, als Sie glauben. Wer ist es, der stets das Leben nimmt? Der Tod natürlich. Der Tod selbst ist der Mörder, und die Geburt ist seine Komplizin. Menschen sterben, weil sie zum Sterben geboren sind. Durch Ertrinken, durch Krankheit, durch Missgeschick, die Meuchelmörder des Herrn. Wie sollten wir daran etwas ändern können?

Während ich schweigend wartete, spürte ich, wie mich das Universum in zeitlosen Zyklen umschloss. Ich hörte das Rollen der Planeten und das Knospen des Weißdorns. Die Mauern der Kirche rochen wie ein großer tiefer See, die Trennwand aus Eichenholz wie ein Herbstwald und der Schmerz in meinen lädierten Knien durchflutete mich mit der Süße eines harten Lebens.

»Benedicite«, sagte sie.

Und ich: »Dominus.«

Und sie, jung und erschöpft: »Confiteor.« Eine bebende Pause, flatternder Atem und unzufriedenes, gereiztes Herumrutschen. Zwischen uns befand sich eine Trennwand, aber meine

Sehkraft war nicht mehr auf das angewiesen, was meine Augen sahen. Sie hustete kurz.

Ich wollte sie gerade auffordern, das Glaubensbekenntnis zu beten, da sagte sie: »Pater, ein Mann ist tot.«

Ich fragte ruhig: »Welcher Mann?«, aber der Muskel an der Innenseite meines linken Fußes zuckte, und die Zehen zogen sich krampfhaft zusammen.

»Ich weiß es nicht, aber er ist ertrunken, genau wie der andere«, flüsterte sie durch das Gitter, und unter dem Stoff, der mein Ohr verhüllte, konnte ich sie kaum verstehen. Ich beugte mich vor. »Die Neuigkeit verbreitet sich schneller als der Wind.«

»Von wem hast du sie erfahren?«

»Oh, von anderen, allen. Ich war auf dem Weg hierher und ich habe davon gehört ...«

»Durch den Wind.«

»Aber es ist wahr, Pater, man sagt, dass es wahr sei.«

Wie unwahrscheinlich das Leben manchmal auch wirkt, so gibt es doch Dinge, die völlig unmöglich erscheinen – zwei Ertrunkene an einem Morgen zum Beispiel. Also dachte ich: Bestimmt meint sie Newman. Gleichzeitig dachte ich, dieser neue Ertrunkene müsse Herry sein. Ich hatte keine Ahnung, wie diese beiden gegensätzlichen Instinkte so leicht nebeneinander existieren konnten, aber da es nun einmal so war, sah ich Herry vor mir, wie er sich in seinem Kummer in den Fluss stürzte, während ich mit einem Stück Barchent über dem Kopf tief und fest schlummerte.

Ich streckte in der Dunkelheit meine Hand aus, nach meinem Bierkrug, nach etwas, woran ich mich festhalten konnte, und da erinnerte ich mich an die kleine Eisenkiste, die ich am Vortag unter den Schemel geschoben hatte. Ich tastete ängstlich herum, um mich zu vergewissern, dass sie noch da war. Meine

Finger erspürten sie, umfassten sie der Länge nach und schoben sie zurück. Als Nächstes tastete ich nach dem Bier, ließ es aber schließlich dort auf dem Boden stehen, da meine Hände vor dem kalten Zinnbecher zurückschreckten. Doch schon der Geruch war wärmend, der Geruch nach Hopfen und Honig, wie der Höhepunkt eines Sommernachmittags.

»Aber du weißt nicht, wer der Tote ist?«, fragte ich so gleichmütig wie möglich, denn dies war die Frau von Lewys, ein kleines, nervöses Ding, siebzehn Jahre alt, immer auf der Hut.

»Ich hatte gehofft, dass Sie das vielleicht wüssten.« Ihre Finger zupften nervös am Gitter. »Es ist nur ein Hemd von ihm übrig geblieben – zerrissene Fetzen eines Hemdes, sagt man, voller Blut …«

»Ein Hemd?«

»Herry Carter fand es am Fluss.«

»Herry Carter? Hast du ihn auf deinem Weg hierher gesehen?«

»Ja, ich sah ihn. Er hat mit seiner Frau Cat Wasser vor die Tür gefegt; in letzter Zeit ist es so nass, dass wir alle im Schlaf schwimmen.«

»War das Hemd grün?«

»Woher wissen Sie das?« Ihre Stimme war dünn und ungläubig.

»Hast du es selbst gesehen?«

»Nein, Pater. Man sagt so.«

Sie klang aufgewühlt, als würde sie gleich zu weinen beginnen. Meine Finger berührten ihre, um sie zu beschwichtigen. »Bitte, beruhige dich. Es ist nicht so schlimm.«

»Schon der zweite Mensch ist in unserem Fluss ertrunken«, sagte sie, und jetzt flüsterte sie nicht mehr, sondern sprach leise, aber deutlich durch das Gitter, mit angstvoller Ruhe. »Lange

Zeit gab es keine Toten, und jetzt sind es gleich zwei in wenigen Tagen. Ich habe Angst: dieser ganze Regen, und der Fluss ist schmutzig und zornig – als ob Gott die Brücke, die wir bauen, nicht haben will. Er ist nicht zimperlich mit seinen Zeichen.«

Es ist nicht Gott, der sie nicht haben will, hätte ich sagen können. Gott beklagt sich nicht über Brücken. Nein, der Groll kommt von den zornigen kleinen Flussteufeln. Wenn das, was sie sagte, doch nur wahr wäre; wenn Gott doch nur etwas deutlichere Zeichen senden würde. Immer war es mein vergeblicher Lebenswunsch gewesen, eine eindeutige Anweisung von ihm zu erhalten, nur ein einziges Mal. Ich legte meine Hand zurück in den Schoß.

»Wenn Gott ein solches Zeichen geschickt hat, dann weiß ich nichts davon«, sagte ich.

Auch ihre Hand zog sich zurück und verschwand in der Dunkelheit. »Sehen Sie es denn nicht? Er will, dass wir die Reste der Brücke abreißen. Er will nicht, dass wir auf Kosten von Menschen, die vielleicht arm sind, Gewinn machen, er will nicht, dass Männer bei ihrem Bau sterben. Wie die beiden Männer im letzten Sommer.« Sie hielt einen Augenblick inne, ehe sie weitersprach, und ich wusste nicht, ob sie wollte, dass ich etwas über die beiden anderen Männer sagte. »Diese beiden Männer und dann Thomas Newman, der Geld für die Brücke spendete – sehen Sie sich die jetzt an. Fort und tot und vergessen, als ob es sie nie gegeben hätte. Und der Mann, der heute gefunden wurde. Ich weiß nicht, wer er ist, aber ich wette, dass er einer von denen ist, die dabei geholfen haben, sie zu bauen oder zu bezahlen.«

»Die Männer, die letzten Sommer starben, sind nicht ertrunken, sondern dem Fieber erlegen.«

»Aber nur, weil sie das Flusswasser tranken. Tom Newman

hat Geld für den Bau der Brücke gegeben«, sagte sie erneut, als ob diese Tatsache sie in Gefahr brächte. »Und auch mein eigener Mann hat beim Brückenbau geholfen. Er könnte der Nächste sein, Pater.«

Ich konnte hören, wie steif ihr Kiefer beim Sprechen war, und das kalte, unverwandte Blau ihrer Augen sehen. Ich setzte mich auf. »Die Leiche, die heute gefunden wurde, war nicht die eines zweiten Mannes«, sagte ich, »es war die desselben Mannes – Newman. Es war Thomas Newman. Es hat drei Tage gedauert, bis ihn der Fluss eine Meile stromabwärts angespült hat. Es gibt keinen zweiten Mann. Es gibt kein Zeichen Gottes. Besser gesagt, es gibt ein Zeichen Gottes, aber ein anderes, als du glaubst. Das Hemd wurde in einem Röhricht gefunden, an einem heiligen Ort. Er ist sicher in Gottes Armen angelangt.«

Sie schwieg, und dann schluchzte sie.

»Es ist abergläubisch zu denken, dass Gott uns bestraft. Glaubst du, er hasst Brücken? Hast du schon einmal von den großen Brücken in Rom gehört? Und in … Wade? Da haben sie auch eine Brücke gebaut, die Stadt ist wie neu.« Ich hielt inne, denn mir fielen keine weiteren Beispiele ein.

Ich erinnerte mich an die Stille, die ich unter Wasser gehört hatte. Eine Stille, welche die Ohren überwältigte. Zwischen mir und dieser jungen Frau befand sich ein handbreites Stück Eichenholz, aber wie ihr loses Haar über ihre Wangen streifte, hörte ich so laut wie den Besen auf dem Platz.

»Er ist sicher in Gottes Armen angelangt«, flüsterte sie. Dann, schärfer und lauter flüsternd: »Sind *wir* sicher, Pater?«

»Ja.«

»Wirklich?«

»Hast du Angst vor Gott?«

Sie antwortete nicht.

»Du solltest Angst nur vor dem haben, was nicht Gott ist«, sagte ich.

Ein Schniefen. »Es ist heute kein zweiter Mann ertrunken?«

»Nein.«

Sie atmete tief aus. Ich hätte sie jetzt eigentlich auffordern müssen, Glaubensbekenntnis, Vaterunser und Ave-Maria zu sprechen, aber ich wusste, dass sie diese kannte, und ohnehin würde sich bald eine Schlange im Kirchenschiff bilden.

»Hast du etwas zu beichten?«

Sie schüttelte den Kopf. »Ich war ja erst gestern da«, sagte sie. Ja, sie war da gewesen und hatte gebeichtet, dass sie den letzten Löffel Honig gegessen hatte, ohne ihn mit ihrem Mann zu teilen, was ich ihr schnell und ordnungsgemäß vergeben hatte.

»Du sagtest, du seist bereits auf dem Weg gewesen, als du von dem Ertrunkenen gehört hast …«

»Aber ich hatte nichts zu beichten, Pater. Ich habe bloß … die letzten Tage waren verstörend. Ich brauchte bloß Ihren Trost. Ich fühle mich wie auf dem Meer, seekrank. Vielleicht liegt es daran.«

Ich nahm an, dass sie mit ihrer kleinen blassen Hand über ihre Körpermitte strich.

»Bist du jetzt getröstet?«, fragte ich.

»Ja. Danke, Pater.«

»Das wäre dann also alles?«

»Ich denke schon.«

Aus dem Augenwinkel sah ich, wie die kleine Hand schnell und flüchtig das Kreuz schlug. Dann ging sie, langsam und seufzend, und die große Kugel ihres schwangeren Bauches füllte das vergitterte Fenster, als ob ein Planet schwerfällig über den Himmel zöge.

Verlangen

Der Tag schritt fort, Augenblick um Augenblick. Mein Herz schlug, und es schlug erneut, und ich dachte: Eines Tages wird es schlagen – und nicht erneut schlagen. Was wartet dann auf mich? Und das Licht brach auf, konturierte die Körnung des Mauerwerks mit seinem stumpfen, verschwommenen Gelbgrau, eine Struktur wie Stoff, bevor man ihn walkt. Ich hatte zu essen versäumt und war hungrig.

Wissen Sie, meine Schäfchen sind abergläubisch, und das war schon immer so. Sie leben in Angst vor den Launen und Strafen Gottes und betrachten alles als eine Warnung. Sie zittern zu oft vor seinem Willen. Sie glauben, dass er den Fluss zornig gemacht hat. Er ist dem Soundso in die Parade gefahren, weil der dies und das getan hat. Er schickt Wolfsmenschen aus dem Wald im Norden, die unsere Kinder fressen, und er vermehrt die grotesken Geschöpfe, die in riesigen Ozeanen schwimmen, welche nur eine Küste haben.

Ich sage ihnen: Nein, das ist es nicht, was wir fürchten müssen, für solchen Aberglauben sind wir zu weit fortgeschritten. Wir wissen, dass es keine Wolfsmenschen und Seeungeheuer gibt; nur Kinder glauben an solche Fabelwesen. Es gibt freilich Geister – boshafte Geister, die wie wir auf Gottes Erde leben, aber nicht Gottes Geschöpfe sind. Das ist kein Geheimnis, und weit scharfsinnigere Menschen als ich haben es bewiesen. Die Geister sind hier auf Erden, um uns zu prüfen und zu stärken; wenn etwas stirbt und verwest, dann stößt die faulende Substanz, die keinen Platz in Gottes Himmel hat, eine stinkende Wolke kleiner geisterhafter Materie aus, die alle möglichen Krankheiten verbreitet: solche des Körpers und solche des Schicksals. Sie sind klein, leuchtend und kaum sichtbar, diese Geister, Flecken und Sprenkel, die in der Luft oder im Wasser schweben, und wenn unsere Hände sie fangen und unsere Augen sie sehen könnten, dann würde sich zeigen, dass sie schwarz, schnell, glatt und geschmeidig sind und nur durch ihre große Zahl schädlich.

Sie leben mitten unter den Geschöpfen Gottes, so wie unsere Schatten mitten unter uns leben. Sie bescheren jene Sorte Glück und Unglück, die auf Zufall beruht – und beides hat nichts mit Gott zu tun, der seine Entscheidungen mit Gewissheit und Vernunft trifft und dessen Wille unumstößlich ist; wenn wir geboren werden, sind wir ihm schon unterworfen. Doch die Geister können wir *uns* unterwerfen. Sie sind *unser* Kampffeld. Mag sein, dass der Fluss uns Unglück bringt, aber Lewys' Frau irrt, wenn sie glaubt, dass das Schicksal ihres Mannes vorbestimmt sei. Der Fluss beherbergt diese Geister, sie haben dort ihre Heimat gefunden, weil weiß der Himmel was im Wasser des Stroms vor sich hin fault. Menschen, Kühe, Schafe, Fleischabfälle, Gedärme, Dung. Die enttäuschten Hoffnungen, die wir in unsere zusammengestürzte Brücke setzten. Wenn die beiden Toten des letzten Sommers diese Geister tranken und starben und wenn Newman von ihnen in die Tiefe gezogen wurde und starb, was sollen wir dann tun? Uns ducken? Beten? *Sie* anbeten und um Gnade bitten, als ob sie die Macht hätten, Gnade zu gewähren?

Ich habe gebetet, aber nicht zu ihnen, sondern zu unserem Herrn. Zwei Gebete, von denen zumindest eines erhört wurde. Am Samstag, als der Leichnam zum ersten Mal im Strom gesehen wurde und Newman nicht nach Hause kam, betete ich um ein Zeichen, ob er in den Himmel gekommen sei. Ein Hemd in den Rohrkolben mag für unseren gottlosen Dekan bedeutungslos sein, aber mir bedeutete es viel, und so sandte ich meinen Dank zum Himmel.

Ich betete auch, dass der Wind von Westen kommen und diese Zusammenballung von Geistern nach Osten, in Richtung Gottes, wehen möge. Der Wind kam über Nacht, doch er kam von Osten, und er war scharf und winterkalt. Vielleicht hatte der Herr nicht das ganze Gebet gehört, beschäftigt, wie er ist; und vielleicht war ich nicht deutlich genug gewesen. Oder vielleicht war ich überdeutlich gewesen und hatte zu viel verlangt. Trotzdem tröste ich meine Gemeinde: Durch seine Gnade stirbt der Aberglaube, und alle Bedürfnisse, alles Verlangen werden von ihm, durch mich, gestillt. Außerdem blieb heute noch genug Zeit, dass der Wind seine Richtung änderte.

Pater, sagten die Stimmen durch das Gitter. Ich habe gesündigt, vergib mir, Pater. Mein linkes Ohr hörte zu. Durch das viele Zuhören war es mit der Zeit schärfer geworden, so wie eine Schulter beim Hacken stark wird. Der Tag hellte Zoll um Zoll auf, und meine Gemeinde kam in immer größerer Zahl, weil es sie nach dem Ablass verlangte, den ich angeboten hatte. Benedicite, Dominus, Confiteor. Möge ich gesegnet sein, möge ich beichten.

Benedicite, Dominus, Confiteor.

Benedicite,

Dominus,

Confiteor.

Pater, ich habe vergessen, zur Messe zu kommen, ich habe vergessen, mein Gebet zu sprechen, ich habe vergessen, mein Schwein zu füttern, ich war grob zu meinem Kind, mir war übel vom Trinken, ich habe auf den Friedhof gepisst, ich bin zornig erwacht, ich habe die Hoffnung verloren, ich war zu stolz, ich war zu schwach, eine Stimme hat mir befohlen, meine verfaulten Zähne zu ziehen, ist es die Stimme eines Dämons oder Gottes? Ich habe masturbiert, aber ich dachte dabei an Gott, ich dachte an Maria Magdalena, ich dachte an Johannes den Täufer, vergib mir.

Irgendwann schlief ich ein, mit einem Kopf, der wie eine reife Frucht von einem spindeldürren Zweig hing. Ich wachte auf und hörte eine Stimme, die von Masturbation sprach, und darüber Lautenmusik, die wie ein Frühlingsschauer in den Altarraum perlte und aus dem Nichts zu kommen schien. Ich setzte mich kerzengerade hin, damit der Schlaf wich. »Versuche, nicht zu masturbieren«, sagte ich, »oder deine Hände verkümmern und fallen ab. Versuche zumindest, nicht an Johannes den Täufer zu denken.« Eine Laute? Newman war der Einzige in der Gemeinde, der die Laute spielte, so, wie er auch der Einzige war, der vor den Heiligenschreinen in Compostela und Jerusalem gebetet und einen Mann gesehen hatte, der Eisenerz aus seinem Kleidersaum schlug. Der Einzige, der in Spanien eine Orange vom Zweig gepflückt und eine Olive gegessen hatte – beide sauer, wie er sagte. Er hatte öfter versucht, mir das Lautenspiel beizubringen, aber meine Finger waren immer klamm, und ich zupfte steif herum. Während andere zum Spielen einen Federkiel benutzten, zupfte Newman mit den Fingern, und zwar mit allen. Deine Finger müssen wie Federn sein, sagte er, aber seine Finger waren keine Federn, sie waren so stark und gelenkig wie kleine Lebewesen. Sie erzeugten einen Klang, der andere mit seiner Weichheit verwirrte; auf einmal schien es ganz leicht zu sein, inmitten all des verstreuten Plunders zu sitzen, der sich Leben nennt – zu leicht.

Aber wie ich dort saß, wurde mir klar, dass gar keine Laute zu hören war und dass der Klang, den ich hörte, mir aus einem Traum gefolgt sein musste – einem Traum von Thomas Newman? Ich erinnerte mich an nichts, und eigentlich hätte ein so kurzer Zipfel verstohlenen Schlafes für einen Traum gar nicht ausgereicht, aber er hatte ausgereicht, um ein starkes Gefühl der Vorahnung in mir zu wecken, ein Gefühl, dass ich etwas tun müsse. Zum Dekan laufen, ihm noch einmal von dem wundersamen Auftauchen von Newmans Hemd erzählen, seinen Verdacht auf Mord zerstreuen. Denn andernfalls wartete etwas Widriges, Unwiderrufliches nur darauf, über uns zu kommen.

Doch plötzlich wurde der Schlitz im Vorhang erneut geöffnet und geschlossen, und jemand kniete auf der anderen Seite der Trennwand nieder. Jemand, der sich leichtfüßig und lässig bewegte, dessen Geruch scharf wie ein Speer war und meiner Nase zusetzte. Ein Junge oder ein junger Mann mit der Aura eines Wolfes.

»Hab Verlangen nach einer Frau gehabt«, sagte er nach einem halbherzigen Glaubensbekenntnis.

»Irgendeiner Frau oder einer bestimmten?«

»Einer bestimmten Frau.«

»Einer verheirateten Frau?«

»Einer frisch verheirateten Frau.«

»Dann weißt du, dass du mit dem Verlangen aufhören musst.«

»Das kann ich nicht einfach so.«

Sein Kopf befand sich am unteren Ende des Gitters, was zweierlei bedeuten konnte: Er war klein oder er kniete nur unwillig. Oder beides.

»Was hast du getan, um es zu schwächen?«

»Was zu schwächen?«

»Das Verlangen.«

»Alles, was man machen soll. Wenn ich mich in die Hand nahm, habe ich sie mir als alte, tote Frau vorgestellt, aus der die Würmer kriechen und der das Fleisch vom Gesicht fault.«

»Hat es geholfen?«

»Ich habe mich dann auch nach ihren Würmern gesehnt.«

»Es wäre besser, wenn du dich nicht in die Hand nehmen würdest.« Sonst verkümmern deine Hände und fallen ab.

»Ich kann nicht anders, Pater. Es drängt mich danach, meine Schenkel auf ihre Schenkel zu legen und mit der Hand über ihren schönen Rücken zu fahren, und das ganze Sehnen und Begehren hält mich von meiner Arbeit ab ...«

»Ich sagte schon, denke an etwas anderes.«

»Und jetzt ist sie mit einem schlaffen, alten Knacker von außerhalb verheiratet.«

Normalerweise weiß ich, wer auf der anderen Seite der Trennwand sitzt, aber je mehr er sprach, desto weniger war ich mir sicher. Er gehörte zu den Burschen, die drüben bei den Scheunen Mist schaufeln und die Gräben reinigen, aber von denen gab es viele, und die kamen nicht oft zur Beichte. Ohne ihn zu sehen, konnte ich nicht sagen, wer er war.

»Diese Frau«, sagte ich, »wer ist sie?«

Er zögerte lange und – wenn ich mir das nicht eingebildet habe – betreten. »Niemand von hier«, sagte er.

»Wann hattest du die Gelegenheit, jemanden kennenzulernen, der nicht von hier ist?«

Er rutschte auf dem Kissen herum und rülpste. Eine kräftige Bierfahne wehte zu mir herüber.

»Woher kommt sie, wenn nicht von hier?«

»Aus ...« – eine atemlose Pause – »Bourne.«

»Bourne? Mindestens fünfzehn Meilen weit weg – da bist du kürzlich gewesen?«

»Nein, nein.«

»Sie unternimmt also gern ausgedehnte Spaziergänge, diese Frau, ja?«

»Ja«, sagte er, »ja.«

»Ist es das, was du so an ihr liebst?«

»Ich sagte Ihnen doch, ich liebe ihr Haar und ihre Schenkel und diesen Teil hier, wo es so macht.«

Es kümmerte ihn nicht, dass ich nicht sehen konnte, auf welchen Körperteil er gerade zeigte, und seine Vorstellung von diesem Körperteil – welcher es auch sein mochte – nahm ihn ganz gefangen, denn er versank in Tagträumereien, und sein Atem ging schnell und leise.

»Es gibt einen Unterschied zwischen Liebe und Verlockung«, sagte ich.

»Ich spüre keinen.«

»Trotzdem gibt es ihn.«

»Dann erlebe ich beides.«

Dieser dumpfe Schmerz in meinem Kreuz – wenn ich doch nur genug Platz zum Stehen gehabt hätte oder um mich zur Seite zu neigen. Ich knetete den Muskel mit der Faust. »Wie alt ist sie?«

»Ich weiß es nicht«, sagte er, fügte aber unvermittelt hinzu: »Kein Kind. Eine richtige Frau.«

»Hattest du jemals körperlichen Kontakt mit ihr?«

»Anfassen? Nein, Pater.« Er schniefte. Ich habe genug

Schniefen gehört, um zu wissen, dass es ein Zeichen für eine Lüge oder eine unvollständige Wahrheit ist. Wenigstens korrigierte er sich schnell. »Oder … ja, Pater. Aber nur ganz leicht, ich glaube, sie hat es nicht einmal bemerkt.«

»Wann war das?«

»Vor vielen Monaten, im letzten Sommer, beim Tanzen.«

»Ein Tanzfest in Bourne?«

Eine Pause. »Ja, Pater.«

Er war ein schlechter Lügner. Die Oakhamer gingen nicht zum Tanzen nach Bourne, und die Bourner hatten wahrscheinlich keine Tanzfeste, wegen Serle, ihrem verkniffenen Priester.

Ich fragte: »War es eine zufällige Berührung?«

»Ich weiß nicht, was Sie ›zufällig‹ nennen – ich hatte es nicht geplant, sah bloß ihre Brust, und meine Hand flog dorthin, ehe ich wusste, was ich tat, und in diesem Augenblick drehte sie sich um – ich glaube nicht, um mir auszuweichen, nur um der Drehung willen –, und meine Hand berührte ihre Brustwarze …« – ein kurzes Innehalten – »wie ein Blatt, das eine Knospe auf einem Zweig kitzelt.«

»Ein Blatt, das eine Knospe auf einem Zweig kitzelt?«

»Ja, Pater.«

»Von wem hat du denn diesen damenhaften Ausdruck?«

»Der ist mir selbst eingefallen, Pater.«

»Du wolltest sie – packen?«

»Nicht packen, bloß greifen.«

»Was macht das für einen Unterschied?«

Er beugte sich vor und hielt seine Hand nah an das Gitter, sodass ich sie sehen konnte, und schloss sie fest um das Haselholz. »Packen«, sagte er. Dann ließ er los und hielt die Hand in der Schwebe, und die andere ergriff und umklammerte sie eine Weile, ehe sie sie fallen ließ. »Greifen.«

»Du willst sagen, dass das Packen länger dauert?«

»Richtig, Pater. Ich wollte sie nämlich nicht einfangen und entführen.«

»Nur ihre Brust anfassen?«

»Aber sie ist in eine andere Ecke gewirbelt.«

»Und die Frau? Hat sie sich dir jemals genähert?«

»In meinen Träumen immer, jede Nacht, würde ich sagen, und sie ist dann ziemlich freizügig und bereitwillig. Dann sind da noch meine Tagträume, aber in denen ist sie ruhiger und hat mehr Kleider an.«

»Du musst mit den Tagträumen aufhören.«

Er seufzte und klang ungeduldig, enttäuscht.

Unvermittelt fragte ich ihn wieder: »Bist du sicher, dass es keine Frau von hier ist?«

»Ganz sicher.« Er wirkte jetzt sehr selbstbewusst, denn er hatte angefangen, seine eigene Lügengeschichte zu glauben. Wie leicht uns Menschen das fällt. Irgendetwas haben Lügen an sich, dass ich nichts auf sie zu sagen weiß. So saßen wir eine Weile schweigend da.

»Glaubst du an Vater, Sohn und Heiligen Geist?«, fragte ich schließlich; die Frage kam unvermittelt, und ich glaube, er war überrascht, doch seine Antwort klang nachdrücklich.

»Ja.«

»Die Menschwerdung Gottes?«

»Ja.«

»Die Auferstehung?«

»Ja.«

»Das Jüngste Gericht?«

»Ja.«

»Hast du deinen Vater und deine Mutter geehrt?«

»Ja.«

»Warst du übermäßig stolz auf deinen Verstand?«

»Nein.«

»Wiederhole dein Glaubensbekenntnis noch einmal.«

»Ich glaube an Gott, den mächtigen Vater, und an Jesus ...«

»Den Vater, den Allmächtigen, den Schöpfer des Himmels und der Erde, und an Jesus Christus ...«

Er übernahm wieder und holperte bis ans Ende. Wenn er das schaffte und sich in Disziplin und Gottesfurcht übte, wäre alles andere ohne Belang, sein Verlangen sowieso. Daran konnte man nichts ändern – für das Verlangen eines jungen Mannes gibt es kein anderes Heilmittel als das Altern, und selbst dieses Heilmittel wirkt nicht immer.

Als er seinen chaotischen Vortrag beendet hatte, atmete ich tief aus, beugte mich vor und stützte die Ellbogen auf den Knien ab. »Du musst das Glaubensbekenntnis lernen«, sagte ich. »Wort für Wort, und wenn das Verlangen dich überkommt, dann kannst du seine Worte verwenden, um den Bann des Verlangens zu brechen. Lerne, nach der Schönheit Christi zu verlangen. Wiederhole das Glaubensbekenntnis und das Ave fünfmal am Tag, einen Monat lang, außerdem jedes Mal, wenn das Verlangen besonders stark ist. Du musst deine nächtlichen Träume bezähmen und die Tagträume auch. Wenn du die nächtlichen Träume nicht bändigen kannst, musst du wenigstens die Tagträume bändigen, mithilfe des Glaubensbekenntnisses. Hast du das verstanden?«

»Ja.«

»Und denk nicht, dass deine Hand ein Blatt sei, das eine Knospe streift. Deine Hand ist deine Hand, sie steht im Dienst deines Herzens.« Und anderer Teile, dachte ich. »Sie ist kein unschuldiges Blatt.«

»Ich werde nie wieder in dieser Weise an sie denken.«

»Und meide diese Frau um jeden Preis. Die Strafe dafür, eine verheiratete Frau zu begehren, ist weit höher als bei einer unverheirateten.«

Er murmelte ein halbherziges »Ja«.

»Dafür, dass du ihre Brust berührt hast, musst du zwei Wochen lang täglich herkommen, eine Kerze unter dem Vesperbild – *unserem* Vesperbild – anzünden und ein Ave sprechen.«

Unser Vesperbild war nicht wie das von Newman, das kühn und leuchtend wie ein Eisvogel über Newmans eigenem Altar hing. Dem Jungen würde das nicht gefallen, diese Stallburschen hatten mit Kerzen und Vesperbildern genauso wenig am Hut, wie sie in den Refrain von »Ich künde von einer Magd« einstimmten. Das war Frauenkram.

»Und du kannst etwas für mich tun – bring Sarah Spenser Holz, Brot, Milch und Eier, es geht ihr nicht gut. Möglichst auch Schinkenspeck. Und nimm Kerzen aus der Sakristei mit. Bring ihr auch saubere Bettwäsche und sieh zu, dass das Feuer bei ihr brennt. Wenn sich Wasser auf dem Boden gesammelt hat, fege es hinaus.« Ich dachte voller Unbehagen an das Erbrochene, das ich am Vortag hinausgefegt hatte. »Mach da sauber. Sieh zu, dass es ihr nicht an Wasser fehlt. Janet Grant wird später für alles bezahlen.«

»Ja, Pater.«

»Dir wird ein Sündenerlass von vierzig Tagen gewährt, weil du vor der Fastenzeit zur Beichte gekommen bist. Du hast recht daran getan zu beichten. Komm wieder, falls das Verlangen stärker wird.«

Ich erwartete nicht, aus seinem »Danke, Pater« tatsächlich Dankbarkeit herauszuhören. Er gehörte nicht zu denen, die öfter als unbedingt nötig zur Beichte gehen, und es war unwahrscheinlich, dass er zurückkommen würde, wenn ihn das schlechte Gewissen ereilte. Aber als er mir dankte, klang doch eine gewisse Erleichterung über diese Möglichkeit an. Er näherte sein Gesicht dem Gitter, um mich zu sehen oder mir in die Augen zu blicken. Ja, ein wölfisches Gesicht, hager, dunkel und scharfäugig. Ralf Drake. Als er aufstand und den Vorhang zurückzog, zögerte er seltsamerweise. Wenn ich es nicht besser gewusst hätte, ich hätte vermutet, dass ihm eine Offenbarung oder ein Moment der Verzückung zuteilgeworden war, so wie es Menschen vor einem Marienbild oder einem Heiligenbild widerfährt. Dann stieß er ein seltsames kurzes Lachen aus und ging.

Warum hatte er gezögert, warum hatte er gelacht? Weil er peinlich berührt war, dessen bin ich mir sicher – und zwar deshalb, weil die verheiratete Frau, die er liebte, meine Schwester war. Er wollte, dass ich es wusste, sie war die Einzige im Dorf, die kürzlich – am Freitag – *einen schlaffen alten Knacker von außerhalb* geheiratet hatte. (Und an dieser Einschätzung gab es einiges, mit dem ich übereinstimmte.) Sie lebte jetzt in Bourne mit ihrem Mann, John Endall, dessen Nachname mir ihr künftiges Schicksal zu beschreiben schien und dem dort zwanzig Joch Grasland gehörten. Unser kleiner Landarbeiter würde sie wohl nie mehr wiedersehen, es sei denn im Vorübergehen, wenn sie zu Besuch kam. Er würde nie wieder mit ihr tanzen.

Wie ist das, wenn man eine Frau liebt? Geht es nur darum, ihr Haar, ihre Schenkel, ihr *dieser Teil hier* zu lieben? Oder sie übermäßig zu verehren – ihren Kamm, ihren Fußabdruck, ihren Löffel, ihren Geruch, ihren Schatten, das Wasser, mit dem sie sich wäscht? Wenn ein Regentropfen ihren Hals berührt, ist es dann Liebe, nicht nur ihren Hals, sondern auch den Regentropfen zu verehren? Ist es ein Bann, ein Trick, ist es schiere, gebündelte Lust? Ist es Liebe, wenn es einen zur Tat treibt, oder ist es Liebe, wenn man der Tat widersteht? Bei meiner Priesterweihe hieß es, dass die Liebe mal eine Prüfung sein könne, die sich wie ein Geschenk anfühlt, und mal ein Geschenk, das sich wie eine Prüfung anfühlt, und dass nur ein Priester den Unterschied wissen könne. Aber was wusste ich? Vielleicht wird die Hand in der Liebe zu einem Blatt und die Brust meiner Schwester für diese besessene Hand zu einer Knospe. Vielleicht hatte ich von Ralf Drake verlangt, sich von den Täuschungen der Lust zu befreien, während er in Wahrheit die transformative Kraft der Liebe erlebte. Vielleicht hatten sich seine schmutzigen Hände in ihrer Gegenwart in ein Blatt verwandelt. Ja, das Herz kann Transformationen bewirken. Ich hätte Ralf Drake gern zurückgerufen und ihm eine Frage gestellt: Ist Liebe Seligkeit oder Hexenwerk? Denn ich weiß es nicht.

Kleine dunkle Kiste

Robert Tunley. Niemand füllte den schmalen Spalt zwischen Trennwand und Vorhang so massig aus, bei keinem entwich der Atem so laut, wenn er sich niederließ. Die Glocke schlug eins. Ich bemühte mich, Klänge von draußen zu hören – vielleicht eine Citole, Trommeln, John Greens durchdringenden Dudelsack, mit dem er Tote zum Leben erwecken konnte, das fröhliche Zwitschern der Fiedel, das an eine betrunkene Singdrossel erinnert, dazu die Geräusche schneller Tanzschritte. Aber außer dem einzelnen halb verwehten Glockenschlag hörte ich nichts.

»Was ist draußen los?«, fragte ich, ehe Tunley mit seiner Beichte beginnen konnte. »Wird schon gefeiert?«

»So eröffnen Sie neuerdings die Beichte, Pater?«

»Ich wusste gar nicht, dass Konventionen dir so wichtig sind.«

»Sie sind der erste Priester, der zugibt, dass er etwas nicht weiß.«

Ich musste lächeln. Tunley lachte, doch mit geschlossenem Mund – was schade war, denn sein Lachen war normalerweise so derb und warm wie eine Pferdedecke. »Um Ihre Frage zu beantworten: Ja, ich denke, es wird gefeiert«, sagte er. »Oben in

New Cross. Jedenfalls wird getrunken, und man schreit sinnlos die Spatzen an. Wenn Sie das mit Feiern meinen.«

»Ich weiß nicht, wie man Spatzen sinnvoll anschreien sollte.«

»Dann gibt es heute schon *zwei* Dinge, die Sie nicht wissen.«

Tunley stieß etwas zwischen einem Gähnen und einem Seufzer aus. Ich wusste, wie er sich hinkniete: mit rundem Rücken, die Hände zwischen den Schenkeln und dem Bauch gefaltet. Die Augen tanzten in seinem fülligen, blassen Gesicht.

»Wirst du auch nach New Cross gehen und feiern?«, fragte ich.

»Nein«, sagte er. »Mein Bein schmerzt. Ich werde zu Hause sitzen und den Herrn verfluchen, weil wir wieder die Fastenzeit durchstehen müssen.«

Er spulte routiniert sein Ave ab. *Gegrüßet seist du, Maria, voll der Gnade, der Herr ist mit dir. Du bist gebenedeit unter den Frauen, und gebenedeit ist die Frucht deines Leibes, Jesus*. Schon der Klang trieb mich tief in mein Inneres, an einen Ort, der zugleich dunkel und licht war – mit seiner Stimme hätte Tunley eigentlich für die Kirche arbeiten müssen. Dann, ohne sich auch nur zu räuspern, sagte er: »Sie kennen den Hund von Mary Grant, den schwarzen. Ich habe ihn gestern Abend getötet.«

Selbst das klang melodiös, wie aus einem Lied, und die Wörter kamen aus seinem enormen Bauch. Niemand wusste, wie er es schaffte, so dick zu sein. Beneide den Mann, der im Herbst fett ist, und misstraue dem, der es im Frühling ist – so sagt man bei uns. Tunley jedoch war das ganze Jahr über dick, und er wurde das ganze Jahr über beneidet und misstrauisch beäugt.

»Mary Grants Hund?«, lautete meine unnütze Frage, denn genau das hatte er ja schon gesagt.

»Richtig, Pater, Mary Grants Hund.«

Das war natürlich der Hund, den Carter und ich am Morgen

neben dem Weg gesehen hatten. Oder? Wenn ich es recht bedachte, wusste ich nicht, was für einen Hund Mary Grant hatte – oder gehabt hatte. Ich hatte ihn schon seit Jahren nicht mehr gesehen. Es war überraschend genug, dass ich wusste, wie Mary selbst aussah, so selten, wie sie zur Messe kam. Wahrscheinlich ähnelte sie ihrer Tochter, die ich jeden Tag sehe. Allerdings sieht Janet Grant hübscher aus, so viel weiß ich dann doch.

»Wie hast du ihn getötet?«, fragte ich. Man fängt mit der leichten Frage an, dadurch ist es einfacher, die schwierigere Frage zu stellen: die nach dem Warum, dem Weshalb.

»Etwas Eisenhut in seinem Futter.«

»Eisenhut?« Dann murmelte ich: »Das ist kein schöner Tod.«

»Ich habe noch keine wirklich schöne Todesart gefunden.«

Der arme Hund. Ich stellte mir seine letzten Minuten vor, würgend und mit gekrümmtem Rücken, der Brustkorb, der sich hob und senkte wie die Flügel eines sterbenden Schmetterlings.

»Du weißt, dass der Hund Mary Grants einziger Gefährte war?«

»Jetzt nicht mehr.«

»Sag mir, warum du es getan hast.«

»Er hat gebellt und gejault, und ich konnte nie richtig schlafen.«

»Es liegt in der Natur eines Hundes zu bellen und zu jaulen …«

»Es liegt in der Natur eines Menschen zu schlafen.«

Ich sah zu den Dachsparren hoch, wie immer, wenn ich entmutigt war, und sagte: »Man kann ein Geschöpf nicht dafür töten, dass es tut, was in seiner Natur liegt.«

Der Hund, wie er dalag, die Zunge wie ein vertrocknetes rosafarbenes Blütenblatt aus dem Maul hängend. Mary war eine alte Frau. Ohne Freunde und ohne Gesellschaft, wenn man von ihrer Tochter absah, die mehr aus Pflicht als aus Liebe zu ihr ging.

»Ich will Ihnen sagen, was nicht in der Natur eines Hundes liegt«, entgegnete Tunley lebhaft. »Bei jedem Wetter draußen angebunden zu sein, ohne jede Freiheit, und Tag und Nacht wie eine blutrünstige Bestie jaulen zu müssen, während sein Herr – oder in diesem Fall seine Herrin – auf ihrem knochigen Arsch sitzt und jammert. Während ihr einziger Nachbar – ihr guter Nachbar, der ihr Brennholz bringt und ihr das Feuer anzündet und ihr Dach flickt – angespannt wie ein Dreschflegel ist und im Kopf selbst schon zu jaulen beginnt und fast verrückt wird vor Schlafmangel. Es ist eine Erlösung, dass der Hund jetzt tot ist. Für uns alle. Wenn ich nicht den Hund getötet hätte, dann Mary selbst. Ich bin also nicht gekommen, weil ich um Vergebung bitten will, sondern um Dank.«

»Du musst verrückt sein, wenn du zur Beichte gehst und Dank erwartest.«

»Verrückt bin ich, Pater – das sagen alle Frauen.«

»Und grausam. Du hast eine alte Frau in Verzweiflung gestürzt.«

»Diese dreiste Ziege war sowieso schon verzweifelt.«

Typisch Tunley; für ihn ging es bei der Beichte nicht um Vergebung, sondern darum, der Notwendigkeit von Vergebung zu entkommen. Man sagt es, und dann ist es raus, aus und vorbei. Er ist ein groß gewachsener Mann, und er sagt, dass der Teufel sich gut in ihm verstecken könne. Deshalb bringt er seine Untaten ans Tageslicht, ehe der Teufel sie findet. Aus diesem Grund weiß ich mehr über ihn, als mir lieb ist: von seinen Reisen nach Bourne, um die ganze Nacht mit zwei Frauen Unzucht zu treiben, die er dort beeindruckt zu haben scheint – eine verheiratet und eine verwitwet. Kein anderer Mann im Dorf hat solchen Erfolg bei Frauen wie er. Liegt es an seiner musikalischen Stimme, den Liedern, die er ihnen vorsingt, den langen, innigen Küssen auf den Hals? (Er beschreibt mir diese Küsse so detailliert, dass ich mich fühle, als ob ich selbst von ihm geküsst worden wäre.) Daran, dass er zwischen den Beinen so großzügig ausgestattet ist? (Auch da hat er meiner Vorstellungskraft ausgeholfen.) Ich habe einmal meine Schwester gefragt, ob sie wisse, was Tunley so reizvoll macht, ob es Frauen gefällt, wenn ein Mann das Fett für zwei mit sich herumträgt – ob sich das wie ein besonders günstiges Angebot anfühlt. Sie wusste nichts dazu zu sagen, sie lächelte nur.

»Gift ist besser als ein Messer«, sagte Tunley, als ob er sich jetzt doch verteidigen wollte. »Ich bin nicht gut im Zustechen, und es hätte mir wehgetan, dem Tier dabei in die Augen zu sehen.«

Mir fiel plötzlich ein, dass ich den Hund in seinen ersten Lebensstunden gesehen hatte, ein kleines nasses Ding, das nach Malz roch und die Augen kaum geöffnet hatte. Man hatte es in meine Handflächen gelegt, ein atmendes Bündel Fleisch.

Ich wollte Tunley davon erzählen. »Als Mary Grant den Hund oben auf dem Weg nach Oak Hill fand, brachte sie ihn zu mir. Er war keinen Tag alt und der einzige Überlebende aus seinem Wurf. Sie fragte mich, ob ich ihn segnen und dann ersticken könne. Ich überredete sie, ihn zu behalten – das muss vor sechs oder sieben Jahren gewesen sein.«

»Und seitdem hat er nicht aufgehört mit seinem Geheule.«

»Und jetzt ist damit Schluss.«

»Und dafür danken wir dem Herrn«, sagte er.

Unwillkürlich fragte ich ihn: »Starb er dort, wo er gefressen hat?«

»Sie streunen dann noch ein bisschen herum.« Seine Stimme signalisierte ausgeprägtes Desinteresse und eine Spur Ungeduld, nun, da er gesagt hatte, was er hatte sagen wollen. »Ich habe ihn dort vergiftet, wo er angeleint war, und dann habe ich ihn losgebunden, damit er sich einen Platz zum Sterben suchen konnte.«

»Weißt du, wo das war?«

»Ich habe keine Ahnung.«

»Kann es sein, dass er es bis zum Birkenhain unten am Weg nach West Fields geschafft hat?«

»Kann sein – es dauert ein paar Stunden, ehe man an Eisenhut gestorben ist. Und es musste sieben Jahre Gefangenschaft gutmachen, das arme Tier. Wahrscheinlich waren es die besten Stunden seines Lebens.«

»Unten im Hain liegt jedenfalls ein toter Hund.«

»Dann muss man nicht besonders gut im Kopfrechnen sein, um eins und eins zusammenzuzählen.«

Wenn ich ihm gesagt hätte, dass ich in der vorangegangenen Nacht gesehen hatte, wie etwas oder jemand die Straße hinuntergerannt war, hätte das wenig gebracht. Tunley brauchte davon nichts zu wissen, und es wäre ihm auch gleichgültig gewesen. Aber bis zu diesem Augenblick hatte ich nicht an das schwarze Etwas gedacht, das durch den nächtlichen Nebel an mir vorbeigehetzt war. Ich hatte es mit der Angst zu tun bekommen, hatte es für einen Geist gehalten und war fortgerannt. Dabei war es vielleicht nur Mary Grants Hund mit einer Dosis Eisenhut in den Eingeweiden.

»Sie sind so schweigsam, Pater, sind Sie tot?«

»Wenn es so wäre«, sagte ich, »dann sähe der Tod sehr nach Leben aus.« Er lachte, und ich sagte: »Von deinem Haus draußen am Bach bis zu dem Hain ist es ein weiter Weg.«

»Wem sagen Sie das. Vom Bach aus ist der Weg überallhin weit.«

Ein langer Weg und ein nasser Weg, denn der Bach tritt bei Regen über die Ufer, und die Bewohner der beiden einzigen Häuser auf der anderen Seite, Robert Tunley und Mary Grant, müssen durch das Wasser waten. Tunley macht das trotz seines kaputten Beins, aber Mary Grant bekommen wir oft wochenlang nicht zu Gesicht. Tunley hält sie bestimmt auf Trab, sagen die Leute mit einem Zwinkern, aber allein die Vorstellung seiner üppigen Lippen auf ihren knochigen Rippen lässt die meisten ihre Anspielung sofort bereuen.

»Dann gehe ich mal wieder«, sagte er. »Ich habe heute viel zu tun, Pater, so gern ich mich auch weiter über den Tod eines Hundes unterhalten würde.«

Er sagt dem Priester an Fastnacht, dass *er* viel zu tun hat. Das Bemerkenswerte an Tunley ist seine grenzenlose Selbstverliebtheit. Ich hatte auch zu tun. Die Absolution ist nichts, was man nebenbei erteilt, bloß weil jemand dahergelaufen kommt. Dazu bedarf es der Genauigkeit. Seine Buße war haarklein nach seinen Absichten zu bemessen – ob er den Hund vor allem umgebracht hat, um sich von seinem eigenen Elend zu befreien, und nur ein wenig, um das Tier von dessen Elend zu befreien – oder umgekehrt. Und ob und wie viel er damit Mary Grant bestrafen wollte, und wenn ja, wie lange diese Absicht sich schon in ihm zusammengebraut hatte. Wie durchdacht, wie boshaft sie war, nach welchen Gesichtspunkten er das Gift gewählt hatte – ob es dabei um den schnell eintretenden Tod oder den dramatischen Effekt ging. All das musste ich ihm entlocken, mit der gleichen Präzision, wie ein Bogenschütze Pfeil und Bogen präpariert. Aber Tunley war schon schnaufend aufgestanden und hatte den Vorhang geöffnet. Er hatte nicht einmal auf die Vergebung gewartet; wieder einmal dachte ich, dass er mich wie einen Abort benutzte – sich setzte, seiner Last entledigte und ging.

»Gestehe Mary Grant deine Tat und entschuldige dich bei ihr«, sagte ich. »Hacke den Rest des Jahres das Holz für sie. Begrabe den Hund und sprich drei Ave-Maria an der Stelle, wo er starb.«

Ich sagte es nur zu meinem eigenen Nutz und Frommen. Tunley war schon fort.

Ich starrte eine daumengroße abgeplatzte Stelle in der Wand vor mir an, die wie das aufgerichtete Geschlechtsteil eines Mannes aussah. Ich hatte einmal daran herumgekratzt, um sie wie den Höcker eines Kamels aussehen zu lassen. Das Kamel verkörpert Besonnenheit, aber ich hatte noch nie eins gesehen, und so war meine Nachbildung nicht besser als die eines Kindes und konnte die obszöne Form nicht verbergen.

Ich musste noch einmal in den Hain. Zumindest, um mich zu vergewissern, dass der Hund fortgetragen und beerdigt und nicht den Falken oder Habichten zum Fraß überlassen worden war. Ich stand auf und trat gegen die Wand, um meine eingeschlafenen Füße zu wecken, aber dann hörte ich Stimmen, irgendeine Aufregung im Kirchenschiff und schlurfende Schritte, die sich mir eilig näherten.

»Reve.«

Ich setzte mich. Herr, sagte ich lautlos. Du hast diesen Menschen erschaffen; hilf mir, mit ihm umzugehen.

Und da war er, auf der anderen Seite des Gitters, unser lauter Flüsterer aus der Ferne, unser fahrender Schwarzmaler, unser durchreisender Kleinigkeitskrämer. Unser kleiner Landdekan, der seine Sheriffpflichten erfüllte, der Streife durch Oakham lief. Ohne Eile nahm ich das Schultertuch vom Kopf und schob die Trennwand beiseite.

»Auf ein Wort, Reve.« Er lächelte, als er das sagte, und deutete eine höfliche Verbeugung an. »Wenn ich Sie nicht störe.«

»Nein, nein«, sagte ich und sah auf die länger werdende Warteschlange im Kirchenschiff. »Ich habe überhaupt nichts zu tun.«

Mein Drang, zu ihm zu eilen und mit ihm zu sprechen, war jetzt, wo er da war, wie weggeblasen. Ganz im Gegenteil: Jetzt wünschte ich, dass ich schon mit ihm fertig wäre, dass ich ihn auf seiner Stute davonreiten sähe, auf Nimmerwiedersehen. Er huschte durch das Mittelschiff zum Nordtor der Kirche. Die Wartenden wandten ihren Blick von mir ab und ihm zu. Ich hoffte, sie wussten, wem meine Treue galt – nicht ihm, der sich hinterhältig in unsere Angelegenheiten einmischte, sondern ihnen, unserer Gemeinde, zu der auch ich zählte. Als wir ins Freie traten, peitschte uns der Wind mit der ganzen Feindseligkeit des Spätwinters, ein letztes Niedersausen seines Schweifs. Aus der Richtung von New Cross wehte Musik herüber, und Rauchwolken stiegen von dem Haus auf, wo Robert Guy, unser mürrischer Vogt, wohnte: tänzerisch verschlungene Rauchwolken, die den Geruch nach Hammelfett und Schinkenspeck mit sich trugen.

Der Dekan ging einige Schritte voraus und war in einen leichten Trab verfallen. Ich hatte noch nie einen erwachsenen Menschen so gehen sehen. Hatte er körperliche Schwierigkeiten, wurde sein Fahrgestell durch irgendetwas beeinträchtigt? Wenn nicht, dann blieb nur die Möglichkeit, dass er Gelassenheit vortäuschen wollte, Ungezwungenheit trotz der unangenehmen Neuigkeiten, die er mir zweifellos unterbreiten wollte. Ich versuchte gar nicht erst, mit ihm Schritt zu halten, ich verlangsamte sogar absichtlich meinen Gang, und schließlich blieb er stehen und wartete.

»Ich habe auf ein Vieraugengespräch gehofft«, sagte er.

»Nur die Kirchenmauern können uns hören.«

Er sah an den frischen, weichen, gelblichen Mauern hoch, als ob er nach einer Bestätigung suchte, die er aber, seinem Stirnrunzeln nach zu urteilen, nicht bekam. »Es waren schwere Tage für Ihre Gemeinde, John«, flüsterte er verschwörerisch. John! Bis eben hatte er mich noch mit »Reve« angeredet – Menschen werden immer dann besonders freundlich, wenn sie etwas von einem wollen und nicht wissen, ob sie es bekommen werden. Sein kleines, scharf geschnittenes Gesicht lebte auf vor lauter Tücke. »Wie läuft die Beichte heute?«

»Ein Heiterkeitsausbruch nach dem anderen«, sagte ich.

»Ich sah einen dieser Stallburschen. Was hatte der zu sagen?«

»Dass er verliebt ist.«

»Ach ja? Wer ist die Glückliche?«

»Das ist kaum von Belang.«

»Liebe ist immer von Belang, wenn es um ungeklärte Todesfälle geht. Liebe ist immer« – er hielt kurz inne – »eine Komplizin.«

Ich schnaubte. Manchmal glaubte ich, wenn ich etwas nur unvermittelt genug tat – ein Geräusch von mir gab, eine Bewegung machte –, dass der Albtraum enden und der Dekan verschwinden könnte.

»Es war Annie, meine Schwester. Der Junge heißt Ralf Drake. Nur eine vorübergehende Schwärmerei.«

Er gab ein kurzes *Pff* von sich. Was sollte das bedeuten? Ich hätte ihm am liebsten gar nichts erzählt, mit keinem Wort angedeutet, was Ralf mir während der Beichte anvertraut hatte. Aber das war nun nicht mehr zu ändern, wir hatten es so ausgemacht, als ich ihm noch vertraut und geglaubt hatte, er wolle uns wirklich helfen.

Der Dekan war in einen qualvoll langsamen Schlenderschritt verfallen und sah mich mit einem intensiven, hilfesuchenden Ausdruck an. Er ergriff mein Handgelenk. »Ein Wort der Warnung«, sagte er. »Sie wissen, dass die, die wirklich etwas zu verbergen haben, Ihnen wunderschöne Lügengeschichten auftischen werden. Deswegen müssen Sie klug und gewieft vorgehen und heraushören, was sie Ihnen verschweigen.« Er neigte sein Haupt, und es war, als ob selbst die Luft schrill vor ihm zurückschreckte. »Und – hat Oliver Townshend schon gebeichtet?«

Er hielt mein Handgelenk, so wie ich vorhin den Hartriegel in der Hand gehalten hatte – ohne wirklich zu wissen, was er damit sollte, aber doch in dem Versuch, die Geste jetzt, wo er es schon einmal hielt, bedeutungsvoll aussehen zu lassen. Ich antwortete: »Nein, Townshend habe ich nicht gesehen.«

»Ist denn irgendetwas Mörderisches ans Licht gekommen?«

Ich löste mein Handgelenk aus seinem Griff und ging weiter. »Robert Tunley hat einen Hund getötet.«

»Oh.« Er streckte die Hände aus. »Hat er sich auf ihn gesetzt?« Ein seltener Anflug von Humor bei unserem Dekan.

»Er hat ihn vergiftet.«

Das Wort »Gift« hob erkennbar seine Stimmung – ein kurzes Verlangsamen des Schrittes, ein kleines triumphierendes Lächeln in den Mundwinkeln. »Womit hat er ihn vergiftet?«

»Eisenhut.«

»Eisenhut? Verstehe. Eisenhut also. Aber da muss ich doch fragen: Woher hat er ihn?« Er bewunderte seine Frage, als wäre sie eine Goldmünze, die er zutage gefördert hatte. »Eisenhut wächst in den letzten Sommertagen, wir haben Februar.«

»Er *blüht* in den letzten Sommertagen. Ich denke, seine Wurzeln wachsen das ganze Jahr über.«

Der Dekan fragte mit verkniffenem Gesicht: »Woher wusste er, wo er ihn finden konnte?«

»Er wächst einige Felder weit entfernt von dem Bach, an dem Tunley und Mary Grant leben. Unten am Fuß des Bergkamms, da ist es feucht und schattig. Jeder im Dorf weiß das. Wir haben viele Schafe verloren, als wir sie dort noch weiden ließen.«

Ich war verärgert und machte mir nicht die Mühe, es zu verbergen. Was wusste er schon über unser Dorf? Er stellte die falschen Fragen. Es war kein Geheimnis, wie man einen Hund mit Eisenhut zu jeder beliebigen Jahreszeit töten konnte, ein Wurzelstück, groß wie der Fingernagel eines Kindes, bringt selbst einen ausgewachsenen Mann um. Man musste bloß ein Fitzelchen Wurzel abschneiden und es, als würde man einen Samen säen, in die Pampe aus Innereien fallen lassen, die der Hund zu fressen bekam. Seine Fragen waren anzüglich wie der Klatsch eines alten Weibes; ihm war nicht einmal in den Sinn gekommen zu fragen, wem der Hund gehörte oder warum Tunley ihn umbringen wollte. Er hatte bloß das Wort »Gift« gehört, und die Schlange in ihm hatte sich aufgerichtet.

»Wir wissen also, dass Tunley zum Zeitpunkt von Thomas Newmans Tod über Gift verfügte«, sagte er, und ich erwiderte: »Wir alle können über Gift verfügen, wann immer wir wollen. Es wächst überall.«

Eisenhut, Bilsenkraut, Belladonna, Nieswurz, ganz zu schweigen von den Pilzen, deren warzige Hüte und perlweiße Milch einen erst berauschen und dann töten können. Jeder, der hier aufgewachsen ist und Land bewirtschaftet hat, jeder, der auch nur eine Erdkrume unter den Fingernägeln gehabt hat, weiß, dass es um uns herum viele trügerische Dinge gibt, die töten können und mit denen man töten kann. Jeder – ob Mann, Frau oder Kind. Das gehört bei uns zum gesunden Menschenverstand, etwas, das dem Dekan völlig abging.

Widerwillig sah er ein, dass das Thema sich erschöpft hatte, und sagte: »Ich hatte gehofft, Sie könnten mir etwas über den Mord an einem Menschen berichten, nicht an einem Hund.« Und er verstummte.

Es hätte durchaus Gründe gegeben, Tunley zu verdächtigen, immerhin war er es gewesen, der am Samstagmorgen als Erster berichtet hate, einen Toten im Fluss gesehen zu haben, und er war den ganzen Freitagabend fort gewesen, ohne dass jemand hätte sagen können, was er getan hatte. Aber Tunley war ein Mann, der über solche Vorwürfe erhaben war; ich fand es bemerkenswert, dass selbst der Dekan das erkannt hatte. Ein so freimütiger und argloser Mensch, dass ihn kein Verdacht treffen konnte. Oder auch ein so streitlustiger Mensch, dass man ihn lieber nicht beschuldigte.

Während wir die Kirche umrundeten, stand mein ruheloser Schritt in ständigem Widerstreit mit dem nervösen Schlurfen des Dekans. Ich spürte immer noch den inneren Drang, nach dem toten Hund zu sehen, er strömte förmlich durch meine Beine und Arme. Wieder einmal fiel mir auf, wie unsympathisch das Gesicht meines Begleiters wirkte. Ich hatte versucht, es zu mögen, aber mit seiner gräulichen Farbe, ausgezehrt und mit verdrießlich herabgezogenen Mundwinkeln widerstand es all meinen Bemühungen.

»Wussten Sie«, fragte er, »dass letztes Jahr an Fastnachtsdienstag in Italien ein Mann gestorben ist, weil er bei einem sogenannten ›Karneval‹ mit Orangen beworfen wurde? Man hat ihn auf der Straße überrannt und totgetrampelt, und als die Feiernden sich nachts zerstreuten, kamen die Wölfe, angelockt von der Süße der Orangen, und rissen seine Leiche in Stücke. Nur seine Augen blieben auf dem Pflaster zurück.«

Der Wind schlug uns entgegen, als wir um die Ecke zur Ostseite der Kirche bogen. »Mögen Wölfe keine Augen?«

Er sah mich an, dann reckte er sein Kinn in die Höhe, um seine unsinnige Geschichte besser fortsetzen zu können. »Und was die Franzosen an Mardi Gras tun – da wendet selbst Gott sich schaudernd ab.« Passend zu diesem Stichwort wandte er sich ab, eine kleine, dramatische Geste. »Es ist wichtig«, sagte er, »dass wir uns hier, in unserem gemäßigteren Land, an unsere eigenen Gebräuche und die ernste Frömmigkeit erinnern, die bei diesem Ereignis angebracht sind. Natürlich dürfen wir uns vergnügen. Aber wir dürfen uns nicht wie sittenlose Wilde aufführen.«

Wusste der Dekan überhaupt, was Sittenlosigkeit war? Sittenlosigkeit ist, wenn man am Todestag eines Mannes in dessen Haus einzieht, sich mit seiner Seife wäscht, sich mit seiner Klinge rasiert und es sich auf seiner Daunenmatratze bequem macht.

»Als ich im Dorf war, fiel mir auf, dass die Feierlichkeiten in New Cross schon recht ausgelassen sind. Viele Betrunkene. Zu viel vom *Muntermacher*, was? So nennt man das hier doch, nicht wahr? *Engelstrank, Drachenmilch.* Und wir haben gerade erst Mittag.« *Schnellpisser*, dachte ich; so nennt man das bei uns, aber das geht dich gar nichts an. Er sah zu mir hoch, sein Gesichtsausdruck sollte wohl Sympathie und Komplizenschaft signalisieren. »Ja, John, es waren schwierige Tage für Ihre Gemeinde, aber dass entschuldigt kein Fehlverhalten.«

Er hatte keine Frage gestellt, also schwieg ich.

»Ich verlasse mich darauf, dass Ihre Gemeinde sich nicht wie die Italiener aufführt, von denen ich sprach. Oder, schlimmer noch, wie die Franzosen.«

Wir hatten das Südtor erreicht, und ich blieb davor stehen. »Ich denke, das wird uns erspart bleiben, die meisten hier haben noch nie eine Orange gesehen«, sagte ich.

Ich umfasste seine Hände und drückte sie sanft, dann ließ ich sie los. Er betrachtete mich beunruhigt: Ich hatte offenbar nicht getan oder gesagt, was ich seiner Meinung nach hätte tun oder sagen sollen. Dann umfasste er mein Gesicht mit den Händen, je eine Hand umschloss liebevoll eine Wange, und sagte: »Jetzt sieh sich einer diese breiten Wangenknochen an, diese erhabene Nase, diese Augen, graubraun wie ein Folterkäfig, rauchig wie ein Scheiterhaufen. Ich würde sagen, in Ihnen steckt auch etwas von einem Franzosen. Darauf müssen wir achtgeben.«

Sein Blick kündete von zaghafter Boshaftigkeit: der Blick eines Menschen, dem die Bösartigkeit der Macht neu ist und der sich ihrer noch nicht mit Gewissheit bedient. Ich blieb stumm, und er presste seine Daumen in die hohlen Stellen hinter meinem Kiefer. Fast an meinem Hals, aber nicht ganz. Weiche Stellen, die selbst ich nie mit den Daumen erspürt hatte. Es war eine Geste von halbherziger Brutalität, und dann sanken seine Arme herab.

»Ich vermute, ich neige zu sehr zum Grübeln, Reve«, sagte er und massierte die Stelle zwischen seinen Augen, wie um die Last all dieser Grübelei zu veranschaulichen. »Einige meiner Überlegungen kann man übergehen, andere nicht, und bei wieder anderen bin ich mir nicht sicher. Wenn zum Beispiel Newmans Leiche drei Tage nach seinem Ertrinken bei West Fields an einem umgestürzten Baum gefunden wird und sein Hemd ein Stück weiter in einem Röhricht, warum ist das Hemd weiter getrieben als der Mann? Wie hat das Hemd sich überhaupt von ihm gelöst? Erreichte es die Stelle zur selben Zeit wie die Leiche, war es mit dem Körper *verbunden*? Oder ist es einen Tag, zwei Tage, drei Tage vorher dort angekommen? In diesem Fall wäre es ein seltsamer Zufall, dass beide nur einen Steinwurf voneinander entfernt angespült wurden. Obwohl solche Zufälle natürlich vorkommen.«

Er bewegte sich von mir fort, die Hände hielt er dabei hinter dem Rücken verschränkt, sie schlugen sanft gegen sein Hinterteil in der engen Robe. Er hatte den Dolch seines Argwohns gezückt und wieder in die Scheide zurückgesteckt.

»Newman hat Townshends Land aufgekauft, nicht wahr?«, fragte er und drehte sich wieder zu mir um.

»Wenn ich mich recht erinnere, haben wir darüber schon mehrmals gesprochen, und die Antwort ist Ihnen bekannt.«

»Ich weiß, ich weiß. Ich strapaziere Ihre Geduld. Aber je öfter wir darüber sprechen, desto weniger geht es mir aus dem Kopf. Newman hat ... wie viel? ... zwei Drittel von Townshends Land gekauft? Newman wurde reicher, Townshend wurde ärmer. Townshend hatte allen Grund, ihm den Tod zu wünschen.«

Er zuckte die Schultern und sah einen Moment beiseite, dann drehte er sich um und schlurfte, in seine zu enge Robe eingewickelt, davon, wobei er mit wedelnden Armen wütend eine Krähe verscheuchte, die ihm nicht einmal im Weg war.

Der Dekan ist ein Mensch, dessen Schuhe zu klein geworden sind und den deshalb die Füße zwacken. Wir haben zurzeit keinen Bischof, der Erzdiakon ist mit anderen Dingen beschäftigt, und so steht er verblüffenderweise an der Spitze des Haufens.

Vor allem haben die Mönche des Klosters in Bruton ihre gierigen Blicke auf Oakham geworfen. Der Dekan hat mich gewarnt, und er ist besorgt. Je mehr es werden, desto mehr Land brauchen sie. Also halten sie Ausschau, aber alles, was sie zu sehen bekommen, sind Schafweiden und kein Ackerland weit und breit. Dann verharrt ihr Blick bei uns, mit Tausenden schafloser, urbarer Furlongs (mehr als jeder andere Ort im Umkreis von hundert Meilen), und sie sehen, dass unsere Gemeinde an ihre grenzt und sie ein gutes Auskommen hätten, wenn sie uns übernähmen und Oakham zu ihrem Gehöft machten.

Hinzu kommt, dass der Bischof im Gefängnis sitzt, weil er versucht hat, einem Prätendenten zur Krone zu verhelfen. Der Dekan meint, dass er es nicht mehr lange machen wird. Der Erzdiakon ist vollauf mit seinen Sorgen beschäftigt und mit all der Arbeit, die der Bischof verrichten würde, wenn er nicht im Gefängnis säße. Wer gibt in diesem Chaos auf uns acht, die wir hier in unserer kleinen Gemeinde zwischen Wald und Fluss leben, mit unserer unbedeutenden Kirche, unseren hundert kleinen Leben und ihren Freuden und Tücken, mit unseren Schweinen, Kühen, Hühnern, unserer Gerste und unserem Holz? Unserer unvollendeten Brücke? Wer hält uns die Mönche vom Hals und die sprichwörtlichen Wölfe? Die Antwort lautet: niemand – niemand außer dem Dekan. Und wie viel Anteil nimmt der? Er muss erst einmal seine eigene Haut retten. Er rennt herum, um dem Erzdiakon Gefälligkeiten zu erweisen, weil er sich davon … ja, was erhofft er sich eigentlich davon? Gunst? Macht? Er verzehrt sich danach, dem Erzdiakon einen Mörder vor die Füße zu legen, wie eine Katze – zitternd vor Stolz – ihrem Herrn einen Vogel bringt.

Zwei Jahre zuvor hatte ich eine Unterhaltung mit Newman. Er erzählte mir damals, dass man in Rom große Kästen eigens zum Beichten baut – Beichtstühle. Man kniet nicht im Dämmerlicht des Kirchenschiffs vor dem Priester nieder, sondern betritt einen zweigeteilten Schrank, mit dem Beichtkind auf der einen und dem Priester auf der anderen Seite. *Eine kleine dunkle Kiste*. Diese Vorstellung hatte für mich etwas Schönes und Geheimnisvolles. Die Kiste erschien mir wie eine Miniaturkirche, eine Kirche in der Kirche – die Seite des Priesters war der Altarraum, die des Beichtkindes das Kirchenschiff, und die Abschirmung dazwischen trennte die beiden weniger voneinander, als dass sie sie vereinte und miteinander ins Gespräch brachte. Der normale Mensch, durch die Trennwand geschützt, berichtet dem Priester von den Dingen, die er auf der Seele hat, auf dass der Priester sie Gott berichte und ihn dem Himmel näher bringe. Die Trennwand ist kein Hindernis, sondern eine Fläche, auf der sich das heilige Mysterium abspielt.

Eigentlich hätte für uns keine Hoffnung auf eine solche Kiste bestanden. Wäre unser Bischof nicht für den Versuch bestraft worden, die Thronfolge zu ändern, wäre unser Erzdiakon nicht so überaus beschäftigt gewesen, wäre unser Dekan nicht verantwortlich gewesen oder hätte er eine andere Persönlichkeit gehabt – nein, dann gäbe es diese Kiste nicht. Als er, der Dekan, uns vor über einem Jahr zu Winterbeginn besuchte, versuchte ich ihm die Idee schmackhaft zu machen. Die Kirche in der Kirche, die Abschirmung, die nicht trennt, sondern vereint, das Spiel des heiligen Mysteriums et cetera. Er war bestenfalls desinteressiert, schlimmstenfalls wütend. Er murmelte etwas über Italiener und hing wie eine dunkle Regenwolke über meinen Hoffnungen.

Aber der Winter schritt voran. Winter können grausam und gewalttätig sein. Wir haben in jenem Winter viel verloren – Saat an die Flut, Tiere an den Schnee, Männer, Frauen und Kinder an Krankheit und Hunger. Ich tat mein Bestes, so wie alle anderen auch, aber wenn die Zeiten verzweifelt sind, handeln auch die Menschen verzweifelt: Sie stehlen, sie lügen, sie betrügen, sie resignieren, sie gehen nicht zur Messe, sie suchen Zuflucht in fremden Betten.

Wenn die Zeiten verzweifelt sind, begehen Menschen Taten der Verzweiflung, von denen sie ihrem Priester, der auch ihr Nachbar ist, lieber nichts sagen. Vielleicht ist es ja das Brot des Priesters, das sie stehlen. Vielleicht ist es die Frau eines Freundes des Priesters, mit der sie ins Bett gehen. Vielleicht ist es sogar die Schwester des Priesters. Damals kam nur das halbe Dorf in den Tagen vor der Fastenzeit zur Beichte. Ich sagte es ihnen täglich in der Messe: Ihr müsst beichten, ihr könnt die Hostie nicht ohne Beichte nehmen. Sie kamen trotzdem nicht. Dann bemerkte ich ein großes Kommen und Gehen bei Four Ways, wo die Straße sich in vier Richtungen gabelt – nach Oak Hill, Bourne, Bruton und Fox Hole –, und als ich jemandem folgte (ganz beiläufig, als ob ich einen Spaziergang machen würde), bestätigte sich mein Verdacht: dass meine Pfarrbewohner sich eine Meile vor dem Dorf mit einem Wandermönch trafen, der ihnen am Straßenrand, mit tief über den Kopf gezogener Kapuze, die Beichte abnahm. Er konnte sie sehen, aber er kannte sie nicht, und sie mussten ihm nicht in die Augen schauen, nicht einmal wenn sie die Münzen in seinen Geldbeutel steckten.

Ich berichtete davon dem Dekan: dass das Geld, das für Zehntabgaben und Spenden im Dorf verbleiben sollte, in den Geldbeutel eines Mönchs wanderte, damit die Beichte unerkannt abgelegt werden konnte. Wir sind ein kleines Dorf mit einem Fluss, der genauso gut eine Mauer sein könnte, denn er hält die Außenwelt von uns fern. Wir wären ruiniert, wenn dieses Bezahlen von Wandermönchen zur Gewohnheit würde – das sagte ich ihm, und es war die Wahrheit. Geld ist ein Konzept, das der Dekan versteht, nicht weil er durchtrieben oder besonders opportunistisch wäre, sondern weil er, je mehr Zeit vergeht, desto verzweifelter wird. Die Gemeinden, die ihm unterstellt sind, litten in jenem Winter, und wem waren diese Leiden zuzuschreiben, wenn nicht – wenigstens zum Teil – ihm? Wenn sich nicht genug Menschen um Land und Vieh kümmern, wenn die Hälfte der Tiere stirbt, dann hungert das Dorf, und wenn das Dorf hungert, dann richten die Leute den Blick auf mich, und ich richte den Blick auf den Dekan, und er richtet den Blick auf den Erzdiakon und dieser auf den Bischof, nur um festzustellen, dass da keiner ist. Und die Menschen verlieren ihren Glauben, weil ihre Beschützer sie nicht beschützt haben, und Gott verliert seinen Glauben an die Beschützer, die er berufen hat, damit sie den Glauben an ihn in den Herzen der Menschen wachhalten. Und sobald der Herr dir nicht mehr vertraut, bist du wie ein einbeiniger Schwimmer, der gegen die Strömung schwimmt.

Da waren wir also – zwei Männer, die wenig füreinander übrighatten und von denen einer das Glück hatte, zufällig auf den absonderlichsten Hass des anderen gestoßen zu sein: Für den Dekan waren Wandermönche allenfalls Händler oder Trödler, mit genauso wenig geistlicher Befugnis. Oder sie waren Diebe und Strolche. Es habe da einen gegeben, sagte er, der halb Mensch, halb Tier gewesen sei und den Körper eines Bären gehabt habe. Wir setzten uns ans Feuer, ich tischte dem Dekan ein Ale und Lammbraten auf – es war kurz nach Ostern – und hörte mir seine Ansichten an. Als ich seiner seltsam leidenschaftslosen Hasstirade lauschte, fühlte es sich an, als ob mir kaltes Wasser auf die Füße tropfen würde. Danach schüttelten wir uns halbherzig die Hände und machten unsere Zugeständnisse – er stimmte zu, dass wir eine Zeit lang einen Beichtstuhl erprobten, und ich, dass ich diesen ohne zusätzliche Kosten beschaffen würde.

Im letzten Winter wurde die breite Eichentür am Nordeingang gegen eine neue ausgetauscht; wir lehnten die alte Tür an die Südwestecke der Kirche und bildeten damit einen dreieckigen Raum, in dem ich sitzen konnte. Philip, der drüben in Old Cross lebt, sägte ein Loch hinein, und seine Frau Avvy flocht ein ganz ordentliches Gitter aus Haselholz, durch das man seine Sünden beichten kann. Ein Vorhang auf der anderen Seite schirmt das Beichtkind ab, das zwischen Vorhang und Tür kniet. Die ganze Vorrichtung ist unausgereift und eigentlich kindisch. Ich weiß nicht, was ein Italiener davon halten würde. Für ihn würde es wohl eher wie der Bau eines Tieres aussehen oder wie ein Ort, an dem Darm und Blase ihr Werk tun – nicht wie ein Ort, an dem Gott sein Werk tut.

Oakham, das kleine und unbedeutende Oakham, das eingezwängt zwischen Fluss und Bergkamm liegt, verfügt über den einzigen Beichtstuhl Englands – zumindest soweit wir wissen. Vielleicht existieren andere Oakhams. Wir haben nie von ihnen gehört. Jeder Bischof in diesem Land würde anordnen, das Ding herauszureißen – jeder Bischof außer dem einen, der im Gefängnis sitzt und seit Jahren nicht mehr an etwas anderes als sich selbst gedacht hat und daran, wie er seine Haut retten kann.

Es kann von Vorteil sein, wenn einen die Welt vergessen hat. Der Beichtstuhl führte dazu, dass wir uns als Gemeinde nach innen gewandt haben, zu uns selbst – wie Primeln, die in dichten Büscheln beieinanderstehen. Die Kirche platzt vor Spenden aus allen Nähten: zwei neue Abendmahlkelche zusätzlich zu den beiden, die wir vorher schon hatten; drei neue Garnituren Messgewänder und Soutanen; ein neues Vortragekreuz; ein dunkelpurpurner Fastenschleier; ein Weihwassertopf; vier große vielarmige Kerzenleuchter und ungezählte der schlichteren Sorte, Weihrauch, eine schöne geschnitzte Holzabdeckung für den Taufstein; bestickte Banner; ein zusätzlicher Rosenkranz für das Kirchenportal; ein Kissen zum Niederknien im

Beichtstuhl; eine Laterne; Gemälde von der heiligen Katharina, dem heiligen Erasmus und der heiligen Barbara (um den Tod abzuwehren); ein ungelenk bebilderter Psalter und jedes erdenkliche Marienbild oder Gebet an die Heilige Jungfrau: eine Kopie des Obsecro te, des schönsten Mariengebets, das es gibt, und von dem Lied »Ich künde von einer Magd«; außerdem ein Kupferstich der Mutter der Barmherzigkeit, ein Holzstich der Mutter der Barmherzigkeit, ein laienhaftes Wandbild der Mutter der Barmherzigkeit, ein Elfenbeinfigürchen der Mutter der Barmherzigkeit; wir haben ein Vesperbild, auf dem die Augen der Gottesmutter verschleiert sind und tieftraurig dreinschauen und der Christus auf ihrem Schoß bereits totenstarr ist. Dann haben wir noch das seltsame und fragwürdige Vesperbild über Newmans Altar, bei dem die Augen der Jungfrau fragend auf uns gerichtet sind und der verwundete Christus mit schockierend gespreizten Beinen daliegt, zart wie frisches Fleisch. Das Gemälde glüht förmlich von Farben, wie sie nur die Italiener herzustellen wissen. Und dort am Triumphbogen hängt eine Schnitzerei der Mater Dolorosa, die sie in erschütternder Trauer am Fuß des Kreuzes zeigt. Und für jedes gestiftete Bild oder Gebet besitzen wir genug Kerzen, um die Muttergottes für Monate oder sogar Jahre zu beleuchten.

Der Dekan war immer skeptisch; er meint, dass ein Beichtstuhl die Leute nicht davon abhalten werde, zu einem schurkenhaften reisenden Ordensbruder zurückzukehren. Denn ich wisse ja bei den meisten Pfarrbewohnern trotz der Trennwand, wer sie sind, und die meisten wüssten das, und ich wiederum wisse, dass sie das wüssten. Was für eine Art von Diskretion solle das sein? Ich finde, dass der Dekan mit dieser Einschätzung eigentlich nur zeigt, wie fremd ihm Feinheiten sind. Es geht nicht darum, dass ich sie nicht sehe, sondern dass sie mich nicht sehen – versteht er das nicht? Ich habe meine schrecklichsten Bürden zu Füßen Gottes abgelegt, weil ich ihn nicht sehen kann. Warum sonst würde jemand, der so groß ist, unsichtbar bleiben? Wenn ich dem Herrn in die Augen hätte sehen können, hätte ich vielleicht ein oder zwei gebeichtet und die schlimmsten für mich behalten. Mein Herz hätte sich verschlossen, um sich selbst zu schützen. Anders gesagt: Selbst ein friedlicher Hund knurrt und stellt das Fell auf, wenn man ihm direkt in die Augen schaut. Nein, unsere Seelen offenbaren wir am besten blind, und wenn man den Dekan davon überzeugen muss, dann soll er doch selbst zur Beichte kommen und mir, dem Unsichtbaren, seine dunkelsten und schlimmsten Sünden bekennen.

Der Dekan hat niemanden, dem er seine Sorgen anvertrauen kann. Ich sah, dass er sich Sorgen über Oakham machte, dass er befürchtete, wir könnten aufsässig werden und uns schlechte Angewohnheiten zulegen, wie etwa das Trinken zur Mittagsstunde und das Ertrinken durch fremde Einwirkung – und dass der Priester in seiner kleinen dunklen Kiste selbst ein Rebell war, der die Befehle Gottes zu kühn und lax auslegen könnte. Ich wusste, dass er sich vorstellte, wie ein Heer von Mönchen zu uns vorrückte, um unser Land in Besitz zu nehmen, das unter seiner Obhut stand. Er war in Newmans Haus eingezogen, als wir noch damit beschäftigt waren, den Boden mit blassen, getrockneten Veilchen zu bestreuen. Wir verstreuten die Veilchen für den Fall, dass Newmans Leiche gefunden und zu Hause aufgebahrt würde; nun mussten wir sie um die Füße des Dekans herum verstreuen.

Von dort aus beobachtete er uns. Ein schrecklicher Unfall habe Thomas Newman ereilt, hatte er gesagt; ein Unfall, der die Zukunft unseres Dorfes bedrohe. Er sagte, dass er uns beschützen werde. Aber er ist ein schwacher Mensch, und schwache Menschen lieben es, dort Macht auszuüben, wo nur wenig Widerstand existiert. Er sah eine Gemeinde in Trauer und Unruhe und beschloss, diese Schäfchen in seinen Pferch zu scheuchen. Vielleicht nur deshalb, weil es leicht war, weil er uns unvorbereitet erwischt hatte. Jetzt trug er uns plötzlich auf sanfte, sorgenvolle Art seine Vorstellungen von einem Mord an, damit er den Mörder finden und hängen lassen konnte. So wollte er den Kreislauf aus Schuld und Sühne schließen, der Ordnung in diese dunkle, rätselhafte Welt bringt, und sich als jemand ausweisen, der seine Gemeinden fest im Griff hat. Er fürchtete, dass unser Schiff sinken könnte. Ich mache ihm deshalb keinen Vorwurf; diese Furcht erfasst jeden, der plötzlich feststellt, dass man ihm irrtümlich das Steuerrad anvertraut hat, obwohl er weder Steuermann noch Kapitän ist. Nicht einmal Seemann.

Essen müssen wir

Ja, das müssen wir, und meine nächste Mahlzeit war überfällig. Aber ich ging zurück in die Kirche und nahm noch eine weitere Stunde lang die Beichte ab, weil ich nicht wollte, dass meine Gemeinde dachte, der Dekan habe mich gegen sie eingenommen – dass ich, während sie Schlange standen, um zu beichten, verstohlen um ihre Häuser schlich und ihnen etwas anhängen wollte.

Irgendwann, da war drei Uhr schon vorbei, verrichtete ich mein Nachmittagsgebet und nahm einen Rosenkranz von dem Nagel in der Wand, um anzuzeigen, dass die erste Beichte beendet war. Die zweite und dritte würden weniger Zeit in Anspruch nehmen, denn es gab andere Möglichkeiten der Zerstreuung: Nach Einbruch der Dämmerung waren Bier und Gesang und Techtelmechtel im Dunkeln meine Rivalen, und denen war ich nicht gewachsen.

Ich befreite die Wandleuchter von Annies Hochzeitsblumen, die ohnehin welkten. Die kleinen Rüschen der Hexenhasel waren verdorrt und einige waren zu Boden gefallen. Morgen begann die Fastenzeit, da musste die Kirche den Wechsel von der Braut zur Witwe vollziehen. Ich holte die violetten Altardecken für die Bußzeit aus der Sakristei, außerdem das schlichte Kreuz, das ich an seinem Platz aufstellte. Ich nahm die dunkelste Decke – sie hatte die tiefsatte Farbe von Brombeersaft – und verhüllte damit das Kreuz.

Als Nächstes kamen die Geschenke und der Hochzeitsschmuck an die Reihe – ein dürftig geflochtener Bogen aus Stroh, zwei bemalte Steine, die wohl Braut und Bräutigam repräsentieren sollten, ein dritter Stein, durch den eine dünne Zinnader verlief, und ein quadratisches Stück grüner Samt, das mit den roten Initialen *A & J* bestickt war. Etwas abseits lag eine Kinderpuppe aus Holz, die nur von Newman stammen konnte – eine Bitte um gesunde Kinder. Ich schlug alles in ein altes Altartuch ein und brachte es in die Sakristei.

Ich ging hinaus; es war so hell, dass man sich fast geblendet fühlte. Ganz klar, neu, kalt und frisch war das Licht. Ich verstreute die Hochzeitsblumen rund um die Kirche. Townshends Felder waren jetzt leer – die drei hinter der Kirche, die drei, die zum Herrenhaus anstiegen, die beiden nördlich von New Cross. Niemand arbeitete. Diese Felder und das Weideland bei West Fields waren alles, was Townshend geblieben war – gewiss, es waren die besten, aber viele waren es nicht. Alles andere gehörte Newman. Die urbaren Felder erstreckten sich über Hunderte von Furlongs; dann kamen die wilden Wiesen, die bis an den Horizont reichten, bis zu der drei Meilen entfernten Gemeindegrenze. Joch um Joch, Jahr für Jahr hatte Newman das Land von Townshend aufgekauft; andernfalls hätten Townshend und seine Frau das Herrenhaus verlassen müssen. Sie hingen daran. In dem leeren weißen Licht wirkten ihre kleinen Felder wie Boote auf der windstillen See.

Einige Burschen kletterten auf der Eiche im Kirchhof herum. Ich schlenderte zum Friedhofstor, von wo aus ich die Straße übersehen konnte, die Spiele und Prozessionen im Dorf. Ein Gefühl der Andersartigkeit stellte sich ein: Die Sonne beraubte die Landschaft ihrer Farben, der Wind beraubte sie ihrer Geräusche. Ich glaubte, einhundert außerirdische Wesen nach Bällen treten zu sehen. Dann drang der Geruch von Gebratenem zu mir herüber – Eier, Fleisch, alter Winterkohl und in Öl gebackenes Brot. Der Geruch von gewürztem Bier. Tassen mit Gewürzmet, welche die Süße von Honig verströmen. Die dampfende Üppigkeit von Pfannkuchen.

Und dann kamen die Geräusche: das Geklingel der Tamburine, ein Dudelsack, Getrommel auf Ziegenhaut, Klatschen, Singen, Schreie, Jubel, Rufe des Ansporns, das hektische Kreischen der Kampfhähne. Die Farben kehrten in die Dinge zurück. Ich sah gerade noch die Menschenmenge hinter der Straßenbiegung nach New Cross verschwinden. Die Hauptfeierlichkeiten fanden immer in New Cross statt, das mit Girlanden aus Winterefeu geschmückt wurde. Sie pflückten Glockenblumen, wenn diese noch in den Wäldern blühten, oder den Stern von Bethlehem oder andere frisch aus dem Boden gesprossene Frühlingsblumen, und sie flochten auch einen Kranz für Jesus. Sie banden einen Holzblock unter seine Füße, damit er etwas hatte, worauf er sich abstützen konnte, und sie wickelten ihm einen Wollschal um die Schultern, um ihn zu wärmen und ihm Mut zuzusprechen. Rauch stieg auf: Die Gemeinde machte immer ein Feuer, auf dem Pfannkuchen gebacken wurden.

Die vier Burschen, die sich bei der jungen Eiche auf dem Kirchhof herumtrieben, lachten sich über irgendetwas scheckig. Zuerst dachte ich, sie würden auf den Baum klettern oder zumindest klettern wollen, aber sie wandten ihm den Rücken zu – sie kletterten gar nicht, sondern lungerten nur herum. Einer von ihnen, dessen war ich mir sicher, war Ralf Drake. Draußen auf der Straße vor der Kirche wurde Campball gespielt, und die Mannschaften wogten stoßweise auf und ab. Dies war der einzige gepflasterte Straßenabschnitt, und die Winternässe hatte ihn mit einer Schleimschicht überzogen, weshalb man dort wie auf Eis ging. Alle jungen Männer der Gemeinde waren draußen, dazu einige der Älteren und auch ein paar Mädchen, die mit ihren kleinen Füßen versuchten, den leblosen, unwilligen Beutel von Schweinsblase vom Fleck zu bewegen, der als Ball diente. Mir war schleierhaft, wie die Blase überhaupt irgendwohin bewegt werden konnte. Das schafften nur die Arbeiter, vor allem die Pflüger, die den ganzen Tag lang nichts anderes taten, als schwere, durchfeuchtete Erde zu bewegen. Als ich durch die Menge der Spieler auf die andere Straßenseite ging, sah ich den Dekan, der dort aus kurzer Entfernung die Burschen bei der Eiche beobachtete – vor allem wohl Ralf Drake.

Die Spieler stießen die prallvolle Blase in meine Richtung, sie pfiffen und flachsten herum. Ich versuchte, sie zurückzutreten, doch sie verfing sich unter meinen Gewändern, und es war an dem kleinen Sal Prye, flink und beherzt wie immer, sie wieder zu befreien. Er war vielleicht ein wenig zu beherzt, denn er langte gleich zu, ohne erst lange zu fragen.

Von dort, und ohne den Dekan zu beachten, der mich ebenfalls ignorierte, machte ich mich auf den Weg nach Old Cross, wo es freilich gar kein Kreuz gab. Newmans erstes Geschenk an die Gemeinde war ein neues Steinkreuz für die nördliche Dorfgrenze gewesen, und seitdem war das alte aus Holz zu einem Stumpf verwittert. Jetzt ragte dort nur noch der Maibaum schräg aus der ausgefahrenen Straße.

Ich sah niemanden außer Piers Kemp, den Müller, der mit seinen Schuhen voller Steine schmerzerfüllt von Newmans Haus herübergehumpelt kam. Es bereitete mir meist keine Freude zu sehen, wie meine Oakhamer ihre Buße taten, und zu wissen, dass die Steine sich auf meine Anweisung in ihren Schuhen befanden. Zu wissen, dass sie auf meinen Wunsch humpelten. Barmherzigkeit kam mir seltsam vor, wenn sie nach außen hin solche unbarmherzigen Formen annahm. Trotzdem hob er die Hand, um mich fröhlich zu grüßen, und sagte, er habe gerade dem Dekan Brot geliefert.

Und da war er, der Maibaum, an dessen Spitze Newmans Hemd hing. Man hatte es mit dem Ärmel festgebunden. In der frischen Brise war es beinahe getrocknet und flatterte lustlos im Wind. Es bauschte und blähte sich, als würde ein Mann darin stecken, der sich in Krämpfen wand. Falls die Dorfbewohner es gesehen hatten, ließen sie es sich nicht anmerken. Mir erschien es als unnötige Grausamkeit, Newmans zerrissenes Hemd zu hissen wie eine Flagge. Der lose Ärmel streckte sich immer wieder aus, als wollte er nach Westen zeigen, auf alles, was böse, glück- und gottlos war. Als ob er uns bedeuten wollte, dass Newman dorthin gegangen sei.

Ein allzu forsches, hastig zusammengestottertes Gebet: Herr, lass den Wind von Westen wehen. Ich weiß, diese Bitte steht mir nicht zu. Aber ich äußere sie trotzdem. Lass den Ärmel ostwärts weisen, auf alles, was gut, glückreich und göttlich ist. Lass den Wind in ihn hineinfahren, ihn öffnen und füllen und ihn (wie ein Herz voller Liebe, wie eine Blume, die sich dem Licht zuwendet), Herr, in deine Richtung weisen.

Ein warmer Sommertag, vier Jahre zuvor. Newman und ich spazierten am Fluss entlang, als ein Mann und zwei Frauen, die neben einem schiefen Karren hergingen, das andere Ufer passierten – *Gegenüberlinge* nannten wir solche Reisende –, und der Mann zu uns herüberrief: »Wie heißt dieser Ort?«

Newman rief zurück: »Oakham!« Er fügte hinzu: »Wohin geht die Reise?«

»Zuerst Rom, danach Santiago de Compostela, dann, auf dem Heimweg, reisen wir durch Frankreich.«

»Ein langer Weg.«

»Er wäre kürzer, wenn's in Ihrem Ort eine Brücke gäbe.«

Bald waren sie flussaufwärts hinter den Eichen verschwunden, nach denen unser Dorf benannt ist, und alles, was von ihnen blieb, war eine Spur aus niedergetretenem Gras, das sich bald wieder aufrichtete. Newman bückte sich, um einen schweren alten Eibenast vom Ufer aufzuheben, den er in den Fluss schleuderte. Ich sah zu, wie der Ast flussabwärts schwamm, an den seichten Stellen etwas zögerlich, aber dennoch unaufhaltsam, und ich sprach einen Gedanken aus, der von alten Überlegungen und Gesprächen herrührte, vielleicht auch von unserer trägen Stimmung an jenem heißen Tag und dem Anblick der Reisenden, die so schnell verschwanden, wie sie gekommen waren.

»Das Holz kehrt nicht zurück«, sagte ich.

Newman stand da, eine Hand in die Seite gestemmt, einen Fuß vorgestellt, und kniff die Augen zusammen.

»Aber die Jahreszeiten kehren wieder, oder?«, fügte ich hinzu. »Sie kehren jedes Jahr wieder. Wir werden überflutet, wir trocknen aus, wir sind durstig, wir haben genug, wir haben nichts, es ist erst Winter, dann Frühling, es kommen Fastenzeit und Karwoche, die Freudenfeuer im Sommer, die Bitttage, Quatember, Fronleichnam. Die Sonne steht hoch, die Sonne steht niedrig, der Weizen ist grün, dann golden, dann weg. Und kein Jahr ist müder als das vorangegangene – hast du das bemerkt? Kein Jahr ist alt oder müde.«

Er sah erst mich an, dann den Fluss, die Wolken, dann wieder mich. »Nein«, sagte er, »das stimmt. Kein Jahr ist alt oder müde.«

»Der Fluss der Zeit – so nennt man das doch, oder?«, sagte ich. »Aber die Zeit ist kein Fluss. Sie kehrt immer wieder zu sich selbst zurück. Der Eibenast im Fluss kommt nie mehr wieder.«

Newman stand so aufrecht und unverrückbar wie eine Birke am Ufer und sah versonnen auf das Wasser des Flusses hinaus. »Die Zeit ist eher ein Kreislauf als ein Fluss«, bemerkte er, wobei ich nicht zu sagen wusste, ob er diese Einsicht gerade erst gewonnen hatte oder schon seit Jahren besaß.

»Ja – ja.«

Und es stimmte. Diese endlose Wassermühle vergehender Tage, diese immer gleiche Abfolge von Jahreszeiten, erschien mir so deutlich erkennbar, als ob die Welt selbst – der Fluss, das Weideland, der Wald, der Himmel – sanft und mütterlich gerundet wäre und als ob wir alle dank dieses endlosen Kreislaufs der Zeit rund und gesund wären.

Damals kam mir der Gedanke, zu ihm zu sagen: Wenn die Zeit eher einem Kreislauf als einem Fluss gleicht, was hält sie dann davon ab, rückwärts zu fließen? Können Räder sich denn nicht vorwärts und rückwärts drehen? Ich sagte nichts dergleichen, weil ich seine Antwort kannte, auf die wiederum ich keine Antwort wusste: Wenn Zeit sich vorwärts und rückwärts bewegen kann, warum brachte Gott dann nicht Newmans Frau und Kind ins Leben zurück? Und ich wollte nichts sagen oder tun, das bei Newman das Gefühl des Verlusts erneut aufbrechen ließ. Es hatte etwas mit der Art und Weise zu tun, wie er jenen Pilgern ein einziges Wort über den Fluss zugerufen hatte, so überzeugt und treu: Oakham! Etwas in diesem Wort ließ ihn mir plötzlich, mit wildem Nachdruck, wie einen Bruder erscheinen: er und ich gemeinsam, die Wächter und Verteidiger dieses Dorfes.

Die Mittagsstunde nahte, und wir standen immer noch da, in nachdenkliches Schweigen versunken, sodass ich versuchte, ihn aus seiner Gedankenverlorenheit herauszuholen und seinen Appetit anzuregen (denn er war ein Mensch, der essen als lästige Notwendigkeit betrachtete, ein Mensch, der, wenn ihm ein dampfender Eintopf serviert wurde, »Essen müssen wir« seufzte und der zwar mit Dankbarkeit, aber ohne Begeisterung aß). »Gehen wir«, sagte ich. »Annie bereitet das Mittagessen für uns.« Brot und Buttermilch, Quark, Honig, Quitten, vielleicht die ersten reifen Feigen.

Aber Newman rührte sich nicht und betrachtete den Fluss so eingehend, als ob es dort ein Spektakel zu sehen gäbe, und so schaute auch ich auf die Szenerie, die seine Vorstellungskraft so stark anregte. Ich wusste sofort, was er sah, da ich in jenem Moment mit seinen Augen schaute. Er beugte sich erneut vor, und diesmal hob er einen Stein auf, den er mit einer ausholenden Bewegung weit über das andere Ufer hinaus schleuderte, wo er sich durch die obersten Blätter einer Eiche fraß und außerhalb unserer Sichtweite zur Erde fiel.

»Dieser Stein ist weiter gereist als die meisten Bewohner unseres Dorfes«, sagte er, und in diesem Zustand brüderlicher Nähe wandte er sich zu mir um und fragte genau das, was ich ihn hatte fragen wollen. »Meinst du, John, dass diese Reisenden mit dem, was sie über eine Brücke sagten, recht hatten?«

»Ich denke schon ...«

»Wir könnten eine bauen.«

»Über diesen Fluss.«

»Über genau diesen Fluss.«

»Warum nicht – es ist höchste Zeit.«

»Allerhöchste Zeit.«

»Ja, warum eigentlich nicht.«

Drinnen war es kälter und dunkler als draußen und es roch intensiv nach gebratener Gans. In der Feuerstelle hatte sich ein Haufen kalter Asche gesammelt. Mit Gänsefett bespritzt. Die Leute finden es komisch, dass Annie und ich jede Nacht vor dem Schlafengehen Wasser auf das Feuer schütten, aber ich finde es eher komisch, dass sie es offenbar vorziehen, in ihren Betten zu verbrennen. Wenn die eigene Mutter in den Flammen umgekommen ist, lässt man nie mehr unbefangen das Feuer brennen und geht zu Bett.

Ich zündete zwei Kerzen auf dem Tisch an, zur Aufheiterung und auch, um nach meinen Vorräten zu sehen. Ich hatte zuletzt am vorangegangenen Abend gegessen, als ich die Reste der Gans verzehrt hatte. Neunzehn Stunden ohne Essen und jetzt ein Heißhunger, der wegen der gestrigen Völlerei umso größer war – die höchste Flut bringt stets die tiefste Ebbe, wie man sagt. Meine Knochen fühlten sich geradezu ausgehöhlt an. Es gab noch ein Stück Brot, einen letzten Apfel, ein wenig Milch – ich aß und trank alles, auch ein Ei, das ich in den Bodensatz der Milch aufschlug und roh herunterschlang. Keine Mahlzeit, die mich begeisterte, das muss ich zugeben. Wenn man bedenkt, was man mit dem Ei alles hätte machen können. Ich hätte es, mit der Milch, etwas Mehl und einigen Apfelstücken verrührt, in Schmalz frittieren oder als Spiegelei mit Brot und Fett essen können – ein schlichter Festschmaus. Oder ich hätte einen Pfannkuchen backen und gebratenen Apfel mit Honig daraufgeben können. Oder ich hätte ein luftiges Rührei mit Butter und Schinkenspeck zubereiten können, zu dem ich die aufgewärmte Milch getrunken hätte. Traurige, flüchtige Fantasien. Es fehlte mir die Zeit, ein Feuer anzuzünden. Außerdem gab es keinen Schinkenspeck, und selbst wenn welcher da gewesen wäre, hatte doch die Fastenzeit für mich an diesem Morgen mit dem Verzicht auf Fleisch begonnen – und essen müssen wir.

Es blieb mir jetzt auch keine Zeit mehr, zum Birkenhain zu gehen und nach Mary Grants Hund zu schauen. Ich wusste ohnehin nicht, was ich mit ihm anfangen sollte. Aber dieses Wäldchen war für uns Oakhamer schon immer ein unheimlicher Ort gewesen. Der Wind flüsterte in den Bäumen, und die Schatten waren dort besonders flink und flüchtig. Im Sommer behängten wir die Birkenzweige mit Büscheln aus Pferdeschwänzen und bunten Girlanden – gefärbte und geflochtene Bänder aus Hanf und Leinen, einige Verschnittstücke von Cecily Townshends ringelblumenfarbenem Samtkleid. Die Girlanden sollten die Geister vertreiben, aber ich zweifelte an der Wirksamkeit dieser Art von Magie, und nun hatte ich Mitleid mit Mary Grants unglücklichem Hund und hätte ihn gern an einem harmloseren Ort begraben.

Wenn meine Schwester noch da gewesen wäre, hätte ich sie gefragt: Was sollen wir mit dem Hund anfangen? Und sie hätte ohne Zögern gesagt: Tu dies und tu das. Es fühlte sich seltsam an, dass sie nicht mehr da war und ich sie nicht mehr um Rat fragen oder mich ihr anvertrauen konnte. Dass ich all die Aufgaben übernehmen musste, die sie sonst erledigt hatte. Meine schmutzige Soutane in der Ecke schien nur darauf zu warten, dass meine Schwester sich ihrer mit kundiger Hand und warmem Wasser annahm. Der Topf wartete darauf, dass unsere beiden Löffel sich freundschaftlich um den Eintopf stritten: Scharmützel um ein Stück Äsche oder Häsling, beherztere Kämpfe um einen kostbaren Bissen Forelle. Wie konnte es sein, dass Newman und sie noch vier Tage zuvor bei mir gewesen waren und dass mir nun keiner der beiden geblieben war? Ich spürte, wie die Trauer wuchs und sich in meinem Brustkorb ausbreitete. Annie: meine Schwester und einzige Blutsverwandte. Ihr neuer Mann nannte sie »Anne«, und auch wenn sie es nie aussprach, vermute ich doch, dass sie ihn deshalb geheiratet hatte (keiner wusste einen anderen Grund). Sie kam sich dadurch wohl fraulich vor, nicht mehr wie ein Kind.

Ich wischte die Krümel auf und wollte eben die zerbrochene Eierschale wegwerfen, als ein Prasseln an der Tür mich so sehr erschreckte, dass ich sie in meiner Hand zerdrückte. Als ich die Tür öffnete, lagen mehrere Steine auf der Türschwelle und fünf oder sechs Jungs rannten zu dem Weg, der in westlicher Richtung aus dem Dorf hinausführt. Einer von ihnen blieb stehen und drehte sich um und er sah mich einen Moment lang an, als ob er seine Gruppe verlassen und zu mir zurückkommen wollte.

Es war schon wieder Ralf Drake. Groß und stark und von eckiger, hagerer Gestalt. Seine Körperhaltung erinnerte mich daran, dass ich ihn auf der Hochzeit meiner Schwester gesehen hatte; er hatte genauso dagestanden, aufmerksam schauend, und Annie beim Tanzen beobachtet. Ich schloss die Tür und blieb dahinter stehen und hatte das Gefühl, dass er mich immer noch beobachtete.

Fastnachtsstreiche. Sogar mein Vater hatte als Kind am Fastnachtsdienstag Steine und Matsch und Topfscherben gegen Türen geworfen – nichts ändert sich. Eierschieben, Schlammwerfen, Kleidertausch – ein Mann im Kittel seiner Frau, eine Frau mit dem Gürtel und den Stiefeln ihres Mannes. Sollen sie doch ein bisschen unschuldigen Spaß haben – ich kann mir nicht vorstellen, dass es ihnen ein einziger Engel im Himmel missgönnt.

Wir tragen so viele Bürden mit uns herum, und der Winter ist die schlimmste Zeit von allen. Er lässt uns zu viel Zeit für düstere Gedanken.

Ehe ich ging, spülte ich die Milchtasse in dem Bottich draußen vor der Tür aus und räumte die Steine weg. In der Nähe der Tür gab es ein warmes, windstilles Fleckchen und einen Streifen Sonnenlicht, der mehr Wärme erwarten ließ, als wir in diesem Jahr bislang gehabt hatten. Meine Füße pochten vor Freude. Im Haus stellte ich die Tasse auf den Tisch, neben Messer und Löffel, die aufrecht in einer Spalte im Holz steckten, durch achtloses Sägen entstanden.

Mein Vater hatte mich einmal bei Regen hinausgeschickt, weil ich ein Messer und einen Löffel so angeordnet hatte, als ob sie Braut und Bräutigam vor dem Altar wären. Menschen müssen Menschen sein, sagte er, man darf sie nicht mit Messern und Löffeln zu Spielfiguren machen. Außerdem hatten wir genug mit Pflügen, Säen, Düngen, Mergeln und Ernten zu tun. Schafe mussten ablammen, Schweine geschlachtet werden. Ich musste bis zum Abend draußen bleiben, dann holte meine Mutter mich zurück ins Haus. Am nächsten Tag sang ich vor dem Frühstück, und auch das war eine schändliche Alberei und brachte obendrein Unglück. An diesem Abend holte mich niemand ins Haus, stattdessen übernachtete ich in der Scheune. Doch ich konnte meine Neigungen nicht unterdrücken, und so verbrachte ich als Kind mindestens drei Dutzend Nächte in der Scheune. In der Dunkelheit glitten Dämonen über meine Haut und flüsterten mir mit verzerrter Stimme Geschichten vom Tod ins Ohr. Meine Haut fühlte sich danach wund an, und wenn ich morgens aufwachte, war sie so rot, als ob ich auf einem Feuer, das nicht von dieser Welt war, gekocht worden wäre.

Ich spie in die ausgespülte Tasse. Der Schmerzensmann: gesegnetes Bildnis Christi, das auf dem Schemel neben meinem Bett stand. Ich küsste das Holz, in das es geschnitzt war, und ich schmeckte sein Blut. Ich hielt es an meine Brust und drückte seine verschleierten Augen und dunklen Lider an mich, bis ich seine Haare, seine Lippen, seine geschwollenen Adern so deutlich spüren konnte, als ob mein Leben in seine herabhängenden Hände (die übervoll und leer zugleich waren) gelegt worden wäre und sie es für klein und unzulänglich befunden hätten.

Seit Annie fort war, musste ich immer daran denken, dass ich vielleicht nie recht gewusst hatte, was in ihrem Kopf vor sich ging – hinter ihrer hohen, breiten Stirn, zwischen ihren kleinen Ohren. Vielleicht hatte sie Zuneigung für den jungen Mann empfunden, der nach Gülle roch. Ihre Kammer stand leer, und ich hätte seit ihrem Weggang gut darin übernachten können, aber ich konnte mich nicht dazu durchringen, dort mein Schlafzimmer einzurichten. Ihre zerkratzte und verbeulte Schüssel stand noch auf dem Tisch und ihr Flakon mit Ambra auf dem Regal.

Die Tür war im Regen aufgequollen, sodass ich sie nicht schließen, sondern nur fest zuziehen konnte, doch sie blieb trotzdem einen Spaltbreit offen. Wildes Trommeln und Rufen übertönten den Wind – ein Trinklied –, und auch das Campballspiel auf der Straße vor meiner Tür hatte neue Mitspieler gewonnen und war lauter und rabiater geworden als zuvor. Die Männer wälzten sich am Boden und kämpften um die Schweinsblase. Ich kannte nichts Widersinnigeres als dieses Spiel, das sich in Richtung Westen ausgebreitet hatte, bis dorthin, wo die Straße in den großen westlichen Fahrweg mündet. Fünfzig oder sechzig Männer spielten jetzt mit, und es ging hoch her: Da wurde geschlagen, getreten und gegrunzt, dass einem angst und bange werden konnte. Und dann erst die Musik! Schrill und misstönend, weil die Dudelsäcke und Trommeln inzwischen vom Regen verzogen waren. Plötzlich sah ich Tunley auf der anderen Seite der Menschenmenge, wie er eilig die Straße zur Kirche überquerte. Er ging in Richtung New Cross, und über seinen Schultern lag – wie ein sehr schwerer Pelzkragen – der Hund. Die Beine des Hundes hingen herab und pendelten hin und der, sein Körper war flach wie der eines toten Aals. Etwas so Lebloses hatte ich noch nie gesehen, lebloser selbst als etwas, das nie gelebt hatte.

War es eine optische Täuschung oder eine Vorahnung (ein Vorwärtsschlingern auf dem Rad der Zeit), dass ich mit der Plötzlichkeit eines Blitzschlags den Eindruck gewann, es sei Townshend – ein schwerer und lebloser Townshend –, der tot auf Tunleys Schultern lag? Unwillkürlich sah ich mich nach dem Dekan um, der mittlerweile auf seine hartnäckige, verbitterte Art allgegenwärtig zu sein schien – mörderisch in seiner Entschlossenheit, einen Mörder zu finden. Wenn Townshend hingerichtet wird, ging es mir durch den Kopf, dann ist Oakham am Ende, und angesichts der Tragweite dieses Gedankens verklangen alle Geräusche und aller Elan war dahin. Die Luft fühlte sich kalt wie Eisen an. Aber der Dekan war nirgendwo zu sehen, und als mein Blick erneut auf Tunley fiel, lag nichts als ein toter Hund auf seinen Schultern, und er suchte bestimmt nur eine Wiese, um das Tier dort zu begraben.

Als ich durch das Friedhofstor trat und sah, dass die Burschen, die bei der Eiche herumgelungert hatten, jetzt fort waren, da begriff ich etwas, das nur lose mit Tunley und dem Hund zusammenhing, aber in meiner Besorgnis doch damit verbunden war – ich begriff, womit die Jungs dort bei der alten Eiche beschäftigt gewesen waren. Sie hatten nicht versucht, auf den Baum zu klettern, sondern so getan, als wären sie Newman, hatten sich so hinzustellen versucht, dass es aussah wie sein Leichnam, der sich in dem umgestürzten Baum verfangen hatte. Sie spielten seinen zweiten Tod nach.

Stille.

»Bitte sprich.«

»Sie zuerst, Pater.«

»Weißt du nicht, was du beichten willst?«

»Ich kenne die Zehn Gebote auswendig und die sieben Werke der Barmherzigkeit. Wollen Sie mich nicht abfragen?«

»Wenn du sie kennst, muss ich sie nicht abfragen.«

»Sollten Sie uns nicht prüfen, Pater?«

Ich klemmte mir das Schultertuch hinter das linke Ohr. Ich hörte an ihrer Stimme, dass sie einen Schmollmund machte, dass sie die Stirn runzelte und dass ein Muskel in ihrer Wange beleidigt zuckte. Das Dienstmädchen aus dem Herrenhaus der Townshends. Marjory Smith heißt sie, aber im Dorf wird sie nur »Mippy« genannt. Sie ist zwölf oder dreizehn Jahre alt, und in einem Jahr wird sie vermutlich verheiratet sein.

»Nicht prüfen, nein. Aber du kannst mir sagen, welche der sieben Werke der Barmherzigkeit du in letzter Zeit vollbracht hast.«

»Keins«, sagte sie.

»Das ist schlimmer, als ich befürchtet hatte.«

»Deshalb brauche ich Ihre Vergebung«, flüsterte sie durch das Gitter, »denn ich kann schon mit dem nächsten Atemzug sterben.« Sie stieß ein schwaches Lachen aus – ich war seltsam dankbar dafür. Dann war ihr nächster Atemzug zu hören, und sie hatte den Moment der Schwäche hinter sich gebracht. »Der Herr könnte mich zu sich holen.«

»Das ist richtig – aber nur, wenn es an der Zeit ist.«

»Ah«, sagte sie mit heiserer Stimme. Ihre Eltern waren am Schweißfieber gestorben, als sie noch ein Säugling war.

»Und das ist nicht meine einzige Sünde, Pater. Ich habe auch gestohlen. Die Käser haben sich in ihrer Kammer gezankt, und auf dem Holzblock in der Küche lag ein Vorderschinken. Da habe ich zugelangt.«

»Du solltest sie bei ihrem richtigen Namen nennen.«

»*Lord* und *Lady* Käser«, sagte sie.

»Townshend.«

Sie gab ein Geräusch von sich. Es klang wie *Hna* oder so ähnlich. Sie war kindisch, schelmisch, derb, wurde wohl auch geliebt – sogar von ihren Käsern, die sie auf Newmans Drängen hin eingestellt hatten und mit ihr, wie ich erfahren hatte, durch einen Kontrakt verbunden waren. Die Lady mochte keine Dienstmädchen, überhaupt keine weiblichen Angestellten, aus offensichtlichen Gründen. Dennoch schienen die Townshends eine gewisse Liebe für das Mädchen zu empfinden. Ein Kind, das ihnen ihre ehrgeizigen vier Kinder ersetzte, die Oakham schon vor langer Zeit den Rücken gekehrt hatten.

»Wie viel Schinken hast du gestohlen?«

»Eine Menge. Aber ich habe ihn von verschiedenen Stellen der Keule genommen, damit es nicht so auffällt.«

»Wie viel ist ›eine Menge‹?«

»Ich habe mir den Kittel damit vollgestopft.«

»Warum hast du das getan?«

»Ich habe den Schinken auf meinem Zimmer versteckt, um ihn später zu essen. Ich aß ihn dann im Dunkeln im Bett und habe gekaut wie ein Lämmchen. Ich hätte ihn aber genauso laut in der Küche mampfen können, lange und laut genug gestritten haben sie.«

»Weißt du, worüber sie sich gestritten haben?«

»Die Türen sind ziemlich dick.«

»Du hast also nichts gehört?«

»Sie haben ungefähr so gestritten«, sagte sie und begann, in einem schnellen, stichelnden Flüsterton zu haspeln, aus dem gelegentlich eine erkennbare Wendung oder Floskel hervorstach. *Gut beritten. Übrig geblieben. Schafe und Kühe. Montag. Schon wieder Wild.*

»Daraus können wir nicht viel schließen«, meinte ich.

»Und wenn Sie es versuchten, würde Sie das zu einem Lauscher machen, Pater.«

»Aha«, sagte ich.

Sie war ein kleiner Wildfang, hoppelte immer herum wie ein Hase. Aber nach allem, was ich gehört hatte, standen die Heiratsanwärter bei ihr Schlange, obwohl sie eine Waise war. Vielleicht lag es daran, dass sie so überraschend rundlich und temperamentvoll war – als ob sie in privilegierten Verhältnissen aufgewachsen wäre, nicht in der harten, elternlosen Schäbigkeit, die ihre Kindheit gewesen war.

»Er fesselt seine Frau – Mr Townshend. Er fesselt sie ans Bett und lässt sie stundenlang allein dort liegen. Sie ruft mich um Hilfe.« Wieder war ihr Mund ganz nah am Gitter, ihre Lippen bildeten ein kleines keuchendes O und stießen die Wörter aus wie der Löwenzahn seine Samen.

Ich senkte den Kopf. »Und – hilfst du ihr?«

»Dafür würde ich ausgepeitscht.«

Dieses schäbige Leben, das Menschen innerhalb ihrer eigenen vier Wände führen. Geld macht es nicht besser. Aber Mr Townshend hat sowieso noch nie jemandem über den Weg getraut – schon wegen seiner seltsamen Begeisterung für Käse, die jede Vernunft übersteigt und manchmal jede Vorstellungskraft.

Ich schloss die Augen. Ich dachte an ihren Mund am Gitter,

ihre blutvollen Lippen und die wohlgeformten Klänge, die sie erzeugten; und ich dachte an Cecily Townshend, die jetzt alt und müde vom Kinderkriegen war, aber voller Würde und um die Augen immer noch schön. An ein Bett gefesselt, so wie Mary Grant ihren heulenden Hund an einen Pfosten gebunden hatte. Das hätte ich ihrem Mann nicht zugetraut, der auf mich immer den Eindruck eines einigermaßen gefestigten Menschen gemacht hatte – auch wenn er in geschäftlichen Dingen ein Trottel war. Also fragte ich das Mädchen, obwohl ich wusste, dass dies die falsche Frage war: »Warum tut er das? Warum fesselt er sie? Kennst du den Grund?«

»Wenn ein Mann ein Tier ist, dann wird er immer versuchen, auch seine Frau zu einem Tier zu machen, Pater.«

Du bist ganz schön klug für dein Alter. Ich dachte es nur, ich sagte es nicht. Und ich sagte es nicht, weil sie vielleicht nicht alt war, aber doch schon einiges erlebt hatte. All das Leid, den Verlust ihrer Eltern. Das kann einem eine ganz eigene Reife geben. Ich stieß einen Seufzer aus, von dessen Entstehen ich gar nichts geahnt hatte, und fühlte mich plötzlich unaussprechlich niedergeschlagen. Ich wusste nichts mehr zu sagen.

Zum ersten Mal wurde ihre Stimme leiser und reumütig. »Das hätte ich nicht sagen sollen«, meinte sie. »Es war undankbar gegenüber den Menschen, die mir ein Dach über dem Kopf und Essen geben. Und ihren Schinken hätte ich auch nicht stehlen sollen.«

Ich lehnte mich zurück, denn sie hatte mich daran erinnert, dass sie und nicht ich das Beichtkind war; dass sie es war, der vergeben werden musste – und nicht Townshend, der seine ganz eigenen Sünden hatte. Es war, als ob der Dekan mir den Samen des Argwohns in die Hand gelegt und ihre leise, hoffnungslose Stimme mich dazu gebracht hätte, ihn tatsächlich auszusäen.

»Es gibt Sünden, die wir für geringfügig erachten und leicht verzeihen«, sagte ich, »weil sie dem Wunsch entspringen, genug zu essen zu haben und gesund zu sein, so wie es der Herr für uns will. Aber du musst lernen zu nehmen, ohne zu stehlen, und auch nur das zu nehmen, was du brauchst.«

»Ja, Pater.«

»Ich werde dir nicht auftragen, zu deiner Herrschaft zu gehen und ihr deine Tat zu gestehen. Vielleicht wird ihre Erwiderung keine gerechte sein.« Die an das Bett gefesselte Cecily Townshend – und Mr Townshend mit seinem Seil, enttäuscht, dass sein Käserei-Imperium ein Misserfolg war. Ein kleiner Mann, der mit dem Reichtum, der ihm vergönnt gewesen war, nie gut hatte umgehen können. »Aber die Sünde zehrt an dir in Form von Gerüchen und Fetten, die unter deine Haut gekrochen sein könnten. Schrubbe deine Hände dreimal täglich mit warmem Wasser, um sie von der Sünde zu reinigen.«

»Ja, Pater, das will ich tun. Danke.«

»Nenne mir das zweite Werk der Barmherzigkeit!«

»Den Durstigen zu trinken geben.«

»Und das fünfte?«

Sie antwortete ohne Zögern: »Sich um die Kranken zu kümmern.«

»Wirst du also das nächste Mal, wenn Mr Townshend grob zu seiner Frau ist, später, wenn sie nicht mehr gefesselt ist, zu ihr gehen und ihr etwas zu trinken geben und ihr helfen?«

»Bekomme ich dann meine vierzig Tage Ablass?«, fragte sie. »Für die Beichte und dafür, dass ich das alles tue?«

»Ja.«

»Gut. Weil ich schnell in den Himmel kommen möchte. Denn da sind sie, und ich will sie wiedersehen.«

»Wen?«

Sie stand auf, und ihre zu kleinen Fäusten geballten Hände befanden sich direkt vor dem Gitter.

»Deinen Vater und deine Mutter?«

Ihre Fäuste lockerten sich. Die starken kleinen Hände öffneten sich. Und Thomas Newman?, wollte ich fragen. Vermisst du den auch? Thomas Newman, der dich als Waise gerettet und hierhergebracht hat? Der die Townshends dazu überredete, dich aufzunehmen? Wirst du ihn vermissen? Meine Ferse suchte und fand die eiserne Geldkiste unter dem Schemel – Thomas Newmans Kiste, darin die gerollten und gefalteten Dokumente, die den Besitz seines Hauses und seiner Ländereien beurkundeten. Es war noch nicht an der Zeit, den zweiten Rosenkranz herunterzunehmen, aber ich tat es trotzdem. Ich bemerkte den bittersüßen Geruch von Hopfen und sah, dass mein Bierkrug in einer der Pausen umgestoßen worden war und das Bier eine Pfütze auf dem Boden bildete. Aber ich richtete meinen Blick fest auf die Ecke, wo die Mauer einen dunklen, schmutzigen Farbton und eine raue Oberfläche hatte. Wie ein Schussfaden aus nasser Wolle oder die Farbe eines verblassenden Tages.

Brand

Die Nacht macht sich früh in unserer Kirche breit. Die drei Fenster in der Westwand sind klein und schmal, da wir keine Glaser fanden, die wir uns leisten konnten. Die Welt ist heutzutage voller Fenster – Glasscheiben so hoch wie vier Männer und so bunt wie Edelsteine. Sie verkünden die Geburt Jesu, die Ankunft der drei Weisen aus dem Morgenland, die Auferstehung des Lazarus. In England wachsen allerorts erstaunliche Kathedralen in die Höhe, als ob das Land endlich erwachsen, ansehnlich und wissbegierig geworden wäre. Ein Land reicher Glaser, die sich – wenn sie sich denn überhaupt noch mit Arbeit abgeben – nicht für Orte wie Oakham interessieren.

Ich hatte Townshend gesagt: Wenn Sie Geld verdienen wollen – die Welt braucht Glas. Aber er meinte, dass man für Glas mehr Sand und mehr Holz benötige, als wir haben oder uns leisten können. Glasmacher haben die Wälder Europas gerodet, um ihre Öfen anzuheizen, und Holz kostet jetzt so viel wie Silber. Wir hingegen haben Kühe, und Kühe fressen Gras, das haben wir auch, und sie vermehren sich von selbst und wachsen schneller als Bäume. Sie sind besser als Schafe, die alle Kraft in das Wachstum ihrer Wolle stecken. Kuhmilch ist gehaltvoller, fetter, sämiger und üppiger als alle anderen Milcharten, ein opulenter Luxus. Käse, sagte er. Wir werden Käse machen.

Wie wäre es mit Weizen, sagte ich. Wir könnten Hunderte Joch guten Weizens anbauen. Aber Townshend meinte, wir bräuchten unser Land, um uns selbst zu ernähren, und dass wir nicht genug hätten, um Gewinn damit zu machen. Wenn wir nur noch Weizen anbauen, und es gibt eine Missernte, was sollen wir dann essen?, fragte er. Wie wäre es mit Zucker?, regte ich an. Wenn Sie Luxus wollen, stecken Sie Ihr Geld in Zucker. Die Frachtschiffe segeln neuerdings direkt in unsere Häfen an der Westküste, man muss also nicht mehr nach London fahren, und wenn wir erst einmal unsere Brücke haben, ist es einfach, den Zucker karrenweise herzufahren und ihn dann in kleinen Mengen weiterzuverkaufen – oder diese kleinen Raffinadekuchen zu backen, welche den Reichen so gut schmecken, oder süßeres, stärkeres Bier zu brauen. Ein einziges Pfund Zucker kostet drei Mal so viel wie ein ganzes Schwein. Die Reichen lieben ihn – sie glauben, dass ihre Zungen anders seien als die der Armen, die den Zucker angeblich nicht schmecken können. Das macht sie zu etwas Höherem, Besonderem. Sie verwenden ihn für ihren Tee, ihren Kuchen, ihren Wein und ihre Konfitüren, sie lutschen ihn beim Baden, sie streuen ihn über Pflaumen, sie beruhigen damit ihre Kinder – der Zucker hat einen Siegeszug angetreten, mit Zucker können wir uns ein großes Fenster für die Westwand leisten, damit auch abends Sonnenlicht in unsere Kirche fällt.

Käse, entschied er. Mit Käse werden wir ein Vermögen machen. Aber nur die Armen essen Käse, Kuhmilch hin oder her, und mit den Armen werden wir nie ein Vermögen machen. Und so versinkt die Kirche an jedem Nachmittag vorzeitig in Dunkelheit, obwohl der Himmel immer noch Tageslicht spendet, und ich oder Janet Grant zünden die Kerzen in der Kirche mit einem Binsenlicht an, bis hundert oder mehr orange leuchtende Kreise die Dunkelheit noch verstärken. Im Februar schwindet das Licht schon früh, und an diesem Tag war ich mit dem Anzünden spät dran. Die seidige Stola aus Licht, die sich über die Wand des Beichtstuhls legt, war bereits verblasst und fast zu einem Nichts geschrumpft, während Klein Mippy dort noch gekniet hatte.

Die Wartenden im Kirchenschiff wirkten verschwommen und grau: weite, schmutzige Wollsachen, kurz aufflackernder Blick, schlurfende Füße. Ein Mann ging in den nächsten über, eine Frau in die andere. Ihre Rosenkränze klackerten; sie flüsterten und lachten. Sie waren von den Karnevalsfeiern gekommen und dünsteten Biermief aus. Zwei von ihnen trugen Masken – ein Brei aus allem, was man so fand: Blätter, Schlamm, Zweige, Gras, mit Schafs- oder Ziegen- oder Gänsefett zu einem Kleister verkocht und zu Formen modelliert, die oft so grobschlächtig waren, dass man sie nicht erkannte. Aber immer waren es Tiere, echte oder erfundene. Hier waren zwei – der eine ein Hundekopf, der andere nicht eindeutig. Ein Vogel? Er schien eher ein Horn als einen Schnabel zu haben, aber mir fiel kein gehörntes Tier ein, das so aussah.

Ich war müde, aber ruhelos; wieder einmal erklang Newmans Laute in den Schatten. Oder war sie schon die ganze Zeit da gewesen? Von denen, die in der Schlange standen, hörte sie keiner. Sie bewegten sich nicht und sahen zu, wie ich mich durch die Gänge schlängelte und die Lichter anzündete. Der Klang folgte mir, ein sanftes, aber keineswegs zaghaftes Zupfen, das jede Kerze zu einem starken, unbewegten, senkrechten Blütenblatt aufflammen ließ.

Gesang, Musik, Tanz auf dem Kirchhof. Das ganze Dorf

hatte sich um uns versammelt, übte von außen Druck auf uns aus. Die Fackeln der Feiernden tanzten vor den Fenstern vorbei und verströmten zuckend ihr Licht. Unter den Tanzenden waren Stallburschen, Kinder, erschöpfte Mütter, Spinnerinnen und Pflüger, Freisassen und Schäfer, Melkerinnen und Käserinnen, der Metzger, der Zimmermann, der Hufschmied, der Bäcker (von Letzteren haben wir nur je einen), Lewys' Frau mit ihrem Schwangerenbauch, vielleicht Tunley, vielleicht sogar Janet Grant, Herry und Cat Carter. Sie umrundeten singend die Kirche, wiederholten dasselbe Lied in Variationen und wurden mit jeder Runde lauter.

Dunkel und Licht, tu deine Pflicht,
Huppadia-ho!
Jung und Alt, Arbeit kommt bald,
Huppadia-ho!
Hunger und Not, schufte dich tot,
Huppadia-ho!

Schließlich bildeten sie einen Ring um die Kirche, wie an jedem Fastnachtsdienstag, ehe die Abendglocke läutet, ehe sie in ihre Häuser gehen, ihre Feuer löschen und die Zähne vierzig Tage lang zusammenbeißen. Mit ihren Masken und Verkleidungen tanzen sie sich in eine fiebrige Erregung. Ich nahm die letzten Beichten im Licht einer Kerze ab, die zu meinen Füßen stand und deren kleiner Lichtkreis die Dunkelheit nur noch dunkler erscheinen ließ. Der Alkohol hatte ihnen die Zungen gelöst und sie brachten mir mehr als eine Sünde, bisweilen etliche. Der Himmel verdunkelte sich zu einem Graublau, dann wurde er kohlenschwarz und der Lärm von draußen brandete in Wellen gegen die Kirchenmauern, wie die See bei Flut.

Pater, ich habe alle Fackeln aufgebraucht (ich hatte Angst vor der Dunkelheit); ich bin betrunken; ich habe ein Kaninchen aus Townshends Gehege gestohlen; ich habe Joan Morris scherzhaft in den Hintern gezwickt, als wir Hawthorn tanzten; wir haben den Jesus mit seinem Tuch in New Cross ausgelacht, wir haben ihn Kleiner-Hosenscheißer-Jesus genannt und mit Milch gefüttert; ich bin sternhagelvoll, besoffen wie 'n Matrose, hackedicht und lattenstramm; ich habe Thomas Newman getötet, Pater, ich habe Thomas Newman getötet.

»Mit diesen meinen Händen«, sagte er, und ich schwieg. »Hören Sie mir nicht zu?«

Sein Atem war schal und sein Tonfall beharrlich und seine Finger im Gitter verkrallt wie die von Lewys' Frau zuvor.

»Du hast niemanden getötet.«

»Ich habe Newman getötet.«

»Das ist nicht wahr.«

»Ich brauche Ihre Vergebung.«

Die Finger beider Hände zerrten an dem filigranen Kreuzmuster aus Haselholz. »*Vergeben* Sie mir. *Vergeben* Sie mir.«

»Herry Carter«, sagte ich, »ich kann alles vergeben, was du getan hast, aber nichts, was du nicht getan hast. Sag mir: Was hast du getan, das dich so sehr quält?«

Aber so weit waren Carter und ich schon gewesen, und alles, was er mir gesagt hatte, war: Ich habe Newman mit meinen eigenen Händen getötet. Er glaubte, ich würde nicht zuhören. Er presste seinen Scheitel gegen das Haselholz, so heftig, als wäre er selbst der Ziegenbock, der geopfert wird, und zum ersten Mal verspürte ich etwas anderes als Mitleid und Sorge: Ich verspürte Furcht. Ich weiß nicht, ob ich mich *vor* ihm fürchtete oder ob ich mich *für* ihn fürchtete.

Ich hob die Kerze vom Boden auf und hielt sie an das Gitter. Die Schnittwunde an seinem Ohr war schlimmer als am Morgen, tiefer und stärker entzündet, und sie sonderte jetzt eine widerliche grüngelbe Flüssigkeit ab. War sein falsches Geständnis ein Ausdruck von Verrücktheit? Der Schmerz, den eine solche Wunde verursacht, kann auch einen starken Mann zum Wüten und Toben bringen; der Schmerz ist ein Feuer, das ihn verzehrt und in die Irre leitet. Ob seine Frau ihm etwas sauberes kaltes Wasser holen konnte?

»Geh nach Hause und sag deiner Frau, dass sie deinen Kopf baden soll«, wies ich ihn an.

»Wenn Sie mir nicht vergeben, komme ich in die Hölle.« Er sprach langsam, und seine Stimme war fest, aber so leise, dass sie zum Teil von dem Gesang draußen übertönt wurde, der rhythmisch wie eine Trommel erklang und völlig unsinnig war: *Huppadia-ho, huppadia-ho!* »Dann steht fest, dass ich in die Hölle komme.«

»Ich vergebe dir deine Verwirrung und Verzweiflung, das kann ich tun, ja. Geh nach Hause, und Cat soll deine Wunde reinigen.«

Seine Wut klang kurz ab, und in einer Art von Benommenheit berührte er die Wunde mit den Fingern. Als er sie wegnahm und die gelblich glänzende Flüssigkeit an den Fingerspitzen betrachtete, wirkte er abwesend und traumentrückt. Er stand auf, und dabei verfing er sich in einem Haselholzzweig, der zersplitterte. Ich zog die Kerze beiseite.

»Benedicite«, sagte sie, und ihr fauliger Atem ließ mich zurückweichen.

»Dominus.«

»Confiteor«, flüsterte sie. »Confiteor, *confiteor*.« Das letzte

Wort schleuderte sie förmlich heraus, und ich hörte nur *teor*. Der Laut zwängte sich wie eine Fledermaus durch die neu entstandene Lücke im Gitter und landete in der Schale meiner verschränkten Hände. Woraufhin ich meine Handflächen nach unten drehte und auf meine Oberschenkel legte, um sie zu leeren.

»Er sagte, er hat es getan, ich weiß, dass er es gebeichtet hat, er hat gesagt, dass er zur Beichte geht, wir haben gerade eben im Kirchenschiff miteinander gesprochen, und er hat es gesagt, er hat gesagt, er hat es getan, aber er lügt, er hat es gesagt, aber ich habe es getan, und er lügt. Wissen Sie nicht, wie oft Carter lügt?«

Dieser geflüsterte Wortschwall – es war, als versuchte man, jemanden gegen den Wind zu verstehen, und es wäre mir nicht gelungen, wenn ich ihre Stimme nicht so gut gekannt, wenn ich nicht schon halbwegs gewusst hätte, was sie sagen würde. In Wahrheit war Carter niemals ein Lügner gewesen. Dass sie das sagte, rief mir seine Ehrlichkeit überhaupt erst wieder ins Gedächtnis. Ein durch und durch redlicher und ehrlicher Mensch, der sich ausgerechnet bei einer so gefährlichen Angelegenheit für eine Lüge entschieden hatte. Draußen wurden jetzt Steinchen gegen die Fenster und Mauern der Kirche geworfen, einige prasselten gegen die Tür.

»Ich war es«, sagte sie, und schon jetzt war ich dieser Worte überdrüssig; so überdrüssig, wie ich des Verdachts überdrüssig war, den der Dekan geäußert hatte, oder des Todes selbst. »Ich habe Tom Newman getötet und ich möchte, dass Sie das dem Herrn sagen, und ich will bestraft werden und ich bin bereit, mit meinem Leben zu bezahlen, verstehen Sie?« Sie streckte mir die Hände entgegen, um meine Aufmerksamkeit auf sich zu ziehen. Sie waren verkrümmt und starr wie Sicheln. »Verstehen Sie?« Die Hände verkrallten sich in ihren Kleidern und zerrten daran, als ob sie mir das Leben zeigen wollte, mit dem sie zu zahlen beabsichtigte. »Verstehen Sie?«

Der flache, hagere Brustkorb und die erste Schwellung, die auf eine weibliche Brust hindeutete. Ich wandte mich ab. Mir wäre es lieber gewesen, wenn sie diese milchweißen Körperteile im Verborgenen gelassen hätte. Armes Kind – oder arme Frau. Vor der Krankheit war sie ein Kind gewesen, rund, gesund und stark. Erst einen Monat zuvor war sie zu einer Pilgerreise aufgebrochen. Sie hatte sich rund, gesund und hoffnungsvoll auf den Weg gemacht; sie war mindestens hundert Meilen zu einem Schrein in einer entlegenen Kirche gepilgert, um eine Haarsträhne der heiligen Katharina von Alexandrien zu sehen, vielleicht auch einen ihrer Zähne. Nach zwei Wochen war sie zurückgekehrt. Sie hatte das Haar und den Zahn gesehen (welcher sie dadurch überraschte, dass er halb verfault war), aber es schien ihr nicht besser zu gehen. Sie war müde. Dann fiebrig, dann im Fieberwahn. Dann Schüttelkrämpfe, dann Verfall.

Vielleicht war es Gottes Strafe, weil sie einen falschen Schrein angebetet hatte, den Zahn eines alten Metzgers oder Bierbrauers. Aber mir erschien diese Strafe übertrieben. Vielleicht hatte sie dort etwas getan, das Gott wirklich erzürnt hatte. Was war sie jetzt – immer noch ein Kind? Ihr verschrumpelter Körper hatte sie in etwas verwandelt, das zugleich hässlicher und verführerischer war, etwas Grausiges und Gefährliches, wonach es Männer in ihren Lenden verlangt, auch wenn ihre Herzen es von sich weisen. Der Teufel in uns allen will den Tod. Ich betete schnell und still für meine Seele.

»Leg deine Hand hierher«, sagte ich und deutete in Richtung der Lücke, die Carter in das Gitter gerissen hatte, als er den Haselzweig abgebrochen hatte. Sie tat es, ohne Fragen zu stellen. Das Loch war gerade groß genug, dass ich meine Finger hindurchstecken und ihre Finger halten konnte, damit sie nicht mehr an sich selbst herumzupfte. »Wurden dir heute Essen und Bettzeug gebracht? War der junge Mann da und hat das Regenwasser hinausgefegt?«

»Ja«, seufzte sie, »ja«, als ob das alles ohne Nutzen für sie wäre.

»Hast du etwas Schinkenspeck essen können?«

Ein Zischen: »Der Schinkenspeck hat mich gegessen, Pater. Von innen, als Strafe.«

Ihre Hand war kalt, und doch hieß es, dass sie nachts schrie, als ob sie verbrennen würde. Das sind die tückischsten Krankheiten, die das eine sagen und das andere tun. Ich drückte ihre Finger. Ich war mir sicher, dass sie heute stärker gekrümmt waren als am Tag zuvor. Sie wirkte insgesamt kläglicher, wütender, überhaupt todesnäher.

»Sarah«, murmelte ich.

Sie kam, wie Carter, an jedem Tag der Fastnachtszeit zu mir oder ich zu ihr und beichtete einen Tod, an dem sie keinen Anteil hatte – vielleicht aus Verrücktheit, vielleicht weil es besser war, als Mörderin gehängt zu werden, als peinvoll dahinzusiechen. Ich hatte nichts mehr zu sagen. Ich hätte genauso gut mit Stricken gefesselt sein können. Mir blieb nur noch, ihr zu vergeben, aber ich konnte keine Tat vergeben, die nicht begangen worden war, und etwas anderes beichteten sie und Carter nicht. Also verließen sie die Kirche ebenso belastet und besorgt, wie sie gekommen waren, während ich hier in der Dunkelheit saß, belastet mit einer Vergebung, von der Jesus wollte, dass ich sie denen gewährte, die ihrer bedurften. Doch jene, die ihrer bedurften, gingen gerade. Ich fühlte mich niedergedrückt und hilflos. Mein Rücken krümmte sich unter der Last.

»Du hast niemanden getötet«, sagte ich. Wörter strömten aus ihr heraus, Habichhabichhabich, mitdiesenHänden, ihnzerrissen, ihnzerbissen. Ihn zerkratzt, ihn erstochen, mit der Axt erschlagen. Draußen der Gesang. Mir war schleierhaft, wie sie dasselbe Lied so oft wiederholen konnten, so laut, so eifrig, und die Stumpfheit, die sich darin äußerte, ärgerte mich. Je mehr sie murmelte, je schneller und wilder, desto öfter wiederholte ich langsam meine eigenen Worte: »Du hast niemanden getötet.«

Mit meiner freien Hand bekreuzigte ich mich ein- oder zweimal. Sie schien mir dem Tode nahe zu sein, aber ich wusste nicht zu sagen, warum. Manche überleben diese brennende Krankheit, und sie war noch jung – aber sie stank nach Tod. Die Luft um sie herum war dumpf und stickig. Ich wusste nicht, was ich sagen sollte, um sie zu retten, und kein Beichtspiegel würde mir dabei helfen. Jesus gab sein Leben, damit der Gnadenschatz überfloss. Wir sind Menschen, die neben einem unversiegbaren Goldschatz stehen, doch die Ärmsten gehen mit leeren Händen davon.

»Dir ist vergeben«, sagte ich schließlich, da es jetzt keine Bedeutung mehr hatte, was sie getan oder nicht getan hatte oder welche Vergeltungsmaßnahme Gott im Sinn gehabt hatte, indem er ihren Leib mit Krankheit strafte. In ein oder zwei Tagen würde sie vermutlich im Grab liegen, mit Erde in Mund und Augen, und ihre Haut wäre endlich kühl und bleich. Als ich dies erkannt hatte, schloss sich meine Hand um ihre, und die Hände wussten nicht mehr, in welche Richtung der Trost gespendet wurde. »Dir ist vergeben«, wiederholte ich, und dieses Mal sprach ich mit lauter Stimme, denn außer uns war die Kirche nun endlich leer.

Das glaubte ich zumindest – doch als ich den letzten Rest Bier ausgetrunken und die Augen geschlossen hatte und als ich die Kerze abgestellt hatte, um ein schnelles Abendgebet zu sprechen, schreckte mich eine Stimme auf der anderen Seite der Trennwand auf. Das Herz klopfte mir im Halse.

»Pater.«

»Wer ist da?«

»Es ist sehr schwierig, das Richtige im Leben zu tun. Ich hatte einmal einen Freund – vielleicht sollte ich ihn besser einen Verbündeten nennen –, der etwas tat, von dem ich wusste, dass es falsch war, und tagelang gab ich vor, nichts zu wissen, und beschloss, ihn gegenüber jedem zu verteidigen, der mich nach ihm befragte.«

»Sind Sie das?«, fragte ich.

Aber er antwortete nicht, und es war auch nicht nötig. Dieser elende Dekan. Ich war es nach diesen letzten Tagen leid, seine Stimme zu hören. Obendrein roch er nach Newmans Seife. Er hatte sich mit ihr gewaschen und er hatte in Newmans Bett geschlafen. Die teure weiße Seife aus Venedig, nicht die schwarze Seife, die wir hier benutzten. Das gute Federbett, in dem zu schlafen er kein Recht hatte.

»Sind Sie zur Beichte gekommen?«

»Ja, Pater«, sagte er, »ich habe gelauscht. Aber soweit ich weiß, ist Lauschen eine lässlichere Sünde als andere, da sie von der Neugier herrührt, die ihrerseits der Ursprung des Glaubens ist.«

»Alle Sünden sind von der Absicht abhängig, mit der sie begangen werden.«

»Das ist sogar noch besser. Eigentlich wollte ich mich nur in die Warteschlange stellen, aber …«, er klopfte gegen die Trennwand aus Eiche, »die Türen sind hier nicht so dick.«

Ich sah hinab in die Kerzenflamme, die aussah, als wollte sie zu mir emporzüngeln und mich verschlingen, fürchterlich und ewiglich. Sie war keine einzelne Flamme mehr, sondern ein Meer aus Feuer, eine schreckliche und schöne Welt.

»Ich habe nämlich gehört, was die junge Frau vorhin gebeichtet hat«, sagte der Dekan. »Das war ganz amüsant, nicht wahr? Wie Townshend mit seiner Frau streitet, wie er sie fesselt? Ich frage mich, worüber sie streiten. Es heißt, Cecily Townshend sei ganz bestürzt wegen Newmans Tod. Viel bestürzter als die meisten.«

»Deine Sünde wird dir vergeben. Sprich fünf Vaterunser. Bitte gehen Sie jetzt. Ich bin müde.«

»Kurz und bündig. So läuft das doch beim Beichten, oder? Guten Tag und auf Wiedersehen. Warum sollte man zuhören?«

»Was wollen Sie?«, fragte ich.

»Erzählen Sie mir von Ralf Drake.«

»Was soll mit Ralf Drake sein?«

»Er war in Ihre Schwester verliebt, und Ihre Schwester und Newman standen einander nahe, wie man hört. Vielleicht ein Konkurrenzkampf?«

»Das ist doch an den Haaren herbeigezogen«, sagte ich. Ich war jetzt zutiefst verbittert. Der Mann warf blindlings mit Anschuldigungen um sich.

»Mag sein«, sagte er. Er hauchte die beiden Wörter in die Dunkelheit, die Stille stockte um sie herum. Dann näherte sich sein Gesicht dem Gitter. Ich sah kaum mehr als das Funkeln seiner Augen und roch den Seifenduft. »Aber wenigstens mache ich mir Gedanken, im Gegensatz zu Ihnen. Bis heute war ich bloß verwirrt – seit heute bin ich argwöhnisch. Das passt alles nicht zusammen: Ein Mann ist ertrunken, aber wir wissen weder wie noch warum. Da ist dieses zerrissene Hemd im Schilf, da ist sein Leichnam, der sich anscheinend in einem umgestürzten Baum verfangen hat, auch wenn das niemand beweisen kann, und dann ist er seltsamerweise verschwunden. Ihre Gemeinde besteht aus tuschelnden, abergläubischen Sündern. Und Sie, die einzige Person, die hier Autorität zeigen könnte? Sie wenden sich ab, als ob nichts geschehen wäre.«

»Sehen Sie denn nicht, dass nichts davon verdächtig ist? Und dann Ralf Drake. Ralf Drake! Der Argwohn verwirrt Ihren Verstand.«

»Dann also Townshend«, sagte der Dekan. Er sprach immer noch unmittelbar vor dem Gitter.

»Damit wären wir wieder am Ausgangspunkt.«

Er lehnte sich in den Schatten des Beichtstuhls zurück, wo er völlig verschwand. »Sie wollen Townshend beschützen, weil er Ihnen leidtut, aber ich finde, ein Priester braucht höhere Beweggründe als Mitleid.«

»Ich empfinde weder dies noch das für Townshend, er ist einfach ein Mensch.«

»Können Sie nicht akzeptieren, dass keiner in der Gemeinde mehr Anlass hatte, sich Newmans Tod zu wünschen?«

Zum ersten Mal in diesem Gespräch hob der Dekan sein dünnes Stimmchen. Ich lehnte mich zurück an die Wand und empfand beinahe Mitleid mit ihm. Dieser verzweifelte, törichte Mann, der aus den immer gleichen, mühsam zurechtgebogenen Wahrheiten falsche Anschuldigungen konstruierte, so wie die Ackerbauern Furchen im Schlamm zu ziehen versuchen.

»Newman kam als freier Bürger hierher, dem nichts als ein einzelner Acker gehörte«, sagte der Dekan, »und zum Schluss besaß er zwei Drittel der Gemeinde. Glauben Sie, dass Townshend ihn mochte?«

Wenn wir alle töten würden, die wir nicht mögen, wollte ich sagen – aber ich behielt den Gedanken für mich.

»Und dann ist da noch die Sache mit Mrs Townshend …«, sagte er, und seine Stimme wurde träger und verschlagener. »Was könnte sie wohl getan haben, um ihren Mann zu solcher Grausamkeit und Wut anzustacheln?«

Ich setzte mich auf. »Vielleicht sollten Sie die Suche besser aufgeben«, sagte ich. »Immerhin könnte manch einer sagen, dass der Mann, der das Haus eines Toten noch an dessen Sterbetag für sich beansprucht und dem die Aufklärung eines Mordes Ansehen verschaffen würde, selbst der Mörder sein könnte. Wer weiß, ob es nicht Ihre Hand war, die Newman ins Wasser stieß? Es ist kein Geheimnis, dass Sie ihm misstrauten.«

Er stieß ein Lachen aus, das falscher als alles war, das ich jemals gehört hatte. Seine Kerze erlosch, sodass ihm als einziges Licht der spärliche Schein meiner Kerze blieb, der durch das Gitter fiel. Der Dekan bewegte sich hin und her, und der Kerzenhalter aus Zinn polterte zu Boden. Dann war es still.

Aber wie konnte ich Frieden finden, wenn ich wusste, dass er auch während Sarahs Beichte draußen herumgelungert hatte, dass er gehört hatte, was sie sagte? Schlimmer noch, vielleicht hatte er sogar gehört, was Carter gesagt hatte. In diesem Fall wäre er freilich außerstande, mir sein Wissen vorzuenthalten. Also wartete ich ab. Ich musste nicht lange warten; ich hörte seinem Schweigen die Erregung förmlich an, nahm wahr, wie sein Atem sich in seinem Rachen sammelte, bis er schließlich geradezu überlief.

»Das kranke Mädchen sagt, dass sie ihn getötet hat.«

»Sarah.«

»Sarah.«

»Jeder kann sehen, dass sie keinen klaren Gedanken fassen kann«, sagte ich. »Sie ist meistens zu schwach zum Aufstehen, ganz zu schweigen vom Kampf mit einem Mann.«

»Zugegeben. Trotzdem hat sie es gebeichtet.«

Ich ahnte, was er als Nächstes sagen würde, und schloss kurz die Augen. Wenn er Carters Beichte gehört hatte, würde es weit schwieriger sein, sie als leeres Geschwätz abzutun: Carter war nicht verrückt, auch wenn er trauerte. Er hatte erst heute Morgen das Hemd gefunden und er wäre körperlich imstande gewesen, jemanden zu töten. Allerdings war Newman wie ein Vater für ihn gewesen, und wie einen Vater hatte Carter ihn auch geliebt.

»Mir scheint«, sagte der Dekan, nachdem er in der Dunkelheit offenbar seine Fassung wiedererlangt hatte, »dass wir morgen einen Mörder präsentieren müssen, und wenn Sie mich nicht bei Townshend unterstützen, dann bleibt mir nur, die einzige Person anzuklagen, die den Mord gebeichtet hat. Was sollte ich sonst tun?«

Die einzige Person. Nur die eine. Hieß das, dass er Carters Beichte nicht gehört hatte? Ich war so erleichtert, dass ich zuerst gar nicht begriff, was er sagte. Doch dann, Gott sei es geklagt, verstand ich. Jemand musste am nächsten Morgen beschuldigt werden, entweder Townshend oder Sarah, und die Entscheidung lag bei mir. Townshend, der Gutsherr unserer Gemeinde. Kein großer Mann. Ein schlechter Geschäftsmann, ein noch schlechterer Ehemann, aber kein Mörder. Selbst wenn, hätte er nicht ausgerechnet Newman umgebracht, denn Newman war der einzige Grund, weshalb er und Cecily noch ein Dach über dem Kopf hatten.

Aber Sarah, die liebe Sarah, meiner Schwester engste Freundin. Der Lärm draußen vor der Kirche füllte die Stille in ihrem Innern: das Trommeln, Singen und Skandieren, das Prasseln der Steine auf dem zerbrechlichen, gerade erst bezahlten Glas.

Als ob er meine Gedanken lesen könnte, fügte der Dekan

hinzu: »Ralf Drake kann ich auch noch dazugeben, falls Sie mehr Auswahl brauchen. Es ist weniger skandalös, wenn ein Mist schaufelnder Bursche für schuldig befunden wird, und man könnte schneller reinen Tisch machen.«

»Reinen Tisch machen? Sie meinen wohl, dass einer meiner Pfarrbewohner an einen Pfahl gefesselt und verbrannt wird.«

»Morgen ist Aschermittwoch, welcher Tag wäre besser dazu geeignet?«

Ich hatte immer geglaubt, dass einem nur im Sprichwort ein Schauer den Rücken herunterlaufen kann. Aber jetzt machte einer mein Rückgrat ausfindig und schlängelte sich daran hinab. Als er unten ankam, war ich schweißgebadet.

»Ralf Drake hat damit nichts zu tun.«

Ich hatte mich vorgebeugt, mein Gesicht war jetzt nah am Gitter, und ich sah, dass mich der Dekan scharf musterte. Das Flackern der Kerze spiegelte sich auf seiner glänzenden Nase. »Und womit dann?«

»Verzeihen Sie«, sagte ich und legte meine Hand auf das Gitterwerk, »aber wir können die Sache doch auch auf sich beruhen lassen. Wieso sagen Sie dem Erzdiakon nicht, dass Newmans Tod Selbstmord gewesen sei? Wenn es Selbstmord war, dann trifft niemanden eine Schuld.«

»Für wie leichtgläubig halten Sie den Erzdiakon? Wenn Sie aus dem vermeintlichen Unfall im letzten Moment einen Selbstmord machen, erwarten Sie dann wirklich, dass er Ihnen glaubt?«

»Wer Newman kannte, wird sich durchaus vorstellen können, dass er sich umgebracht hat. Er … er wurde … von dunklen Stimmungen heimgesucht. Er war kein glücklicher Mensch.«

»Wenn jeder unglückliche Mensch in den Fluss springt, dann

gäbe es in diesem Dorf nur sehr wenige Lebende – und keinen Einzigen, der trocken ist.«

Ich umklammerte mit den Fingern das Gitter. Aber dann schluckte ich meine Erwiderung herunter und machte mich daran zu argumentieren, zu begütigen, zu schmeicheln.

»In Ihrer Klugheit«, sagte ich, »haben Sie am Samstag einen Ablass gewährt, in der Hoffnung, dass die Hälfte der Gemeinde vor der Bußzeit zur Beichte kommen würde, damit wir uns vergewissern können, dass nichts Verdächtiges geschehen ist. Dann könnten Sie dem Erzdiakon sagen, dass es eine gute Gemeinde sei, mit guten Beichtkindern. Und hier stehen wir nun am Anfang der Bußzeit, und ungefähr siebzig Pfarrbewohner haben gebeichtet, mehr als die Hälfte. Sind Sie denn gar nicht zufrieden?«

»Ich habe mich geirrt, vielleicht spricht ihr Eifer, zur Beichte zu gehen, nur dafür, dass sie durch und durch sündig sind.«

Sie ändern also die Spielregeln!, wollte ich sagen, doch dann merkte ich, wie lachhaft es klang, die Intrigen des Dekans als ein Spiel zu bezeichnen. Dennoch hatte er die Regeln geändert. Er hatte mir gesagt, ich solle die Gemeinde zum Beichten anhalten, um zu zeigen, wie gläubig und reuig sie seien, doch als sie dann gekommen waren, behauptete er, das spreche für ihre Schuld – und so saß ich fassungslos in der Zwickmühle, die er ersonnen hatte, und spürte, wie sich mit jedem Herzschlag zwei Namen in meine Brust prägten: Sarah, Townshend, Sarah, Townshend. Sarah. Sarah? Townshend. Während der Dekan dort kühl und unerschütterlich saß.

»Sie sind ein gerechter Mann …«, sagte ich, doch er brachte mich zum Schweigen, indem er eine Handfläche gegen das Gitter drückte. Meine Nase und meine Lippen berührten sie fast. Ich wich zurück.

»Sie haben Ihre Gemeinde nicht im Griff, Reve. Die Menschen in diesem Dorf sind nicht mehr wert als Vieh. Sie sollten mir dankbar dafür sein, dass ich Ihnen helfe, sie zu leiten.« Er erhob sich, als ob er niemals gekniet hätte, und ich hörte ihn herumfuhrwerken und den verbliebenen Rosenkranz vom Nagel nehmen, den er mir durch das Gitter zuschob. »Die Beichte ist beendet«, sagte er. Er tastete an dem Vorhang herum, der heruntergefallene Kerzenhalter kam ihm vor die Füße und schlitterte über den Steinboden. »Treffen Sie Ihre Wahl und sagen Sie mir morgen früh, wie Sie sich entschieden haben.«

Sarah hatte die ganze Zeit im Vorraum in einer Ecke gekauert, mit vor Schmerz verdrehtem Hals. Im Licht der Kerzen hielt ich sie zuerst für eine alte Frau. Der Dekan war verschwunden, wahrscheinlich durch das Nordtor. Sie sagte: »Da draußen ist es nicht sicher, Pater.«

»Du musst Oakham verlassen«, sagte ich zu ihr. Es war ein kehliges Flüstern, und ich bereute es sofort. Denn indem ich sie zur Flucht aufforderte, sodass nur einer von den beiden, die der Dekan ausgewählt hatte, am Morgen geblieben wäre, traf ich dann nicht bereits eine Entscheidung? Hatte ich nicht gerade Townshend zum Tode verurteilt? Sie nickte, als ob sie alles, was ich ihr sagte, fraglos tun würde, und ich stand da und war verwirrt von diesem großen Vertrauen.

Ich ließ sie in der Dunkelheit warten, während die Tür mit Steinen bombardiert wurde. Der Wind, der sich gegen das Ostfenster warf, war die Strafe für mein Versagen, da ich für Westwind gebetet hatte und der Wind nicht von Westen kam. Wie konnte ich hoffen, meine Gemeinde zu retten, wenn ich vom Herrn solche Verachtung erntete, dass er sich sogar die Mühe machte, den falschen Wind zu schicken?

Als ich die Außentür der Kirche ein Stück weit öffnete, hörte der Steinhagel auf und ein neuer Gesang durchschnitt die Luft – *John Reve, John Reve* –, und als ich hinaustrat, erklang Jubel. Ein lückenloser Kreis von Schatten, die flackernde Fackeln hielten, und eine Menge von Gestalten, die mal größer, mal kleiner wirkte. Masken in Form von Greifen, Drachen und blattlosen Bäumen im träge schlingernden Licht. Jetzt ein Meerungeheuer, dann ein Dämon, dann ein Freund. Ein Kind streckte sich zur Form eines flüchtigen Hasen. Ich sah gerade noch, dass Sarah, die sich aus dem Eingangsbereich gelöst hatte, durch den Kreis lief, unter den Armen der einander an den Händen haltenden Tanzenden hindurch und davon. Kaum noch menschlich, nichts als ein Geist. Und dann schien es, als würde sich ein anderer Körper von der Stelle lösen, wo Sarah verschwunden war, eine vage Gestalt mit einem großen Schweinskopf, die auf mich zulief. Ich schrie auf, und der Schrei drang aus einer Grube in meinem Bauch, von deren Existenz ich nichts geahnt hatte. Dann löste sich der Kreis auf, und sie liefen mit einem Gebrüll, das besessen und freudig zugleich klang, auf mich zu. Meine Schultern wurden umklammert, mein Kopf ergriffen und eine Maske darübergestülpt, deren Gewicht meinen Kopf nach vorn zog. Ich wusste, dass es eine Maske war, weil sie nach Tiergedärm und Schlamm stank und obendrein einen schwach süßlichen Grasgeruch verströmte – der Schweinskopf, der Hase, ein Einhorn, eine Eule? Sie war schwer genug, um der Kopf eines echten Bären sein zu können. Durch die schlecht angebrachten Gucklöcher sah ich nur das Blitzen von Flammen in der Dunkelheit. Ich glaubte, den großen lachenden Mund von Townshend zu erkennen und hinter ihm, ihn beobachtend, den Dekan – sein kleines ernsthaftes Gesicht halb versteckt unter dem Kopfteil seines Umhangs wie ein kalter, blasser, abnehmender Mond. Sie begannen, mich im fiebrigen Rhythmus ihres Klatschens herumzudrehen, und ich stolperte über meine Füße. Blind unter meiner Maske, verwirrt und verzweifelt. Sie skandierten meinen Namen, als ob ich etwas tun sollte, aber ich war außerstande zu handeln. Wir verhalten uns wie die Geschöpfe, die wir sind, und ich hatte keine Ahnung, in welches Geschöpf sie mich verwandelt hatten.

TAG 3

Der vorausgehende Tag,
Rosenmontag, auch Speckmontag genannt

Gebratene Gans

Der Tag begann regenlos und mild. Als ich aufstand und hinausging, um meine Blase zu entleeren und Wasser zu holen, war der Horizont schon nicht mehr ganz dunkel und zeigte einen klaren Streif von schönstem Rosa: Eine Sonne ging auf, um uns zu grüßen. Dieser Anblick war für mich tröstlicher als die blutroten Schlieren eines normalen Wintersonnenaufgangs, und der Himmel war weit genug, um Platz für den reinigenden Wind zu lassen, den wir so nötig hatten und der schon so lange ausblieb. Ob er heute käme? Ich schöpfte eine Schüssel voll Wasser aus dem randvollen Eimer.

Es hatte in letzter Zeit so stark geregnet, dass ich das nahende Erwachen der Dinge gar nicht bemerkt hatte – Dinge, die jetzt selbst in diesem schwachen Licht zu mir sprachen. Ich sah, dass die starken Zweige von Hasel und Eberesche, die meinen Abtritt vor Blicken schützten, mit frischen Knospen gesprenkelt waren. Ich hörte, wie die Vögel ihre Lieder ins Halbdunkel entsandten und wie sie hoffnungsfroh und lärmend mit ihrer Familiengründung beschäftigt waren. Ich spürte, wie frisch und insgeheim fruchtbar der Boden war, obwohl er stellenweise knöcheltief unter Wasser stand. Ich bemerkte, wie unternehmungslustig der Himmel aussah. Ich wäre am liebsten meilenweit gelaufen. Zwar standen Wolken am Himmel, aber es waren nur wenige, und diese wenigen wirkten nicht bedrohlich. Die Sterne verblassten.

Mit der Schulter stieß ich die aufgequollene Tür auf. Drinnen weichte ich ein Stück Stoff in Wasser ein, gab ein wenig Seife darauf und schrubbte, immer noch mit meiner Soutane bekleidet, die erreichbaren Stellen. Ich war ausgehungert, wie immer nach dem Aufstehen. Als ob mein Körper verdrossen wäre, weil er sich wieder erheben musste, und es mir mit der Wut eines Neugeborenen heimzahlen wollte: Füttere mich! Ein oder zwei Bissen Brot brachten immer rasch Erleichterung.

Aber ich musste etwas erledigen. Etwas, das in der Nacht so sehr auf mir gelastet hatte, dass ich einen Weg ersonnen hatte, es zu vergessen. Ich ging wieder hinaus, zur Rückseite des Hauses, und blieb bei der Mauer stehen. Eine Gans, ohne Kopf und Beine, aber ansonsten fast wie lebendig. Sie hatte das Wunder vollbracht, die ganze Nacht draußen zu verbringen, in nichts als Sackleinen gehüllt, ohne von einem Fuchs oder Hund gefressen zu werden. Manchmal wird einem etwas geschenkt, das man nicht haben möchte oder für das man keine Verwendung hat, etwas, das einem zu viel wird. Ich war den Townshends dankbar, die junge kleine Gans war ein gutes Geschenk – aber nicht am letzten Tag vor der Fastenzeit. Ich aß grundsätzlich nur so viel Fleisch, wie ich mir leisten konnte, und selbst dann nicht mehr, als der Herr erlaubte, und das war immer weniger, als ich eigentlich wollte. Aber Cecily Townshend hatte darum gebeten, dass ich sie mit niemandem teilte, und wie hätte ich an einem einzigen Tag eine ganze Gans essen können? Es wäre leichter gewesen, wenn ein Fuchs mir geholfen hätte; ich hatte fest damit gerechnet, dass es so kommen würde.

Drinnen am Tisch rupfte ich sie nachlässig. Die Federn und der Geruch nach dünnem Blut verbreiteten sich im ganzen Raum. Ihre Haut legte sich in wunde, hässliche Falten. Dann krempelte ich die Ärmel hoch und holte die Eingeweide heraus. Ich hackte die Gans in Stücke, und obwohl ich versuchte, den natürlichen Umrissen ihrer Teile zu folgen, war ich doch kein Metzger und zerhackte und zerriss Muskeln. Zum Schluss stand ich vor einem glitschigen Haufen von rosafarbenem Fleisch, das nicht die geringste Ähnlichkeit mit einer Gans hatte, aber in dem immer noch verletztes Leben zu pulsieren schien, wie ein Tier, das vor einen zu schnell fahrenden Karren geraten ist. Die Knochen, der Knorpel und die Eingeweide wanderten zur späteren Bestattung in einen Eimer. Ich spülte den Tisch mit dem Wasser ab, das in der Waschschüssel verblieben war, und wischte das wässrige Blut mit dem Lappen auf.

Ich entfachte das Feuer mit der einen gut bewachten Kerze, die ich ständig im Haus brennen ließ. Ich zündete sie vor dem Schlafengehen an, tauschte sie zur Frühmette in tiefster nächtlicher Dunkelheit gegen eine neue Kerze aus, dann zu Laudes, dann zur Prim. Es mangelte uns in Oakham nicht an Kerzen. Die Frauen verbrachten ihre Abende damit, Seile mit Schafsfett zu bestreichen und in Stücke zu schneiden. Sie schafften das mit einer Hand, während die andere kochte oder spann oder stopfte oder ein Kind wiegte. Sie behaupteten, dass sie sogar während des Beischlafs Kerzen drehen konnten, ohne dass ihre Männer es bemerkten. Die Kerzen stapelten sich in der Sakristei, weitere im Kircheneingang: gehortet als Spenden und milde Gaben für die sichere Reise der Seele nach dem Tod. Sollte die Kirche jemals Feuer fangen, würde sie wegen all des Talgs tagelang brennen.

Du willst zu viel, sagte die Gans, als ich mich ihr mit dem

Spieß näherte. Ich hielt ihn über das Feuer, das erst gequalmt hatte, jetzt aber munter brannte. *Du willst, du willst, du willst. Du willst Kerzen, und dann beklagst du dich über zu viele Kerzen*. Ich brachte sie zum Schweigen, indem ich ein aufgespießtes Stück Gänsefleisch in das Feuer hielt. Hatte ich mich denn beklagt? Ich hatte nur gesagt, dass wir viele Kerzen besäßen. *Gehortet, hast du gesagt*. Und ich bemerkte, dass die Gans mit der Stimme von Townshend sprach, denn es war Townshends Gans, aufgezogen und gefüttert mit seinen Gesinnungen. Townshend wollte zu wenig; er half uns kein bisschen beim Bau der Brücke, wenn es nach ihm gegangen wäre, hätten wir alle gebückt und in Armut gelebt. Er fürchtete die Farben und Gerüche des Reichtums. Ich aß das Stückchen Gans. Ich wusste nicht mehr, von welchem Körperteil es stammte, aber es war fettig und schmackhaft und sättigend.

Dann garte ich immer zwei Stücke gleichzeitig am Spieß, damit sie nichts mehr sagen konnte. Ich aß während des Garens, so viel ich konnte, und briet Stücke sowohl in der Bratpfanne als auch im Kochtopf, um die Arbeit zu beschleunigen. Das leere Glück des Essens erfüllte mich. Das Fleisch war schmackhafter, als es Brot je sein konnte. Ein einziger Bissen ließ ein ganzes Feld mit Sommerweizen bis auf Stiel und Strunk verdorren. Mir blieb keine andere Wahl, als die Tür einen kleinen Spaltbreit zu öffnen, und dann noch ein wenig mehr, damit die Luft den Rauch des Feuers und das spritzende Fett forttragen konnte. Ich befürchtete, dass jemand mein Festmahl bemerken könnte, aber noch mehr fürchtete ich mich davor, dass ich vor lauter Rauch husten musste und dass ich wegen des Hustens nicht mehr das weiche Fleisch essen konnte.

Ja, die Menschen in dieser Gemeinde horten Dinge, behauptete ich – auch wenn mir niemand zuhörte –, um mich gegen einen eingebildeten Vorwurf zu verteidigen. Wollen sie, dass ihr Kleingeld in einen Topf wandert, aus dem man dann den Bau einer Brücke oder einer Straße bezahlt oder ein Gewerbe begründet, das sie zehnmal reicher machen würde? Wollen sie, dass die Kirche dauerhafter und prachtvoller in die Höhe ragt – ein Schiff, das sie gen Himmel trägt? Nein, nichts davon wollen sie. Sie wollen mit ihrem Geld Kerzen kaufen und sie wollen in den Himmel kommen, indem sie die Kirche mit Kinkerlitzchen und Spenden vollstopfen, so wie der Fink seine Brut mit Raupen füttert. Deshalb haben wir zwar mangelhafte Fenster und kaum Schnitzereien, aber wir haben wahrscheinlich mehr Kerzen als der Rest der Welt und so viele Blüten und Nüsse und Käfer, dass ein zufällig vorbeikommender Besucher glauben könnte, der Wind habe den Waldboden hineingetragen und vor dem Altar zurückgelassen. Ich frage mich manchmal, ob dieses Schiff, unsere Kirche, unter seiner Last sinken wird, ehe es uns irgendwohin fahren kann. Mir wäre lieber, wenn es schwimmen statt sinken würde – ist das zu viel verlangt?

Galeonen voller Zucker laufen in Häfen ein, die nur dreißig Meilen von hier entfernt sind – rahgetakelte und furchtlose Pflüge des Meeres. Und Newman sah das Silber aus Fugen tropfen – *tropfen* wie Wasser aus einer Schleuse. Die neue Kathedrale in York hat ein großes Ostfenster, auf dem die Geschichte der Menschheit vom Anfang bis zum Ende dargestellt ist und das unser Verderben selbst dann vorhersieht, wenn die Sonne sich triumphal darin spiegelt. Wir hingegen besitzen eine halb fertige Brücke und eine Kirche, die mit heiligem Krempel vollgestopft ist. Verlange ich zu viel?

Ich fürchtete, dass die Gans nicht zuhörte. Trotz der geöffneten Tür füllte sich der Raum mit Rauch. Meine Augen schwollen rot an und mein Magen begann zu schmerzen, als ob ich einen Fels geschluckt hätte, der jetzt am unteren Ende meines Brustkorbs feststeckte. Nur noch ein paar Bissen und ich würde aufhören, nur noch ein paar Bissen. Mochten die Dorfbewohner am Dienstag noch das letzte verbliebene Fleisch aufessen, meine Fastenzeit würde an diesem Montagabend beginnen. Danach durfte es in diesem Haus keine Gans mehr geben. Alles, was ich bis dahin nicht gegessen hatte, wäre vergeudet und ein Zeichen unserer Missachtung der übergroßen Gnade des Herrn. Ich ertrug es nicht, einen Rest zu lassen. Und so steckte ich ein Stück nach dem anderen auf den Bratspieß und hielt mir die Hand vor die Augen, um sie gegen den Rauch abzuschirmen. Hättet ihr nicht ebenso gehandelt, auch wenn es gierig klingt, wenn man darüber spricht? Ich briet noch ein wenig Gans auf Vorrat, die ich in Nesselstoff wickelte, um sie später vielleicht Carter zu bringen. Cecily Townshend würde nichts davon erfahren, und es wäre ihr sowieso egal. Der Hunger, mit dem ich aufgewacht war, hatte lange Zeit angehalten. Danach kamen Genuss und Gier, und auch die waren schließlich vergangen.

Um acht Uhr war ich so vollgestopft wie seit Monaten oder Jahren nicht mehr, und doch lag immer noch ein Drittel des rosig glänzenden Fleischhaufens auf dem Tisch. Ich ging hinaus und wusch mir Hände und Gesicht. Kein Hauch von Wind weit und breit. Zu dieser Jahreszeit gab es für uns im Dorf nur eine einzige Möglichkeit, das Wetter zu bestimmen: Wenn man den Bergkamm sehen kann, wird es regnen; wenn nicht, dann regnet es schon. Ich sah den Kamm, und die tief stehende Sonne sandte ihre Strahlen über den schlummernden Grat. Aber das Versprechen, mit dem der Tag begonnen hatte, war schon zur Hälfte gebrochen. Im Norden und im Osten mästeten sich Wolken.

Goldener Haken

Den verbleibenden Vormittag, während die Dorfbewohner ihrer Arbeit nachgingen, kümmerte ich mich um meinen Garten. Dort, wo nichts wuchs, grub ich die Erde um, um Dung einzubringen, und ich versuchte, Wasser von den Stellen wegzuleiten, wo noch etwas wuchs: Grünkohl, Rote Bete, Steckrüben, Pastinaken, Sellerie, Lauch, Rosmarin, Rettich. Ihr solltet euch Kiemen wachsen lassen, sagte ich dem Gemüse, aber ich erhielt keine Antwort. Ach, wie sehnte ich mich nach den Tagen der Zuckererbsen, der Wicken und Bohnen und Pflaumen und Flaschenkürbisse und Pfirsiche. Feigen!

Ich schlug den Flechtzaun tiefer in den Boden, damit keine Kaninchen hineinkämen, keine Rehe, Schafe, Kühe, nichts, was einen Magen hat. Robert Tunley, zum Beispiel. Robert der Rundliche, wie manche ihn insgeheim nannten. Ich hob fünf flache wassergetränkte Furchen aus und streute Dicke Bohnen darin aus. Ein bisschen spät – es heißt, man soll sie im Februar am ersten Tag des Neumonds pflanzen, und der lag schon eine Woche zurück. Aber woher sollten die Bohnen das wissen, die konnten den Mond nicht sehen. Hinter all diesen Wolken konnte niemand den Mond sehen. Ich bedeckte die Bohnen mit Erde, die sich all meinen Überredungskünsten zum Trotz nicht einmal annähernd in lockeren Krumen verteilen wollte. Als ich fertig war, schlug es zehn Uhr.

Ich trat hinaus auf die Straße. Ein Fleckchen Sonne rannte fort, sobald ich meinen Fuß daraufsetzte, und die Wolken hingen jetzt schwer und tief am Himmel. Man konnte die Geister dort oben fast sehen, in dem plötzlichen Wechsel von Licht und Dunkel. Sie marodierten genau zwischen den Lichtstrahlen. Zerwühlten die Luft, damit noch mehr Regen fiel und den Fluss anschwellen ließ – der Brücke zum Verderben und unseren Hoffnungen zum Hohn.

Menschen kamen auf dem Heimweg von ihrer Scholle vorbei, erschöpft und hungrig auf ihr Mittagessen. Eine schwächliche Sonne spiegelte sich in den frisch geschärften Kanten ihrer Spaten, und der einsetzende Sprühregen fiel auf ihre Mäntel und die Kopftücher, die sie sich eilig um den Kopf banden. Der wieselgesichtige Gauner David Hikson, unser Schmutzfink von einem Brauer, der heute jedoch eine verdrehte Egge hinter sich herzog. Pflüger und Dudelsackspieler Morris Hall und seine Frau Joan. Der junge Sal Prye. Klein Mippy. Der Hilfsarbeiter John Hadlo und sein hübscher Sohn Tom. Marion und Jane Tunley, Roberts Töchter, die spannen, walkten, säten, stoppelten, Heu machten, den Haushalt führten und sich um die Tiere kümmerten. Drei von den Tagelöhnern aus der Scheune: John Mersh, Ralf Drake, Mickey Brackley. Der Müller Piers Kemp auf seinem Weg zurück von Townshends Haus. Adam Lewys, auch er ein Pflüger, ohne seine schwangere Frau. Ich nickte ihnen schweigend zu, doch nur einige erwiderten den Gruß. Morris Hall grinste, um zu zeigen, wie wenig mörderisch er veranlagt war. Das ständige Herumschleichen des Dekans und seine Hausdurchsuchungen verunsicherten sie: Ihr alle seid verdächtig, schien die zuckende Lippe des Dekans zu sagen. Wenn sie glaubten, dass ich sie verdächtigte, irrten sie, aber ich konnte nicht stehen bleiben und mit ihnen sprechen, und vielleicht sah ich deshalb verärgert aus. In Wahrheit beunruhigte mich meine eigene Völlerei mehr als ihre Geheimnisse. Ich war zum Bersten vollgestopft mit Gänsefleisch, meine Soutane war fettverschmiert, und mein Geruch verriet mich.

Ich folgte der Straße nach New Cross. Hier war das kurze Stück mit Kopfsteinpflaster und daneben die gebrochene Achse des Karrens, der am Vortag umgekippt war. John Hadlo und Paul Brackley wollten ihn gerade wegtragen. Zwar hatten sich die Hunde und der Regen um die sechs großen ausgelaufenen Milchkannen gekümmert, aber das Wasser zwischen den Pflastersteinen besaß immer noch eine gräuliche Farbe. Dann junge Frauenstimmen, die in der Ferne sangen. Der Duft von rauchigem Feuer und frisch gepflügter Erde, das Gackern der Hühner, der schniefende Atem von Menschen, die über Winter nass und weich wie morsches Holz geworden waren. Die Eiben, die in Gruppen den Kirchhof säumten, hatten eine rotblaue Rinde. Unzählige Kernbeißer saßen auf ihren Ästen.

Oben beim Herrenhaus stand Townshend, eine ferne Gestalt, die zwischen ihren Milchkannen und Eimern herumstolzierte wie ein Mensch, der etwas verloren hat. Seine Kühe waren in einer Reihe am Weidezaun festgebunden. Ihre Koppel wurde bei trockenem Wetter von Hand gewässert und bei nasser Witterung von Hand entwässert, und all das wurde aus dem Herrenhaus genau überwacht. Die liebliche Melodie kam von seinen Melkerinnen, die auf ihren Schemeln saßen und den Milchfluss auf diese Weise anregen wollten – Townshend hatte gehört, dass die Milch durch Singen schneller und dicker flösse.

Wer weiß, vielleicht würde er sie demnächst mit nacktem Oberkörper im Mondschein das Gras besingen lassen. Wenn es seiner kränkelnden Käsemanufaktur half – warum nicht?

Ich hatte zwei Stücke Brot und drei Äpfel bei mir. Eines der Brote war für John Fisker, der gleich hinter New Cross lebte und mit einer klaffenden Wunde im Bein, durch eine Egge verursacht, daniederlag. Das andere war für Sarah, die sowohl mehr als auch weniger litt – keine garstige Schnittwunde im Wadenmuskel, durch die man den Knochen schimmern sah, stattdessen dieses innere Brennen, dieser zunehmende Wahnsinn. Ich hatte fünf Äpfel gehabt, einen hatte ich selbst gegessen. Der vierte war zu Hause. Drei hielt ich in der Hand. Wie sollte ich drei Äpfel durch zwei teilen? Wenn ich einen halbierte, würden die beiden Hälften bloß braun werden, und die beiden braunen Hälften würden weniger von dem halben Apfel künden, der da war, als von dem halben, der nicht da war. So liebreich kann dieser Gott nicht sein, würden sie denken, wenn das alles ist, was er für uns tun kann. Ich hätte alle vier mitnehmen sollen, statt einen für mich selbst aufzuheben. Die Vier erzwingt nicht das Dilemma der Drei, wenn man sie durch zwei teilt; die Vier steht entweder für Fülle oder für Geiz, beides aber zu jeweils gleichen Teilen. Mein Arm hing herab, und ich hielt die drei nichtsnutzigen Äpfel in der Hand. Ich stand regungslos da, ganz im Bann der Entscheidung, die ich zu treffen hatte, und meine Augen wanderten hin und her: Fisker, Sarah, Fisker.

Als ich Fiskers Tür erreichte – sie lag als Erste auf meinem Weg –, klopfte ich und ließ, ohne nachzudenken, das Brot und einen Apfel zurück. Als ich dreißig Meter weiter Sarahs Tür erreichte, klopfte ich und ließ das Brot und zwei Äpfel da. Ich ging schnell weiter, um nicht ihre abgemagerte Gestalt sehen und ihren Dank entgegennehmen zu müssen, aber ich war froh über meine Entscheidung. Ein Apfel im Februar ist eine Leckerei und weckt die Lebensgeister. Ich gehe später noch einmal hin, überlegte ich, und bringe ihr eine Decke von dem Stapel in der Sakristei.

Ich rief »Hallo?«, aber es kam keine Antwort. Doch jemand oder etwas hatte sich in der Kirche bewegt, als ich hereingekommen war, und ich war mir sicher, dass ich einen Schatten an der Kanzel gesehen hatte. Ich glaubte, es müsse unsere Kirchendienerin Janet Grant sein, die Tochter von Mary Grant, denn die Kirche war unverschlossen und die Kerzen und der Weihrauch brannten. Also rief ich »Janet?« und stand eine Weile da, doch die Kirche war offenbar leer. Alles strahlte im Morgenlicht. Plötzlich schien die Sonne, schön und schattenlos, und überströmte alles. Ich roch den süßen Duft von Newmans Seife und hätte fast »Tom?« gemurmelt. Dann fiel mir der Dekan ein: Er musste hier gewesen sein.

Ich hängte die drei Rosenkränze an den Nagel und betrat die kleine dunkle Kiste. Ich wartete auf die Beichte und verrichtete mein Gebet: »Danke, Herr, für den niemals versiegenden Strom der Tage, die wie Wasser vom Mühlrad rauschen, einer nach dem anderen, in unablässiger Folge.«

»Ich bin dem Neid erlegen, Pater.«

»Auf was – oder wen?«

»Auf Sie.«

»Warum?«

»Weil Sie immer genug zu essen haben werden. Sie werden der Letzte sein, der in dieser Gemeinde verhungert.«

Warum sagte sie das? Ich drehte mich vom Gitter weg, weil mein Atem, meine Haut und meine Soutane stark nach Gänsefleisch rochen. Ich wartete darauf, dass sie weitersprach – *ich habe gesehen, wie Sie sich mit Gänsefleisch vollstopften, Pater, können Sie mir das erklären?* Aber sie schwieg.

»Ich würde meine Gemeinde nie einfach so verhungern lassen«, sagte ich, und das war keine Lüge. »Niemals. Wenn du verhungerst, verhungere ich auch – ich bin selbst nur ein Mensch.«

»Wenn das so ist, dann werden Sie ganz bestimmt verhungern«, sagte sie. »Was meinen Sie, was ohne Tom Newman mit uns geschehen wird? Das halbe Dorf hat zehn Jahre lang Land von ihm gepachtet. Es war immer gutes Land, und wenn wir uns mit der Pacht verspäteten, ließ er uns Zeit, und wenn die Ernte schlecht war, hat er die Pacht verringert. Wissen Sie, wie viele gute Grundbesitzer es auf der Welt gibt? Jetzt, wo Newman tot ist, keinen einzigen mehr.«

Ich erkannte ihre schroffe und kratzige Stimme – Agnes Prye, die Großmutter des jungen Sal, eine Witwe, die draußen an der östlichen Gemeindegrenze lebte. Newman hatte dort einen Streifen Weideland besessen und rund ein Dutzend Joch verpachtetes Ackerland, ordentlich parzelliert. Agnes war breit wie ein Schrank, ihr Haar hatte die Farbe kalter Asche, doch in ihrem entschlossenen Gesicht saß eine kleine, überraschend hübsche Nase.

»Er war ein guter Mann, das ist wahr«, sagte ich.

Und auch ein reicher Mann, der jetzt seit zwei Tagen tot war. Bald würde sich die Frage nach seinem Besitz erheben. Einige seiner Pächter würden die Sache eher pragmatisch sehen: Jetzt, wo ihr Verpächter tot war und keine Verwandten in Sicht, gehörte das Land da nicht irgendwie ihnen, zumindest bis zum Beweis des Gegenteils? Seine Kühe, seine Schafe, seine Ziegen und Schweine, seine Pferde und Hühner waren das Eigentum der Gemeinde, so jedenfalls sahen es manche. Einige hatten wahrscheinlich schon ein Auge auf sein Haus geworfen, das zwar klein war, aber – wie der Dekan festgestellt hatte – keineswegs weniger komfortabel als das Herrenhaus, zumal es einen Schornstein hatte und über eine Matratze aus Entendaunen verfügte.

Als ob sie meine Gedanken erraten hätte, sagte sie: »Keiner von uns weiß, welche Verwandten aus der Ferne hier auftauchen und sein Land beanspruchen werden, und sowieso gibt es nichts Schlimmeres als entfernte Verwandte. Die haben nie was Gutes im Sinn.«

Abgesehen vom Gottesdienst, hatte ich Agnes Prye zuletzt vor zwei Wochen gesehen. Damals hatte sie Newman dabei geholfen, seine Pferde zum Beschlagen ins Dorf zu bringen. Er hatte sie angestellt, sich um die drei Stuten zu kümmern, die auf der Koppel hinter seinem Haus grasten, vermutlich im Austausch für ein Stückchen Land – vielleicht aber auch nicht. Vielleicht bezahlte er sie sogar – schlau genug war er. Wenn man jemanden bezahlte, besaß diese Person Geld. Mit Geld konnte sie weiteres Land pachten, und von wem würde sie es pachten? Von einem Mann wie Townshend, der niemals einen Penny bezahlte, oder von dem Mann, der ihr das Geld überhaupt erst gegeben hatte?

»Der Neid ist die traurigste aller Sünden«, sagte ich, »die, von der Gott sich am meisten wünscht, dass der Mensch sie besiegen möge.« Ich legte meine Hände auf die Oberschenkel und drehte ihr mein Gesicht zu, auch wenn sie das vielleicht nicht sah. »Mit Faulheit vergeudet der Mensch seine Zeit, mit Gier vergeudet er Essen oder Geld, mit Zorn seinen Frieden. Aber mit Neid vergeudet er seine Mitmenschen. Er vergeudet den Trost, den andere Menschen spenden.«

Sie atmete schwer, in einem Rhythmus, der seit Jahrzehnten seine Spur durch ihr Herz gezogen hatte. Ich hörte sein müdes Voranschreiten.

»Warum hat Gott uns einander geschenkt?«, fragte ich. »Warum hat er uns so gemacht, dass wir einander brauchen und lieben? Warum drängt sich das Vieh auf der Weide zusammen, obwohl die Weide so groß ist, dass jedes Tier für sich allein stehen könnte?«

»Weil das Leben schon einsam genug ist, Pater. Das ist der Grund.«

»Und deshalb wollen wir einander auf Erden Gesellschaft leisten, ehe wir zum Herrn in den Himmel kommen. Deinem Mitmenschen etwas zu neiden heißt, seine Liebe zu vergeuden, zu vergessen, welch großer Trost er für dich ist.«

Dann sagte sie zögernd: »Aber Sie sind kein Mitmensch. Sie sind – der geistliche Vater, der Vermittler zwischen uns und dem Herrn. Der goldene Haken, haben Sie es nicht so genannt? Der goldene Haken, mit dem der Fischer den Fisch fängt. Nun, Sie Glücklicher, Sie haben alle Fische gefangen. Wissen Sie, wie es ist, wenn man von Gott übersehen wird? Nein, weil er sein Ohr immer an Ihrem Mund hat.«

»Und du hast deinen Mund an meinem Ohr.«

»Aber der Herr gewährt die letzte Gnade, nicht wahr? Ich beneide Sie, weil er Ihnen immer zuhören und Ihnen vergeben und Sie vor der Hölle beschützen wird, egal, was Sie tun. Selbst wenn Sie die schlimmsten Taten begehen, Ihr Kopf wird nie in einer Schlinge enden.«

Ich wollte sie fragen: Was tue ich denn? Welche schlimmen Taten begehe ich? Ich sah sie deutlich vor mir, wie ich sie vor einigen Monaten, als die Sonne heiß vom Himmel schien, auf der Straße getroffen hatte, den Pferdegurt in der Hand: dicke, kräftige Waden, die unter ihrem rostroten Kittel hervorschauten, das Haar unter einer Haube, als wollte sie damit sagen, dass sie immer noch verheiratet sei, auch wenn ihr Mann tot war. Sie wartete mit einem Gesichtsausdruck, der nichts anderes als leer und unwissend zu sein wagte. Das Pferd döste in der Sonne, seine lose herabhängende Lippe ruhte auf ihrem Brustkorb.

»Ich bin ein *Primus inter Pares*«, sagte ich, »das oberste Gemeindemitglied. Das heißt, ich bin einer von euch.«

»Unser geistlicher Vater, noch über den Engeln stehend.«

»Und zugleich einer von euch.«

»Aber Sie werden niemals hungrig sein.«

»Ich war schon oft hungrig.«

»Und Sie werden niemals bestraft werden.«

»Ich werde genauso bestraft wie alle anderen.«

Sie veränderte ihre Position auf dem Kissen. Für körperlich arbeitende Menschen mit steifen Gelenken und kräftigen Beinen war das Knien nicht bequem. »Was soll ich tun, Pater?«

»Tue kund, wofür du dankbar bist; tue es einem Bildnis der Maria kund, sieben Tage lang, jeden Tag, und wenn du kein Marienbild zur Hand hast, tue es notfalls der Luft kund.«

Ich erinnerte mich, wie sie an jenem heißen Tag starr nach unten geschaut hatte, obwohl es dort gar nichts zu sehen gab, und wie die Sonne dabei auf sie geschienen hatte. Hatte sie gedacht: *Über mir sind die Engel, ich darf nicht nach oben schauen*? Vielleicht wollte sie, die durch Pferdemist und Zaghaftigkeit an die Erde gebunden war, nicht hören, dass ihr Priester auf ganz ähnliche Weise gebunden war. Vielleicht wollte sie nicht von ihrem Neid auf ihn geheilt werden, vielleicht war es ihr sogar gleichgültig, ob er schlimme Taten beging – vielleicht wollte sie nur, dass er seinen heiligen Kopf rettete, um im Gegenzug eines Tages den ihren retten zu können.

»Möge Gott dir einen guten Tag schenken«, sagte ich schließlich, und sie schien zusammenzuzucken, als ob sie meine Anwesenheit vergessen hätte.

»Auch Ihnen, Pater, einen guten Tag.«

Käsefass

Pater, ich habe den ganzen Tag geschlafen, ich habe ein Loch in die Wand geschnitten, um einer Frau nachzuspionieren, ich habe meinen Lehm auf die Scholle meines Nachbarn geschaufelt, ich habe den letzten Löffel Honig gestohlen, statt ihn meinem Mann anzubieten, ich habe das Glücksei gegessen, ich habe meinen Vater verwünscht, ich habe geflucht, ich habe geschnarcht, gefurzt, gezweifelt.

»Benedicite«, proklamierte Piers Kemp lauthals.

»Dominus.«

»Eine Frau, Pater, sie liegt in den Wehen. Sagt die Hebamme: Ich will dein Untenrum anschauen, um zu sehen, ob das Kind schon kommt. Sagt die Frau: Schauen Sie sich am besten auch die andere Seite an, auf dieser Straße war mein Mann auch oft unterwegs.«

»Confiteor«, sagte ich seufzend.

»Bitte?«

»Ich sage ›Dominus‹, und du sagst ›Confiteor‹.«

»Wie Sie meinen.«

Als ich Kemp an jenem Morgen auf dem Weg zu Townshend

gesehen hatte, hatte ich mich schon gefragt, wann er erscheinen würde. Er ließ sich nie einen Ablass entgehen. Ein drahtiger Junggeselle mit einem schiefen Grinsen und schütterem Haar. Er arbeitete länger für Townshend, als ich in der Gemeinde war, schon seit seiner Kindheit, und schrotete das Getreide in Townshends Mühle. Tag für Tag tat er das, und jeden Tag zog sich sein Haaransatz ein Stück weiter von der Stirn zurück.

»Hast du etwas zu beichten?«

»Ja, das habe ich«, flüsterte er, und sein schlaffer, breiter Mund erschien plötzlich am Gitter.

»Dann bitte.«

»Haben Sie je von einer Frau mit dem Kopf eines Schweins gehört?«

»Nicht …«

»Aber mit dem Körper einer geschmeidigen jungen Frau, so geil, wie man ihn sich nur ausmalen kann?«

Wörter drängten in meine Kehle, aber sie bildeten nichts, das des Sagens wert gewesen wäre, und so verharrte ich schweigend, mit schmerzendem Rücken und auf die Knie gestützten Ellbogen.

»Andererseits«, sagte er, »sind liebreizende junge Frauen mit Schweinsköpfen wohl nicht Ihr Spezialgebiet, Pater.«

»Deins vielleicht?«, fragte ich.

»Ha!« Er lachte kurz auf – und dann, ohne zu lachen und wieder mit leiser, lüsterner Stimme: »Jetzt schon.«

Ich empfand Mitgefühl für Piers Kemp. Manch einer hielt ihn für den fröhlichsten Mann Englands, mit seinem verschmitzten Lächeln, das sogar den Teufel täuschen könnte. Aber ich hatte gesehen, was hinter diesem Lächeln steckte, und es waren Enttäuschung, Argwohn und Erschöpfung. Seine einzige Gesellschaft bestand aus zwei Geißen, und er ergötzte gern die Kinder damit, dass er die Ziegen auf ihre Hinterbeine stellte und sie damit zum Tanzen brachte. Die Kinder fanden das tatsächlich amüsant, auch wenn in den kalten Eidechsenaugen der Tiere immer ein Ausdruck überraschten Entsetzens lag.

»Dieses Schweinemädchen aus meiner Bekanntschaft kommt, ob Sie es glauben oder nicht, aus einer guten Familie«, sagte er. »Vater mit Menschenkopf, Mutter mit Menschenkopf, kein Rüssel weit und breit. Es heißt, dass die Mutter aus Enttäuschung starb, als das kleine Ferkel sein Schnäuzchen zwischen ihren Beinen hervorstreckte. Ihr Vater hat versucht, sie an einen Bräutigam zu verkaufen, um ihren Anblick nicht mehr ertragen zu müssen. Es hat viele Männer gesehen, das arme Ding, ehe es bei mir landete. Als Erstes wurde sie an einen Hauptmann verkauft, und er warf einen einzigen Blick auf sie, ehe er sie wegschickte. Dann wurde sie einem Arzt vorgestellt, diesmal mit einem Sack über dem Kopf, und der Arzt bekam glänzende Augen und holte schon sein Geld hervor – aber als der Sack heruntergezogen wurde, ekelte er sich und zog ihn ihr wieder über. Ein anderer Mann, diesmal ein armer Dichter, wollte sie einer kostenlosen Probe unterziehen. Er kleidete sie aus und legte sie hin, mit dem Sack auf dem Kopf, und er war sehr zufrieden mit dem, was er sah, denn sie hatte einen Leib wie Milch und Honig, mit langen, vollen Schenkeln und einer verlockend tiefen Höhle. Aber als er sie nehmen wollte, quiekte sie, wie es Schweine eben zu tun pflegen, wenn sie nicht bezahlt wurden. Und was, glauben Sie, tat darauf der arme Dichter?«

Ich seufzte wieder.

»Dieser zartbesaitete Poet sprang vom Bett auf und behauptete, ihm sei gerade ein Gedicht eingefallen, das er sofort aufschreiben müsse. Sie ahnen schon, Pater, dass er niemals zurückkehrte.«

Ich vergrub den Kopf in den Händen und fragte mich, wie es sich wohl anfühlte, Piers Kemp zu sein. Setzte er sich an einen stillen Weiher und erzählte seinem Spiegelbild diese Geschichten?

»Es sprach sich herum, dass es ein kleines Dorf namens Oakham gebe«, sagte er gerade, »wohin jeder gehen könne, wie unbeliebt er auch war. Ein Dorf der Galgengesichter und Ausgestoßenen. Also brachte man die unschöne Schönheit dorthin, auch wenn niemand zu wissen schien, wo genau dieses Oakham sich befand. Sie kamen bis nach Wales, wo sie es nach zweiwöchiger Suche endlich fanden. Als sie sich dort nach heiratswilligen Männer erkundigten, erzählte man ihnen von einem armen Müller, der noch keine Zeit gefunden hatte, sich ein Weib zu suchen. Er war recht ansehnlich und nicht allzu wählerisch, und ihr Vater wollte sie jetzt unbedingt verkaufen. Und so zahlte der Müller – Sie ahnen natürlich längst, dass ich das bin – fünf Schillinge für sie, den Preis für ein Schwein mit ein bisschen was obendrauf, wahrscheinlich von dem Geld, das sein Priester – das sind Sie, Pater – ihm gab, um sein Getreide zu mahlen. Als der Müller ihr den Sack vom Kopf zog, ja, da war sie hässlich wie die Nacht. Aber er zuckte die Schultern und dachte sich: Na wenn schon, ein bisschen Grunzen macht mir nichts aus.« Er beugte sich erneut zum Gitter vor, und sein breites Kinn und der lange bartlose Kiefer zeichneten sich hell vor den Schatten ab. »Und in der Nacht sind sowieso alle Katzen grau.«

Ich saß immer noch vorgebeugt da und stellte jetzt fest, dass ich geistesabwesend an meine obere Zahnreihe tippte. Ich dachte an seine Absolution. Er würde viele Ave-Marias sprechen müssen, um für seine Wollust und Lügen Buße zu tun – mehr, als er zählen konnte. Aber meine Fantasie war nicht mit seiner Absolution beschäftigt, sondern mit seiner Geliebten, die in einer Ecke seines Hauses saß. Ihre Hände lagen prüde auf dem feinen Seidenkleid, mit dem ihr Vater sie verkauft hatte, und sie sah auf die weißen Monde ihrer Fingernägel hinab. Mit ihrer großen Schnauze erschnupperte sie den Veilchenduft ihres Parfüms, den Duft süßer Demut, und schielte dabei – verlangend? furchtsam? – auf das Durcheinander aus Stroh und Decken, das Kemp sein Bett nannte. Später würde sie dort liegen, und ihr animalisches Quieken würde im ganzen Dorf zu hören sein. Ob aus Schmerz oder aus Lust, würden wir niemals erfahren. Aber wir würden ihretwegen berühmt werden: Oakham, Heimat der quiekenden Schweinefrau.

»Geh, ehe du noch mehr Lügen erzählst«, sagte ich. »Und laufe von jetzt bis zum Beginn der Fastenzeit in Schuhen voller Steine, damit du künftig zweimal nachdenkst, ehe du wieder lügst. Bete morgens und abends den Rosenkranz.«

Piers Kemp sprang mit einem »Ja, Pater, gern, Pater, danke, Pater« auf die Füße, und ein Specht flog kichernd am Südfenster vorbei.

Ein Dorf der Galgengesichter und Ausgestoßenen. Oakham: Bestiendorf, Schweinshausen, Keinbrück. Das Dorf, aus dem nichts wurde, das einzige Dorf im Umkreis von hundert Meilen, das nicht mit Wolle handelte und keine Kleidung herstellte. Nicht einmal eine Brücke brachten wir zustande.

Hier ist das Dorf, das wir links liegen lassen, mit seinen singenden Melkerinnen; wir nennen es Käsefass, Milchweide, Kuhborn. Sein Lehnsherr ist so rund und eigenschaftslos wie der Käse, den er herstellt. Seine Leute sind Vagabunden, die aus ihren eigenen Dörfern vertrieben wurden und in fast jeder Hinsicht verzweifelt sind. Sein reichster Bewohner wurde vom Fluss fortgespült und ist ertrunken. Und hier ist sein Priester:

John Reve, der wie ein Huhn auf der Stange im dunklen Verschlag seines Beichtstuhls sitzt und schläft. Auch er kann seine Gemeinde nicht zur Erleuchtung führen. Er stinkt nach Gänsefleisch, und wenn er rülpst, dann stinkt es noch mehr nach Gänsefleisch, ganz gleich, wie sehr er es zu verhindern sucht.

War Spott der Preis der Freundlichkeit? Denn freundlich waren wir in Oakham, so sehr, dass Gott es bemerkt hatte. In diesen letzten Jahrzehnten, als den Bewohnern englischer Dörfer endlose Joche Getreideland genommen und den Schafen oder Kaninchen als Weide überlassen worden waren und in denen das Getreide umgepflügt und Gras ausgesät worden war, stolperte mancher Mann enteignet aus seinem Haus, und wohin stolperte er? Er stolperte zu uns, weil er den Gerüchten am Straßenrand folgte, die besagten, dass es einen Ort gebe, wo er willkommen sei. Er kam mit nichts als einem Messingtopf, einem Rosshaarseil, ohne Pflug und ohne Pferd, mit einem Päckchen Erbsen, einem Huhn, einer Frau und vier Kindern, und dieses Dorf hieß ihn willkommen und gab ihm Land.

Townshends Großvater – der von Schafen nichts hielt – nahm so viele dieser Familien auf, wie kommen wollten. Brachland wurde urbar gemacht, das Gleiche galt für Heide und Wald. Die gesamte Gemeinde wurde umgepflügt, und überall wurde Getreide ausgesät. Den Zuzüglern wurde sechs Monate lang die Pacht erlassen, dann zahlten sie sechs Monate lang die halbe Pacht, während sie langsam Fuß fassten. Am Ende hatte Oakham mehr Ackerland als alle Orte ringsum, und gutes Land obendrein, wie es heißt. Die Townshends wurden dadurch reicher, aber das soll nicht heißen, dass sie keine edlen Beweggründe gehabt hätten: Nirgendwo auf der Welt war man willkommener als hier, ganz gleich, wer man war und woher man kam. Niemand konnte weniger abgestoßen sein vom Mundgeruch eines Mannes oder dem Hinken einer Frau oder dem Schmutz eines Kindes als die Leute hier. Gott sah es und schenkte fünfzehn gute Ernten hintereinander. Wo früher nichts als Roggen oder Mischgetreide gediehe, wuchs jetzt guter Weizen. Wir errichteten die neue, größere Kirche zu seinen Ehren und weihten sie der Jungfrau Maria. Die alte Holzkirche im Wald blieb ungenutzt zurück.

Aber irgendwann kommt eine schlechte Ernte, das ist immer so. Wir hatten nichts anderes, das uns hätte nähren können – kaum Viehweiden, kaum Wolle, keine Walkmühlen, unsere einzige Wassermühle taugte nur für Getreide, und das bisschen Wolle, das wir hatten, musste immer noch mit den Füßen gewalkt werden. Im Ausland trugen die Leute inzwischen gern englische Hemden, aber wir besaßen nicht die Kenntnisse, um sie herzustellen – wir hatten keine Spinner, Weber, Rahmenspanner, Wollkämmer, Färber, die arbeiteten alle anderswo. Selbst wenn wir jetzt damit angefangen hätten, wir wären zu spät dran gewesen: Unsere Nachbardörfer hatten schon halb Europa neu eingekleidet. Oakham besaß nichts als Getreide, und sein Geschick hing von den Launen des Wetters ab. Als Oliver Townshend den Herrenhof erbte, hatte uns das Wetter zu oft übel mitgespielt. Er versuchte, einige seiner Ländereien für die Kaninchenzucht zu nutzen, ließ Bäume für Farngestrüpp und Erdhügel fällen. Ich erinnere mich noch, wie er bei unserer ersten Begegnung seine Hunde auf die Kaninchen hetzte und dabei mit falschem Optimismus »Blase dein Horn, Jäger!« sang. Die Kaninchen retteten uns damals so wenig, wie der Käse es jetzt tat. Das wusste auch Townshend. Trotzdem sang er, und laut genug, dass alle Kaninchen auf diesen Inseln es hörten und Reißaus nahmen.

Aber genügen Freundlichkeit, Offenherzigkeit, Duldsamkeit? *Die Elenden sollen essen, dass sie satt werden*. Trotzdem frage ich mich manchmal, ob Gott nicht einer Begeisterung und Lebhaftigkeit den Vorzug gibt, die sich genauso gut der Grausamkeit zuwenden könnte. Hat er Townshends schwachen Intellekt satt? Und vielleicht auch meinen, wo ich hier zusammengesackt im Dunkeln sitze wie ein Huhn auf der Stange? Bevorzugt Gott vielleicht Menschen, die mit Hunderten Einfällen zu ihm kommen, von denen jeder einzelne eine scharfe Pfeilspitze ist, die ins Herz der Sonne weist? Schauen die Menschen, die am anderen Flussufer mit ihren Wagenladungen für Europa vorbeiziehen, über die Marschen und sagen: Wehe diesem Ort, dem Käsefass, denn der einzige kluge Mann dort ist tot und hat ein Dorf voller Narren zurückgelassen?

Auferstehung

Ein Klopfen an der Trennwand und die Stimme des Dekans. »Reve«, erklang es aus heiserer Kehle.

Ich verließ den Beichtstuhl und sah ihn in die Sakristei verschwinden. Ich nahm einen der Rosenkränze vom Nagel, legte ihn auf den Boden und folgte ihm. Die Kirche war leer und still und von zinnfarbenem Licht erfüllt. Kein Schimmer, kein Schatten. Ich schloss die Tür der Sakristei hinter mir. Der Dekan saß auf einem Stapel Decken, eine graue Gestalt auf einem grauen Sockel. Ich wünschte, er säße dort nicht, denn dadurch war er nur halb so groß wie ich, und das machte den Umgang mit ihm schwierig. Aber er schien anzunehmen, dass er dadurch die Autorität der Gelassenheit ausstrahlte, und lächelte wie ein Mann, der gerade in eine Wanne mit warmem Wasser steigt – ein falsches Lächeln, nahm ich an, aber was wusste ich schon von dem Mann. Mit jedem Tag wurde er mir fremder.

»Das Purgatorium«, sagte er sanft. »Was ist es Ihrer Meinung nach? Ein Viehmarkt? Alle versuchen, dem Teufel zu entkommen, der sie in seinen Pferch treiben will? Alle suchen nach dem Tor, das die Engel offen gelassen haben?«

Eine unerwartete Frage, und es schwang eine gewisse Bescheidenheit, eine gewisse Sinnsuche darin mit.

»Manchmal wage ich nicht daran zu denken«, sagte ich. »Aber vielleicht ist es ein subtilerer Ort. Ein Ort der stillen Rechenschaft.«

Er nickte – auch das war unerwartet – und fuhr mit den Fingerspitzen über den Stapel aus Wolldecken. In der Dämmerung wirkte er selbst wie aus Wolle, als ob jemand an seinen Rändern zupfen würde. Dieses Bild der Bescheidenheit, des Schäfers, der zum Schaf wird, lullte mich ein.

»Die Hölle ist zweifellos der Viehmarkt«, äußerte ich vorsichtig, »wo man herumgestoßen und zusammengetrieben wird und seinen Schmerz über ein schon entschiedenes Schicksal herausschreit. Das Purgatorium ist – ein Mutterschoß. Wenn wir bei unserer Geburt aus einem Schoß kommen, warum sollten wir bei unserem Tod nicht ebenfalls in einen Schoß gelangen? Der eine ist das Tor zum Leben, der andere das Tor zum Nachleben. Das Purgatorium ist der zweite Schoß. So scheint es mir.«

»Ein warmer, rosiger Wandelgang, eine gedämpfte Kammer?«

Verspottete er mich? »Ja«, antwortete ich, »eine Kammer, wo wir in aller Stille reifen, eingehüllt in das Leben, das wir geführt haben, all seine Sünden, all seine Freundlichkeiten. Dann werden wir in unser Nachleben geboren, in die Hölle oder den Himmel, und Gott muss entscheiden, in welches von beiden.«

Der Dekan presste nachdenklich die Lippen zusammen. Der Geruch der Sakristei – feuchte Wolle und Kerzentalg, Seifenkraut und Majoran – verlieh unserem Gespräch etwas Heimeliges, Behäbiges. Allerdings hatte ich den Verdacht, dass es überhaupt nicht behäbig war, sondern auf einen Punkt zusteuerte, der knapp außerhalb meiner Sichtweite lag.

»Ein sehr reizvolles Bild«, sagte er mit einer Miene, die ihre aus Tücke und Drohung herrührende Anspannung verloren hatte. »Meines ist gewöhnlicher – doch ich stimme zu, ein Viehmarkt ist nicht das richtige Bild, nein. Was ist das Purgatorium für mich? Ein Raum voller Männer und Frauen, die schweigend ihre Börsen geleert haben, sodass der Herr den Inhalt abschätzen kann. Haben sie genug, um in den Himmel zu kommen, oder müssen sie zur Hölle fahren? Die Börsen sind natürlich ihre Seelen.«

»Ihr Bild hat seinen eigenen Reiz.«

»Das finde ich nicht. Aber es ist – flexibler als Ihres. Wenn die Männer und Frauen in meinem Zimmer nicht genug in ihren Börsen haben, um in den Himmel zu kommen, ist noch nicht alles verloren. Jemand außerhalb des Raumes – ihre noch lebenden Angehörigen – kann Geschenke und Spenden schicken, um das Vermögen aufzustocken. Eine nette Vorstellung, wie ich finde, die Raum lässt für Wohltätigkeit und ein wenig Wiedergutmachung in letzter Minute – wohingegen Ihr Schoß, trotz all seines Zaubers, ein sehr abgeschotteter Ort ist.«

Ich ging in die Hocke und lehnte mich an die Wand. Ich brachte ein unbestimmtes Nicken zustande. Unser Gespräch folgte sanft seinen Windungen und Wendungen, aber der Dekan hatte die Richtung bereits festgelegt. Bestimmt war es ermüdend für ihn, immer auf der Jagd zu sein, mit dem Pfeil in der Hand. Dieses Gespräch über das Purgatorium sollte natürlich sagen: Wenn Newman immer noch dort ist, im Purgatorium, warum ist das so? Wenn er seine Börse vor dem Herrn geleert hat, warum ist nicht genug darin? Warum haben die Spenden und Gebete unserer Gemeinde nicht ausgereicht, um ihm den Weg in den Himmel zu ebnen? Sind unsere Börsen auch halb leer? Was soll ich dem Erzdiakon sagen? (Denn das war sein Lieblingssatz.) Muss ich ihm sagen, dass Newman, dieser gute Mensch, zu sündenbeladen war, um es allein in den Himmel zu schaffen? Dass die Seelen der guten Menschen von Oakham zu dürftig sind, um ihm zu helfen? Wenn Newman noch im Purgatorium ist, was verbergt ihr dann alle?

»Reve, sagen Sie mir, was soll ich tun? Was soll ich dem Erzdiakon sagen?«

Ah, da war sie schon, die Frage. Ich senkte den Kopf.

»Soll ich zurückgehen und ihm sagen, dass Newmans Tod ein Unfall war?«, fragte er.

Ohne den Kopf zu heben, sagte ich, weil er mich darum gebeten hatte: »Ich denke, das sollten Sie tun.«

»Und dann sagt der Erzdiakon zu mir: Was hat dieser Thomas Newman morgens am Fluss gemacht? Und ich sage ... was sage ich dann?«

»Ich weiß es nicht – brauchen wir jetzt schon eine Genehmigung, um unseren eigenen Fluss aufzusuchen? Ein Schriftstück vom König?«

»Sie kannten den Mann. Warum raten Sie nicht einfach?«

Ich drückte mich mit den Händen vom Boden ab und stand auf. »Vielleicht war er dort, weil er sich fragte, was mit der Brücke geschehen sollte.«

»Er wollte die Brücke ein drittes Mal wiederaufbauen?«

»Er war ein Abenteurer, es schmerzte ihn zu sehen, wie die Welt am anderen Ufer vorbeizog, als ob jenes Ufer für uns so unerreichbar wäre wie ... ein fremdes Land. Genauso, wie es auch mich immer noch schmerzt.«

»Er war also am Fluss – und was hat er dort getan? Hat er geträumt? Von einer großartigen Brücke und hundert Fußpaaren, die sie überqueren? Und dann, was ist dann passiert – ist er hineingeplumpst?«

»Nein, natürlich nicht.« Das Wort »plumpsen« stand in seltsamem Widerspruch zu meiner Erinnerung an Newman. Er war immer schlank und stark wie eine Hasel gewesen; nicht einmal ein Stier hätte ihn einfach so umwerfen können. »Wie sollen wir wissen, was er getan hat, wenn er dabei allein war? Er könnte ins Wasser gewatet sein.«

»Gewatet?«

»Nur so kann man die Brücke von unten sehen, sonst erkennt man nicht genau, was eingestürzt ist, was noch steht und was zu einem Wiederaufbau nötig wäre.«

Der Dekan hob den Zeigefinger. »Ach so – weil er den Bau der Brücke zu seiner Lebensaufgabe gemacht hatte, kreisten seine Gedanken um ihren Wiederaufbau.«

»Sie befragen mich immer wieder zu Newman, als ob ich hellsehen könnte. Ich weiß nicht, worum seine Gedanken kreisten.«

»Wenn ich es recht verstehe, hat er viel Geld zu dem Brückenbau gegeben.«

»Ja.«

»Und das alles soll ich wohl dem Erzdiakon sagen?«

Er beobachtete mich geradezu triumphierend, mit in die Luft gerecktem Kinn, und seine Lippen umspielte so etwas wie ein Lächeln, das nur durch mangelnde Erfahrung bezähmt wurde.

»Und dennoch hatte Newman zuletzt im Juni für den Brückenbau gespendet, rund acht Monate zuvor.«

Mit diesen Worten zog er eine Schriftrolle aus seinem offenbar unerschöpflichen Ärmel. Ich musste an die Verträge denken, die Newman aufgesetzt hatte und die als Schriftrolle in einer Geldkiste unter seinem Boden versteckt lagen. Den Dekan würde sein unfehlbarer Riecher früher oder später dorthin führen – seine Händchen würden mithilfe eines kleinen Messers kurzen Prozess mit der Fuge im Lehmboden machen, die Klappe lockern und aufstemmen – und da wäre er: der Hohlraum mit der Schriftrolle darin. Aha, der Pfeil fliegt geradewegs ins Ziel! *Verträge?*, würde er sagen. *Was wohl darin steht?* Und gleich darauf wissen, was darin stand und dass sie Oliver Townshend so stark belasteten, dass der schon so gut wie tot war.

Dies hier waren natürlich nicht die Verträge, dies waren die Einträge im Kirchenbuch, der Dekan hatte es selbst gesagt. Und sie waren auf billigem Papier geschrieben, wohingegen Newmans Verträge auf Pergament standen. Trotzdem rutschte mir das Herz in die Hose. Er entrollte das Schriftstück und las es so theatralisch vor, als ob er eine Tatsache überprüfte, die er längst kannte. »Ja, hier steht es: Jeden Monat eine Spende von einer Krone, ein Jahr und einen Monat lang, und dann, seit Juni letzten Jahres, plötzlich nichts mehr.«

Er reichte mir die Schriftrolle, und ich, ganz gelassen vor Erleichterung, dass sie nicht das war, wofür ich sie zuerst gehalten hatte, und obwohl ich die ganze Zeit gewusst hatte, dass sie nicht das war, wofür ich sie gehalten hatte (denn ein furchtsames Herz bleibt oft hinter einem klarsichtigen Auge zurück), rollte sie zusammen und gab sie ihm zurück.

Er entrollte sie wieder und runzelte die Stirn, als ob er sagen wollte: Alles, was du tust, kann ich rückgängig machen. Dann sah er sie voller Zärtlichkeit an. »Die Kirchendienerin hat sie mir freundlicherweise beschafft«, sagte er.

»Das hat sie richtig gemacht«, sagte ich. »Wir haben hier keine Geheimnisse.«

»Wollen Sie sie nicht lesen?«

»Ich lese sie jede Woche. Janet Grant und ich führen diese Aufzeichnungen gemeinsam.«

»Dann wissen Sie also, dass Newman seit längerer Zeit nicht

mehr für die Brücke gespendet hat – dass er völlig das Interesse an ihr verloren hatte.«

»Ich weiß die erste Hälfte. Die zweite trifft nicht zu.«

»Nein? Janet Grant ist anderer Meinung. Newman hat es ihr selbst gesagt: Er glaube nicht mehr an die Brücke, sie sei an der falschen Stelle errichtet worden und würde immer wieder einstürzen. Er sagte, er könne sein Geld genauso gut gleich in den Fluss werfen und auf diese Weise viel Zeit und Mühe sparen.«

»Vielleicht hat er genau *das* am Morgen seines Todes getan: sein Geld in den Fluss geworfen.«

Ich bückte mich, um die Decken vom Boden aufzusammeln, legte sie achtlos zusammen und stapelte sie wieder aufeinander. Er konnte vielleicht nach Oakham kommen, sich wie der Sheriff aufführen und Unruhe stiften, aber unsere Decken auf dem Boden zu verteilen – handgesponnene Decken, die mit einem Rocken und einer Spindel aus alten Zeiten, vielleicht den letzten im ganzen Land, von Frauen mit steifen Knöcheln und Rückenschmerzen und ein wenig Nächstenliebe in ihren Herzen gewebt und mit den Füßen gewalkt worden waren –, das ging zu weit.

»Und würde der Erzdiakon«, fuhr der Dekan fort, während er inquisitorisch mit der Schriftrolle herumfuchtelte, »wenn Newman nicht aus lauter Begeisterung für die Brücke am Fluss war und wenn er nicht zum Hineinplumpsen neigte und wohl auch nicht im Fluss stand, um von dort aus – wie sagten Sie? – die Unterseite der Brücke zu begutachten, würde also der Erzdiakon, wenn er nur halbwegs bei Verstand ist, nicht zu dem Schluss kommen, dass ein Unfall unwahrscheinlich sei, und immer noch wissen wollen, warum der Mann sich dort aufhielt? Obendrein zu dieser frühen Morgenstunde? Dies sind keine

Fragen, die ich stelle, Reve, dies sind die Fragen des Erzdiakons, auf die ich eine Antwort finden muss. Gestehen Sie mir also etwas Ungeduld zu. Der Erzdiakon könnte zum Beispiel fragen, ob Newman dort am Fluss mit jemandem verabredet war. Was soll ich ihm sagen? Ich würde sagen müssen, dass ich es nicht wisse, und dann würde er mich fragen, was ich denn überhaupt wisse. Nun, ich weiß – wir wissen –, dass Townshend das gute Weideland bei West Fields gehört. Und wir wissen, dass Newman es gern gekauft hätte, nicht wahr?« Er zuckte die Schultern, und sein nach oben gewandtes Gesicht leuchtete geradezu glückselig vor Selbstverliebtheit. »Wer weiß? Vielleicht war Townshend zu jener frühen, verschwiegenen Stunde am Fluss, um die Grenzen abzuschreiten, um über Kosten und Erträge zu sprechen. Und hat Newman dann an das Ufer des Flusses gedrängt und ihn … Sie verstehen schon. Wir wissen immerhin auch, dass Newman und Townshend ihre Streitigkeiten hatten.«

»Die vor allem in Ihrer Fantasie existieren«, sagte ich.

»Wie Sie meinen.«

Die Prahlerei des Dekans endete damit, dass er die Aufzeichnungen ungelenk in seinen Ärmel zurückstopfte. Dann drehte er sich um und strich wieder mit geistesabwesender Zärtlichkeit über die Ränder der Decken. Seltsamer Mann. Als ob er von seiner eigenen Gemeinheit deprimiert wäre. Seine kleinen, glatten Hände falteten, drückten und kneteten die zuoberst liegende Decke. Ohne sich zu mir umzudrehen, fragte er: »Was sagen Sie dazu, Reve?«

»Dass Sie einige große logische Sprünge gemacht haben.«

»Besser logisch springen als logisch stolpern.«

»Haben Sie Townshend gefragt, wo er an jenem Morgen war?«

»Er sagt, er habe im Bett gelegen. Seine Frau bestätigt das.«

»Dann müssen wir ihm glauben.«

»Tatsächlich?«

Ich beobachtete ihn regungslos, ehe ich sagte: »Wollen Sie diesen Decken den Hof machen?«

Er sah hoch. Seine Hände kamen zur Ruhe und blieben flach liegen.

»Sie wirken erschöpft«, sagte ich. »Ein wenig Gesellschaft würde Ihnen guttun.« Tatsächlich wirkte er in diesem Augenblick dünnhäutig und verloren, alle Klarheit war verschwunden. »Ich werde später bei Ihnen vorbeikommen, dann können wir eine Weile am Feuer beisammensitzen. Wir hatten noch gar keine Zeit, Freunde zu werden.«

Er riss den Kopf zu mir herum, als ob ihn das Wort »Freunde« schockierte. »Ich habe schwerlich Zeit, am Feuer zu sitzen. Ich bin hier, um einen ...«

»... Todesfall zu untersuchen, ich weiß. Aber wenn Sie mir sagen, wann Sie mit Ihren heutigen Nachforschungen fertig sind, könnte ich ein wenig Gänsebraten und Wein vorbeibringen.«

Er lachte – ein kurzes *Ha*. »Gänsebraten«, höhnte er. »Nein, den will ich Ihnen nicht wegnehmen.«

»Dann sagen Sie mir, wann Sie zurückkehren, und ich stelle vorher den Wein bei Ihnen ab. Der wartet dann auf Sie.«

Er sah zu dem schmalen Fenster hoch. »Solange es hell ist, werde ich draußen sein, vielleicht noch länger. Ich brauche keinen Wein.«

Ich lächelte ihn milde an, als ob ich voller Bewunderung für seine tagesumspannenden, unermüdlichen und vergeblichen Bemühungen wäre, Oakham vor sich selbst zu retten. »Dann werde ich kommen, solange es noch hell ist, den unerwünschten

Wein dalassen und gehen, ehe Sie zurückkommen. Sie werden mich gar nicht sehen.«

Er stand vor mir, die Hände lagen unbeholfen auf seinen Oberschenkeln, und er bedachte mich mit einem kurzen, finsteren Kopfnicken. War es der Wein, der ihn lockte oder konnte selbst er einem Akt der Nächstenliebe nicht widerstehen? Als er die Tür öffnete und hinausging, sah er sich gründlich um. Carter war da, sonst niemand. Der Dekan schlurfte an ihm vorbei und hinaus. Ich hatte kaum das Kirchenschiff durchquert und den Beichtstuhl betreten, als Carter auch schon mit der Eile jugendlichen Schmerzes hereinkam und niederkniete.

»Benedicite.«

»Dominus.«

»Confiteor.«

Und schon legte Carter los: »Pater, Pater, Pater. Ich habe Thomas Newman getötet, hören Sie mich an, vergeben Sie mir ...«

»Ich kann dir nicht vergeben, was du nicht getan hast ...«

»Hören Sie mich an, vergeben Sie mir.«

Seine Stimme war aufgewühlt, aber auch weich vor Trauer. Er erzählte mir von den Gefälligkeiten, die er seit Newmans Tod am Fastensamstag den Nachbarn erwiesen hatte, um Wiedergutmachung für seine Schuld an dessen Tod zu leisten – eine Schuld, die allein in seiner Einbildung existierte. *Warum glauben Sie, dass sie nur eingebildet ist?*, erklang die Einflüsterung des Dekans. Warum? Weil ich Herry Carter so gut kenne, als wäre er mein eigener Sohn, und weil er Newman wie einen Vater liebte – darum. Ein Mensch kann nichts tun, das völlig außerhalb seines Naturells liegt. Genauso wenig wie ein Pferd fliegen kann.

Es gab nichts auf der Welt, dessen ich mir sicherer war als

Carters Unschuld. Dennoch hielt er sich für schuldig, weil das im Wesen der Liebe liegt. Als meine Mutter in einem Feuer starb, das ich nicht hätte verhindern können, gab ich mir die Schuld daran. Ich gab mir die Schuld daran, dass die Welt nicht eine völlig andere war. Wenn ich sie nicht damals als Kind so enttäuscht hätte, bei dieser Gelegenheit und bei jener, wenn ich meinen Vater nicht erzürnt hätte, wenn ich nicht dies und nicht jenes getan hätte, dann hätte mein ganzes Leben ein anderes sein können und das Feuer wäre vielleicht nie ausgebrochen. So denkt die Liebe. Die Liebe im Angesicht des Todes ist eine Tortur.

Carter haspelte seine Liste guter Taten herunter: Er hatte ein Loch in der Wand des alten Norys ausgebessert, andere Häuser für die Fastenzeit ausgefegt, eine neue Schieferplatte auf das Vordach der Kirche gelegt (und war gestürzt und hatte sich eine besorgniserregende Schnittwunde am Ohr zugezogen), hatte Fisker beim Eggen geholfen, die paar Eier aus seiner Küche seinem Nachbarn geschenkt, dafür bezahlt, dass das Getreide der kranken Mary Grant gemahlen wurde, beim Ausbessern des Milchkarrens geholfen, der am Vortag mit der Straße aneinandergeraten war, und hatte die Fässer zurück zum Herrenhaus geschleppt und dabei geholfen, sie erneut mit Milch zu füllen und die Milch denen zu bringen, die sie brauchten.

»Das ist zu viel, Herry Carter. Die wichtigste Hilfe ist die für deine Familie.«

Ich fand keinen anderen Weg zu sagen: Selbst wenn du es glaubst, du hast Newman nicht getötet. »Können wir immer jene retten, die wir lieben?«, fragte ich.

»Ich habe ihn enttäuscht.«

»Enttäuschen ist nicht dasselbe wie töten.«

»Ich war nicht gut genug.«

»Du willst sagen, dass du ihm nicht das verlorene Kind ersetzen konntest.«

»Obwohl ich es *versucht* habe.«

»Aber jemandem das tote Kind nicht ersetzen zu können ist keine Mordtat.«

Vielleicht hatte er mich nicht gehört; er fing noch mal mit seinen guten Taten an – Norys' Loch, Fiskers Eggen, Mary Grants Getreide, das Milchfass, das Kirchenvordach.

»Alle Menschen stehen für sich selbst ein«, sagte ich, ihn übertönend, »und bauen auf Gott.«

Und Gott entscheidet, dachte ich, und die hinterlistigen Luftgeister versuchen so gut wie möglich hineinzupfuschen. Wenn Gott beschließt, dass die Zeit für das Ende eines Menschen gekommen ist, dann richten es die Geister – wenn sie zahlreich genug sind – so ein, dass das Ende schrecklich wird. Wo böte sich einem Jungen wie Carter bei diesem Gewimmel der Kräfte und Einflüsse die Möglichkeit, auf das Schicksal einzuwirken?

»Es gibt keine Leiche«, sagte er. »Was ist, wenn er noch lebt?«

»Du fragst dich, ob er lebt, bestehst aber gleichzeitig darauf, ihn umgebracht zu haben.«

»Es gibt aber doch keine Leiche.«

Wie geschickt doch der menschliche Verstand ist, wenn er zwei widerstreitende Wahrheiten in Einklang bringt, als ob er zwischen Träumen umherhuschen würde. Es war nicht Carters Art, sich geistig zu verausgaben; er war ein einfacher Mann, dessen Gedanken schlicht und geradlinig verliefen. Mir bereitete die Schnittwunde an seinem Ohr Sorge, und auch, dass er fröstelte. Doch das Frösteln hörte plötzlich auf. Wir waren beide verstummt. Nur der Regen am Fenster war zu hören.

»Morgen«, flüsterte er resigniert, »sehe ich nach, wie wir den Baum aus dem Fluss bekommen können.«

Ich nickte und schloss die Augen. Er meinte den Baum, der bei West Fields umgestürzt war. Dies war die einzige Buße, die ich ihm auferlegt hatte. Er glaubte, es sei eine Buße für die Ermordung Newmans, doch ich hatte sie bloß als Buße für sein falsches Mordgeständnis gemeint. Das war aber gleichgültig, solange es sich um eine Buße handelte, die ihm ausreichend gefährlich, kalt, freudlos und undankbar erschien; eine, die er am Fluss verrichten konnte, der fast mit Sicherheit der Schauplatz von Newmans Tod gewesen war; eine, die ihm das Gefühl vermittelte, dass er sich selbst bestrafte, so lange, bis er sich selbst genug bestraft hatte.

»Sehr gut«, sagte ich, obwohl ich mir Sorgen machte, weil er so kühl und freudlos wirkte. »Aber sei bitte vorsichtig.«

Als er aufstand und gehen wollte, fragte ich ihn, ob er sein falsches Geständnis auch jemand anderem gegenüber abgelegt habe. Seiner Frau? Unserem Freund John Hadlo? Er verneinte es. Ich verbot es ihm. Das dürfe er auf keinen Fall. Ich sagte ihm auch, dass ich etwas Gänsebraten für ihn aufgehoben hätte, das in Stoff gewickelt auf meinem Tisch liege, und dass er hingehen und es holen solle – das Fleisch werde seine Kopfwunde schneller heilen lassen. Er murmelte, dass er es nicht nehmen und nicht haben wolle, dass er Vergebung wolle, keinen Gänsebraten. Dass er an seiner Wunde sterben wolle, wenn sie die Strafe Gottes sei. Dass das eine Art Vergeltung für Newmans Leben sei. Mit diesen Worten ging er.

»Confiteor?«, sagte ich, denn obwohl ich niemanden hatte eintreten hören, war eine andere Person da – Atemgeräusche und die unverkennbare Anwesenheit von Fleisch dort, wo vorher nur Stein gewesen war.

Da keine Antwort kam, sagte ich es erneut, und dann ein

weiteres Mal. »Newman?«, fragte ich, ehe ich Zeit gehabt hatte, darüber nachzudenken. Keine Antwort, aber eine Bewegung. Ich hatte sie weniger gehört als gespürt, als ob sich etwas Unsichtbares näher auf mich zu bewegt hätte. Ich sagte es wieder: »Newman?«

Dann erklang leise seine Stimme – kein Flüstern, sondern eine volle Stimme mit gedrosselter Kraft, als ob sie hinter mehreren Trennwänden hervordringe. »Hilf mir beim Übergang. Bete für mich.«

Welche Antwort konnte ich geben? Dies war kein Appell, kein Befehl, nur eine Bitte, so selbstverständlich, als ob er mich bäte, ihm beim Heben eines Eimers zu helfen. Ich roch seinen ganz eigenen Geruch – stark duftende Blütenseife, eine Spur Pferd, ein Hauch Minze, die er gern kaute. Auch Wein mischte sich in seinen Atem. Das leise Pfeifen seiner Lungen kündete von einem Schaden, der laut eigener Auskunft angeboren war. Ich schnellte vor, um durch das Sprechgitter zu sehen, aber der Raum dahinter war leer.

Über den weisen und rechtzeitigen Gebrauch des Windes durch Gott den Herrn

Erinnert ihr euch an einen nasseren Winter als diesen oder an einen Winter, in dem mehr verfault und abgestorben ist? Wurden jemals so viele Tiere vom Fluss fortgespült? Waren mehr Männer, Frauen und Kinder krank oder tot? Ist mehr Essen feucht und schimmlig geworden? Ihr wisst, dass die Miasmen der Verwesung eine Luft voller böser Geister erzeugen.

Ihr fragt, warum Gott zugelassen hat, dass unsere Erde so schlecht ist. Ihr fragt: Warum hat er uns nicht beschützt? Ich erkläre es euch, so gut ich es vermag: *Der Herr prüft uns*. Wenn er das Reine vom Unreinen scheidet, lässt er in seiner großen Gnade vielleicht etwas von dem Unreinen auf der Erde, um uns zu strafen und zu stärken. Die Sehnen eines verfaulten Schweins, den Überrest von Sünde in den Seelen der Toten, etwas Blut aus den Gedärmen eines kranken Lamms, die Nabelschnur eines ungetauften Neugeborenen, den Urin einer Frau mit Gallenfieber, einen giftigen Spritzer in der Luft von einem Mann, der an Keuchhusten starb.

Unser Herr, der große Klärer und Auskehrer, fegt mit seinem Besen um diese Unreinheiten herum und achtet darauf, etwas Staub zurückzulassen. Denn wenn er die Welt immer ganz sauber und vollkommen für uns hinterließe, welche Verantwortung trügen wir dann für unser Leben? Würden wir nicht träge werden und allzu abhängig von seinem Wohlwollen, wie faule Kinder von ihren Eltern? Und so kehrt er aus, aber nicht in jeder Ecke. Diese Unreinheiten, die nicht in den Himmel oder die Hölle kommen, sind nicht länger Teil seiner Schöpfung, sondern werden zu unirdischem, geistigem Brodem, einem Feind unserer irdischen Hülle.

Dieser Brodem lastet schwer und verdorben auf uns und wird von Geistern bevölkert, die alles andere als wohlmeinend sind, und so wird daraus die schreckliche Nachtluft: eine Mischung aus Miasma und Geistern. Organisch und geistig zugleich. Sie füllt unsere Lungen und Herzen und Seelen und verursacht noch mehr Tod, Krankheit, Verwesung, Zerfall, Verzagtheit und Verzweiflung. So setzt sich der Kreislauf fort, bis wir nichtige Menschen unsere eigene, menschliche Stärke finden, ihn zu durchbrechen.

Auf wie viele Weisen kann ich euch von dieser Wahrheit künden: *Der Herr prüft uns*? Was werdet ihr, so fragt er uns, mit diesem Brodem tun, diesen Geistern der Dämpfe, dieser Nachtluft? Werdet ihr daran ersticken oder werdet ihr euch darüber erheben? Werden wir uns erheben? Wie werden wir uns erheben? Indem wir während der Fastenzeit zur Beichte gehen. Indem wir unsere Böden fegen und wischen, indem wir unsere Leiber waschen, unser Haar schneiden, indem wir für unser Vieh sorgen, indem wir zum Gottesdienst gehen und die Hostie empfangen und unseren Zehnten zahlen und beten und nicht sündigen. Wenn wir all das tun, wird der Herr uns seiner Liebe und der Erlösung für würdig befinden. Aber erst müssen wir uns bemühen. Dann vergilt er unsere Mühen vielleicht mit seiner eigenen Mühe und lässt die Sonne hell aufflammen, um die Fäulnis auszutrocknen, oder er schickt einen starken Wind, der die Geister hinaus aufs Meer treibt.

Ein starker Wind?, fragt ihr vielleicht. Das Letzte, das wir brauchen, ist ein Nordostwind, der auf unsere Dächer einprügelt, der in unseren Kohl fährt und unser Vieh zu Boden drückt. Doch hört mir zu: Ich habe hier ein Traktat, *Über den weisen und rechtzeitigen Gebrauch des Windes durch Gott den Herrn.* Es legt dar, wie der Herr den Wind schicken kann, nicht um zu strafen, sondern um uns vor den fauligen Dünsten zu retten und uns für unsere gute Arbeit zu belohnen. Vergesst nicht, dass die Heuschreckenplage mit einem Ostwind kam und auf Gottes Geheiß mit einem Westwind vertrieben wurde – denn der Wind ist Gottes Atem, und durch ihn spricht er zu uns. Ich bete zu ihm um ein Zeichen für bessere Tage und ich bete um einen Wind, der die verpestete Nachtluft vertreibt, und auch wenn man mit Gott nicht spitzfindig sein soll, bete ich für dieses eine Mal um einen Wind von Westen, wie bei den Heuschrecken. Das ist mein Gebet, und ich bitte euch, mit darin einzustimmen.

Seid stark im Glauben! Bedenkt, wenn der Wind der Atem Gottes ist, was er dann alles vermag. Ein guter Westwind würde Thomas Newmans Seele aus dieser Welt in die nächste tragen. Wir alle müssen jetzt und während der Fastenzeit dem Herrn zeigen, dass wir seiner Gunst würdig sind. Wir müssen unsere Körper sauber halten und unsere Böden reinigen, wir müssen uns um unser Vieh kümmern und unser Haar schneiden und unseren Zehnten bezahlen und unsere Sünden rasch beichten. Wir müssen die Erinnerung an Newman in unseren Herzen wachhalten und in seinem Namen Gutes tun. Kein Fleisch soll über unsere Lippen kommen, dafür umso mehr Gebete. Wir müssen einander lieben, wir müssen zueinander kommen. Wir müssen unserem geschätzten Dekan zeigen, dass wir eine mutige und tugendhafte Gemeinde sind, hier in Oakham. Dass wir unser Bestes geben, um Gott gefällig zu sein, dass wir zu seinen Füßen knien und ihn anbeten. Gloria Patri et Filio et Spiritui Sancto, sicut erat in principio, et nunc et semper et in saecula saeculorum.«

Amen, antworteten sie auf diese Predigt hin, und ein unsichtbarer Wind unklarer Herkunft brachte die Flammen der beiden Altarkerzen dazu, sich gefährlich tief zu verbeugen. Aus der Menschenmenge im Kirchenschiff drang das Geräusch leiser Blähungen. Dann bewegten sich die Leute unruhig zur Tür, und der Dekan schwamm lachsgleich gegen den Menschenstrom.

»*Über den weisen und rechtzeitigen Gebrauch des Windes durch Gott den Herrn*«, sagte er und nahm das Traktat, das ich hochgehalten hatte und das, wie er wusste, einen anderen Titel trug, von der Kanzel. Es war nur mein Priesterhandbuch, abgegriffen und in verblasstem Latein. »Das ist Ihre Abhandlung?«, grinste er. Ich antwortete nicht, aber das hielt ihn nicht davon ab, weiter zu feixen. »Sie halten sich wohl für ein heiliges Schlitzohr, was?«

»Ich weiß, dass das, was ich über den Wind und die Dämpfe sagte, der Wahrheit entspricht, auch wenn es nicht in einem Traktat steht.«

»Hoffentlich lernt keiner von denen Latein und kommt Ihnen auf die Schliche.«

Ich nahm das Handbuch unter den Arm. »Es ist unsere Aufgabe, ihnen Hoffnung zu vermitteln.«

»Die brauchen mehr als Hoffnung«, sagte er und sah dem abziehenden Mischmasch aus Hanf und Jute und verfilzten Haaren hinterher. »Die brauchen ein Wunder. Und ein Bad. Sie stinken nach Ale.«

Er zuckte die Schultern und spazierte durch das Kirchenschiff, in dem jetzt nur noch einige zurückgeblieben waren, die beichten wollten. Die Gemeinde war vollzählig, doch die Leute waren unruhig gewesen und hatten getuschelt. Wenigstens war niemand eingeschlafen. In anderen Gemeinden kam das vor. Der Dekan hatte die Tür erreicht. »Ich gehe hinaus in den rettenden Wind!«, rief er, und als er die Tür öffnete, hing draußen der gleiche nasse und bewegungslose Dunst, der uns seit Tagen umgab.

Nachtluft

Ich stand mitten in der Kirche. Diese Leere war etwas Seltenes. Es gab keine Warteschlange, niemand murmelte im Kirchenschiff ein Gebet, niemand tratschte im Vorraum. Die Hochzeitsblumen an den Altarpfeilern welkten vor sich hin, und während ich noch so dastand, fiel ein Hexenhaselwedel herab. Dass er völlig geräuschlos auf dem Boden landete, verlieh der Stille eine neue Tiefe. Ich schloss die Tür von innen ab, bekreuzigte mich und zündete die Kerzen an.

Ich hatte meinen Platz im Beichtstuhl vorzeitig verlassen – wer würde jetzt bei Regen schon noch eintreffen? Mir war die Stärke abhandengekommen, andere zu ermutigen, und mich plagte eine schreckliche Furcht vor dem, wer oder was auf der anderen Seite der Trennwand auftauchen mochte. Ich nahm den letzten Rosenkranz vom Nagel und legte ihn zusammen mit den anderen auf den Boden. Dann stellte ich mich in das schmutzige Licht, das durch die Westfenster sickerte.

Erst drei Tage zuvor war Thomas Newman in dieser Kirche gewesen, so gesund und lebendig, wie man nur sein konnte. Freitag, spätabends, als in der Luft der schwere Duft von Winterblüte hing. Er war wie immer gekommen, um vor dem Bildnis der Maria und ihres gekreuzigten Sohnes zu beten, das er aus Italien mitgebracht und an seinem eigenen Altar, neben dem von Townshend, aufgestellt hatte. Jeden Tag entzündete er Kerzen für seine tote Familie und die Kranken in der Gemeinde und spendete ein oder zwei Schillinge. Immer betete und sang er etwas aus seinem Gebetbuch mit den vergoldeten Schließen, das geöffnet in seinen Händen lag.

Am Freitag hatte er sein grünes Hemd getragen, daran erinnerte ich mich. Ein Hemd für besondere Anlässe, nichts für die Arbeit im Freien. Eine schlichte Tunika, ein alter Pelzkragen, schlichte, dunkle Gamaschen über den Schuhen. Nur das Hemd und die Gamaschen deuteten darauf hin, dass er an diesem Tag auf einer Hochzeit gewesen war. Er sah so müde aus wie wir alle, denn wir hatten den ganzen kalten Tag beim Hochzeitsschmaus in einer Scheune verbracht, wo man sich kaum warm halten konnte, während draußen der Regen fiel. Dann, als Braut und Bräutigam nach Bourne aufbrachen, waren wir mit Hühnergerippen und Suppenschüsseln zurückgeblieben, die es abzuräumen galt. Die Milchpuddings, der Honig in Schalen, den man sich ins Ale gießt, alles war klebrig und feucht. Von dort war Newman gekommen, und deshalb wirkte er müde und als ob er sich dringend an einem Feuer aufwärmen müsste.

Was hatte er an jenem Freitag nach Annies Hochzeit genau getan, als er in die Kirche kam? Ich ging zum Südtor, um seine Schritte zu rekonstruieren. Hier war er gegangen, hatte das Kirchenschiff durchquert und war vor der Jungfrau niedergekniet; ich wusste das nicht nur, weil er es immer so tat, sondern weil ich mit ihm gescherzt hatte: »Du und Maria, ihr gäbt ein hübsches Paar ab.« Und das stimmte in jenem Augenblick auch – wegen seiner aufopfernden Erschöpfung und ihrer ausgeruhten Stärke. Und er hatte etwas entgegnet wie: »Aber sie hat sich stattdessen mit diesem eingeschüchterten Hahnrei namens Josef begnügt.« Und ich: »Das ist das Vorrecht der Frauen, dass sie immer den Unbedeutenderen wählen«, woraufhin er gelächelt und den Kopf gesenkt hatte.

Doch was war davor, ehe er niederkniete? Als er durch das Südtor die Kirche betrat und das Kirchenschiff durchquerte, hatte er da nach oben geblickt und das Wandgemälde des heiligen Christophorus gesehen? Oder war er schnell und gesenkten Kopfes eingetreten? Ich stellte mich wieder an die Tür und versuchte mich in ihn hineinzuversetzen, nass und müde, mit seiner langgliedrigen Gestalt und seiner zurückhaltenden Art, das Gebetbuch in der Hand. Nasse und müde Menschen gehen nicht schnell, dazu sind sie zu abgeschlagen. Er war bestimmt geschlendert, und wenn wir schlendern, dann neigen wir dazu, öfter nach oben zu sehen und uns umzuschauen. So ist es doch, oder? Wenn er nach oben geschaut hatte, dann musste er den heiligen Christophorus erblickt haben, denn es war unmöglich, ihn zu übersehen. Der heilige Christophorus hatte sich direkt vor ihm an der Wand befunden, unübersehbar für jeden, der seinen Blick nicht starr auf den Boden richtete. Doch er hatte den Blick nicht auf den Boden gerichtet. Er hatte gesehen, dass ich mich am Altar auf den Gottesdienst vorbereitete, und gesagt: »Das Vordach ist undicht, John.« Also musste er den heiligen Christophorus gesehen haben, und sei es auch nur flüchtig.

Aber reichte ein flüchtiger Blick? *Er, der einen Tag vor seinem Tod das Bildnis des heiligen Christophorus anschaut, wird in den Himmel kommen.* Anschaut, nicht sieht. Ein zufälliges Sehen reichte nicht. Sind diese Worte von Bedeutung? Gibt es einen Deutungsspielraum? Anschauen, sehen – ist das alles eins für dich, Herr? Die Regel des heiligen Christophorus besagte: *er*, der anschaut, aber das betraf auch Frauen und Mädchen. Wenn also *er* auch *sie* umfasste, dann umfasste *anschauen* auch *sehen*. Ich sagte mir das stillschweigend wieder und wieder; eine Zeit lang tröstete es mich.

Doch wenn er direkt auf mich und den Altar zugegangen wäre, hätte seine Aufmerksamkeit woanders als an der gegenüberliegenden Wand gelegen. Er hätte die gegenüberliegende Wand gar nicht gesehen, nicht einmal flüchtig. »Das Vordach ist undicht, John«, hatte er gesagt, und ich hatte entgegnete: »Ich weiß. Herry Carter hat versprochen, es morgen zu reparieren.« »Herry Carter arbeitet zu viel, der fällt tot um, ehe er dreißig ist«, hatte seine Antwort gelautet, und diese Behauptung ließ ihn nur noch erschöpfter aussehen. Dann wäre er geradewegs zum Altar gegangen, ohne auf das Wandbild zu achten. Wie es weiterging, wusste ich: Er hatte die Kerzen angezündet, war niedergekniet und hatte sein Gebetbuch bei den Marientiden geöffnet. Er hatte etwas aus dem Lukasevangelium gelesen und die Hymne der Anbetung gesungen, wie jeden Freitag.

Sein Aufbruch fand in aller Eile statt. Ich ahmte ihn nach, meine Soutane in der Hand. Ich schritt – denn diesmal war es ein weit ausgreifendes Schreiten – von Newmans Seitenaltar zu der Tür, wo Sarah gestanden hatte, zitternd und an ihrer Haut reißend, als ob sie Stoff wäre, den sie ausziehen könnte. Sie war hereingekommen, während Newman sang, und ich hatte sie gesehen und war zu ihr gegangen, und sie hatte einen grotesken Schmerzensschrei ausgestoßen, gedämpft zwar, aber sonst in jeder Hinsicht wie der Schrei einer Frau, die in den Wehen liegt. »Pater!«, hatte sie gesagt. »Mir ist höllisch kalt«, und ich war geradewegs in die Sakristei gegangen, um ihr Decken zu holen. Newman war hinübergelaufen, hatte seinen Mantel um sie gelegt, sie in die Decken gehüllt und nach Hause gebracht, wo er wahrscheinlich Feuer gemacht und Wasser für sie erhitzt hatte. Da hatte er den heiligen Christophorus weder angeschaut noch flüchtig gesehen. Danach war er nicht wieder in der Kirche gewesen. Am nächsten Morgen war er ertrunken.

Wenn er den heiligen Christophorus damals nicht gesehen hatte – am Abend vor seinem Tod – und weil er jäh und ohne Beichte gestorben war, ohne den Beistand eines Priesters, würde seine Seele jetzt Qualen leiden. Sie wäre zwischen dieser und der nächsten Welt gefangen, würde an die Himmelspforte klopfen, doch diese bliebe ihr verschlossen. Die Flussgeister und Luftgeister, die unsichtbar und ungehindert mitten unter uns ihre Kapriolen schlagen, hätten ihren Spaß mit ihm. Die Hölle würde ihm winken, und was bliebe seiner gepeinigten Seele anderes übrig, als in die Welt zurückzukehren, die sie kannte, um in der Abenddämmerung herumzugeistern und die Laute zu schlagen oder in der Kirche zu sitzen und darauf zu warten, dass jemand für sie betete und in ihrem Namen gute Taten verrichtete, bis sich die Himmelspforten ein Stückchen auftaten und die Höllenfeuer in größerer Ferne glommen.

»Newman?«, sagte ich. »Tom Newman?« Der heilige Christophorus bewegte sich an der Wand gegenüber, nur ein kurzes Rucken, als ob er jederzeit stolpern und das Jesuskind fallen lassen könnte.

Ich ging nach Hause und wäre doch am liebsten fortgerannt – aber vor was und wohin? Also ging ich, als wäre ich ruhig, und zu Hause sah ich, dass das Gänsefleisch, das ich für Carter in Nesselstoff eingewickelt hatte, fort war. Carter hatte es also doch mitgenommen, trotz seines Widerspruchs, und er hatte keine Zeit verschwendet. Ich nahm eine Flasche Wein vom Regal – es war meine einzige und sie war nicht mehr voll. Ein

Messer. Eine Kerze. Es würde dunkel sein in Newmans Haus, dort im Wald.

Doch draußen auf der Straße war es immer noch taghell, mit dem allgegenwärtigen Regen und dem Bergkamm namens »der faule Hund«, hinter dem sich die Abenddämmerung wie Fäuste zu ballen begann. Ich wollte dem Dekan auf keinen Fall begegnen. Das stand auch nicht zu befürchten, denn er ging nach Norden und ich nach Süden. Er klapperte jetzt Haus für Haus ab. Er hatte südlich von Newmans Haus begonnen und arbeitete sich nördlich vor, zu Tunleys Haus am Bach, welches das nördlichste im ganzen Dorf war. Nach anderthalb Tagen wäre er jetzt bereits hinter New Cross, schnüffelte vielleicht bei Robert Guy herum, dem Vogt – gelobt sei der Herr, würde er denken, das ist wenigstens mal ein Haus, dessen Durchsuchung sich lohnt. Ein Haus, in dem sich mehr befindet als eine Henne, ein Holzhaufen, ein Bett und ein voller Pisspott. Endlich mal ein Wasserkrug und eine Truhe und eine Trinkschale aus Birnenholz und vielleicht drei Paar Lederschuhe und ein schöner alter Mantel und jede Menge Alltagsgegenstände, die unter seinem mürrischen, prüfenden Blick plötzlich verdächtig wirkten. Ich sah ihn vor mir, den kleinen Dekan, wie er mit seinen ordentlichen, sauberen Fingernägeln an Eier klopfte, als ob deren Schalen eine vertrauliche Information preisgeben könnten, und ich war deshalb umso zufriedener, dass ich ihn überlistet hatte: Es war nur ein Vorwand gewesen, als ich gesagt hatte, dass ich gern Wein mit ihm tränke. Natürlich wollte ich keinen Wein mit ihm trinken, und ich wusste auch, dass es ihm umgekehrt genauso ging. Aber meine kleine Schummelei hatte eine nützliche Tatsache zutage gefördert. Er hatte gesagt, er würde nicht zu Newmans Haus zurückkehren, solange es draußen hell sei – und mir blieb noch fast eine Stunde Tageslicht.

Die Tür zu Newmans Haus ging geschmeidiger als meine auf. Als Newman unseren Tischler Philip mit ihrer Herstellung beauftragt hatte, musste er sich eine Passung erbeten haben, die genug Platz für das bei Regen aufquellende Holz ließ. »Philip, der Ausbesserer« wird er angesprochen, aber augenzwinkernd. »Philip, der Stümper« heißt er, wenn er nicht in Hörweite ist. (Er war es, der, als er ein Schneidbrett für mich sägte, auch durch meinen Tisch sägte.)

Ich stellte den Wein innen neben die Tür und entzündete die Kerze an dem Feuer, das in seinem Herd sicher brannte. Welch ein Luxus dieser Herd war! Und der Schornstein! Durch welche göttliche Rechnung zahlt sich die Arbeit eines Grundherrn um so vieles besser aus als die Arbeit für den Herrn? Ich ging sogleich zur linken Seite des Herdes, schob das Stroh, die Binsen und Veilchen beiseite, die dort verstreut herumlagen, fand eine schwache quadratische Markierung auf dem Boden und folgte ihr mit meinem Messer. Der Boden war hier, neben dem Feuer, trocken, und das Quadrat ließ sich mit etwas Messerschieberei, Geduld und sanftem Druck hochheben. Ich öffnete eine Platte aus verdichteter Erde, eine behelfsmäßige Klappe.

Da war sie, die unverschlossene Eisenkiste, ein kleines schweres Ding, das sich mit beiden Händen gerade umspannen ließ – und darin, gerollt, gefaltet und hineingestopft, die Verträge, in denen stand, dass im Fall seines Todes alle Güter und der gesamte Landbesitz Newmans an Townshend gehen sollten und sein Haus an Klein Mippy, das Hausmädchen der Townshends, das Newman als Waise gerettet hatte, und seine Tiere an Carter. Es war nicht rechtens, seine Güter der Kirche zu hinterlassen, wie er es gern getan hätte, und deshalb war Townshend der bessere Empfänger für den Großteil von Newmans weltlichen Besitztümern, denn ungeachtet der Konflikte zwischen den beiden gab es keine andere Person, die über die Möglichkeiten verfügte, diese Güter und den Grundbesitz gerecht aufzugliedern, zu verteilen und zu verwalten. Doch seinem weltlichen Rivalen seine weltlichen Güter zu vermachen konnte für Stirnrunzeln sorgen, wenn der Tod eine ungeklärte Ursache hatte (wie so viele Todesfälle auf dieser rätselhaften Erde).

Deshalb also hatte er die Verträge versteckt und keinem außer mir etwas davon gesagt. Dadurch konnte er auf seinem Totenbett ihre Existenz und ihren Aufenthaltsort enthüllen, damit man seine Wünsche befolgte, und dem Empfänger seines Reichtums konnte man kein falsches Spiel gegen ihn vorwerfen, da er nicht wusste, dass es durch den Tod für ihn etwas zu gewinnen gäbe. Und wenn Newman unerwartet stürbe, wäre da eine weitere Person, die wüsste, wo die Verträge waren – ich, der nichts zu gewinnen hatte.

All das hatte ich für unnötig kompliziert gehalten, als Newman mir davon erzählte. Aber die Umstände hatten gezeigt, dass seine Vorsicht begründet war. So weit, so gut – wäre da kein umherstreifender Dekan gewesen, der den Pfeil seines Verdachts bereits auf Townshend gerichtet hatte. Wenn der Dekan diese Verträge fände – und das war durchaus möglich, da die geheime Klappe bei genauerem Hinsehen keineswegs unsichtbar war –, dann wäre der erste Nagel in Townshends Sarg schon eingeschlagen.

Ich legte die Erdklappe zurück, verwischte die Spuren mit Erde und Staub, verteilte das Stroh und die Binsen darüber und warf meine brennende Kerze auf das Feuer. Ich versteckte die Kiste unter meiner Soutane, eingeklemmt zwischen Arm und Hüfte. Jetzt schnell raus, sagte ich zu mir. Mein Herz schlug so stark, dass es schmerzte. *Dadurch wissen wir, dass wir am Leben sind.*

Wenn das, was ich erzählt habe, den Eindruck erweckt, als ob ich wie ein zielstrebiger Mensch gelassen gehandelt hätte, dann muss ich es anders erzählen – in Wahrheit bewegte ich mich ganz unbeholfen durch die zähe und launische Nachtluft.

Ich spürte plötzlich, dass Gott einen ewigen Regen geschickt hatte, um alles zu Wasser zu machen, um uns zu bestrafen. Denn das Wasser konnten wir nicht bekämpfen – wir spülten und wuschen mit genau dem Zeug, das am meisten verdorben war, weil alles, was verwest, im Fluss endet. Es nässte uns das Haar und ließ unsere Saat verfaulen. Unsere Tiere tranken es, dann aßen wir sie. Der Fluss füllte sich und spülte große Teile unserer Brücke an sein Ufer. Wir konnten uns nicht sauber halten, unsere Kleider waren schmutzig und unsere Schuhe verfault. Unser Holz brannte nur widerstrebend. Wir verloren diesen Kampf. Hatte der Dekan recht, wenn er Oakham als träge und verdorben bezeichnete? War es Gottes Zorn, erst Thomas Newman zu sich zu nehmen und ihn uns dann als einen zu zeigen, der qualvoll zwischen den Welten spukt? Wurde Newman als Geisel im Purgatorium festgehalten und wartete darauf, dass wir für seine Freilassung bezahlten? Wartete er darauf, dass *ich*, ausgerechnet ich bezahlte?

Eine Macht schob mich sowohl von vorn als auch von hinten: Vorn drängte sie mich zu dem Birkenhain und zum Fluss, wo sich – so stellte ich es mir vor – eine unheimliche, verpestete Finsternis breitgemacht hatte. In meinem Rücken schob sie mich in die Richtung, in die ich ging: zur Kirche. Diese Macht war reiner. Knie nieder, bete, opfere, tue das Richtige, um all das Falsche wiedergutzumachen, tue Gutes, mehr als Gutes, sei der geistliche Vater, der du sein sollst, und beeile dich damit.

Ich ging – ich fürchte, ich trippelte genauso wie der Dekan – die Straße hoch, über den Kirchhof, durch das Kirchenschiff, in die Sakristei. Ich zog ein strahlend weißes Messhemd an, schob die Eisenkiste unter einen Stapel Decken, nahm eine Decke von oben, nahm das heilige Öl, die Hostie in ihrer Pyxis und Weihwasser aus dem Tabernakel auf dem Altar, steckte alles in einen Beutel, den ich mir um den Hals hängte, und ging wieder. Die Glocke schlug fünf.

»Pater«, sagte sie und streckte ihren knochigen Arm über die Schwelle ihrer Tür. »Danke für das Brot und die Äpfel.«

»Das ist doch nicht der Rede wert.«

»Ich habe das meiste gegessen.«

»Ich habe dir eine Decke gebracht.«

Ich legte die Decke um ihre Schultern und ging in das Haus. Ich verbarg die Tasche mit der Hostie und dem Öl unter ihrem Stuhl in der Ecke. Der Regen hatte in der ausgetretenen Stelle an der Tür eine Pfütze gebildet; ich nahm den Besen und fegte das Wasser hinaus. »Ich bitte einen der Männer, das morgens und abends für dich zu erledigen«, sagte ich.

Sie hatte sich schon in der entferntesten Ecke des Raums zusammengerollt, wo es fast dunkel war, sobald die Tür geschlossen wurde. Der Anblick ihres Zimmer, selbst im Dunkeln! Und der Geruch; der Geruch nach Krankheit, nach Räumen, in die kein Licht und keine Luft dringt, nach Stellen unter dem Bett, nach Schimmelpilz und Feuchtigkeit. Dies war einst eine liebevoll gepflegte Stube gewesen, schlicht, aber hell und trocken. Der Boden war immer mit sauberem Stroh bedeckt, oft auch mit Blumen bestreut, der Farbe und des Duftes wegen. Das Bett war gemacht, das Holz ordentlich in der Ecke gestapelt, der Teller, die Tasse, der Löffel und das Messer abgewaschen. Jetzt war der Boden fast nackt und stellenweise schlammig. Das Feuer war erkaltet, das wenige verbliebene Holz lag unordentlich durcheinander. Auf dem Tisch war Essen: gebrochenes Brot, pelziger Käse, eine Schüssel mit alter, verdickter Suppe, in der der Löffel feststeckte; als ich hinging, sah ich Mäusekötel. Auf dem Boden ein Apfel und ein Kerngehäuse. Der Raum war grimmig kalt. Neben ihr sah ich Erbrochenes, das sie mit Wasser wegzuwischen versucht hatte.

»Du brauchst ein Feuer«, sagte ich.

Ich nahm den Feuerschläger, Quarz und Zunder aus dem Korb neben dem Holzhaufen und schlug und schlug. Eine ganze Weile waren nur der Regen auf dem Dach und das Klingen von Stein auf Stahl zu hören, bis die Funken endlich den Zunder erfassten und ihn zum Glühen brachten. Dann blieb nur noch der Regen. Ich entzündete das Werg mit einer Hand, blies darauf, bis eine Flamme entstanden war, und warf es in die Feuerstelle.

»Ich glaube, ich erinnere mich jetzt besser daran, wie ich Newman getötet habe«, sagte sie rundheraus; doch es war nicht die Geradlinigkeit von gesundem Menschenverstand und Vernunft, sondern die des Wahnsinns. Ich sah kurz hoch, aber ich antwortete nicht. Sägemehl, Späne und Kleinholz lagen auf dem Boden des Korbes, nicht viel, aber das Brennmaterial war alt und trocken. Ich legte es auf das Werg in der Feuerstelle. Es fing Feuer.

»Sie haben mich gestern gefragt, wie ich ihn getötet habe«, sagte sie, »und ich erinnere mich jetzt. Ich habe ihn mit der Axt erschlagen. Ehrlich gesagt, ich habe ihn zerhauen wie einen alten Ast. Sie müssen mir meinen Hochmut vergeben, denn ich habe ihn geliebt und er mich nicht. *Superbia*, Pater, das war es, und Gott hat mich mit diesem brennenden, siechenden Körper gestraft, und das war recht so. Vergeben Sie mir, und dann treffen Sie schnell die Vorbereitungen für meinen Tod.«

»Wenn dies wirklich deine Sünden wären, würde ich sie vergeben«, sagte ich.

»Sagen Sie dem Dekan, was ich getan habe.«

»Nein.«

»Aber verstehen Sie doch, bei allem, was ich getan habe!«

»Selbst wenn deine Axt einen alten Ast berührt haben sollte, hättest du ihn nicht abschlagen können. Sieh dich doch an.«

Gebückt, mit verkrümmten Fingern, krallenartigen Zehen, reisigdünnen Gliedern, trübem Blick. Nur ihre vornehme, gar nicht zu Oakham passende Nase verriet, was sie gewesen war: eine stolze, junge Frau, stark wie ein Bursche, schnell wie eine Ziege, mit dem Lachen eines Kindes. Wenn sie ihr Gesicht vor Schmerz verzog, kräuselten sich über ihrer Nase dieselben Falten, wie wenn sie früher gelacht hatte.

Ich stand vom Feuer auf – noch keine Holzscheite, die konnten die zaghafte Flamme ersticken. Ich legte meine Arme unter ihre Achseln, trug sie zum Bett und deckte sie mit allen Decken zu, die ich finden konnte – ihrer eigenen, der, die ich mitgebracht hatte, und zwei, in die Newman sie an dem Abend vor seinem Verschwinden gehüllt hatte. »Morgen hole ich dir frische Bettwäsche«, sagte ich. Ihre war mindestens einen Monat lang nicht gewaschen worden.

»Hören Sie mich, Pater?« Sie berührte meinen Hals. »Haben Sie gehört, was ich gerade gebeichtet habe? Dass ich ihn mit einer Axt getötet habe?«

»Woher hättest du die Stärke dafür hernehmen sollen?«, fragte ich und nahm ihre Hand in meine. »Bei allem Respekt, aber kein Mann würde es dulden, von einer kranken Frau halbherzig zu Tode gehackt zu werden.«

Ich nahm erneut den Besen und das Kehrblech und fegte das Erbrochene auf. Dann sammelte ich ein wenig Stroh, das sich in einer Ecke angesammelt hatte, und bedeckte damit die Stelle, wo sie sich erbrochen hatte.

»Letzte Nacht träumte ich, ich wäre an einen Pfahl gefesselt, und Sie waren dort, um den Scheiterhaufen anzuzünden, John, und ich war Ihnen so dankbar, dass Sie meine Strafe zu Ende führten, weil Gott damit so lange wartete.«

»Ich würde den Scheiterhaufen niemals anzünden«, sagte ich.

Seit Annie und ich nach Oakham gekommen waren – Annie war damals erst elf –, waren sie und Sarah immer enge Freundinnen gewesen. Wenn ich jemals eine Menschenseele verletzen sollte, dann gewiss nicht die Jugendfreundin meiner Schwester. Das Feuer brannte gut, also legte ich einige Scheite auf. Ich entzündete zwei Kerzen. »Morgen lasse ich dir wieder Brot bringen und auch Speck. Morgen wird es dir besser gehen, es wird viele Festessen geben und Tanz.«

Ich hockte mich neben das Bett und legte meinen Handrücken auf ihre Augenbrauen.

»Ich spüre meine Finger nicht mehr«, sagte sie, und ihre Zähne klapperten vor Kälte. »Meine Füße auch nicht.«

»Du musst dich aufwärmen.«

»Ich würde mir am liebsten die Oberschenkel abkratzen.«

»Schließ die Augen.«

»Ich bin ein böser Mensch!«

»Sarah«, sagte ich in beschwörendem Ton, »als du Oakham letzten Monat verlassen hast ...« – meine Stimme schreckte vor der Frage zurück. »Hast du gesündigt? Gibt es da eine Sünde, die dieses Leiden verursacht haben könnte?«

Ihr Blick war schläfrig und für einen Augenblick tatsächlich böse. Aber ihre Bosheit war nur eine Finte des Schmerzes.

Ich spornte sie sanft an. »Wenn es da eine Sünde gibt, die du beichten solltest, dann ist es noch nicht zu spät dafür.«

»Ich habe Thomas Newman getötet.«

»Als du letzten Monat fort warst, hast du da gesündigt?«

»Ich habe Thomas Newman getötet.«

Ich schloss die Augen und sah Flammen, dann den verfaulten Zahn, den sie auf ihrer unglückseligen Pilgerreise angebetet hatte – als ob seine Fäulnis ihre eigene verursacht hätte. »Stelle ihn dir vor«, sagte ich mit stiller Inbrunst, »Jesus am Kreuz! Stelle dir den Anblick seines unerschöpflichen Herzens vor und dass er seinen Kopf herabbeugt, um dich zu küssen.«

Ihre Schultern lockerten sich und ihr Kiefer hörte auf zu mahlen. Sie starb noch nicht. Wenn der Tod zu ihr käme, stünde Zorn in ihren Augen, und sie würde jede Berührung von sich weisen, aus Angst, dass es der Teufel wäre, der sie holen käme. Ihre Haut wäre rot, weil ihr wilder, letzter Kampf sie erhitzte – sie war kein Mensch, der sich einfach in sein Schicksal ergab. Der Raum würde sich mit Engeln und Dämonen füllen, die um ihr Nachleben wetteiferten. Sie war zu ruhig und geduldig, als dass sie diese Weggabelung bereits erreicht haben konnte, aber ich machte mir Sorgen. Sie durfte nicht wie Newman ohne Beichte sterben.

Während sie wegdämmerte, zog ich den Stuhl heran und holte den Beutel. Leise und schnell ging ich dabei vor. Ein behelfsmäßiger Altar: Wasser, Pyxis, Öl. Ich holte die beiden Kerzen. Sie sollte nicht wissen, dass ich ihr die Hostie und die Letzte Ölung geben würde, wie ich es bei den fast schon Toten mache. Wenn sie es wüsste, würde sie denken, dass ich sie aufgegeben hätte, dass ich sie fortwünschte. Leise und eilig befragte ich sie. Hast du all deine Sünden gebeichtet? Bereust du aufrichtig? Hast du denen vergeben, die dir unrecht taten? Vertraust du ganz auf Christus? Ist dir der Himmel wichtiger als alle Dinge dieses Lebens? Ein Nicken genügte. Ich tauchte die Hostie ins

Wasser und schob sie ihr in den Mund, und sie lutschte träge daran und murmelte einen Vers, der bei den Leuten beliebt war. *O Jesus, in deinem heiligen Namen / schütze mich heute vor Kummer, amen*. Ich presste meine Hand fester gegen ihren Kopf und stellte das Wasser beiseite. Ihr Mund fand die Wörter, während sich der Rest ihres Körpers dem Schlaf ergab. *Wenn deine Lippen sich schwarz färben: memento. Wenn deine Augen sich trüben: confessio. Wenn deine Füße steif werden: contricio. Wenn dir der Atem ausgeht: nosce te ipsum.*

Als auch ihr Mund still wurde und ich sie leise und nachdrücklich mit dem Domine sancte in den Schlaf gebetet hatte, tauchte ich meinen Finger in das Weihöl, lockerte den Druck meiner Hand und malte ein Kreuz auf ihren Kopf. *Heiliger Vater, Heiler unserer Seelen und Körper, heile deine Dienerin Sarah Spenser von ihrem körperlichen und seelischen Leiden.* Langsam stand ich auf und sammelte meine Sachen ein. Ich ging mit dem Kehrblech hinaus zum Eimer und spülte es ab, dann lehnte ich es neben die Tür. Die Nacht tröpfelte durch den Regen. Ich hob den Saum meiner Gewänder und ging durchnässt nach Hause.

Lebewohl dem Fleisch

Ich muss es kurz erklären.

Ich wurde in einem Haus am Ende einer Reihe von Häusern geboren, in einem Dorf am Rand des Waldes, und keine dieser beiden Tatsachen ist etwas Besonderes. Aber ich kam in einem Sommer zur Welt, der dauerhaft trocken und heiß war, den »gelben Sommer« nannte man ihn, weil Himmel und Erde diese Farbe hatten – der Himmel ein ständiger strahlender Dunst, der von einer Sonne ausging, die größer und näher und bedrohlicher als sonst wirkte, und der Boden spröde und tot wie Stroh, das Gras ausgelaugt, das Getreide ausgelaugt und alle Wasserwege mit Ausnahme des Meeres niedrig und trüb und nicht nass genug.

Eines Nachmittags im August bemerkten die Leute in meinem Dorf eine Verdüsterung und glaubten, dass es sich um eine Sonnenfinsternis handelte, aber keine normale, bei der nach und nach Stücke von der Sonne abgebissen werden, sondern eine neblige und plötzliche, bei der es sich – wie andere Sinne rasch herausfanden – nicht um eine Sonnenfinsternis, sondern um Rauch handelte. Feuer ist bekanntlich wie ein Flüchtling – schnell und verstohlen. Als man endlich mit Eimern voller Wasser dagegen vorging, war es für Eimer voller Wasser längst zu spät. Man hieb mit Spaten in die trockene Erde, um das Feuer mit einem Graben aufzuhalten. Auch dafür war es längst zu spät, in Anbetracht der Zeit, die es dauerte, um einen Graben in ausgedörrter, ziegelsteinharter Erde auszuheben, und des Windes, der das Feuer in Richtung des Dorfes trieb. Manche sagten, dass das Feuer höchstens noch zwei Stunden entfernt sei, andere sprachen von einer Stunde, und manche meinten, man solle am besten gleich fliehen.

Inmitten all dessen wurde ich geboren. Ich befand mich in einem wütenden dunklen Tunnel, der mich unbedingt austreiben wollte. Ich hingegen wollte nicht ausgetrieben werden. Meine Mutter lag seit Tagesanbruch in den Wehen, und Schreikrämpfe wechselten mit Phasen der Fühllosigkeit ab. Da wir im letzten Haus der Reihe direkt am Wald wohnten, schwebten wir in höchster Gefahr, aber meine Mutter konnte nicht transportiert werden. Als man sie hochhob, schrie sie wie ein Schwein, das gehäutet wird, und man musste sie wieder hinlegen. Wenn ich jetzt daran denke, tut es mir leid, dass ich es war, der ihr so jämmerliche Schmerzen bereitete, denn wenn ich schon nichts an meiner Geburt ändern konnte, hätte ich dann nicht schneller und weniger eigensinnig sein können?

Ich könnte fesselnd beschreiben, wie sich das Feuer näherte und die meisten Menschen, die sich am Bett meiner Mutter befunden hatten, das Weite suchten (meinen Vater inbegriffen). Sie beteten noch schnell um eine baldige Geburt, ehe sie sich hastig verabschiedeten. Meine Mutter empfing die Sakramente. Was hätte man tun können? Sollten alle sterben, um zwei zu retten, oder sollten alle leben und die zwei in Gottes Hände legen? Man musste Häuser leer räumen und Vieh zusammentreiben und fortbringen. Eine Meile südlich des Dorfes floss ein

Fluss, der seicht genug war, dass man ihn überqueren konnte, aber tief genug, um ein Feuer aufzuhalten. Die meisten gingen und ließen nur meine Mutter und die Hebamme des Dorfes zurück, die auch eine treue Freundin meiner Mutter war, und meine eigene winzige, hartnäckige Person, die sich einer Kraft zu entziehen suchte, welche kein Zurück, sondern nur ein Vorwärts kannte.

Ich könnte all das fesselnd beschreiben, aber die Zeit hat schon gezeigt, dass ich überlebte, und – da ich eine jüngere Schwester habe – meine Mutter auch. Wir überlebten wie durch ein Wunder, darauf bestand zumindest meine Mutter, denn als das Feuer so nah war, dass man bereits die Flammen und nicht mehr nur den Rauch im Wald sehen konnte, änderte der Wind unvermittelt die Richtung. Er sprang von Osten auf Westen um und trieb das Feuer in einen Wald zurück, der bereits verkohlt war und den Flammen nur wenig neue Nahrung bot. Die geflüchteten Dorfbewohner kehrten zurück und begannen zu graben. Den ganzen Abend und die Nacht hindurch wurde ein Graben ausgehoben, eine Nachtwache wurde aufgestellt, das Feuer zog sich zurück, und während eines schmutzigen, blutroten Sonnenuntergangs kam ich zur Welt.

Meine Mutter erzählte mir später, der Priester habe ihr gesagt, dass seit den Zeiten, als der Herr einen Westwind geschickt hatte, um die Heuschrecken zu vertreiben, kein solches Wunder geschehen sei. Als der Priester sagte, dass es Moses gewesen sei, der bei diesem Wunder das Werkzeug des Herrn gewesen war, indem er zuerst die Finger spreizte, um den Ostwind herbeizuholen, dann erneut, um den Westwind herbeizuholen, stellte meine Mutter Verbindungen her zwischen dem neugeborenen Moses, der in einem Korb im Schilf ausgesetzt worden war – wovon sie in einer Predigt über den gewaltigen Mut des Glaubens gehört hatte –, und ihrem eigenen neugeborenen Kind. Sie hielt mich für einen neuen Moses und mutmaßte, ich könne ein Werkzeug Gottes sein.

Als Kind ging ich davon aus, dass ich nur auf einem einzigen Weg herausfinden konnte, ob an diesem abstrusen Glauben etwas Wahres dran war – indem ich versuchte, den Wind erneut meinem Willen zu unterwerfen. An Wind mangelte es nicht, aber niemals wehte er so, wie ich es wollte. Mein Ehrgeiz erstarb nach zahllosen Fehlschlägen noch in meiner Jugendzeit und wurde durch andere, weniger mosaische Bestrebungen ersetzt. Erst nachdem meine Mutter ums Leben gekommen war (in einem Feuer), brachte mich die Trauer dazu, wieder das sein zu wollen, was sie in mir gesehen hatte, und so begann ich eine Ausbildung zum Geistlichen und erklärte zum höchsten Maßstab meiner Nähe zu Gott, dass er eines Tages – und vielleicht nur ein einziges Mal – aus keinem anderen Grund einen Wind von Westen sandte, als, weil ich darum gebetet hatte.

Diesen geheimen Pakt teilte ich keiner Seele mit, aus Furcht – ich gebe es zu –, dass Gott mir meinen Willen nicht erfüllen würde. Was hatte mich an jenem Tag dazu bewogen, vor meiner Gemeinde und dem Dekan davon zu sprechen? Meine Mutter? Furcht? Verzweiflung? Wer war ich, eine solche Bitte auszusprechen? Andererseits, wer war ich, sie nicht auszusprechen? Wer war ich, sie in einer Zeit nicht auszusprechen, da Oakham seinen Priester so sehr brauchte, da der Priester Gott so sehr brauchte und der Dekan so sehr einen Beweis brauchte, dass dieser Ort nicht von Gott verlassen worden war? Wer war ich, nicht darum zu bitten, dass mein Lebenswerk durch genau jenes Wunder bestätigt wurde, das mein Leben überhaupt erst ermöglicht hatte?

Doch in der Bitte liegt die Gefahr, nicht gehört zu werden

und dass eine ganze Gemeinde wartet und sich fragt: Wo ist er, dieser Wind von Westen? Dieses dein Lebenswerk? Wird es kommen?

Iss das. Du musst. Noch die letzte Sehne, Vene und jeden Fetzen Haut. Iss ihre Federn, wenn dein Schlund es zulässt. Fliege auf den Schwingen toter Gänse in einen gereinigten Schlaf, geistlicher Vater, *Primus inter Pares*, Pater John Reve, du, der du über den Engeln stehst, du treuer Diener Gottes. Zerkaue den Teufel mit deinen Engelszähnen. Na los, beiß dich zu Gott durch.

Ich spießte die restliche Gans auf und briet sie über den spritzenden Flammen. Iss sie, sagte Newman. Das ist deine Strafe, dein Opfer; iss ihr Fleisch, als ob du deine Sünden aufessen würdest. Iss sie ganz, zermalme die Knochen, kaue die Haut. Du isst die Sünden deiner Gemeinde: Kemps kranken Geist, Tunleys Lüsternheit, David Hiksons Wieselhaftigkeit, Carters falsche Beichte, Oliver Townshends Torheit, Oakhams Wollarmut, die Brückenlosigkeit des Flusses, die Fensterlosigkeit der Kirche, Sarahs sündige Krankheit. Und du, Pater, du, John Reve, deine Sünde ist größer als die all dieser anderen: Du hast einen Mann in deiner Gemeinde sterben lassen, ohne ihm die letzte Beichte abzunehmen. Iss, dass der arme Mann aus dem Purgatorium in den Himmel kommt, wo er ohne dich jetzt schon wäre. Iss die Gans, und vielleicht kannst du deine Schuld mit ihr begleichen.

Was danach geschah, kann ich nicht genau sagen. Der Tag war lang und merkwürdig gewesen, das ist alles, was ich weiß. Ich mag keine Merkwürdigkeiten; ich mag es, wenn das Leben normal und vernünftig abläuft, wenn die dunklen Dinge, die am Rande unserer Wahrnehmung leben, dort auch bleiben. Aber die dunklen Dinge kommen. Manche scheinen zunächst nicht einmal dunkel zu sein, sondern vor trügerischer Freude zu leuchten. Während ich mir die Gans in den Mund stopfte, dachte ich an Piers Kemps erfundene Frau. Ich dachte an das, was er über ihren Leib aus Milch und Honig gesagt hatte, mit langen, vollen Schenkeln, einer tiefen Höhle. Das passiert, wenn man sich mit Fleisch vollstopft: Man wird selbst zu Fleisch. Man ist kaum mehr als hungriges, begehrliches Fleisch. Die luftige Seele wird zu einem Klumpen aus Fleisch und Knorpel.

Aber als ich den Gedanken an Kemps Schweinefrau vertrieben hatte, zeichnete sich dahinter eine andere, weit lebensechtere Gestalt ab. Es war die Gestalt einer Frau. Vor langer Zeit hatte ich eine verheiratete Frau gekannt, und in meinen Gedanken war ich so eng mit ihr verbunden wie in den Augenblicken eines Liebesaktes: Ich sah ein Durcheinander aus Gliedmaßen, das mein Verstand wie ein Rätselspiel zu ordnen versuchte, doch vergebens. Wie diese Wade unter jenes Knie gelangt war und wie es kam, dass diese Hand jenen Fußknöchel umschloss. Ich sah, wie ihr Haar sich auf einem Boden voller Blätter ausbreitete, die erst frisch und grün waren und dann, am Ende unserer miteinander verbrachten Jahreszeit, zertreten und faulig. Ich sah, wie sie mich mit liebenden Lippen lockte, sah die Kanten ihrer oberen Backenzähne, die Mulde hinter ihrem Fußknöchel, den Zorn, der wie Sonnenlicht im Kaltblau ihrer Augen flackerte. Als ich sie kennengelernt hatte, war ich in jeder Hinsicht ein Knabe gewesen. Wie hatte ich sie verlieren können? Wie hatte ich jemals zulassen können, sie zu besitzen?

»Verzeih mir«, sagte ich laut, denn es war Piers Kemps lüsterne Fantasie, die sie mir nach so langer Zeit zurück ins Gedächtnis gerufen hatte. Genau so schleicht sich der Teufel in unsere Gedanken – durch unsere animalische Schwäche und durch unsere Pervertiertheit, nicht durch Geschichten von der Liebe, schon gar nicht durch wahre Geschichten, sondern durch Fantastereien und Zauberei und Gespräche über Widernatürliches. Diese Dinge sind es, die uns lüstern werden lassen. Eine Frau mit langen, vollen Schenkeln und dem Kopf eines Schweins! Mit jedem hastigen Bissen Gänsefleisch verbannte ich dieses Bild aus meinen Gedanken, sodass ich schon drauf und dran war, zur Tür zu laufen, um meinen Magen zu entleeren, doch gleichzeitig füllte sich mein Kopf mit Blut und Teufeleien und dem Verlangen nach einer verheirateten Frau, die jetzt vielleicht schon tot war.

Im Raum stand dicht der Rauch. Die Gans war auf eine Handvoll zusammengeschrumpft. Iss, sagte Newman, und seine Gegenwart war so greifbar, dass ich jedes Mal, wenn ich mich vergeblich nach ihm umdrehte, missmutig und ratlos auf die Stelle schaute, wo ich ihn vermutet hatte. Ich kaute mit lustlosem Ingrimm. Der Rauch waberte im Raum, und der Batzen roher Gans zitterte vorwurfsvoll. Er schien nicht kleiner zu werden, egal, wie viel ich kaute und wie entschlossen ich gegen die aufsteigende Galle und die ersten Anzeichen von Übelkeit ankämpfte und schluckte.

Als ich fertig war, legte ich meine Stirn in die von Gänsefett glitschigen Hände und roch mich selbst, den holzigen, rauchigen, schmutzigen, süßen Geruch des Menschlichen, und jetzt lief ich zur Tür, öffnete sie in die Dunkelheit, rannte hinter das Haus, wo die Gans heute Morgen noch gehangen hatte, und würgte: eine üppige Opfergabe für den durchweichten Boden. Mit einem Spaten schaufelte ich Schlamm darauf. Ich wischte mir mit einem Ärmel über den Mund, mit dem anderen über die Augen. »Ist es das, was du willst?«, fragte ich Newman, als ich wieder im Haus war. Dann kniete ich beim Feuer nieder, um zu beten.

Ich räumte die Reste der Gans weg, löschte das Feuer mit zwei Tassen Wasser, ließ das Licht bei der Tür brennen und ging ins Bett. Das Dorf um mich herum war still. Das Bett war weich und seit dem Weggang meiner Schwester auch wärmer, da ich die Matratze aus dem Bett in ihrem Zimmer genommen und auf meine eigene gelegt hatte. Auch ihre Bretter hatte ich genommen, sodass mein Bett jetzt höher war. Für meine Verhältnisse war es luxuriös. Aber ich konnte nicht schlafen. Die stille Unschuld des Dorfes verspottete den Tumult meiner Gedanken, meiner Handlungen. Der Rauch ging mit mir zu Bett. Der Kochtopf hing in der Mitte des Raumes. Ich bildete mir ein, dass er mein Vater sei.

Ich stand auf, zog mir die Schuhe an und ging ohne Lampe hinaus. Regen prasselte wütend auf die Straße; ich wäre fast über einen Handkarren am Straßenrand gestolpert und in einen hinfälligen Zaun getaumelt – der Regen war so stark, dass er mir die Orientierung nahm. Aber ich musste das Dorf nicht sehen, um es zu kennen: die Oberfläche des Mühlteichs, schwarz und vom Regen aufgewühlt, und darunter Aale und Hechte; das ständige Tropfen des Wassers vom still stehenden Mühlrad, das tiefe, traumerfüllte Atmen der Kühe, Sarahs Stirn mit dem Kreuz aus Weihöl darauf, Carters Wunde, die in sein Kissen nässte, der Dekan, der ruhelos am Feuer saß und seinen Wein trank, Robert Guy, der Vogt, der mit der Unerschütterlichkeit eines Buchhalters friedlich schlief, der kleine Sal Prye, zwischen zerdrückten Laken ausgestreckt, das ungeborene, auf Leben erpichte Kind in Joanna Lewys' Mutterleib und alle, die mit dem Bauch voller Speckscheiben im Bett lagen und sich vor der Fastenzeit fürchteten.

Manchmal schaut ein Mann einen Sack Erde an und denkt, der sei ihm zu schwer zum Tragen. Und alle Menschen in diesem Dorf mussten in die Fastenzeit getragen werden. Ich spürte das gesamte Gewicht von Oakham auf meinen Schultern, als ob Gott das Dorf hochgehoben und dort abgesetzt hätte.

Ich eilte über die Straße zur Kirche, und dabei huschte etwas Glattes und Schwarzes an mir vorbei in Richtung Süden. Ich drehte mich um, zu sehen, was es war, und sah nichts als ein kurzes Flattern von Schwarz zwischen den Regentropfen, das sich schnell in der Nacht verlor. Eine Kreatur zwischen Mensch und Tier, dachte ich und rief mir ins Gedächtnis, dass mir für solchen Aberglauben keine Zeit blieb. Oder vielleicht ein Gespenst, wenngleich ein muskulöses – denn im Vorbeirennen hatten die Schenkel aufgeleuchtet.

Dann rannte ich los. Selbst Orte, die man kennt, sehen wie fremde Länder aus, wenn der Verstand im Dunkel irregeht. Ich war ein Streif aus aufgeschrecktem Weiß. Der kurze Weg vom Friedhofstor zur Kirchentür führte mich durch drei indische Wälder voller Satyrn, durch brandige Sümpfe voller bissiger Fische und Herden von klauenköpfigen, einfüßigen Bestien, die sich jenseits der sicheren Heiligtümer Jerusalems über vertrocknete Ebenen schleppten. Das letzte, lockende Wegstück hinauf zur Kirche wurde zu den ausgedörrten Wüsten von Incognita, auf der Menschen ohne Köpfe umherstreiften. Irrwische umschwärmen dreist meine Hände, als ich den Riegel öffnete. Erst im Innern der Kirche kehrte der Friede in mein Herz zurück. Die Wände fühlten sich unter meinen Fingern kalt und fest an. An der Südwand brannten einige Lichter.

Ich holte den Schemel aus der kleinen dunklen Kiste und brachte ihn ins Kirchenschiff, goss mir Ale ein und zündete eine Kerze an. Dann setzte ich mich mit der Kerze und dem Ale in die Mitte des Kirchenschiffs und starrte vor mich hin. Ein Gebet brachte ich nicht zustande. Ich stellte die Kerze in einem Kerzenständer auf den Boden und fuhr mit dem Zeigefinger durch die Flamme. Man gibt so viel auf. So viel. Wenn einem zwei Hände gleichzeitig auf den Kopf gelegt werden, ohne dass ein Wort gesprochen oder gesungen oder gebetet wird, und einem die Macht des Priesteramtes zuerkannt wird, dann glaubt man, dass es sich um eine sanfte Gabe handle, weil sie so sanft verliehen wird, und weiß gar nicht, welch ein Donner in einen gefahren ist. Welche Gewalt.

Von nun an und auf immer wird das Blut schneller fließen, um die von Gott auferlegten Pflichten zu erfüllen. Man ist ein Mensch, der die Werke eines Engels zu verrichten sucht. Mit der Zeit geleitet man jede einzelne Seele seiner Gemeinde über die Kluft zwischen dem Tod und der nächsten Welt, so wie der heilige Christophorus das Jesuskind über den Fluss trug. Gewiss, die meisten kann ich hinübertragen; aber wie trägt man einen Menschen wie Newman? Wenn man von einem solchen Mann um Hilfe gebeten wird, welche Hilfe kann man dann anbieten? Thomas Newman half jedem Menschen, der seinen Weg kreuzte. Den Townshends, Carter, Klein Mippy, Sarah, jedem Mann und jeder Frau, an die er ein gutes Stück Land billig verpachtete; mir. Er half mir. Er spendete über vier Pfund für unsere Brücke, für die meisten ist das ein Jahreslohn. Dafür gewährte ich ihm einen vollständigen Ablass, mit dem er das Purgatorium eigentlich vollständig hätte umgehen sollen. Aber es hatte nicht funktioniert. Was für eine Art von Hilfe bin ich also? Über welche Art von Macht verfüge ich überhaupt?

Ich schloss die Kirchentür und verriegelte sie fest. Ich musste an das Pferd denken, das am Vortag gestürzt war – es sei auf den Pflastersteinen ausgerutscht, hieß es, aber was wäre, wenn es jemanden gesehen hatte, wenn es von einem Geist verwirrt worden war? Stuten können mit ihrem friedlichen, schweifenden Blick oft in die Geisterwelt blicken. Ich nahm die Eisenkiste mit den gefalteten Verträgen darin aus der Sakristei und hielt sie vor mich. Die Kirche war kein Schutzraum, sondern eine Finsternis in einer größeren Finsternis, und gleichgültig, wohin ich ging, immer war zu viel Raum zwischen meinem Kopf und ihrem Dach. Ich misstraute all der Leere.

Schließlich nahm ich den Schemel und zwängte mich, den Eisenkasten immer noch gegen die Brust gedrückt, in die kleine dunkle Kiste. Eine kleine Finsternis war besser als eine große. Ich setzte mich hin, stellte die Kerze zu meinen Füßen ab und lehnte mich gegen die Wand. Dann schob ich die Verträge unter den Betschemel: eine kleine Festung, von meinen Füßen bewacht. Morgen war Fastnachtsdienstag, Karneval, *carne levare*: Lebewohl dem Fleisch. Viele Beichten, die ich abnehmen, eine Predigt, die ich halten musste. Ein Dekan, dessen Frage ich beantworten musste. Dieser Dienst am Herrn ist eine endlose, undankbare Arbeit. Ich musste schlafen, aber es gelang mir nicht. Wenn ich nun mitten in der Nacht ein Klopfen an der Trennwand hörte, ein Rascheln des Vorhangs oder ein Verrutschen des Kissens?

Meine Hände, wie sie da in meinem Schoß lagen, sahen aus wie die Hände eines Skeletts – als ob ich den Tod persönlich getroffen hätte. Was war nur aus mir geworden, dass ich die Nacht im Beichtstuhl verbrachte? Der Priester, der wie ein Huhn auf der Stange hockt. Was war das für ein schwarzes Etwas gewesen, das an mir vorbeigelaufen war? Wirklich eine Mensch-Tier-Gestalt? Der Teufel? Höchstwahrscheinlich ein Hund, aber ganz unhündisch in seiner geduckten, heimtückischen Art. Ich dachte an meine Schwester und ihr neues Leben in Endalls Haus, an Sarah. In meinem angespannten, kopfschmerzgepeinigten Zustand dachte ich vage: der Wind!

Die Kirchentür hatte sich geöffnet, und der Grund dafür war ein Windstoß gewesen – der Regen hatte aufgehört, und der Wind war aufgefrischt. Ich hatte die Tür wegen des Windes geschlossen und verriegelt und den Grund dafür nicht einmal bemerkt. Ein Wind! Doch als ich mich aufrichtete und lauschte, hörte ich, dass er nicht vom Westfenster, sondern vom Ostfenster kam, das ein wenig klapperte – ein ganz schwaches, ekstatisches Beben der Scheiben. Ich würde hinausgehen und mich in den Wind stellen, nur um ganz sicher zu sein. Da draußen auf dem Kirchhof würde ich stehen und spüren, wie er in meine Gewänder fuhr.

Doch als ich aufstehen wollte, musste ich feststellen, dass ich mich nicht traute, den Beichtstuhl zu verlassen. Die Richtung ist erst einmal nicht so wichtig. Wind ist Wind, und aus einem Ostwind wird eher ein Westwind als aus gar keinem Wind. Ich zog die Füße unter den Schemel und formte meine Hand zu einem Kissen. Meine Augen schlossen sich. Ein geflüstertes Jammern in den Bäumen. Ich musste an Carter denken, die Schnittwunde an seinem Ohr, seine Absicht, gleich morgens zum Fluss zu gehen und sich um den Baum zu kümmern. Ich war zu müde für ein richtiges Nachtgebet oder eine wohlüberlegte Bitte. Schenke uns morgen einen besseren Tag, betete ich. Danke, Herr, fügte ich hinzu. Danke.

Und ich schlief ein.

TAG 2

Der vorausgehende Tag,
Fastensonntag, auch Quinquagesima genannt, oder
im Dialekt von Oakham: Der König ahnt nicht,
dass wir es sind, oder: Der ahnende König, oder noch
einfacher: Sonntag des Ahnens

Lebewohl dem Fleisch

Der hysterische Schrei eines Pferdes und ein gleichzeitiges Hämmern an der Tür weckten mich, sodass beide Geräusche für mich zu einem einzigen zusammenflossen oder zumindest miteinander verbunden zu sein schienen. In meiner Schlaftrunkenheit glaubte ich zuerst, dass das Pferd an die Tür klopfe. Ich schreckte hoch.

»Reve« war die einzige Begrüßung, als ich die Tür entriegelte, und der amüsierte Blick des Dekans, als er mich in meinem Nachthemd sah. Draußen war es immer noch dunkel, mit den ersten Körnchen der Morgendämmerung am Himmel. »Darf ich?«

Er breitete die Hände aus, um den Platz zwischen mir und dem Türrahmen zu vergrößern. Und schon stand er mitten im Raum und trat nach dem kalten Feuer. Etwas war geschehen: Auf der Straße nach Old Cross erklangen Stimmen, und als ich hinausging, lief John Hadlo vorbei und sagte, der Milchkarren sei zusammengebrochen, die Milch schwimme auf der Straße. Er wollte es Townshend sagen. Auch das Pferd war zusammengebrochen und musste befreit werden.

Ich ging wieder hinein und sah, dass der Dekan immer noch

an derselben Stelle stand und die Tür beobachtete, eine dunkle Gestalt in der Finsternis.

»Ein bisschen Licht wäre nicht verkehrt«, sagte er.

»Ein Milchkarren ist liegen geblieben«, sagte ich. »Ich werde hingehen und helfen. Zünden Sie gern so viele Kerzen an, wie Sie wollen.«

»Nein, Sie bleiben hier.«

Ich erkannte an dem ungeduldigen Fußescharren des Dekans, dass er gekommen war, um mein Haus zu durchsuchen. Ich konnte ihn kaum sehen, aber ich spürte seine Begierde auf die gleiche Weise, wie man spürt, dass jemand, der neben einem im Dunkeln liegt, die Augen aufgeschlagen hat.

»Sie wissen, wie das ist«, sagte er. »Wenn ich ein Haus durchsuche und der Bewohner steht als Zeuge daneben, kann man mich nicht des Diebstahls bezichtigen.«

»Ich habe nichts, das sich zu stehlen lohnt.«

»Das sagen alle.«

Wir starrten einander an. Ich versuchte, so etwas wie Freundlichkeit in seinem Verhalten zu erkennen, aber es gab keine. Das einzige Licht im Raum kam von der einen Kerze, die ich beim Morgengebet angezündet hatte und die seitdem zwei Stunden gebrannt hatte. An ihr zündete ich sechs weitere Kerzen an, steckte fünf in verschiedene Wandleuchter und gab ihm die verbleibende.

»Ein bisschen Wärme wäre auch nicht verkehrt«, murmelte er. Dann: »Ich durchsuche alle Häuser. Sie verstehen sicherlich, dass ich bei Ihnen keine Ausnahme machen kann.«

»Warum sollten Sie? Meinen Segen haben Sie.«

Ich wartete auf das brüderliche Einvernehmen, das ich am Tag zuvor bei ihm gespürt hatte; ich gewann schnell den Eindruck, dass ich darauf noch eine Weile warten konnte. Seine mürrisch funzelnde Kerze unternahm Ausflüge mal hierhin und mal dorthin, in diese und in jene Ecke. Nach oben (was glaubte er dort zu finden?). Nach unten (was hätte ich dort verstecken können, ohne dass er darüber bereits gestolpert wäre?).

»Dann entschuldigen Sie mich bitte«, sagte ich, nachdem ich eine Weile steif dagestanden hatte, »ich gehe, um nach dem Rechten zu sehen.«

»Es ist ein umgekippter Milchkarren, Reve. Haben Sie das Keuschheitsgelübde abgelegt, um den Dorfbewohnern beim Aufwischen von Milch zu helfen?«

»Ich habe es abgelegt, um meiner Gemeinde zu dienen.«

»Sie haben es abgelegt, um Gott dem Herrn zu dienen, und Gott der Herr will wissen, was Newman widerfahren ist. Jetzt sagen Sie mir, wo ich anfangen soll.«

»Wir wissen, was Newman widerfahren ist – ein armseliges, schäbiges Schicksal hat ihn ertrinken lassen, wie viele andere auch. Männer, Frauen, Tiere, Kinder.«

Der Dekan hob die Hand, um mich zum Schweigen zu bringen. Dann presste er seine Gewänder gegen die Oberschenkel, sah sich suchend im Raum um und atmete tief aus.

»Dann schaue ich mich zuerst hier um«, sagte er.

»Schauen Sie sich um, wo Sie wollen – ich habe nichts.« Ich sah erneut auf die Straße hinaus; es gab viel Bewegung im Dunkel, vier oder fünf Gestalten hasteten vorbei oder hockten sich hin. »Was ist da draußen passiert?«, fragte ich den Dekan. »Haben Sie etwas gesehen?«

»Zu dunkel«, sagte er. »Das Pferd ist auf dem gepflasterten Teil der Straße ausgerutscht, weiter nichts.«

Ich setzte mich in den Lehnstuhl. Nicht einmal eure Pferde taugen etwas, dachte er wahrscheinlich. Nicht einmal eure Milchkarren können aufrecht fahren.

Er leuchtete mit dem blässlichen Licht in eine Ecke, in eine andere, in die Mitte des Raumes, nach oben, dann sagte er: »Kein Wunder, dass Sie keinen Diebstahl befürchten. Sieht so aus, als hätte jemand schon alles mitgenommen. Wurden Sie letzte Nacht ausgeraubt?«

»Ich habe Ihnen schon zwei Mal gesagt, dass ich nichts habe.«

»Ich vermute, Ihre Schwester hat bei ihrem Weggang alles mitgenommen?«

»Ihre Vermutung ist richtig. Das Fuhrwerk war gestern da.«

Die Leere hatte sogar mich überrascht, als der letzte Gegenstand aufgeladen war und das Fuhrwerk ächzend davonfuhr. Ich hatte *sanctus sanctus sanctus* in den Raum gesprochen, und die Wörter hatten ein hohles, missmutiges Echo zurückgeworfen.

»Nun, dann wird es wenigstens nicht lange dauern«, seufzte der Dekan.

Er fuhr mit den Händen am und unter dem Bett entlang, zwischen den Decken, unter dem Stück Barchent, mit dem ich meine Füße warm hielt. Er schaute in den Kochtopf, in den Schrank, wo ich das Essen aufbewahrte, und in meine Kleidertruhe. Er stieß die fünf Äpfel, die auf dem Tisch aufgereiht lagen, nacheinander mit der Fingerspitze an – Äpfel, die er selbst mir gegeben hatte. Sie wackelten, ohne wegzurollen, nach Apfelart, was ihn erst zu befriedigen und dann zu enttäuschen schien. Er warf einen wenig begeisterten Blick auf den Waschbottich. Der Holzstapel schien ihn kaum zu interessieren. Er nahm den Schmerzensmann vom Betschemel, drehte den Schemel um und schüttelte ihn leicht.

Ich fragte: »Wonach suchen Sie?«

»Ich sage es Ihnen, sobald ich es gefunden habe.«

»Wie wollen Sie wissen, dass Sie es gefunden haben, wenn Sie gar nicht wissen, was es ist?«

»Sie gäben einen kläglichen Sheriff ab, Reve.«

Und du gibst einen kläglichen Dekan ab, dachte ich. Ich murmelte es sogar ganz leise vor mich hin. Er sah kurz auf, dann wieder fort. Er ging in den Nebenraum, der bis vor zwei Tagen das Zimmer meiner Schwester gewesen war und in dem sich jetzt nur noch zwei Gegenstände befanden: ein Paar Schuhe und ein Flakon mit Ambra. »Schuhe« war vielleicht ein allzu hochtrabender Ausdruck für die beiden auseinandergehenden Lederklumpen, die sie so lange besessen hatte, wie meine Erinnerung zurückreichte. Genäht und wieder genäht, aber jetzt nicht mehr reparabel; keine Schuhe, die man in ein neues Leben mitnimmt.

Ich vermutete, dass der Dekan mit einem dieser beiden Dinge aus ihrem Zimmer zurückkehren würde, um zu zeigen, dass sein Ausflug nicht vergebens gewesen sei. Er wählte die Ambra. Er entstöpselte das Fläschchen und sog den Duft so tief ein, als würde er an einer voll erblühten Rose schnuppern. Seine Miene erstarrte.

»Das gehörte meiner Schwester«, sagte ich.

»Kein Wunder, dass sie es zurückgelassen hat. Riecht wie ...«

»Etwas vom Arsch«, ergänzte ich. »Hat Robert Tunley mal gesagt.« Blöder Witz, schlechter Zeitpunkt. Er lächelte nicht zurück.

»Sie hat es gegen Kopfschmerzen benutzt«, murmelte ich unnötigerweise. »Sie hatte oft Kopfschmerzen.«

»Sie sprechen über sie, als ob sie tot wäre.« Er sagte es zwar nicht sanft, aber doch ohne Vorwurf und reichte mir den Flakon.

Ich rollte ihn zwischen den Fingern, stellte ihn auf den Tisch, zuckte die Schultern und beschloss, eine emotionale Aussage zu wagen, von der ich vermutete, dass er sie verstehen würde – war doch auch er alleinstehend. »Sie war der einzige Mensch, der mir geblieben war. Meine ganze Familie.«

Er trat einen Schritt näher. Ich glaubte, er würde vielleicht sogar eine Hand auf meine Schulter legen, und ich bereitete mich schon darauf vor, meine Hand auf seine zu legen: eine deutliche Geste der Verbundenheit. Aber obwohl er mir jetzt kameradschaftlich nahe war, blieb seine Hand steif an seiner Seite hängen, und ich musste an das einzige Mal denken, dass ich Schach gespielt hatte: Ich hatte beobachtet, wie mein Gegenspieler seine Figur auf mich zubewegte, und mich gewundert, wie es so aussehen konnte, als ob einem jemand etwas gäbe, während er einem in Wahrheit etwas nahm.

Ich trat einen Schritt zurück aus der Mitte des Raumes, in die er nun trat. »Wäre das dann alles?«, fragte ich.

»Das wäre alles. Nichts gefunden. Sie gehen jetzt besser in Ihre *kleine dunkle Kiste* – ich habe allen von dem Ablass erzählt, der bei der Beichte gewährt wird, in der Hoffnung, dass das in den Leute sofort ein starkes Bedürfnis weckt.« Er strich penibel sein Hemd glatt. »Ach ja, und vergessen Sie nicht, heute etwas Leichtes zu frühstücken. Wegen des Brauchs im Dorf, den Priester zu wiegen.« Worauf er sich unerklärlicherweise auf den eigenen Bauch klopfte. »Halten Sie sich mit dem Porridge besser zurück. So, jetzt muss ich weitermachen. Tut mir leid, dass ich Sie geweckt habe.«

Falls jemals ein Mensch Gottes Schöpfungsgabe infrage gestellt hat, dann hätte er nur für kurze Zeit einigen einfachen Männern und Frauen bei der Arbeit zusehen müssen. Im Dunkel der frühen Morgendämmerung befreiten sie das gestürzte Pferd. Sie hatten den Karren auf der Oberseite, der einfachen Seite, ausgehängt und arbeiteten unter dem Pferd, um ihn auch auf der anderen Seite zu lösen. Man war einer Meinung: Die neu beschlagene Stute war auf den vom Regen glitschigen Pflastersteinen ausgerutscht. Jane Tunley strich beruhigend und tröstend über den Hals des Tieres und sprach ihm gut zu, sich so aufrecht wie möglich zu halten, während Herry Carter und John Hadlo in der beengten Finsternis unter dem Leib des Tieres an den Gurten und Schnallen des Pferdegeschirrs hantierten. »Öse am Hintergeschirr gelöst!«, rief einer. Und der andere: »Rückengurt abgeschnallt! Zugriemen frei!« Ihre Finger befreiten geschickt das Tier. Wenn Gott die Menschen in einer ungehobelteren Form geschaffen hätte, hätten sie den Karren entweder mit einer Axt vom Pferd losgeschlagen und dabei den Karren zerstört oder Pferd und Karren in die Höhe gewuchtet – und dabei vermutlich auch das Pferd getötet.

Aber sie waren behände, sanft und umsichtig, und als Hadlo verkündete, dass der Karren gelöst sei, rief Jane Tunley jemanden, der sich weiter oben auf der Straße postieren sollte, denn sie wusste, dass das Pferd, sobald es sich aufgerappelt hatte und verstand, dass es frei war, durchgehen würde. Und so geschah es auch. Und Morris Hall und der kleine Tom Hadlo standen da, um es aufzuhalten und einzufangen und mit den Händen über seine Schultern, Flanken und Beine zu fahren und es auf Verletzungen zu untersuchen. Unterdessen wurde der Karren von mehreren Männern und Frauen auf die Räder gestellt, und auch er wurde auf Schäden überprüft – es war schnell klar, dass die Radachse sich gelöst hatte und das Rad abgebrochen war. Die seitliche Klappe war eingedrückt. Doch der Schaden ließe sich reparieren, sagten sie. Die ausgelaufenen Fässer standen schon aufgereiht am Straßenrand, Townshend kam vom Herrenhaus herbei, sein Gesicht zeigte mehr Besorgnis als Wut, und der Karren und die Räder wurden fortgeschafft, um bei den Scheunen repariert zu werden. Nur die Achse blieb zurück.

Während ich zusah – denn sie ließen nicht zu, dass ich half (und hätten, um die Wahrheit zu sagen, meine Hilfe auch nicht gebraucht) –, wurde der Schauplatz des Unglücks rasch geräumt, und bald schon waren nur noch die Radachse und ein paar neugierige Hunde übrig. Warum sie die Achse zurückließen, weiß ich nicht; wenn man sie schon nicht reparieren konnte, so gab sie doch gutes Brennholz ab. Inzwischen war die Finsternis einem blauen Halbdunkel gewichen, und bald schon würde die Sonne aufgehen. Die Dorfbewohner waren gekommen und gegangen und hatten den Karren wie ein krankes Kind davongetragen. Jetzt hörte man nur noch Hahnengeschrei, das Wiehern des Pferdes in der Ferne und das Schlabbern von erfreuten Hundezungen, die sich an der dicken, warmen und süßen Milch zwischen den Pflastersteinen gütlich taten.

Ich leerte meine Blase in das Haselgestrüpp und ging wieder hinein. Ich aß Hafergrütze mit Wasser, ohne Milch. Der Dekan hatte recht, heute war der Tag des Wiegens, diese würdelose jährliche Zeremonie, bei der ich zusammen mit einem anderen Mann in ein Boot gesetzt wurde, um zu sehen, ob ich weniger als er wog, denn es wird gefordert, dass die Masse eines Priesters zwischen der eines Menschen und der eines Engels liegt. Ich muss sagen, dass ich mich nicht völlig engelsgleich fühlte. Mir kam während des Essens in den Sinn, dass der Dekan bestimmt entzückt wäre, wenn ich mehr wog, und dieser Gedanke ließ mich das Essen beenden, ehe die Schale leer war.

Ein Bruder, hatte ich gedacht, als er am Vortag auf seiner kleinen Stute eingetroffen war, die Stirn furchtsam in Falten gelegt. Ich hatte sogar Erleichterung verspürt, als er in seinem

Ornat – das um einiges schöner war als meines – abstieg und mir die Hand schüttelte. Ich sah, dass er in Oakham etwas zu finden hoffte, das ihm gefiel – oder etwas, dem er gefiel. Ich war auf beides vorbereitet. Ich würde ihm die Kirche mit all ihren Spenden zeigen – den Kelchen, den Kerzen, den Altartüchern, selbst die unnützen kleinen Eichelbecher. Wir würden lachen.

Aber er hatte nur einen flüchtigen Blick auf die Kirche geworfen und sich dann einer anderen Angelegenheit zugewandt – Newmans Tod, welcher der Grund für sein Kommen war –, und mir war bislang noch nicht aufgefallen, dass ihm etwas an Oakham gefallen hätte, ich am allerwenigsten. Ich saß schon zu lange auf meinem Stuhl. Ich entstöpselte die Flasche mit Ambra: Wenn ich sie so stehen ließe, würde meine Schwester dann vollständig entfliehen und wäre für immer fort? Wie ein Geruch, der sich verbreitet und vergeht? *Sie sprechen über sie, als ob sie tot wäre*, hatte der Dekan gesagt. In gewisser Weise war sie das auch, und zugleich war sie ganz lebendig. Jetzt noch hier und dann schon fort. Vor so kurzer, vor so langer Zeit. Ich versuchte, mich an etwas Bestimmtes aus ihren dreiundzwanzig Lebensjahren zu erinnern, aber mir fiel nichts ein – außer einer Erinnerung an den Vorabend ihrer Hochzeit, der erst drei Tage zurücklag. Alles was davor lag, war wie ausgelöscht.

Sie war in diesem Raum gewesen und hatte mit Ei übergossenes Brot in einer Pfanne über dem Feuer gebraten. Es war gutes Brot aus Weizen. Der Raum roch nach warmer Butter und Ambra. Der Tisch war für uns beide mit Tellern, Messern und Bechern gedeckt. Ich füllte die Becher mit Bier, und wir setzten uns hin und aßen. Annie verschlang ihre Portion wie ein Wolf. Als Kinder hatten wir oft Eierbrot gegessen, aber damals war es Roggenbrot und es hatte nie so gut geschmeckt wie das Brot aus dem Weizen von Oakham. Sie trank in kleinen Schlucken von ihrem Bier und bildete Formen mit dem Faden, den sie um ihre Finger gewickelt hatte, und ich bemerkte, dass ihre Fingernägel schmutzig waren, und sagte, sie solle daran denken, sie zu reinigen, ehe sie vor dem Altar stünde.

Nach dem Frühstück hatte ich die Asche der letzten Woche hinausgetragen und auf den Haufen geschüttet und ich hatte den Ruß von den Fenstern gewischt. Dann hatte ich Rasiermesser und Seife genommen und erst mein Gesicht und dann meine Tonsur rasiert. Ich trug nur eine kleine Tonsur; England ist nicht der richtige Landstrich für einen nackten Kopf. »Du bist sowieso bald kahl«, sagte Annie, »dann wirst du versuchen, es wieder anzukleben.« Sie verbarg ihr eigenes Haar unter einem Kopftuch. Anders als meines hatte es die Farbe von vollreifem Getreide und anders als meines, das lockig vom Kopf abstand, fiel es glatt herab. Mein Haar war eine wilde Krause, ihres war wie ein luxuriöser Umhang, den zu kaufen sie sich nicht hätte leisten können. Ich hatte nie ganz verstanden, wie diese Haarpracht unter das Kopftuch passte, so wenig wie ich begriff, wie wir beide demselben Schoß entstammen konnten.

»Dem Herrn sei Dank für einen weiteren verpissten Tag«, sagte sie mit Blick auf den grauen, regnerischen Himmel. Wir verbeugten uns vor dem Schmerzensmann und küssten das Bild, ehe wir gingen; »Kopf hoch!«, flüsterte sie ihm zu, so wie sie es jeden Tag tat, und dann zog sie ihren Mantel an und half mir, die obersten Knöpfe meiner Soutane zu schließen.

Ein Morgen wie jeder andere, ohne irgendeine Besonderheit. Dennoch überschattete er alle vorangegangenen Morgen, Mittage, Abende. Eine Erinnerung, die im Getriebe der Welt so unbedeutend war wie ein Stein an der Küste – und doch alles, was mir von ihr blieb. Annie und ich hatten unsere Eltern sterben sehen und lange davor bereits einen Bruder, noch einen Bruder und eine Schwester, ehe sie auch nur laufen konnten. Ich hatte meinem eigenen Fleisch und Blut Lebewohl gesagt, dann noch einmal und noch einmal, bis nur noch Annie übrig geblieben war. Als sie ihren zwanzigsten Geburtstag feierte, fragte ich mich, ob mir ihr Verlust erspart bleiben würde, da eine Frau, die in diesem Alter noch nicht verheiratet ist, unreifen Männern schon als altes Mädchen erscheinen mochte. Aber dann war John Endall aufgetaucht, lau und freundlich, und meine Hoffnung war dahin: Die Zeit hatte ihren Fluch ausgesprochen – denn es ist alles nur eine Frage der Zeit.

Wenn ich sie das nächste Mal sähe, wäre sie nicht mehr Annie, sondern eine Frau nach dem Bild unserer Mutter. Ihr Schicksal besiegelt, ihr Los bestimmt, der Bauch angeschwollen. Und unser nasskalter, sorgloser Februarmorgen vor drei Tagen würde einem Lebensverlauf weichen, der uns in Fesseln legte. Und ich? Auch mein Herz war gefesselt: an Gott, meinen wichtigsten Verwandten und letzten verbliebenen Komplizen. Ehe Annie ihr Jawort gegeben hatte, hatte die Wärme ihrer schwesterlichen Liebe mich weniger nach Gottes Liebe hungern lassen als jetzt. Aber er mochte es nicht, wenn man sich nicht nach ihm verzehrt, und so hatte er von Anfang an meine äußerste Abhängigkeit geplant und folglich meine äußerste Ergebenheit. Alles ist eine Frage der Zeit.

Sie sangen heute, meine unverwüstlichen Oakhamer. Auf der Straße tummelten sich die Leute mit ihren Besen, denn alle fegten Haus und Hof zur Fastenzeit. Der Regen hatte ausnahmsweise nachgelassen und die Besen fegten wie Windböen dahin. Sie erzeugten Staubwolken, die noch lange in der feuchten Luft hingen. Die Hennen liefen im Kreis, die Ziegen niesten, die Hunde jagten in ewiger Hoffnung den schwingenden Besenstielen hinterher. *Bring uns kein Kapaunenfleisch, denn das ist was für Reiche, bring uns auch kein Entenfleisch, die suhlen sich im Teiche.* Ein Trinklied; es gefiel ihnen, ob sie nun tranken oder nicht. Sie sangen es überall auf der Straße im Chor. An diesem Morgen, dem Morgen, nachdem Thomas Newman für tot erklärt worden war, sangen sie es mit herausfordernd guter Laune. Alle steckten in der Klemme, wenn Thomas Newman tot war. Erst nach seinem Tod hatte das Dorf vollständig begriffen, dass ihm Oakham gehörte und dass er sie beschützt hatte. Also sangen sie, und über der Straße stand der Staub wie bei einer Massenflucht auf dem Schlachtfeld.

Bring kein Brot,
bring kein Schwein,
bring keinen Käse,
bring keine Kutteln,
bring keine Eier,
bring kein Fleisch,
bring uns gutes Ale!
Um unserer lieben Muttergottes willen,
bring uns gutes Ale!

»Benedicite.«

»Dominus.«

»Confiteor.«

Ein Schluchzen. Armer Carter. Ich hätte wissen können, dass er als Erster beichten würde. Einen Augenblick zuvor war er vor dem Haus der Lewys gewesen und hatte ihren Vorgarten gefegt, dann hatte ich gesehen, wie er seinen Besen fallen ließ und hinter mir her zur Kirche rannte. Ich saß kaum auf meinem Schemel, als schon das »Benedicite« aus seinem Mund blubberte wie Wasser aus einer Fontäne und sein Körper auf das Kissen sank.

»Er war wie ein Vater zu dir«, sagte ich.

»Ja, das war er.« Ein ersticktes Geräusch.

»Du wirst ihn im Himmel wiedersehen.«

Wir flüsterten. Das war keine bewusste Entscheidung, aber da wir nun einmal damit angefangen hatten, schien es, als müssten wir uns auch daran halten. Also flüsterten wir wie Diebe, und ich musste mich vorbeugen, um ihn zu verstehen.

»Egal, was im Dorf zu tun ist, ich werde es tun«, sagte Carter unter Tränen. »Ich habe das Haus von Mary Grant gefegt und das von Fisker, wegen seines verletzten Beins, und das von den Lewys, weil Joanna von dem Kind so angeschwollen ist, und das von Hikson. Ich habe Hikson versprochen, ihm mit dem Brauen zu helfen, und einige Schindeln auf dem Kirchenvordach müssen ausgetauscht werden, und der Dekan sagte, er braucht Hilfe in … in Tom Newmans Haus, wegen des Viehs und so weiter. Jetzt, wo Tom … wo er …«

Carter verfiel in ein schmerzerfülltes Schweigen. Mir war nicht klar, warum Hikson, der sich bester Gesundheit erfreute, Hilfe brauchte. Faul wie ein Kuhfladen, dieser Hikson. Wenn ein Kind anböte, ihn sonntags in die Kirche zu tragen, er würde es annehmen.

»Warum musst du allen helfen?«

»Der Kummer sitzt überall in meinem Körper, Pater. Als ob ich gestochen worden wäre.«

»Und deshalb rennst du im Kreis wie jemand, den der Schmerz plagt.«

Carter schwieg.

»Manchmal müssen wir uns mit unserem Kummer hinsetzen, statt vor ihm wegzulaufen. Hikson beim Maischen zu helfen wird den Stachel nicht entfernen.«

»Aber vielleicht hilft es bei der Buße.«

Diesmal war ich es, der schwieg. Am Vortag hatte Janet Grant die Todesglocke geläutet, und ganz Oakham war, wie es bei uns Sitte ist, in die Kirche gekommen. Ich hatte sie aufgefordert zu beten und ihnen gesagt, dass Newman der Tote sei, aber dass es keinen Leichnam zu segnen oder zu beerdigen gebe. Ich hatte Herry Carters Gesicht gesehen, eines unter vielen, ausdruckslos wie Stein, und da hatte ich zum ersten Mal begriffen, dass Ausdruckslosigkeit keineswegs nur die Abwesenheit von Gefühlen, sondern auch die Überwältigung durch Gefühle bedeuten kann. So, wie er da stand, wirkte er auf mich, als ob er selbst gestorben wäre.

Carter saß weiter hinten auf dem Kissen als die meisten, und ich fühlte mich nicht verpflichtet, mein Gesicht vom Gitter abzuwenden. Deshalb sah ich ihn trotz des schwachen Lichts. Sein Gesicht wirkte jung und unschuldig, seine Stupsnase ragte ein wenig in die Höhe. Seine grauen Augen hatten einen ruhigen und gewinnenden Ausdruck. Sein Gesicht war schlaff und wie aufgelöst vor Kummer, auf seinen Wangen schimmerten Tränen, sein Haar sah aus wie ein Vogelnest, und er fuhr dauernd mit den Händen hinein, um es zu zerraufen oder sich am Kopf zu kratzen.

»Erinnern Sie sich noch, wie Newman zum ersten Mal ins Dorf kam«, fragte er, »und wir dachten, er sei ein Verbrecher, ein Händler oder ein Kranker, und uns von ihm fernhielten?«

Ich nickte, auch wenn Carter es nicht sehen konnte.

»Er trug diese Gamaschen über den Schuhen, und wir machten uns darüber lustig«, sagte er.

»Ja«, sagte ich leise lachend, denn jetzt, wo er es sagte, erinnerte auch ich mich an die Gamaschen.

»Und dann hörten wir, dass er seine Frau und sein Kind verloren hatte und gekommen war, um ein neues Leben zu beginnen. Warum kam er ausgerechnet nach Oakham? Wer würde nach Oakham kommen, um ein neues Leben zu beginnen?«

Das war weniger eine Frage als ein Gegenstand allgemeiner Verwunderung in unserem Dorf, als Newman vor zwölf Jahren gekommen war, und deshalb wurde auch keine Antwort erwartet. Als Newman dann bei uns sein Vermögen machte – ein Vermögen zumindest im Vergleich zu uns anderen –, verwandelte sich die Verwunderung in Staunen, doch bald wurde die Tatsache so fraglos hingenommen wie alle anderen auch.

»Einmal half ich einer seiner Sauen beim Werfen«, sagte Carter, doch dann fiel ihm auf, dass er nicht mehr flüsterte, und er hielt inne, um zu entscheiden, wie er weitersprechen sollte. Er entschied sich dafür, in leidenschaftlichem Ton fortzufahren. »Und als die kleinen Dinger geboren waren, fünf lagen blind und hungrig neben der Mutter, da sah Tom sie an und war den Tränen nahe. Dann stürzte er plötzlich fort und ließ mich allein zurück. Ich saß ratlos im Stall. Dann kam er zurück und hielt eine kleine Wolldecke in der Hand. ›Die hat meiner Tochter gehört‹, sagte er, und er sagte es ganz still und schwer, wie ein Himmel voller Regen. Er hielt sie mir hin, also nahm ich sie, aber sonst sagte er nichts. Nichts. Schließlich gab ich sie ihm zurück, und er nahm sie und sah die Sau an, und sein Gesicht war völlig reglos, und dann wollte er wieder gehen. Da sagte ich auf entschlossene Art: ›Ich bin hier, Tom, ich bin hier‹, und das sollte heißen: Ich versuche den Verlust wettzumachen. Er verstand, was ich meinte, das weiß ich genau. Er sah mir direkt in die Augen und nickte. Dann ging er, und ich blieb mit der Sau zurück und ich empfand … ich weiß nicht. Ich glaube nicht, dass er diese Decke jemand anderem als mir gezeigt hat, niemals. Ich fühlte mich … wie ein großes Segel im Meereswind.«

Carter hatte seine Eltern kaum gekannt, so ziemlich jeder im Dorf hatte mitgeholfen, ihn aufzuziehen, auch ich. Dann kam Newman, ein misstrauischer, kinderloser Mann, und da war der achtjährige Carter, ein misstrauisches Waisenkind, und er zog bei ihm in dem alten hölzernen Pfarrhaus ein, das kaum mehr als ein undichter Schuppen war. Newman verwendete sein letztes Geld darauf, es wiederaufzubauen und Herry Carter zu einem starken jungen Mann großzuziehen. Er schenkte ihm Liebe. *Ein großes Segel im Meereswind.*

»Aber es ist mir nicht gelungen, nicht wahr?«, sagte Carter, und aus der Leidenschaft war jetzt Schärfe geworden. »Letztlich habe ich überhaupt nichts wettgemacht. Er hat meine Hochzeit bezahlt, und ich vermute, er hat gehofft, dass wir ihn durch die Geburt eines Sohnes oder einer Tochter entschädigen, auch wenn er das nie gesagt hat. Aber wie es aussieht, können Cat und ich keine Kinder kriegen.«

»Das ist Gottes Wille, und es ist eure Tragödie, nicht Newmans«, sagte ich, auch nicht mehr flüsternd, aber leise. »Kein Kind von euch hätte sein eigenes ersetzen können.«

»Nicht ersetzen, aber wettmachen. *Wettmachen*. Das habe ich ihm damals im Schweinestall so gut wie versprochen, und er gab mir alles, was ein Mensch einem geben kann, und ich habe überhaupt nichts wettgemacht. Jetzt ist er im Fluss, tot und ertrunken.«

»Und das ist deine Schuld?«

»Jedenfalls nicht die von jemand anderem.«

Ich hatte mich vorgebeugt und meinen Daumen gegen den Höcker des in die Wand geschnittenen Kamels gedrückt. Was für ein seltsames Geschöpf das ist, dachte ich; trägt das Kamel sein Junges in diesem Höcker aus? Ich lehnte mich unzufrieden zurück. Wie wenig wir doch wissen.

»Als meine Mutter starb«, sagte ich, »war ich zuerst voller Trauer, dann voller Schuldgefühl. Was hatte ich getan? Hatte ich sie vertrieben in jene andere Welt? Schuldgefühle folgen oft aus Traurigkeit. Wer weiß schon, warum. Wenn wir uns einbilden, dass wir an seiner Ursache teilhatten, können wir den Tod vielleicht rückgängig machen.«

Carter fuhr sich erneut mit der Hand an den Kopf und zerraufte sein dichtes blondes Haar. Er schniefte wie nach einem Tränenausbruch.

»Die Leute sagen, dass es Mr Townshend war«, sagte er.

»Hör nicht auf das, was die Leute sagen, Herry.«

»Ich habe gehört, dass der Dekan das auch glaubt.«

»Der Dekan probiert einfach verschiedene Ideen aus, um zu sehen, ob sie funktionieren.«

»Aber Mr Townshend wäre in ganz England der Letzte, der so was tun würde.«

»Und das wird der Dekan auch noch herausfinden«, sagte ich. »Lass ihm ein wenig Zeit.«

Jetzt, da die Trauer abgeklungen war, lag Sorge in Carters Stimme, und ein Hauch Sorge war auch in mir, wenngleich ich es mir nicht anmerken ließ. Ich wusste nicht, wie ich den Dekan einschätzen sollte, wie wohlmeinend er war, wie verbissen. Er war seit weniger als vierundzwanzig Stunden bei uns; das schien mir zu wenig zu sein, um schon Verdächtige zu benennen. Und davon abgesehen war es nicht seine Aufgabe, Verdächtige zu benennen – seine Aufgabe war es, uns zur Seite zu stehen.

»Herry, bete das Vaterunser und das Confiteor so oft am Tag, wie du kannst. Gib dein Bestes, damit deine Frau ein Kind empfängt. Sei rein und stark in der Fastenzeit, und zu Ostern wirst du für die Hostie bereit sein, für einen Neuanfang. Der Herr wird dich reinwaschen.«

»Und ich sollte die Stelle im Kirchenvordach reparieren, wo es durchregnet.«

»Es ist nicht an dir, zu ...«

»Sie hat Tom Sorgen bereitet, diese undichte Stelle. Ich repariere sie gleich heute.«

Ich sah auf und seufzte. Dann näherte ich meinen Mund dem Gitter und sprach zu ihm in einem Flüsterton, der schärfer als zuvor war. »Eines noch, Herry – gib acht, was du sagst. Du weißt, dass unser Dekan im Ort ist, und er ist entschlossen, eine Geschichte zu finden, die zu diesem Tod passt. Du darfst nicht herumlaufen und sagen, dass es deine Schuld war. Dann endest du vielleicht ...«

Ich wollte eigentlich sagen: *ohne Kopf*, aber ich ersparte Carter diese Vorstellung und mir selbst die Mühe. Es wäre ohnehin nicht wahr, man würde ihm nicht die Gnade des Enthauptens erweisen.

»Sagen Sie mir, dass alles wieder gut wird, Pater.«

»Wenn du tust, was ich dir sage, wird alles wieder gut.«

Er hob die Stimme. »*Mea culpa, mea culpa, mea maxima culpa*. Ich bitte die selige Jungfrau Maria, den heiligen Erzengel Michael, den heiligen Johannes den Täufer, die heiligen Apostel Peter und Paulus und alle Heiligen, für mich zu beten bei Gott, unserem Herrn. *Dominum Deum nostrum*. Amen.«

»Amen, Herry Carter.«

»Ich gehe das Vordach jetzt gleich reparieren.«

»Dann geh.«

Noch ein Schniefen, ein herausforderndes diesmal, und sein

junger, ruheloser Körper war wieder draußen in der Kälte und im Licht.

Andere sehen auf die Felder, die bis zu unserer östlichen Gemeindegrenze ansteigen, und denken: Dies ist mein Feld, das ist deines. Newman sah sie an und dachte: Das könnten alles meine sein. Andere betrachten den Himmel, von dem sie wissen, dass er bis nach Europa reicht, und denken: Was hat das mit mir zu tun? Nur dieses Stückchen Himmel zählt, das Stückchen, aus dem der Regen auf mich fällt oder die Sonne auf mich scheint. Newman dachte: Wenn der Himmel so einfach nach Europa gelangt, warum nicht auch ich? Wenn es aus diesem Himmelsstück auf mich regnet, warum gehe ich dann nicht zu jenem Himmelsstück?

Aber sein Instinkt, auf eigenen Beinen stehen zu wollen, stand im Widerstreit zu seinem Wunsch, Gottes Diener zu sein. Der Kampf fand überall in seinem Körper statt – in seinen langen Beinen, die zu weit ausgreifenden Schritten fähig waren, sie aber nur selten taten; in seiner schlanken Gestalt, welche die Last muskulöser Schultern trug; in seinem kühlen Blick, der sich durch ein nervöses Zucken verriet. Er stand oft da wie ein Hirsch (der Vergleich ist schwer zu erklären, aber wer schon einmal einen Hirsch sah, weiß, wie die Bäume oder die Lichtung oder die Berge zurücktreten, um ihm Platz zu machen), aber es war ein Hirsch nach der Brunftzeit. Ein Hirsch, der gleichermaßen eine Hirschkuh ist. Ein farbloses, blutleeres Gesicht mit eindrucksvollen ausladenden Wangenknochen und auf ihnen ein feines durchbrochenes Adergeflecht: sicheres Zeichen dafür, dass das Blut vorwärtsdrängen wollte, dann aber versiegte. Ein Gesicht, das seine markanten Züge vor der Zeit ausgebildet hatte, weil er sich herbeiwünschte, was er im Grunde seines

Herzens fürchtete. Newman wollte seinen eigenen Weg zu Gott finden, doch er fürchtete seinen eigenen Weg zu Gott, weil er nicht wusste, ob er ihn ans Ziel führen würde. Und mehr als alles andere fürchtete er, von Gott getrennt zu sein, da dieser doch seiner toten Frau und seinem toten Kind Gesellschaft leistete.

Die zwölfte Nacht dieses Januar war gerade vergangen, als Newman, kaum zurück von seiner Pilgerreise nach Rom, auf der anderen Seite der kleinen dunklen Kiste Platz nahm. Er beichtete, wann immer und so oft er konnte. Was hatte er auf seiner Reise gesehen? Dass alle Welt auf Fuhrwerken und Galeonen unterwegs war, sagte er. Große Säcke voller Wolle auf den Rücken von Maultieren, der stechende Geruch des Wollwachses, der aus den Säcken drang – Mutterschaf, Matsch, Milch und Mist. Säcke in dieser Richtung, Zinn in der anderen, Händler hier, Pilger da. Talg, Ziegenleder, Salz, Hopfen, Silber, Baumwolle, Wachs, Seide, Zinn, Holz, Pech, Pottasche, Seife, Gewürze, Kühe, Papier, Getreide, Stein, Glas, Waffen, Barchent, Wein, Zucker, Blech, Kohle. Eisen in so großer Menge, wie es Steine auf dem Boden gab, und Messing aus den Bergen im Überfluss. Spanisches Olivenöl, goldgrün wie junge Getreidefelder, Seide aus Sizilien, indischer Pfeffer, Ingwer, Kardamom, Muskat. Getrockneter Rhabarber und Gewürzlilien aus Ostchina; Aloe aus den Ländern rund um das Rote Meer, scharf aromatische Gewürznelken, Brokat und große, edle Gobelins, syrische Asche in venezianischem Glas und parfümierter Seife, asiatische Elefantenstoßzähne und Einhörner, die in Alexandria gehandelt und nach Paris gebracht werden, wo man Schnitzarbeiten aus ihnen fertigt; indische Smaragde, Rubine, Saphire, Diamanten, Lapislazuli vom Oxus-Fluss, persische Perlen und Türkise.

Ein Land mit Weizen und Gerste, mit Weinstock, Feigenbaum

und Granatbaum, ein Land mit Ölbaum und Honig, sagte ich. Das war aus der Heiligen Schrift, und Newman stürzte sich sofort darauf. Die Welt nur aus der Heiligen Schrift zu kennen! War es nicht eine Beleidigung des Herrn, die Länder, die er geschaffen hatte, zu ignorieren, die Farben, die er sich ausgedacht und gemischt hatte, und sich stattdessen mit Wörtern zu begnügen? Nur jemand, der einen völlig verknöcherten Geist hat, konnte heute noch glauben, dass wir auf unserer kleinen Insel von allen anderen getrennt seien – jene Welt, das waren Fäden in allen Regenbogenfarben, die in unser Grau und Grün gewebt wurden. Woher kommt dieser Ledergürtel?, fragte er mich, obwohl ich den Gürtel nicht sehen konnte. Keine englischen Ziegen, sondern norwegische. Und das Mehl für das Brot, das unsere großen Städte ernährt? Ist aus baltischem Korn gemacht, das hoch im Norden wächst. Und die Schmiedearbeit an unserer neuen Wetterfahne? Spanisches Eisen. Unser kleines Land ist mit Fremdartigkeiten gesprenkelt, der Herr will, dass wir uns bunt vermischen.

(Ich fragte mich, woher Newman so viel über den Willen des Herrn wusste, und hatte das seltsame Gefühl, dass seine Worte wie zerfallende Motten durch das Gitter drangen.)

Und nicht nur das, sagte er. Es sind nicht nur *Dinge*, die man findet, wenn man sich aus Oakham heraus, in den Hafen, an die See und über die Wogen nach Europa wagt – nicht nur *Dinge*, die letztlich nichtig sind, sondern auch Angelegenheiten des Geistes, der Seele. Ob ich wisse, dass Musik, da sie aus der Luft komme, in vollkommenem Einklang mit der Luft im Ohr und dem Hauch des menschlichen Geistes stehe – und dass Musik uns demzufolge unmittelbar mit dem Herrn verbinden und heilen könne? So sage man in Florenz und Rom. (Das wisse ich nicht, sagte ich und unterdrückte ein Gähnen, das nicht von

Langeweile oder Müdigkeit herrührte, sondern von Abwehr, da in diesem Umgang mit dem Herrn nirgendwo ein Priester vorkam und Newman dennoch hier saß und sich seinem Priester anvertraute.) Und dass, sagte er, der Mensch imstande sei, das große und undurchdringliche Rätsel der Zeit zu nehmen und es auf das Zifferblatt einer Uhr zu bannen, Minute um Minute, Stunde um Stunde.

Und dass ihn unterwegs eine Vision von uns Menschen erfasst habe – die Vision, dass wir schön seien. Keine gepeinigten, sündigen Fleischklumpen, sondern schöne Geschöpfe – wie zum Beispiel auf dem Vesperbild, das er über seinem Altar aufgehängt habe, wo Christus zwar gekreuzigt sei, aber in jeder anderen Hinsicht wie ein Mann in seinen Blütejahren aussehe, mit muskulösen Schenkeln und einem starken Brustkorb, und wo Marias milchige Augen vom Schmerz einer liebenden Mutter kündeten, einer echten Mutter, einer Mutter wie meine oder seine.

Und dass, so sagte er, manche behaupteten, es gebe andere Arten, die Bibel zu übersetzen, denn wenn man sich den griechischen Text ansehe – wie man es jetzt im Ausland tue –, dann ergäben sich neue Lesarten. Zum Beispiel: Nicht mehr *Im Anfang war das Wort*, sondern *Im Anfang war das Gespräch*. Ich glaube, ich musste prusten. *Und das Gespräch war mit Gott*. Ich prustete wohl noch einmal. Als ob Gott unser Cousin von nebenan wäre, sagte ich. Ja, sagte Newman, als ob Gott unser Nachbar und Freund wäre. Er legte seine Hand auf das Gitter und bat mich, meine Hand auf seine zu legen. Wir drückten kurz unsere Hände gegeneinander. John Reve, mein gefürchteter Freund, sagte er. Bekreuzigte sich und bat mich, ihn zu segnen.

Niemand möchte schlecht von den Toten sprechen, aber ich muss zugeben, dass es zwischendurch Zeiten gab, in denen ich mit Newman wegen solcher Äußerungen die Geduld verlor. Angenommen, Sie wollen eine Kirche bauen und sagen zu Ihrem Freund, dem Kirchensteinmetz: Ich kann meine eigene Kirche bauen, ich brauche dich nicht. Dann bitten Sie den Steinmetz im nächsten Atemzug, dass er Ihnen die Kirche baut. Hat der Steinmetz da keinen Grund, verwirrt zu sein und nicht zu wissen, worum er gebeten wurde? Wenn Newman mit unserem großen und schweigsamen Herrn in ein *Gespräch* getreten war, warum wandte er sich dann im nächsten Atemzug an mich und bat mich, ihn zu segnen? Hätte er nicht einfach Gott bitten können?

Aber ich segnete ihn jedes Mal, so wie der Steinmetz Tag für Tag mit seinen Meißeln und Leitern und seinem Mörtel zur Baustelle zurückkehrt. Weil er mein Freund war? Weil ich ihn liebte? Weil es mir unmöglich erschien, ihn nicht zu lieben?

(Und jetzt kommt die seltsame Tatsache hinzu, dass ich von ihm in der Vergangenheit spreche, weil er seit einem Tag tot ist. Ist das zu früh? An welchem Punkt, Herr, können wir offiziell von Dahinscheiden sprechen?)

»Pater, Sie glauben sicher, dass ich wegen des Ablasses gekommen bin, den Sie gestern angeschlagen haben, aber ich bin wegen einer Begebenheit hier, die sich wirklich zugetragen hat, und ich will den Ablass gar nicht, er ist mir völlig egal.«

Unsere Kirchendienerin Janet Grant, die sich für nichts anderes interessierte als die pflichteifrige, treue Verrichtung der kleinen Werke des Herrn: die Beleuchtung der Kirche, die Reinigung des Abendmahlskelchs, das Fegen der Kanzel, das Richten der Psalter.

»Am späten Freitagmorgen, Pater, vor der Hochzeit Ihrer Schwester, überquerte ich den Kirchhof, so wie ich es jeden Tag mehrmals tue, so wie auch Sie es tun – und ich kam an der Eberesche vorbei, die am Wegrand steht. Sie wissen schon: an der Stelle, wo der Weg schmaler wird und wo diese kleine Gruppe von Krokussen steht, die in den letzten Tagen aufgekeimt sind, und einige Drosseln sind auch gekommen – sie sitzen gern auf der Eberesche, sie mögen die Beeren …«

Sie hielt inne. Das war ihre übliche Art des Sprechens. Spiralen aus anwachsenden Einzelheiten, dann Pausen, wenn sie bemerkte, dass sie vom Thema abgekommen war.

»Und ich sah eine Eule. Eine Eule! Am helllichten Tag! Sie flog direkt über meinen Kopf hinweg, und ich dachte noch, dass sie vielleicht hinter den Drosseln her sei, aber ich weiß nicht, ob Eulen Geschmack an Drosseln finden, ich dachte immer, dass sie Mäuse mögen.«

»Eine Eule«, sagte ich.

»Am helllichten Tag, Pater.«

Was normalerweise als Vorzeichen des Todes gilt. Das war der Punkt, an dem sie jetzt angelangt war.

»Es hat mir Angst gemacht, eine Eule am Tag vorbeifliegen zu sehen, und als ich am Freitagabend meinen normalen Kontrollgang durch die Kirche machte, um mich zu vergewissern, dass die Kerzen gelöscht und alles sicher war, habe ich beim Verlassen unwillkürlich abgeschlossen. Was ich sonst nie mache.«

»Abgeschlossen?«

»Ja.«

»Wir haben doch besprochen, dass die Kirche außer in Notfällen nie abgeschlossen wird.«

»Ich hielt es für einen Notfall – es lag etwas Böses in der Luft, der Tod war in der Nähe, und ich wollte die Kirche vor ihm schützen.«

»Du hast versucht, die Kirche vor dem Bösen zu schützen …«

»Ich weiß, Pater.«

»Die Kirche ist eine Zuflucht vor dem Bösen.«

»Ich weiß, Pater. Es war falsch.«

Ich nahm an, dass sie den Kopf senkte, ihren Kopf, der im Vergleich zu ihrem Körper sehr groß war. Janet Grant war ein seltsamer Anblick: eine Frau von vierzig Jahren mit Schultern so schmal und Händen so klein wie die eines Kindes und mit einem großen, blassen Mondgesicht, das jung und offen war, mit einem hängenden Augenlid – es hing nur ein wenig, aber sobald man es bemerkt hatte, konnte man nicht mehr wegsehen. Wenn sie überhaupt einmal lachte, dann sah man das gesamte Zahnfleisch über der oberen Zahnreihe.

Ihre Stimme schien jetzt näher am Gitter zu sein. Vielleicht sah sie wieder hoch und hatte sich mir zugewandt. »Am Morgen habe ich sie gleich als Erstes aufgeschlossen, noch ehe ich meine Runde durch das Dorf begonnen habe – damit Sie es nicht merken. Aber wir wissen alle, was dann geschah.« Sie flüsterte jetzt. »Wir hörten, dass Thomas Newman gestorben sei.« Eine Pause, und das Flüstern wurde zischender. »Und es war so schrecklich – weil ich den Tod doch hatte kommen sehen, Pater. Und was habe ich getan? Ich habe die Kirche abgeschlossen. Ich habe Gott davon abgehalten, den Tod zu finden. Ich habe den Tod dem Teufel überlassen.«

»Aber der Herr lässt sich doch nicht von einem Schloss abhalten.«

Sie machte mit ihrer trockenen Zunge einige zögerliche Laute des Nachdenkens, ehe sie zuzustimmen wagte. »Der Herr kann ein Schloss aufbrechen.«

»Er ist der größte Schlosser, den es gibt.«

»Aber Newman war es nicht.«

Ihr nächstes Argument kam sofort und mit ungewöhnlicher Direktheit. »Newman war kein Schlosser, und wenn er in die Kirche gehen wollte, ehe er sich das Leben nahm, dann hätte er nicht hineingekonnt, um für seine Seele zu beten.«

Kaum dass sie fertig gesprochen hatte, verfiel sie in Schweigen. War es das, was alle dachten – dass Newman sich das Leben genommen hatte? Oder glaubte nur sie das?

»Newman hätte vor seinem Tod nicht in die Kirche gehen und für seine Seele beten können«, sagte ich, »weil sein Tod ein Unfall war, den er nicht kommen sah.«

»Vergeben Sie mir, Pater, aber Sie können nicht wissen, dass es ein Unfall war.«

»Keiner von uns kann das eine oder das andere wissen.«

»Aber wenn er sich ertränkt hat und vorher in die Kirche wollte, um zu beten, dann war ich es, die zwischen ihm und Gott stand.« Sie stieß ein ungläubiges Lachen aus, mit einem Unterton von freudlosem Schauder: sie! Sie mit den schmalen, kindlichen Schultern, sie hatte Gott im Weg gestanden!

Ich hätte sie mit Fragen überschütten können: War Newman nicht ein reicher Mann? War er nicht beliebt? Erfreute er sich nicht bester Gesundheit? Reiche, beliebte, gesunde Männer gehen nicht einfach ins Wasser, oder? Aber mir fiel gerade noch rechtzeitig ein, wo ich war: in der kleinen dunklen Kiste, die der Befragung der Seele diente, nicht der Frage nach den Motiven eines Toten.

»Deine Sünde war es, die Kirchentür abzuschließen«, sagte ich, »nicht, zwischen einem Menschen und Gott zu stehen. Sünden werden – wie du weißt – nach ihrer Absicht, nicht nach ihrer Auswirkung bemessen, und deine Absicht war es, die Kirche zu schützen. Eine unsinnige Absicht. Das war deine Sünde: eine unsinnige Absicht zu haben. Eine unbedeutende Sünde, die vergeben ist, wenn du heute Abend vor dem Schlafengehen das Glaubensbekenntnis aufsagst.«

»Ich sage vor dem Schlafengehen immer das Glaubensbekenntnis auf.«

»Dann wird es dir umso leichter fallen.«

Sie saß still und unzufrieden da. Meine Hände waren kalt; ich steckte sie in den jeweils anderen Ärmel.

»Aber glauben Sie, dass er *glücklich* war, Pater?«, fragte sie. »War Thomas Newman glücklich?«

Ihre Frage klang für mich auf fast schmerzhafte Weise arglos, meine Antwort dessen unwürdig. »Wenn du mir sagen könntest, was Glück ist, könnte ich dir sagen, ob Newman glücklich war.«

Sie schluckte trocken. »Ich glaube, Glück ist, wenn man frei von all den Dingen ist, die einen unglücklich machen.«

»Wirklich? Dann ist niemand glücklich.« Ich befürchtete, dass ich sie enttäuscht haben oder ihr etwas von ihrem Optimismus genommen haben könnte, deshalb fügte ich hinzu: »Vielleicht von den meisten. Glück ist, wenn man frei von den *meisten* Dingen ist, die einen unglücklich machen.«

»Was heißt ›den meisten‹? Wie viele? Alle minus eins? Minus zwei?«

»Mehr als ein oder zwei.«

»Ein Viertel Unglück und drei Viertel Glück?«

»Vielleicht ein Fünftel.«

»Ein Fünftel?«

»Ungefähr.«

»Glauben Sie, dass Newman ein Fünftel unglücklich und vier Fünftel glücklich war?«

»Ja«, sagte ich, auch wenn ich keine Ahnung hatte, ob das stimmte.

»Aber haben Sie ihn nicht auf Annies Hochzeit gesehen?«, fragte sie. »Am Anfang ging es ja noch, aber zum Schluss saß er ganz allein da. Na ja, eigentlich nicht allein, weil Leute sich zu ihm gesetzt haben, aber er hätte genauso gut allein sein können, und er hat nicht getanzt und wirkte ganz entrückt. Ich fand nicht, dass er zu vier Fünfteln glücklich aussah.«

»Alleinsein ist nicht das Gleiche wie unglücklich zu sein.«

»Ich sah ihn, als Annie tanzte – mit ihrem neuen Mann. Ihre Freude!« Sie hauchte das letzte Wort so leise aus, als wäre es ein Zaunkönig, der sich in die Luft erhebt. »Manchmal, wenn wir selbst glücklos sind, kann das Glück anderer der Tropfen sein, der das Fass zum Überlaufen bringt. Liebende zu sehen, wenn man selbst seine Liebe verloren hat.«

»Newman hat seine Liebe vor zwölf Jahren verloren«, sagte ich ungeduldig. Ich war nicht mit Janet Grant ungeduldig, sondern – ganz plötzlich – wegen dieses verwelkten Bräutigams Endall, dessen letzte lebensvolle Handlungen darin bestehen würden, Annie seine schwachen Nachkommen einzupflanzen, um anschließend zu erschöpft zu sein, um ihr bei der Aufzucht zu helfen. »Newmans Frau und Kind starben vor zwölf Jahren«, sagte ich. »Zeige mir einen Menschen, ob Mann, ob Frau, ob Junge oder Mädchen, der in den letzten zwölf Jahren niemanden zu beerdigen hatte; und falls du diese glückliche Person findest, zeige sie mir noch einmal in ein oder zwei Jahren. Bis dahin wird sie jemanden beerdigt haben.«

Vielleicht zuckte sie kurz zusammen, auf jeden Fall quiekte sie kurz auf. Ihr eigener Ehemann lag erst seit drei Jahren unter der Erde und ihre beiden Kinder waren schon als Säuglinge gestorben. Ich hörte ihre Kleider rascheln, als ob ihr das Quieken peinlich wäre und sie sich zusammenzureißen versuchte. Dann wurde sie sehr still, und ich fragte mich, ob sie weinte.

Ihre Stimme spross aus der Stille wie ein Blatt aus einem Zweig, der morgens noch kahl gewesen war. »Verbergen Sie etwas, Pater?«

Ihre Frage erschreckte mich. Die am wenigsten zu erwartenden Worte von einer Frau, die nur selten sagte, was sie dachte.

»Weil Sie mit solcher Gewissheit behaupten, dass Newman sich nicht umgebracht hat. Aber vielleicht müssen Sie das sagen und denken. Sonst müssten wir all seine weltliche Habe an die Krone abgeben: sein Haus, sein Vieh, sein Geld, alles. Sein Land auch. Ein Großteil von Oakham wäre weg. Und was dann?«

Ich schaute an meinen handlosen Armen hinab, die wie ein einziger durchgehender Arm aussahen, und ich hatte das Gefühl, dass ich sie nicht trennen könnte, selbst wenn ich es wollte.

»Sie müssen das sagen, weil Sie uns beschützen wollen, Pater. Das ist Ihre Aufgabe, uns zu beschützen – und Sie sind darin sehr gut, das finden wir alle. Es ist besser, wenn es ein Unfall war.«

»Newman war ein reicher Mann«, sagte ich, und das klang selbst in meinen Ohren schwach. »Er war ein gesunder Mann, er war beliebt. Er hätte sich nicht in den Fluss gestürzt.«

»Aber wenn doch und wenn ich es war, die seiner letzten Hoffnung auf Erlösung im Weg stand, was soll ich dann tun? Bin ich verdammt?«

»Stürzen sich reiche und gesunde Männer in Flüsse?«

»Wenn ich seiner Erlösung im Weg stand, werde ich dann bestraft?«

»Weißt du, wie gesegnet sein Leben war? Kennst du jemanden, der nicht gern mit ihm getauscht hätte?«

»Aber werde ich …?«

Sie unterbrach sich selbst mit einem verdrießlichen Schlucken, und ich begriff, dass zu viel Zeit vergangen war, seit einer von uns beiden etwas anderes als eine Frage ausgesprochen hatte. Ich beendete unseren Wortwechsel mit den Worten: »Er war reich, er war gesund, er war beliebt.« Wie wenn man einen Riegel vor ein Tor schiebt. Und meine Hände, die sich aus den Ärmeln befreit hatten, fanden zu einem seltsamen kurzen Klatschen zusammen.

Nachtluft

Benedicite, Dominus, Confiteor. Vaterunser, Glaubensbekenntnis, Ave. Hast du deiner Mutter und deinem Vater unrecht getan? Hast du unmäßigem Verlangen nachgegeben? Hast du einem Tier ein Leid zugefügt? Hattest du verzweifelte Gedanken? Hast du Hilfe verweigert, bist du an einen gefährlichen Ort deiner Fantasie gereist, warst du treulos, hast du dein Haar nicht gewaschen, deine Nägel nicht geschnitten, hast du gestohlen, beneidet, geflucht, gezweifelt?

Pater, ich habe in den Graben gespuckt; ich habe beim Beten einen fahren lassen; ich habe das Tischgebet nicht gesagt; ich habe verschlafen; ich habe meinen linken Schuh auf dem rechten Fuß angezogen und den rechten auf dem linken; ich habe den Blasebalg auf dem Tisch liegen lassen; letzte Weihnachten habe ich ein Versprechen gebrochen; ich habe verschlafen; ich dachte, der Teufel steckt in meinem Ale, und ich habe es ausgetrunken, um es herauszufinden, ich dachte, der Teufel steckt in meinem zweiten und dritten Ale, und die habe ich auch ausgetrunken; vergib mir, dass ich gezweifelt habe; ich habe verschlafen; ich habe verschlafen; ich habe meinen Mann rasiert und Stoppeln in Herzform stehen lassen, er weiß es noch nicht; ich habe verschlafen; ich habe eine rohe Schnecke gegessen, habe sie mit einem einzigen herzhaften Schlürfen aus dem Gehäuse gelutscht; ich habe letzten Sommer beim Gottesdienst meinen Namen in den Altarpfeiler geritzt; ich habe mir vorgestellt, eine Wolke hätte die Form eines Hinterns.

Ich vergab den Langschläfern von Oakham, den Fahrenlassern und Grabenspuckern und Wolkenfantasten und Schneckenschlürfern und drolligen Rasiererinnen und zweifelnden Trinkern und den Fußverwirrten – sie verließen den Beichtstuhl siegreich mit einem vierzigtägigen Ablass. Zu jedem anderen Anlass hätte man für vierzig ganze Tage der Vergebung etwas Anstrengendes tun müssen, jetzt musste man sich bloß eine Beichte ausdenken, und dazu gehörte nicht einmal viel Fantasie. Sag einfach, dass du verschlafen hast, wahrscheinlich stimmt es sogar.

Fast zwanzig Beichten an einem einzigen Tag, und der Tag war noch nicht zu Ende. Der Dekan wäre erfreut. Was für ein Auf und Ab dieser Tag für die Leute von Oakham gewesen war. Sie hatten einen Freund verloren, den Mann, der ihnen Land und Arbeit und Essen gegeben hatte und dieser durchweichten kleinen Talsenke ein wenig Weltläufigkeit verlieh, und als Folge dieses Verlustes gab es einen Ablass, der ihnen für vierzig Tage ihre Sünden vergab. *Vierzig Tage*. Verwirrte Tränen flossen – Tränen der Trauer und der Dankbarkeit.

Danke, Herr, sagten manche im Stillen. Danke, Thomas Newman, sagten andere. Seit mehreren Jahren war die Grenze zwischen den beiden immer mehr verschwommen.

Mittagsgebet. *Gott, hilf mir! Denn das Wasser geht mir bis an die Kehle*. Hungrig zum Rosenkranz gemurmelt. *Wie es war im Anfang, jetzt und immerdar, und von Ewigkeit zu Ewigkeit*. Psalmen, eine Hymne, etwas aus dem Petrusevangelium. *Zu dieser Mittagsstunde erneuere deine Gnade mit uns; mache unsere Fehler wieder gut*. Und fertig.

Zu Hause nahm ich einen der fünf Äpfel vom Tisch, außerdem ein Stück Brot und ein Stück Käse. Dann legte ich Brot und Käse auf den Tisch zurück – aus wachsender Furcht vor dem bevorstehenden Wiegen. Auf dem Weg aß ich den Apfel. Ich ging an der verlassenen Radachse vorbei nach Süden, vorbei an Old Cross, am Maibaum, den Schweinen, die sich an dem Weg, der zu Newmans Waldland führte, im Dreck suhlten, bog nach Westen zum Fluss ab und stapfte durch eine dicke Suppe aus Nebel und Regen.

Im Sommer wuchsen hier hohe Gänseblumen und Gräser am Wegrand, und der Fingerhut trieb tiefe Blüten, in die sich die Bienen hingebungsvoll versenkten. Der dichte Klee bei West Fields bedeckte den Boden wie ein samtiger Teppich und machte die Kühe schläfrig. Bäume und Wolken spiegelten sich in der Klarheit des Flusses. Der Birkenhain zitterte im Sonnenlicht, Millionen kleiner Blätter raschelten in einer sanften Brise, wilde Erdbeeren wuchsen auf dem Boden. Selbst die Pferdeschwänze, die an den Bäumen festgebunden waren, flatterten wie Bänder im Wind, statt wie Galgenschlingen herabzuhängen. Ich schaute nicht hin, als ich jetzt an ihnen vorbeiging. Ich sah nicht auf den nackten Winterboden ohne jegliche Erdbeeren und auch nicht nach den Bäumen mit ihrem skelettartigen Aussehen. Ich dachte an den Sommer und aß meinen Apfel.

Am Flussufer warf ich das Kerngehäuse schwungvoll ins Wasser. Hier musste Newman in den Fluss gegangen und ertrunken sein. Da, wo sich aus der Böschung die Reste der Brücke erhoben, musste er auf dem matschigen Grund gestanden haben. Jetzt erhob sich nur noch ein halber Bogen an der Stelle, wo vor dem Einsturz zwei gewesen waren. Er hatte, so wie ich jetzt, sehen können, dass die zweite Brücke besser gebaut war als die erste. Die Steine waren gleichmäßig behauen und lagen dicht aufeinander, dazwischen ein wenig Mörtel (gerade genug, um den passgenauen Steinen Stabilität zu verleihen, nicht so sehr, um die Lücken zwischen schlecht passenden auszugleichen); nicht wie die nachlässig verschmierten, schiefen Steine unserer ersten Brücke. Der Grundpfeiler – er lag jetzt auf dem Grund des Flusses – war mächtig gewesen, ein starker, ansehnlicher, gut gehauener Bogen. Wir hatten uns kostspieligen Rat bei den Steinmetzen in Bruton geholt. Deren Gilde verkaufte Ratschläge, ein schmerzliches Körnchen Weisheit nach dem anderen, und jedes erleichterte unsere Börsen um einen Halfcrown.

Die Stützpfeiler waren stabil, die Bögen wohlproportioniert. Es war eine solide Brücke gewesen, nicht elegant, aber stattlich. Sie hatte einen Pfeilerkopf. Sie hatte drei Monate lang stolz und zukunftsfroh standgehalten. Wir hatten sie im November beendet, nachdem wir den ganzen Sommer und Herbst daran gebaut hatten, und sie war vor einer Woche nach einem Winter der Überflutungen eingestürzt. Der Fluss ist zu schmal und fließt zu schnell, hatte Newman gesagt, und ich hatte zu spät eingesehen, dass er recht hatte. Als der Fluss sich staute und anschwoll, trug er die Ufer ab, man konnte sehen, wie er das Erdreich ausschaufelte. Eine unwiderstehliche Gewalt war hier am Werk. Dadurch waren die Stützpfeiler geschwächt worden, die wohl, wie ich selbst jetzt sah, zu nah an den ungeschützten Ufern gebaut worden waren und deren Fundamente zwar im Boden verankert waren (richtig tief, hatten die Steinmetze gesagt, oder die Stützpfeiler schrägen sich ab), aber vielleicht nicht tief genug (die Stützpfeiler hatten sich abgeschrägt). Auch die Böschung selbst war jetzt eher schräg als gerade und der Schlamm so rutschig wie eine Eisbahn. Wenn Newman hier gestanden und sich den Schaden angesehen hatte – wehmutsvoll, selbstgerecht, melancholisch, verzweifelt, verärgert, amüsiert? – und den Halt verloren hatte, dann wäre er hineingezogen und fortgetragen worden – Hals über Kopf, kopfüber und kopfunter, wäre in umgestürzte Bäume, Kuhkadaver und durch Schlick gerissen worden, ehe ihn die Strömung um eine letzte Biegung zum Meer getrieben hätte.

Ich starrte auf das Wasser. Für etwas, das so rasch in eine Richtung strömte, machte es erstaunlich viele Umwege: Es wirbelte, spritzte, schlingerte, schoss, schnellte und buckelte wie ein Maultier. Es hatte zehn Brauntöne, einen Schwarzton und ließ ein gewaltiges Tosen hören, ein Geräusch, das uns in letzter Zeit so vertraut geworden war, dass es mir erst jetzt auffiel.

In meinen dreizehn Wintern in Oakham hatte es niemals einen solchen Regen gegeben, auch hatte ich den Ort noch nie so aufgewühlt und durchnässt und unlustig erlebt, sowohl hinsichtlich seiner Stimmung als auch seines Aussehens. Ich streckte meine Hand aus, und Wasserdampf sammelte sich wie Tau auf meinem Handrücken. Meine Brust und Lunge quälten sich mit dem Übermaß an Feuchtigkeit und der stehenden, windstillen Luft ab. Jahrelang hatte sich in Oakham nichts außerhalb des gewöhnlichen Zyklus von Geburt, Kraft, Krankheit, Tod zugetragen – es gab kein unerwartetes Kommen und Gehen, nichts, das uns überrascht hätte. Dann, im September, begab Newman sich auf eine Pilgerreise nach Rom. Im November stellten wir die Brücke fertig. Im Dezember kehrte Newman aus Rom zurück. Im Januar machte Sarah Spenser sich auf eine Pilgerreise, um einen verfaulten Zahn zu sehen. Ende Januar kehrte sie fieberkrank zurück, und während ihrer Abwesenheit war auch ich fieberkrank gewesen. Anfang Februar stürzte die Brücke ein. Eine Woche später ertrank Newman. Was war das für ein Fluch, der auf uns lag? Und jetzt belagerte uns ein Dekan, der, wie mir langsam bewusst wurde, zu versessen darauf war, uns als Ganzes zu retten, um sich für das Schicksal irgendeines Einzelnen von uns zu interessieren.

Ich kauerte nieder, krempelte die Ärmel bis zum Ellbogen hoch, nahm mit beiden Händen einen nassen Matschklumpen auf und versuchte ihn in den Fluss zu werfen. Er fiel ein paar Schritte weiter zu Boden. Du musst etwas tun, John Reve, du musst etwas tun. Ich hob einen zweiten und dritten Klumpen auf, aber nassen Schlamm kann man nicht werfen. Ich weiß nicht, ob ich hoffte, trockenes, grünes Gras zu sehen, wenn ich nur lange genug grub. Vielleicht glaubte ich, den Sommer unter all diesem Schlamm zu finden – und die Gnade des Herrn, deren Beweis ein frischer, milder Wind von Westen wäre, der sich aus dem Boden in die Lüfte erhöbe und über die Felder hinwegbrauste.

»John«, sagte sie.

Und ich sagte »Cecily«, denn sie hatte mich zu oft dafür gescholten, dass ich sie »Lady Townshend« nannte oder auch nur »Mrs Townshend«.

»Lassen Sie mich herein«, sagte sie. »Lassen Sie mich zu Ihren Füßen knien, wie wir alle es getan haben, ehe diese verdammte Kiste aufgetaucht ist.«

Sie klopfte mit den Knöcheln gegen die Trennwand. Ich protestierte nicht, zumal sie schon begonnen hatte, die Trennwand mit ihrer knochigen, weißen, üppig beringten Hand beiseitezuschieben. Cecily Townshend war keine Frau, mit der man Streit begann. Sie füllte den winzigen, dreieckigen Raum, in dem ich hockte, schloss die Trennwand und kniete zu meinen Füßen nieder. Ich hörte das harte Rascheln ihres abgetragenen rosa Seidenkleids; ich erinnerte mich noch an die Zeit, als es rot gewesen war. Sie hatte es den größten Teil des Winters getragen, darüber denselben Pelzmantel, den sie auch jetzt trug und der nach einer verwirrenden Mischung aus Lavendel und Mist roch.

Ich zog das Schultertuch hoch, um meine Augen zumindest zum Teil vor ihr zu verbergen, und drehte den Kopf zur Seite. Ich hatte meine Hände zwar gewaschen, doch in den Falten und unter den Fingernägeln steckte immer noch Schlamm fest, und so versuchte ich, sie hinter meinem Rücken zu verbergen. Leider hatte sie meine Hand schon gepackt, ehe ich sie wegziehen konnte, und sah zu mir hoch. Sie war keine Schönheit, aber ihre Augen beeindruckten mich immer wieder. Ein schönes Hellblau, lebhaft und neugierig.

»Thomas Newman ist wirklich tot?«, flüsterte sie – aber für die fast lautlose Bewegung ihrer Lippen ist selbst »flüstern« noch zu viel gesagt. Ich hörte nur das Zischen eines S und den dumpfen, stumpfen Aufprall des letzten Wortes, wie ein Fuß, der einen Ball schießt.

»Ja«, sagte ich.

»Er ist ohne Beichte gestorben?«, fragte sie.

»Ja.«

Ihre Knie lagen auf meinen Zehen; ich befürchtete, dass ihr Kleid in meinen Bierkrug geraten könnte. Neben Lavendel und Mist schwang auch der Geruch nach Klee und Rosen mit, wohl von ihrer Kopfbedeckung oder einer Haarpomade. Das Gemisch verursachte mir leichte Übelkeit. Ich war an alle möglichen Gerüche gewöhnt, die meisten davon schlechte, aber wenigstens machten sie sich nacheinander bemerkbar.

»Sehen Sie mich an«, sagte sie. »Hören Sie mir zu.«

Ich wandte ihr mein Gesicht zu, ließ aber das Schultertuch hochgezogen. Sie sorgte sich wegen der Warteschlange aus bibbernden, füßescharrenden Dörflern im Kirchenschiff, das wusste ich. Es war nie leicht für die Townshends, zur Beichte zu kommen: Alle Ohren waren gespitzt, um zu hören, was »die feinen Leute« trieben. Oakham war kein wollüstiges Dorf, die Leute waren nicht allzu sehr damit beschäftigt, Skandalen hinterherzujagen, aber es konnte nie schaden zu wissen, welche Sünden unser Lord und seine Lady begingen.

»Ich ertrage es nicht, dass er tot ist«, murmelte sie.

Ihr Gesichtsausdruck wirkte nicht gequält, er war verkniffen und unglücklich, aber auch ruhig. Sie sah hoch zu mir.

»Und wir können nicht einmal seinen Leichnam bestatten.«

»Wenn er auftaucht ...«

»Er wird nicht auftauchen, John. Glauben Sie, dass der Fluss rückwärts fließt und ihn an unserem Ufer aufbahrt? Er wird nicht auftauchen, nicht, ehe er ins Meer gespült wurde.«

»Dann müssen wir dafür beten, dass er in die Arme des Herrn findet.«

»Wir werden mehr tun als beten.«

Sie tastete nach dem Geldbeutel, der um ihren Hals hing, und zog ein Stück Leinen voller Münzen heraus, das sie mir in die Hand drückte. »Dies ist mein Gebet. Zehn Pfund. Lassen Sie Gott wissen, dass ich es gespendet habe, und bitten Sie ihn, Thomas Newman einen Platz im Himmel einzuräumen und ihn bald dort aufzunehmen.«

Ich starrte auf die Geldbörse hinab. Eine gewaltige Summe, der Jahreslohn eines Priesters. Was sollte ich damit tun? Ich konnte es schwerlich in die Blechbüchse stecken, in der wir Spenden sammeln, oder Janet Grant bitten, es in unseren Geschäftsbüchern aufzulisten. Jeder würde deswegen die Stirn runzeln. Es war nicht die Summe, die man für das Wohlergehen eines toten Freundes spendet; es war die verzweifelt hohe Summe, die man aus der Tiefe eines erstickten, wehklagenden Herzens für einen Liebhaber hingibt. Es lastete auf meiner Handfläche wie das Gewicht ihres Herzens.

»Behalten Sie es bei sich und spenden Sie es Crown für Crown«, sagte sie, denn sie wusste um mein Dilemma. »Wenn es sechs Monate oder ein Jahr oder zwei dauert, bis alles in den kirchlichen Geschäftsbüchern aufgetaucht ist, ist das ohne Belang. Lassen Sie Gott einfach *jetzt* wissen, dass es da ist, damit er handeln kann.«

In was für eine seltsame Komplizenschaft sie mich zog. Wir hatten niemals über ihr Verhältnis zu Newman gesprochen, und dennoch zog sie mich ins Vertrauen, als ob wir einander verstünden. Und ich musste merkwürdigerweise einräumen, dass es tatsächlich so war. Die Liebesaffäre zwischen ihnen hätte man durchaus vermuten können, ich hatte mir den Verdacht bloß nie erlaubt. Wenn ich sie jetzt ansah, spürte ich Wärme und Verachtung zugleich. Enttäuschung. Hatte sie ihn geliebt? Die zehn Pfund sagten »Ja«. Ich musste plötzlich an einen Hasen denken, an die Art, wie er starr und gebannt in die Höhe blickt, nichts als Augen und Wangenknochen, spitze Nase und wachsames Zittern.

Ich weiß, dass ich sie hätte befragen sollen: nach der Art ihrer Affäre, wie lange, wie oft. Ich hätte ihre Antworten bewerten und ihre Buße nach dem Ausmaß ihrer Reue bemessen müssen. Aber ich glaubte nicht, dass sie überhaupt Reue empfand, und ich stellte auch keine dieser Fragen.

»Ich kann das nicht annehmen«, sagte ich und hielt ihr den Geldbeutel hin. Sie wusste natürlich, dass ich es nehmen konnte und würde. Ich fragte mich, ob meine Gedanken so deutlich in meinen Augen sichtbar waren, dass sie sie vollständig lesen konnte: Mit diesem Geld konnten wir die Brücke neu bauen. Oder wir hätten ein Viertel des Weges zu einem neuen Westfenster geschafft. Allerdings eines ohne strahlende Farben. Sie schloss ihre Hände um meine, drückte meine Finger auf die Münzen, ihre Rundungen, ihre Kühle. Diese wollüstigen Hände, dachte ich. Ein dicker Ring an jedem Finger, und eine Frau bleibt ihrem Mann doch nicht treu.

»Nehmen Sie es«, sagte sie unnötigerweise. Und fügte ebenso unnötigerweise hinzu: »Sagen Sie niemandem etwas davon.«

Ich schüttelte den Kopf. Eine Häsin und ein Hirsch: Die beiden passten gut zusammen, sie und Newman. Während wir schweigend dasaßen, dachte ich über ihre Affäre nach und spürte den Mangel an Überraschung in mir, wie wenn einem etwas gesagt wird, das man schon immer wusste. Es musste eine leidenschaftliche Affäre gewesen sein, beide hatten sich Hals über Kopf hineingestürzt, ohne Zögern oder Rechtfertigung. Eine Sache zwischen großen, schlanken Körpern, mit starkem Verlangen und ohne viele Worte.

»Danke, John«, sagte sie und senkte den Kopf, um meine Hand zu küssen, die ihre umfasst hielt. »Das Geld gehörte ohnehin Thomas Newman – er schenkte es mir vor einiger Zeit, um mich zu schützen. Oliver verschleudert das Geld. Thomas wollte, dass ich mein eigenes Geld habe, für den Fall, dass sonst nichts bliebe. Für Kleidung, für Essen, für Reparaturen am Haus, für das Vieh. Ich will es aber nicht für solche Dinge. Ich will ihm einen Platz im Himmel kaufen.«

Ich fragte mich, wie intensiv diese Affäre gewesen sein musste, dass sie ein so großes Geschenk von Newman rechtfertigte, und wie lange sie gedauert hatte, wie oft, wie sehr sie von beiden

Seiten ausging und von wem sie begonnen worden war. Statt meiner Neugier laut Ausdruck zu geben, nickte ich bloß.

»Hören Sie zu«, sagte sie. »Schauen Sie morgen früh hinter Ihrem Haus nach, ich werde eine Gans dort lassen. Eine gute, junge – für Sie, nur für Sie, nicht zum Teilen mit anderen. Sie soll Ihnen einen guten Übergang in die Fastenzeit bescheren.«

Ich hätte beinahe gelacht, denn ich war hungrig, und es war ein angenehmer Gedanke, dass ich morgen, wenn das Wiegen des Priesters vorbei war, wieder gut essen konnte. Ihre Stimmung hatte sich nicht aufgehellt, aber sie war jetzt forsch und kurz angebunden. Ihr Handel mit mir war besiegelt. Die Gans war mir nicht als Bestechung angeboten worden, um meine Diskretion zu erkaufen, sondern als Geschenk, um meine Loyalität zu sichern. Sie war ein Zeichen der Freundschaft, der Komplizenschaft, und ich ließ mich freundlich stimmen – nicht wegen der Gans, sondern wegen der Geste.

»Eine Gans ist sowieso mehr Fisch als Vogel«, flüsterte sie. »Wenn Sie unter ihre Flügel schauen, sehen Sie Kiemen.«

Sie erhob sich zu ihrer vollen, ungewöhnlichen Größe. Mein Blickfeld wurde von alter, raschelnder Seide ausgefüllt. Ich saß unten auf meinem Schemel, mit angezogenen Beinen, und sie berührte meinen Kopf mit ihren Fingerspitzen. Dann schob sie die Trennwand beiseite.

Sechs oder sieben Monate zuvor hatte Newman im Altarraum gestanden, wo die Öffentlichkeit eigentlich nichts zu suchen hat, und müßig seine Laute gespielt. Es war nach dem Gottesdienst, und ich faltete gerade das Altartuch zusammen und legte die Hostie an ihren Platz zurück.

»Hör dir das an«, sagte er und schloss beim Spielen die Augen. »Kannst du darin nicht Gott hören?«

»Ich höre etwas, aber ich glaube nicht, dass es Gott ist.«

»Dann hör genauer hin.«

Ich hörte nicht genauer hin. Er spielte gut, besser als jeder, den wir in Oakham gehört hatten, und besser, als es mir während meiner Ausbildung jemals zu Ohren gekommen war. Sein Zupfen erzeugte einen Ton, kühl und tief wie ein See, lieblicher als Vogelsang – alles stimmte, was die Leute darüber sagten. Aber es war der Klang eines Menschen, der mit den Fingern an Schafsdarm zupft. Das sagte ich ihm auch. »Gott sendet seinen Rat und Trost nicht durch Schafsdärme, er hat bessere Mittel und Wege.«

»Mit anderen Worten: dich«, sagte Newman. »Du bist die besseren Mittel und Wege.«

»Die Hostie«, sagte ich, weil ich sie gerade in der Hand hielt. Die Hostie war ein besseres Mittel, war sie doch der wahrhaftige Leib Christi hier auf unserem kleinen Altar. Gottes leibhaftiger Sohn. Ich sagte auch das.

»Aber nur du kannst die Hostie geben«, sagte Newman. »Die Leute können nicht einfach zum Altar gehen und sich die Hostie selbst nehmen. Aber Musik können sie selbst hören, sie strömt geradewegs in ihre Ohren.«

»Genau das meine ich, Tom. Sie strömt direkt ins Ohr und bedeutet vielleicht gar nichts. Oder Schlimmeres als nichts. Der Teufel persönlich könnte sie uns ins Ohr träufeln.«

»Glaubst du nicht, dass wir lange genug auf dieser Welt gelebt haben, um den Unterschied selbst zu erkennen? Sind wir denn kleine Kinder? Musst du immer unser Kindermädchen sein?«

»Kindermädchen?« Ich ging zur Altartreppe und setzte mich, die Ellbogen auf den Knien, nieder. Nach dem Gottesdienst war ich immer müde. Es war ein warmer Nachmittag.

Die Kirche war friedlich und staubig, sie verströmte ihren Sommergeruch nach Weiher und Pfirsichen.

Newman hatte die Laute neben mir auf der Stufe abgelegt und ging aufgeregt hin und her, mit großen, lebhaften Schritten. Ich fand, er sah wie einer dieser fahrenden Artisten aus, wie die langgliedrigen, närrischen Jongleure, die hinter Bällen herhüpfen.

»Man nennt das *divino furore*«, sagte er, »den göttlichen Furor. Der Musiker spielt, und durch sein Spiel verwandelt er sich in ein Medium des Göttlichen. Musik entzückt ihn, John – er und seine Musik dienen als Priester, als heiliger Mann, indem sie die Macht Gottes durch sich hindurchfließen lassen.«

Ich setzte mich auf und streckte empört die Arme aus. Gleichzeitig versuchte ich meinen Zorn zu zügeln. »Aber woher soll man wissen, dass es wirklich die Macht Gottes ist«, sagte ich, »wenn kein Priester oder heiliger Mann anwesend ist? *Es ist mancherlei Art der Stimmen in der Welt*, heißt es in den Briefen des Paulus an die Korinther. *Wie kann man wissen, was geredet ist? Wie kann man wissen, was gepfiffen oder geharft wird?*«

Ich hob die Laute auf, ein totes, tonloses Ding aus Holz, und legte sie zurück auf die Altartreppe. Ich sah sein Vesperbild mit den üppigen Farben, dort über seinem Altar. Vermutlich glaubte er, dass auch darin etwas Göttliches stecke. Gott im Farbpinsel, ein Schweinsborsten-Gott. Er hatte jetzt aufgehört, unruhig auf und ab zu gehen, und stand mit verschränkten Armen da.

»Ich respektiere dich, John, deine heilige Autorität. Natürlich tue ich das. Aber vielleicht treibst du es mit deiner Autorität zu weit und glaubst, dass wir keine Heiligkeit für uns selbst haben können.«

»Das ist ungerecht. Ich helfe nur dort, wo ihr euch nicht selbst helfen könnt.«

Er sah zu mir herab. »Und wo könnte ich mir nicht selbst helfen? Wenn ich mit der Gutsherrin schlafe, brauche ich dich dann, um sie zu entkleiden?«

Ich wendete schroff den Kopf ab. »Nein, aber du brauchst mich, damit dir vergeben wird.«

»Genau damit hast du unrecht, John, denn ich kann Gott meinen Fall darlegen, und er kann mir vergeben oder nicht, und er kann mich bestrafen oder nicht. Ich glaube nicht, dass er dich als Vermittler benötigt.«

Newman streckte die Arme jetzt genauso aus, wie ich es zuvor getan hatte.

»Und?«, fragte ich. »Schläfst du mit der Gutsherrin?«

Er lächelte mich an: »Selbst wenn ich es tue, ist das meine Sache.«

»Du spielst danach auf der Laute, und Gott vergibt dir?«

Er grinste. Wie konnte er nur glauben, dass Gott sich mit Saiten aus Schafsdarm abgeben würde. Dass die Innereien eines Schafes bewirken könnten, wofür ein Priester eine jahrelange Ausbildung erfahren hat, worauf er seinen Körper und seine Seele eingeschworen hat und wofür er seine geschlechtlichen Bedürfnisse und sich selbst verleugnet. Als ob Gottes Ohr immerfort auf Newmans Laute gerichtet wäre – nein, als ob Gott selbst in die Laute gehüpft wäre.

»Bitte sehr, wie du willst«, sagte ich zu Newman, und ich nahm die Laute von der Treppe, stand auf, ging zum Beichtstuhl und legte sie auf meinen unbequemen kleinen Betschemel. Als ich den Beichtstuhl verließ, lehnte Newman am Ostpfeiler. »Bitte«, sagte ich, wohl etwas kindisch, »wenn die Laute einen so zuverlässigen Priester abgibt, kann *sie* ja die Beichte abnehmen.«

Newman lächelte und sagte: »Ich frage mich, wie lange es

dauern würde, bis jemand den Unterschied bemerkt.« Er sagte es nicht unfreundlich; er war nie unfreundlich.

Als ich jetzt dort saß – der Geruch von Cecily Townshend nach Lavendel, Kuhmist und Muff war noch nicht ganz verflogen –, dachte ich, wie wenig es bringt, einem Toten böse zu sein, insbesondere wenn man die Hände voll von seinem Geld hat.

Newman konnte herausfordernd sein, und wenn wir zusammen waren, lief es meistens so ab: Er provozierte mich, und ich genoss insgeheim die Herausforderung. Aber es war mehr als bloße Provokation gewesen, das sah ich jetzt ein. Ich wusste jetzt, dass er, als er an jenem Tag Cecily Townshend erwähnt hatte, mehr oder weniger eine Sünde gebeichtet hatte, für die er keine Vergebung erbat. Er hatte sie viele Male entkleidet und dann seine Laute für Gott gespielt, um das Unrecht wiedergutzumachen, und vielleicht glaubte er, dass Gott seiner Bitte nachgekommen war.

Ich drückte meinen Kopf etwas fester an die Mauer, als angenehm war. Vor meinem inneren Auge sah ich mich bei meiner Ordinierung, wie ich mit dem Gesicht nach unten auf dem Boden vor dem Altar gelegen hatte. Der Bischof hatte seine Hand auf mich gelegt, und ich hatte am ganzen Körper gezittert. Du bist *in persona Christi*, hatte er gesagt. Du sprichst durch ihn zu Gott dem Herrn. Es war, als ob man mich an einen Felshang gerufen hätte, und ich hätte den Schritt in den Abgrund getan. Der Fall ist schrecklich, aber Gott weist uns keinen anderen Weg. Keine Bilder, keine Musik. Keine Abkürzungen. Ich hatte versucht, es Newman zu erklären: dass man nicht durch die Luft nach oben schwebt, trillernd wie eine Drossel, um den Herrn zu finden, sondern dass man in die Tiefe fällt, durch den Abgrund, der man selbst ist. Aber er hatte dem, was er nicht hören wollte, nie Beachtung geschenkt, und diesmal war es nicht anders gewesen.

Auf einmal hörte ich ein Krachen, besser gesagt: einen Aufprall und etwas, das zerbrach. Das laute Klatschen eines Menschen, der zu Boden stürzt. Ich rannte aus dem Beichtstuhl in den Vorraum der Kirche, wo Herry Carter auf der Leiter ausgerutscht war und mit gespreizten Gliedern und einer ordentlichen Schnittwunde am Ohr auf dem Boden lag, während sich die unselige Schieferplatte, die das alles verursacht hatte, in mindestens fünfzig dreieckige Stückchen um seinen blutenden Kopf verteilt hatte.

Über des Teufels Einmischung in das launenhafte Element der Musik

Es war einmal ein Fischer, der saß in einem Boot, das auf dem Meer tanzte, einem schimmernden Meer voller Fische, deren Schuppen ebenfalls schimmerten und die am Ende eines scharfen Hakens grün, lila, blau und rosa glitzerten. Jeden Tag warf der Fischer seinen Haken ins Wasser, befestigte die Angel am Boot und spielte seine Harfe. Das war seine Art des Fischens – die Harfe so lieblich zu spielen, dass die Fische mit Freude anbissen.

Am Abend brachte er die prall gefüllten Netze nach Hause zu seiner Familie, die nicht nur wohlgenährt war, sondern auch glaubte, niemals Hunger leiden zu müssen. Er verkaufte seinen Fisch zu einem günstigen Preis an alle umliegenden Dörfer, und auch dort musste niemand Hunger leiden. Alles war gut. Aber wenn alles gut ist, wird es bald nicht mehr gut sein, und genauso geschah es.

Eines Wintertages ruderte der Teufel in seinem eigenen Boot hinaus und ankerte hinter einem Felsvorsprung, sodass ihn niemand sehen konnte. Und er zischte eine Weise, die genauso luftig und lieblich war wie das Zupfen der Harfe – zumindest für die Fische, die in diesen Dingen (ohne eigenes Verschulden) eine begrenzte Einsicht haben. So schwamm der Fischschwarm, weil er es nicht besser wusste, zum Haken des Teufels. Der Fischer war verwirrt, weil sein Haken leer blieb, und versuchte andere Melodien auf seiner Harfe, aber keine lockte die Fische herbei. Tage- und wochenlang nahm der Teufel seinen Platz hinter dem Felsen ein, ohne dass der Fischer ihn bemerkt hätte, der nun mit halb vollen, viertel vollen, fast leeren, ganz leeren Netzen nach Hause fuhr, bis er selbst, seine Familie und die Bewohner der Dörfer ringsum spindeldürr und ausgehungert waren.

Das hätte das Ende des Fischers sein können, der fast schon zu schwach war, um der Winterkälte den ganzen Tag lang in seinem Boot zu trotzen. Auch sein Herz war verzagt: Warum bissen die Fische nicht mehr bei ihm an, obwohl sie keineswegs tot waren (er sah sie doch unten im Wasser)? Wollte der Herr ihn strafen? Und wenn er ihn strafen wollte, warum? Alles hätte vorbei sein können, wäre es nicht ein so strahlend heller Tag gewesen und hätte die Sonne nicht etwas Glitzerndes im Wasser offenbart – einen Haken. Es war ein goldener Haken, und der Fischer befestigte ihn an seiner Angel. Und siehe da, als er mit diesem Haken fischte, verließen die Fische den Teufel und kehrten zurück.

Wer von euch weiß, wovon diese Geschichte handelt? Philip? (Davon, dass der Teufel ein gefräßiger Lump ist, Pater.) Denkt genau darüber nach – Morris Hall, wer ist der Fischer? (Ist es der alte Clere aus Bourne, der hier immer seinen Fisch verkaufte, ehe er an einem Geschwür am Bein starb? Oder ist er einer der Jünger?) Nein, nein, der Fischer, das seid ihr, jeder Einzelne von euch. Versteht ihr, wie sich die Musik des Teufels einschleichen kann? Aber mit dem goldenen Haken – das ist der Arbeiter des Herrn, das ist euer Priester, in diesem Fall also ich – ist die Unterscheidung einfach, und der Teufel bleibt mit seinem Zischen allein.

Warum sage ich euch das in einer Predigt, wo es doch so viel anderes zu sagen gibt? Nun, ich weiß, dass Thomas Newman, Gott hab ihn selig, einigen von euch von der Luftigkeit der Musik erzählte und dass sie mit der Luft im Ohr und mit der Luftigkeit der menschlichen Seele harmoniere und dass sie deshalb zwischen unseren sterblichen Leibern und dem Himmel vermitteln könne. Ich weiß, dass er euch sagte, Musik – um seine eigene Formulierung zu verwenden, die keiner von uns im Herzen recht versteht – könne kosmische Einflüsse weiterleiten. Und er hat mehrmals seine Laute für euch gespielt, um euch zu zeigen, wie sie euch mit dem Liebreiz ihres Klangs in den Himmel führen könne. Ich weiß, dass einige von euch, nachdem Newman so plötzlich von uns gegangen ist, die Lockung verspüren, sein Andenken durch die Befürwortung dieser Ansichten zu ehren.

Aber ich habe hier ein Traktat, das uns diesen Optimismus mit Vorsicht betrachten lässt. *Über des Teufels Einmischung in das launenhafte Element der Musik*. Wenngleich Musik so heiter und frei wie der Atem Gottes schwingen kann, spielt sie doch ein doppeltes Spiel: Launenhaft ist sie, den Miasmen der Geister nahe, und sie kann flugs vom Teufel erhascht und für seine Belange missbraucht werden. In der lieblichen Abfolge der Töne sind genug Pausen für die Umtriebe des Teufels, sogar dann, wenn kaum eine Pause hörbar ist. Denn er ist ein Feind, der noch die kleinste Gestalt annehmen kann.

Ich möchte euch, meiner Gemeinde, erklären, dass die Musik trotz ihrer Lieblichkeit für das Teuflische anfällig ist; gerade ihre Lieblichkeit ist es, die diese Anfälligkeit hervorruft. Ich hingegen bin euer goldener Haken, ich bin es, der Gottes Wahrheit anlocken kann, damit diese Wahrheiten euch nähren können. Der Teufel kann durch die Musik zu euch kommen, aber er kann nie durch mich zu euch kommen. Erfreut euch der Musik, aber lasst euch nicht zu dem Irrglauben verleiten, sie sei eine Verbindung zum Herrn, denn nichts und niemand außer den Arbeitern Gottes ist eine Verbindung zu ihm.

Einige von euch glauben, dass sie Newmans Laute aus dem Jenseits hören werden, dass sie sich auf irgendeine Weise durch die Luft verbreitet und davon kündet, dass er das Purgatorium hinter sich gelassen hat. Hört auf zu lauschen. Wenn ihr seine Laute hört, wie könnt ihr dann sicher sein, dass er sie spielt und nicht der Teufel? Ich hingegen werde es wissen, denn wenn meine Ohren die Musik wahrnehmen, dann kann sie nur von Gott kommen – meine Ohren sind in diesem Fall nützlicher als eure. Wenn das geschieht, werde ich es euch sagen, und wir können frohlocken, dass seine Seele auf ihrem Weg in den Himmel ist und, wie der Schweif einer Sternschnuppe, eine feine Klangspur hinterlässt.«

Bis zu diesem Punkt hatte der Dekan, der hinten in der Kirche stand, erfreut ausgesehen. Ihm dürfte der kasteiende Ton der Predigt gefallen haben, er dürfte sich gefreut haben, dass ich meine Gemeinde endlich einmal über den Wert der Einsicht in die eigene Unkenntnis belehrt hatte. Der Teil mit der Sternschnuppe hatte ihm wohl weniger gefallen, und er hatte ihn bestimmt als schlechtes Ende für eine Predigt empfunden – zu kapriziös und optimistisch. Man kann nicht über die Gefahren der Luftigkeit predigen und dann mit der Erwähnung eines Sterns schließen – so hatte er sicherlich gedacht.

Aber mit allem anderen war er einverstanden, das sah ich daran, dass er hinten in der Kirche stand, als ich die Hostie in die Höhe hob, und den Blick zufrieden senkte, während alle anderen in die Höhe blickten, um die Hostie zu sehen. Janet Grant stand hinter mir und hielt ein quadratisches Stück schwarzen Stoff in die Höhe, damit die Hostie sich umso weißer davor abhob. Mit seinen nach unten gerichteten Augen hatte der Dekan zweihundert angestrengte Fußballen gesehen, die hundert Fußpaare auf tausend Zehenspitzen gehoben hatten, um einen Blick auf die Hostie zu erhaschen. Er hatte gesehen, wie das Friedensbrot, das Janet Grant herumreichte, hingebungsvoll geküsst wurde, und er hatte die Stille gehört, als ich die Gemeinde für den Papst, die Bischöfe, die Geistlichkeit – insbesondere unseren Dekan! –, die Könige, den Adel, das Volk und alle Bedürftigen im Land beten ließ, außerdem für alle in unserer eigenen, guten Gemeinde, den Haushalt der Tunleys, der an diesem Sonntag das heilige Brot beigesteuert hatte, die Schwangeren, die Kranken und die Toten, vor allem Joanna Lewys, Sarah Spenser und – wir sagen es voller Trauer und Fassungslosigkeit – Thomas Newman.

Der Dekan, der sein Kinn jetzt keck in die Höhe reckte, muss sehr zufrieden mit dieser Ergebenheit gewesen sein, denn am Ende des Gottesdienstes verließ er die Kirche zusammen mit den Townshends, ohne ein Wort mit mir zu wechseln, und sein Blick war satt wie nach einer Mahlzeit, die zwar billig und nicht ganz gelungen war, aber dennoch nahrhaft. Herry Carter ging neben seiner Frau, ein Stück blutiges Leinen gegen die Wange gedrückt. Er wirkte erhitzt und aufgeregt und war ein wenig unsicher auf den Beinen, und er erwiderte Jane Tunleys besorgten Blick mit einem so lebhaften Strahlen in den Augen, und auf seinen Wangen lag ein so kräftiges Rot, dass Jane ihn bewundernd ansah und sich zu fragen schien, ob ein

Sturz von der Leiter vielleicht auch bei ihr etwas Gutes bewirken könnte.

Die Kirche leerte sich geräuschvoll. Die brotspendenden Tunleys, Morris und Joan Hall, der Metzger James Russe mit Frau und Kind, Philip, der Stümper und seine Sippe, John und Tom Hadlo mit Klein Mippy, Sarah Spenser, alle fünf Otleys, alle sechs Brackleys, alle neun Smiths, Vogt Robert Guy, der einsame Müller Piers Kemp. Ich stand an der Kanzel und sah ihnen zu, während ich meine Daumen über die flaumigen Seiten des Priesterhandbuchs gleiten ließ.

Ich wünschte, sie würden nicht gehen. Und doch fliegen sie davon wie eine Schar Gänse, dachte ich. Dann wünschte ich mir, dass mir nicht ausgerechnet Gänse in den Sinn gekommen wären, denn nun musste ich peinliche Gedanken an Mrs Townshend ertragen. Eine Schar beliebiger anderer Vögel hätte es auch getan.

Auferstehung

Alle gingen, aber einige kehrten um und kamen zurück. Sie umrundeten den Friedhof, murmelten ein schnelles Gebet an einem Grab, warteten darauf, dass ich mich in den Beichtstuhl setzte, dann waren sie mit ihren Rosenkränzen und einem »Confiteor« auf den Lippen wieder da.

Einer von ihnen war Gil Otley, dessen markanter Kiefer sich einer unrasierten Stelle in Herzform rühmen konnte. Sie war schon so stark von neuen Stoppeln umwuchert, dass ich sie vielleicht gar nicht als Herz erkannt hätte, wenn seine Frau nicht zuvor gebeichtet hätte.

»Es ist ein Wunder geschehen«, sagte er, nachdem er das Glaubensbekenntnis aufgesagt hatte. Er war ein kleiner, grobschlächtiger, vierschrötiger Mann, die Sorte, der man im Dunkeln nicht gern über den Weg läuft. Er konnte gut mit Bullen und Ochsen umgehen (die ihn wohl für einen der ihren hielten) und er war der beste und stärkste Pflüger von Oakham, ein harter Arbeiter, der fälschlicherweise als trübselig galt, weil er keine unnötigen Worte machte.

»Ein Wunder?«

»Die Zähne meines toten Sohnes, in der Erde.«

»Welcher Erde?«

»Ich habe bei East Woods gepflügt, und dabei kam ein Beutel mit den Zähnen meines toten Jungen ans Tageslicht.«

»East Woods«, fragte ich, »an der Grenze zu Bruton?«, und er stieß einen Laut aus, der zu besagen schien: *Welches East Woods gibt's denn noch?*

»Du bist sicher, dass es die Zähne deines Jungen waren?«, fragte ich.

»Meine Frau hat die Angewohnheit, die ersten ausgefallenen Zähne von unseren Kleinen in Wollbeuteln aufzubewahren, als Glücksbringer. Als der Junge starb, trug ich seinen Beutel immer bei mir – bis ich ihn verlor.«

»Und jetzt hast du ihn zufällig beim Pflügen wiedergefunden?«

»Drei Jahre später – das kann doch kein Zufall sein.«

»Sind sie unversehrt?«

»Weiß wie Perlen.«

»Ein Wunder«, sagte ich.

»Woll«, sagte er. Dann: »Ich bin nicht zum Beichten gekommen, ich will Sie bloß bitten, meinen Dank an Gott den Allmächtigen weiterzuleiten, dafür, dass er mir etwas von meinem Jungen zurückgegeben hat.«

»Das ist eine große Gnade für deine Frau und dich, dass ihr die Zähne wiederhabt.«

»Jappo«, lautete seine Antwort. Ich wusste nicht, was das bedeutete, aber es klang, als wollte er ein Schaf antreiben. Ich fragte mich, ob jemand ihm von dem Rasierstreich seiner Frau erzählen würde. Sie hatte schon immer gern Schabernack getrieben, diese Ann Otley, eine derbe, handfeste Person, die gern darüber spottete, dass ihr Mann so wenig Sinn für zarte Gefühle hatte. Dieses Herzchen, so nah an seinem Auge, dass er es gar nicht sah, schien mir etwas Zärtliches, Unschuldiges zu sein. Ohnehin würde es in ein, zwei Tagen im Stoppelfeld seines Bartes verschwinden, ohne dass er etwas davon mitbekommen hatte.

»Ein wahres Wunder«, sagte er.

»Ein Wunder«, sagte ich erneut, auch wenn ich den Verdacht hatte, dass es eher ein Zufall als ein Wunder war; das Wort »Zufall« gilt unwahrscheinlichen Vorkommnissen, das Wort »Wunder« gilt unmöglichen Vorkommnissen. Aber wie hell ließ dieses Wunder einen sonst so gewöhnlichen Tag erstrahlen – die Zähne eines toten Kindes, zurückgekehrt in die Hände des trauernden Vaters.

»Es ist möglich, dass du diese Zähne nicht im eigentlichen Sinn wiedergefunden hast«, äußerte ich vorsichtig, »sondern dass der Herr es so eingerichtet hat, dass sie nie verloren waren.«

»Die waren drei Jahre lang verloren.«

»Aber der Herr kann, wenn er will, die Zeit umkehren, und in deinem Fall hätte er sie bis zu der Zeit zurückdrehen können, ehe sie verloren gingen.«

»Das kann er?«

»In der Heiligen Schrift steht geschrieben, dass König Hiskia todkrank war. Gott versprach ihm weitere fünfzehn Lebensjahre als Lohn für lebenslange vorbildliche Gottesverehrung. Um Hiskia zu zeigen, dass es ihm ernst sei, ließ Gott die Sonne um zehn Grade rückwärts gehen. Er wollte damit sagen: Hiskia, dein Gott ist hier, zweifle nicht. Ich kann selbst die Sonne veranlassen, sich auf ihrer Bahn rückwärts zu bewegen.«

»Hat er das mit den Zähnen von meinem Jungen auch so gemacht?«

»Möglich ist es.«

»Ich wüsste nicht, warum er sich die Mühe machen sollte.«

»Um dir zu zeigen: Auch wenn du ein Kind verloren hast und Grund hast, an mir zu zweifeln, bin ich, dein Gott, doch bei dir und dein Sohn ist sicher im Himmel angekommen.«

Wenn ein Ochse überlegt, ob er bereit ist, den Pflug zu ziehen, dann hält sein Gedanke den ganzen Acker in Bann und steuert die Wolken – eine so schlichte Größe wohnt seinem Gedanken inne. Gil Otleys Überlegungen erfüllten die Kirche in ähnlicher Weise.

Schließlich sagte er: »Er hätte ruhig den ganzen Jungen zurückbringen können, nicht nur die Zähne.«

»Aber wir alle müssen irgendwann gehen«, entgegnete ich, »und Gott kann uns nicht alle zurückbringen. Die Zeit deines Jungen war gekommen, sein Ruf in den Himmel war stark und dringlich.«

Ein tiefes, raues Ein- und Ausatmen. »Aber wenn der Herr die Zeit zurückgedreht hat, warum bin ich dann nicht drei Jahre jünger?«

»Als er den Schatten auf Hiskias Sonnenuhr zurückbewegte, hat sich die Sonne nicht überall bewegt, sondern nur dort. Als Bileams Eselin sprach, lernten nicht alle Esel das Sprechen. Wunder sind präzise. Der Herr kann einen Teil der Zeit umkehren und die restliche Zeit so lassen, wie sie ist. *Siehe, ich, der HERR, bin ein Gott alles Fleisches; sollte mir etwas unmöglich sein?*«

»Ich weiß nicht, ob es unmöglich ist, aber ich finde es sinnlos, einen Esel sprechen zu lassen.«

Immerhin, Otley seufzte; selbst ein sinnloses Wunder ist ein Wunder.

Das Nachmittagslicht auf der Mauer war matt und grau. Manchmal, wenn ich es lange anschaute, verdichtete sich die Körnung des Steins zu den Kieseln und Felsen eines aus großer Höhe betrachteten Strands. Auch das war ein Wunder, das

Wunder der Entfernung. Etwas Kleines ist etwas Großes, aus der Ferne gesehen, etwas Großes ist etwas Kleines, aus der Nähe betrachtet. Das Wunder der wechselnden Größe feststehender und starrer Gegenstände.

Otley erhob sich und sagte mit heiserer Stimme, die schwer auf mich herabzufallen schien: »Dann leiten Sie bitte meinen besonderen Dank für die Seltsamkeit des Wunders an Gott weiter. Ich stimme nicht immer mit seinen Mitteln und Gründen überein, aber wenigstens hat er welche – was man von den wenigsten behaupten kann.«

Oh, wir alle haben unsere Gründe, dachte ich. Es sind bloß nicht immer gute. Ich beugte mich zu Cecily Townshends Geld hinab, das gegen meinen Fuß drückte, nahm die Münze heraus, die sich am kleinsten anfühlte – einen Schilling –, und reichte sie ihm durch das Gitter.

»Für dich und deine Familie – kauf damit Fleisch für die Zeit vor dem Fasten.«

Seine blank geschrubbten, vernarbten, wettergegerbten Finger nahmen die Münze. »Ehre dem Herrn«, murmelte er.

Sarahs Gesicht erschien hinter dem Gitter. »Ich war mir nicht sicher, ob Sie da sind, Pater.«

Ich drehte mich zur Seite, um ihrem Blick nicht zu begegnen.

»Sie waren so still, ich dachte, Sie wären weg.«

Weg?, fragte ich mich. Wohin denn? Wie ein Luftzug aus dem Fenster geweht?

»Ich muss Sie um Vergebung dafür bitten, dass ich Sie und Thomas Newman am Freitagabend in der Kirche gestört habe. Ich war hereingekommen, weil mir sehr unwohl war.«

»Wo, wenn nicht hierher, solltest du kommen, um Hilfe zu finden?«

»Ich habe die letzte Unterhaltung, die Sie mit ihm führten, unterbrochen.«

»Du hast *eine* Unterhaltung unterbrochen, die ich mit ihm führte, eine beliebige unter vielen. Es stellte sich erst später heraus, dass es die letzte war.«

»Pater, das erscheint mir wirre Logik zu sein.«

Mir erschien der Begriff »wirre Logik« das Resultat einer wirren Logik zu sein, denn wenn etwas wirr ist, kann es wohl kaum logisch sein. Vor einiger Zeit, als ihr Verstand noch richtig funktionierte, hätte ich ihr das vielleicht gesagt.

»Wir sprachen über nichts Besonderes«, sagte ich. Er war wie immer gekommen, um an seinem Altar zu beten. Das war alles.«

Er hatte vor dem Marienbild gebetet und gescherzt, dass ich, wie ich da mit meiner Kerze stand, einen schuldbewussten Eindruck machte. Ich hatte gesagt: »Du und Maria, ihr gäbt ein hübsches Paar ab.« Er hatte erwidert, dass sie sich stattdessen mit diesem eingeschüchterten Hahnrei Josef begnügt habe, und das war alles. Wer hätte gedacht, dass unsere letzte Begegnung, unser letztes Gespräch, so banal, fast nichtssagend ablaufen würde?

»Geht es dir ein bisschen besser?«, fragte ich.

»Heute fühle ich mich anders«, sagte sie. »Ich würde sagen, geheilt.«

Ich brach eine Regel, die im Priesterhandbuch klar geschrieben steht: *Sieh nicht das Beichtkind an, wende deinen Blick ab. An der Stelle, die dein Blick frei lässt, wird sich sein Herz öffnen.* Als ich zum Gitter schaute, wo ihr Gesicht zu drei Vierteln mir zugewandt war, sah ich, dass sie von einer Heilung weit entfernt war. Ihre Augen waren tief umschattet, unnatürlich groß und eingesunken und ihr Gesichtsausdruck wirkte entschlossen und ein wenig irre. Doch wenn sie verzweifelt war, wusste sie das gut zu verbergen, und ihre Stimme klang so ausgeglichen und sanft wie früher.

»Ich habe gestern fast den ganzen Tag lang geschlafen. Als mich Tom am Freitagabend nach Hause brachte, hat er mir eine Brühe gemacht, die war zwar ekelhaft, aber ich habe danach die ganze Nacht und den größten Teil des Samstags geschlafen, bis dieser kleine Mann mich weckte.«

Der Dekan. Sarah war wohl der letzte Mensch, mit dem Newman zusammen gewesen war, wenn es stimmte, dass er am Samstagmorgen ertrunken war; der Dekan hätte sich dafür sicherlich sehr interessiert. Ihre Tür wäre die erste gewesen, an die er geklopft hätte, ohne etwas anderes herauszufinden, als dass er noch an viele weitere Türen klopfen musste, um sich wie ein richtiger Sheriff zu fühlen.

»War der Dekan freundlich zu dir?«, fragte ich.

»Er war sehr freundlich, er gab mir etwas von der übrig gebliebenen Brühe, er setzte sich in die Ecke, weit weg von mir, und sagte, er wisse, dass ich Thomas Newman nicht umgebracht hätte. Ich hatte gar nicht geahnt, dass jemand das denken könnte. Ich wusste nicht einmal, dass er tot war.«

Ich sah jetzt wieder in eine andere Richtung und wich mit Nachdruck ihrem Blick aus. Stattdessen betrachtete ich eindringlich das besudelte Schwarz meines Schoßes. Sie war seltsam gleichmütig, was diesen Tod betraf, aber sie war im Moment sowieso seltsam gleichmütig, als ob die Krankheit sie verhext oder betäubt hätte. Als ich wegschaute, bewegte auch sie sich von der Stelle. Sie kniete jetzt tiefer auf dem Kissen, sodass ich sie nicht mehr sah.

»Du musst inbrünstig für deine Gesundung beten, Sarah«, sagte ich. »Wir beginnen gleich jetzt damit, gemeinsam. Du getreue Jungfrau.«

»*Virgo fidelis.*«

»Du Spiegel der Gerechtigkeit.«

»*Speculum iustitiae.*«

»Du Sitz der Weisheit.«

»*Sedes sapientiae.*«

»Du Ursache unserer Freude.«

»*Causa nostrae laetitiae.*«

»Du geheimnisvolle Rose.«

»Sie haben etwas ausgelassen, Pater.«

»Egal, geheimnisvolle Rose.«

»*Rosa mystica.*«

»Du Morgenstern.«

»*Stella matutina.*«

»Du Heil der Kranken.«

»*Salus infirmorum.*«

»Du Zuflucht der Sünder.«

»*Refugium peccatorum.*«

»Du Trösterin der Betrübten.«

»*Consolatrix afflictorum.*«

»Wir bitten dich, o Herr und Gott«, und sie fiel, wie es vorgesehen war, mit ein, sodass wir im Chor sagten: »lass uns, deine Diener, der steten Wohlfahrt der Seele und des Leibes erfreuen.«

»… *perpetua mentis et corporis sanitate gaudere.*«

Ihr Latein war sicher, ihr Gedächtnis funktionierte selbst unter den Schmerzen dieser unerklärlichen Krankheit fehlerfrei. Die Gebete waren ihr quasi ins Gebein geschnitzt, sie war gläubig bis ins Mark. Ich sah sie und Annie vor mir, wie sie im Sommer an einer Stelle, wo der Fluss breit, langsam und schlammig dahinströmte, ein Sacknetz aus den Rohrkolben lösten: wie kühne Diebe. In der Morgensonne sahen die Aale, die sie aus dem Netz nahmen, wie Lichtpfeile aus, die in ihren Händen aufblitzten. Mit erhobenen Armen warfen sie einige kleinere Aale zurück in den Fluss. Sie riefen und schufteten wie Männer, eifrig wie Füchse in einem Hühnerstall, heiter und schnell wie der Morgen, aufopferungsvoll wie Soldaten im Krieg.

»*... perpetua mentis et corporis sanitate gaudere*«, sagte sie. »*Per Christum Dominum nostrum*.«

Ein oder zwei Tage nachdem Newman und ich am Fluss über die Zeit gesprochen hatten und er den Eibenast ins Wasser geworfen hatte – als wir zum ersten Mal den Bau einer Brücke erwähnten –, redete ich zu meiner eigenen Überraschung auf meine Schwester ein. Warum kann die Zeit nicht auch rückwärts verstreichen, genauso wie vorwärts? Wenn die Zeit kein Fluss, sondern ein Kreis ist und wenn man bei einem Kreis die Richtung beliebig wählen kann und zum Schluss trotzdem dort ankommt, wo man losgegangen ist, warum kann dann die Zeit nicht in beide Richtungen verlaufen?

Ich fragte sie nicht, weil sie eine Antwort gewusst hätte, sondern weil sie im Herzen und im Denken offen genug war, die Frage nicht gleich abzutun. Die Frage hatte mich in jenen Tagen beschäftigt, weil ich keine Antwort auf sie wusste. Wenn die Zeit rückwärts verstreichen konnte, warum tat sie es dann nicht? Wenn Gott Geschehenes ungeschehen machen konnte, warum tat er es dann nicht?

Wir aßen gerade Eintopf; sie verzog keine Miene und aß ungerührt weiter. Gott hat den Schatten auf der Sonnenuhr von Ahas um zehn Grad zurückbewegt, sagte ich, als ein Zeichen für Hiskia, dass er, Gott, vollständige Herrschaft über die Zeit habe. Er beherrscht die Zeit, so wie du den Löffel, den du gerade in der Hand hältst, beherrschst – du kannst ihn in diese und in jene Richtung kippen. Warum also hat er nicht unsere Mutter aus dem Feuer zurückgeholt?

Annie hatte sich gerade einen Löffel Eintopf in den Mund geschoben. Jetzt hielt sie mit dem Löffel vor dem Mund inne, ein Stückchen Fleisch hing noch von ihrer Unterlippe herab. Sie sagte nichts, also aß ich weiter.

Wenn du willst, dass tote Menschen nicht mehr tot sind, sagte sie schließlich (nachdem sie den Löffel auf den Tisch gelegt und sich auf ihre Hände gesetzt hatte), dann solltest du sie in deinem Herzen leben lassen. Du brauchst nicht auf ein Wunder Gottes zu warten.

Ich sagte ihr, dass unsere Mutter sehr wohl in meinem Herzen lebe.

Hör zu, sagte sie, ich sage dir, wie du sie lebendig machst. Es war einmal eine Frau namens Agnes Reve, die in einem Feuer starb; acht Jahre zuvor hatte sie eine Tochter geboren, sieben Jahre zuvor einen Sohn, der Priester wurde. Ein weiteres Jahr zuvor hatte sie einen Arbeiter mit schmalen Schultern geheiratet, der völlig humorlos war; siebzehn Jahre davor hatte sie friedlich bei ihrer Mama, ihrem Papa und ihren Schwestern gelebt, seit einem besonderen Junimorgen – oder war es Nachmittag? –, als sie dem Himmel zum Wohlgefallen und allem Unglück zum Trotz geboren wurde.

Siehst du, sagte Annie, jetzt lebt sie wieder.

Ich schob meinen Stuhl etwas ungehalten zurück, spülte meine leere Schüssel und wusste nichts außer einem trostlosen »Nein, Annie« zu erwidern.

Doch als ich Gil Otley reden hörte, war mir diese Unterhaltung, die wir vier Jahre zuvor geführt hatten, plötzlich wieder eingefallen. Warum? Weil Newman tot war? Weil Sarah krank war und sterben würde? Weil Annie gegangen war? Weil es nichts gab, wodurch ich das ändern konnte? Warum sollte es angesichts der Sinnlosigkeit, die der Tod von Gil Otleys Sohn darstellte, nicht die Hoffnung auf eine Form von Auferstehung geben? Denn Annie hatte recht. Sie hatte recht, wenn sie glaubte, dass innerhalb der runden Kammern unseres Herzens die ganze Zirkularität der Zeit geborgen liegt und alles, was nötig ist, um sie in beide Richtungen verstreichen zu lassen. Denn obwohl sie in die eine Richtung verstreicht, verfügt unsere Vorstellungskraft über alles Geschick, das notwendig ist, sie in die andere Richtung zu wenden, eine Fertigkeit, die Gott uns, aber wohl kaum den Kühen oder Fledermäusen oder Adlern gab. Eine Fertigkeit, die er uns gab, damit wir das erstaunlich flexible und veränderliche Element Zeit verstehen können, das er schuf und das er drehen und biegen kann.

Im Beichtstuhl sitzend, stellte ich mir vor, dass ich die pralle Rundheit meines Herzens und das Mahlen der Zeit in seinem Innern spüren könne. Den mondähnlichen Zyklus der Jahreszeiten und der Tage. In meinen Fingern und Füßen, in meinen Handgelenken und Unterarmen kribbelte es, als ob mein Blut in Kanälen, die eigentlich nach unten führten, in die Gegenrichtung, nach oben, strömte. Annie hatte recht: Unsere Vorstellungskraft erweckt die Toten zum Leben. Das letzte Gespräch, das wir über unsere Mutter führten, hatte mit einer Klage über den Tod unserer Mutter begonnen und mit Worten geendet, die mich seitdem begleiteten: *Sie wurde geboren*. Man kann die Toten wieder lebendig machen, ohne auf ein Wunder Gottes warten zu müssen: Man kann dem Schnitter mit dem eigenen prallrunden Herzen trotzen, man kann etwas verändern. Man kann über jede schlimme Wendung des Schicksals sagen: So ist es ab jetzt nicht mehr.

Jemand betrat langsam und keuchend den Beichtstuhl, kniete mit knackenden Gelenken nieder, lutschte an seinem trockenen Gaumen, atmete tief aus, bewegte sich schwerfällig hin und her, stieß dann noch einmal den Atem aus, scheinbar ohne zwischendurch Luft geholt zu haben, und richtete sich dann in einer stillen, aber nicht lautlosen Ruheposition ein.

Ich wartete darauf, dass er zu sprechen begänne (denn zweifellos waren diese knackenden Gelenke und dieser schwere Atem die eines Mannes), und als er schwieg, beugte ich mich zurück, lehnte den Kopf an die Wand, kratzte mich am Knie und spürte, wie das Kribbeln in meinen Händen nachließ. Die Zeit schien stehen zu bleiben. Ein Rotkehlchen zwitscherte auf dem Kirchhof. Der Regen klimperte seine Melodie auf dem Fenster. Die Atemzüge der anderen Person wurden länger. In der Ferne klapperten Pferdehufe über das Pflaster. Ein schwacher Hauch von Winterblüte. Die Kerze zu meinen Füßen ging allmählich aus und warf einen dürftigen Schatten.

Schließlich sah ich durch das Gitter und stellte fest, dass der Mann fest eingeschlafen war. Es war der alte Maurice Fry, ein Feldarbeiter. Steinalt und erschöpft. Manchmal reichen der Vorhang, die Stille der Kirche und das weiche Kissen aus, um die bereits Erschöpften zur Ruhe kommen zu lassen. Ich weckte ihn nicht auf. Draußen wartete ohnehin niemand. Ich nahm Cecily Townshends Geld, verließ den Beichtstuhl und ging nach Hause.

Käsefass

Ich steckte Cecily Townshends Geld in die beiden Schuhe, die Annie zurückgelassen hatte. Das schlechteste Versteck der Welt, dachte ich dann – ein Paar Schuhe in einem ansonsten leeren Raum. Allerdings ein Raum, den der Dekan an diesem Morgen bereits durchsucht hatte, aber es war ihm zuzutrauen, dass er ihn erneut durchsuchen würde, einfach deshalb, weil es ihm solche Freude bereitete. Also versteckte ich die Schuhe in der kleinen Truhe, in der ich meine wenigen Kleidungsstücke aufbewahrte und die ein Schloss hatte. Den Schlüssel steckte ich in eine Börse, die ich bei mir trug. Gerade noch rechtzeitig, denn ehe ich den Raum durchquert hatte, stand der Dekan in der offenen Tür und sagte: »Reve, machen wir einen Spaziergang.«

Ich schlug mich noch einmal kurz in das Haselgebüsch, während er an der Tür wartete. Er muss den starken Strahl gehört haben, als ich mich erleichterte: *Eine übervolle Blase ist der Fluch der Beichte*, wollte ich munter sagen, als ich das Gebüsch verließ, doch ich schwieg.

Wir gingen im strömenden Regen ein kurzes Wegstück nach Old Cross, und ich dachte zuerst, wir würden zu Newmans

Haus oder an den Fluss gehen. Vielleicht wollte der Dekan mir etwas Vertrauliches sagen oder er wollte gemütlich dahinschlendern, während ich preisgab, was mir gebeichtet worden war. Woraufhin ich loslegen würde: Paul Brackley hat verschlafen, Gil Otley hat die Zähne seines toten Sohnes wiedergefunden, Janet Grant hat bei Tag eine Eule gesehen, Emma Prye hat ihren linken Schuh an ihren rechten Fuß gezogen und ihren rechten Schuh an ihren linken – bis er mich mit seiner unfehlbaren Ungeduld zum Schweigen bringen würde. Stattdessen blieb er an der Stelle stehen, wo die gebrochene Radachse am Straßenrand lag, und betrachtete sie enttäuscht.

»Warum lässt man sie hier liegen?«, fragte er.

Ich sagte ihm, dass ich es nicht wisse.

»Ich weiß es aber. Sie glauben, es bringe Unglück, sonntags eine Radachse zu bewegen. Weil sie wie ein Teil vom Kreuz Jesu aussieht.«

Seine gerunzelte Stirn kündete von enttäuschter Hoffnung. Sie schien zu fragen: Wie soll man mit Menschen reden, die den Verstand von Kindern haben? Dann drehte er sich wortlos auf dem Absatz um und ging auf Zehenspitzen den Weg, den wir gerade gekommen waren, zurück und in nördlicher Richtung durch das Dorf. Ich folgte ihm.

Das Singen der Melkerinnen wehte vorbei, vom Herrenhaus herab. An diesem düsteren und feuchtkalten Tag klang es eher traurig und bedürftig als lieblich und schien im Regen nachzuklingen. »Kein guter Tag zum Singen«, bemerkte ich, aber er gab nicht zu erkennen, dass er mich gehört hatte. »Nicht einmal die Kühe muhen«, fügte ich hinzu. Keine Antwort. Wir gingen weiter. Aus der Richtung vom kleinen Hof von Philip, dem Stümper, drangen unnachgiebige Schläge auf Holz und angestrengtes Ächzen. Die Straße stank mehr als üblich nach Ale.

Hikson braute etwa fünfzig Meter weiter, und kein Windhauch zerstreute den Geruch. Er sammelte sich und wucherte in der feuchten Luft zu einem säuerlichen Moschusduft, der sich unangenehm am Gaumen bemerkbar machte. Der Dekan hustete – etwas übertrieben, wie ich fand. Als wir an Sarah Spensers Haus vorbeikamen, sahen wir, wie Herry Carter hineinging. »Der gute alte Carter«, sagte ich. »Unser barmherziger Samariter.« Aber ich vermutete, dass der Dekan das anders sah. *Ah, ein Rendezvous am Nachmittag. Der Samariter von Oakham wälzt sich mit der Dorfhexe im Bett! Wieder lockt Eva einen Mann mit dem Apfel!*

Morris Hall kam mit seiner Stute vorbei, die heute Morgen unter dem Karren zusammengebrochen war, nur dass sie jetzt keinen Karren zog und am rechten Vorderbein leicht, aber unverkennbar lahmte. Sie trug einen Stapel Holz auf dem Rücken und Morris einen weiteren auf seinem eigenen, um der Stute die Arbeit zu erleichtern. Es war nur ein Zehntel dessen, was ein Karren an Holz transportieren konnte, und beide sahen aus, als ob sie es satthätten. Morris Halls Versuch eines Lächelns erinnerte eher an ein Zähnefletschen. Der Dekan schwieg immer noch, er hielt die Hände hinter dem Rücken verschränkt, sein Blick wanderte hin und her und seine Miene zeigte die gelangweilte Ausdruckslosigkeit eines Menschen, der über einen Markt schlendert, ohne etwas kaufen zu wollen.

Es näherte sich die Zeit des Tages, in der die Dorfbewohner ihre Arbeit beendeten, und so standen nur noch wenige Landarbeiter gebückt auf den Feldern. Aber die letzten von ihnen auf Townshends Land waren so schmutzig, als ob sie sich in den Ackerfurchen gewälzt hätten, und sahen selbst aus der Entfernung und in der aufkommenden Abenddämmerung erbärmlich aus. Ohne den Kopf zu wenden, wusste ich, dass er sie gesehen hatte und jetzt dachte, dass der Schlamm in Oakham schlammiger als anderswo sei, so wie auch der Regen hier nasser war. Oakhams Bier war muffiger, Oakhams Melkerinnen waren melancholischer. Ich glaubte einen Augenblick lang selbst daran. Die Vision einer wogenden See aus französischer Gerste erstand vor meinem inneren Auge, nichts als Honig und Gold – keine schlammige Erde, keine Rücken, die unter der Last der Arbeit brechen, keine Furchen, die in sich zusammenfallen. Nichts als die Vision von goldener französischer Gerste, die milde im Wind wogt und die nur deshalb so klar und deutlich vor meinem inneren Auge stand, weil ich nie einen Fuß auf französischen Boden gesetzt hatte. Nun denn, dachte ich bei mir, so viel zu Frankreich, und verkündete wie jemand, der nicht weiß, wann der richtige Zeitpunkt zum Aufgeben gekommen ist: »Man glaubt es jetzt zwar nicht, aber im Sommer ist Oakham ganz golden. All die Felder dort – goldener geht es gar nicht.« Ich schwenkte meinen Arm in Richtung der Felder. Schweigen.

Als wir am Haus der Lewys vorbeikamen, hörten wir etwas, das offenbar die letzten Schreie des Beischlafs waren. Das ist die Gefahr bei diesen Häusern mit Wänden aus Lehm: Alle Geräusche von draußen dringen hinein und alle von drinnen hinaus. Wir befanden uns jetzt auf Höhe der Brauerei, und der Geruch der fermentierenden Bierwürze drang mit Macht in unsere Kehlen. Ich sah hinein, um mich von Adam Lewys' fleischlichen Triumphschreien auf der anderen Straßenseite abzulenken. Hikson beugte sich schweigend über ein Fass mit hefigem Bier und sah so heruntergekommen wie immer aus. Auf unserer Seite nahmen die Liebenden noch einmal Fahrt auf. Das Lied der Melkerinnen wurde schwächer. Wir hielten uns weiter geradeaus, in der langsamen Gangart des Dekans. Ich wollte noch etwas Munteres und Nichtssagendes von mir geben, stolperte jedoch über einen imaginären Stein oder blieb in einem eingebildeten Erdloch stecken. Er hob den Kopf ein wenig und reckte das Kinn in die Luft.

Bei New Cross blieb er wieder stehen, und mich schauderte insgeheim. Der gekreuzigte Jesus hatte seinen üblichen Fastnachtsumhang bekommen, damit er während der harten Fastenzeit nicht fror, und wenn dieser Gefühlsausbruch allein nicht zu viel für den Dekan gewesen wäre, dann hätte ihn der um die Taille des Heilands geschlungene Rüschenrock sicherlich überzeugt: Ja, die Menschen in Oakham haben den Verstand von Kindern. Unser Herr Jesus Christus sah aus wie ein Hanswurst oder eine Marionette in einer Puppenaufführung. Es ist nur ein harmloser Scherz, wollte ich sagen, aber selbst ich wusste, dass es diesmal vergebens war. Ich glaubte, der Dekan würde Christus die Verkleidung vom Leibe reißen und mich mit barschen Worten bedenken, aber wieder sagte und tat er nichts, auch nicht, als ich selbst den Rock herunternahm. Ich zerknüllte ihn in meiner Hand.

Kurz hinter New Cross biegt die Straße nach rechts ab. Vor der Biegung hörten wir Würgelaute, die aus einem Dickicht am Straßenrand drangen, dann das Schluchzen eines Mädchens, dann wieder Würgen. Als wir abgebogen waren, stand sie vor uns: Es war die kleine Jane Smith, das mittlere der sieben Kinder der Smiths. Sie hob den Kopf und sah uns an – ihr nasses Haar klebte an ihrem Kinn und ihr blasses Gesicht war mit Schweiß und Erbrochenem bedeckt. Sie bedeutete uns gestikulierend, dass wir weitergehen sollten. Also schwanger. Jede junge Frau, die sich in einem Gebüsch erbricht, trägt ein Kind in sich und ist damit unglücklich. Der Dekan drehte den Kopf zu mir um und runzelte leicht die Stirn. *Das fehlt gerade noch – ein weiterer ungewollter Oakhamer*, schien sein Stirnrunzeln zu sagen. Doch in Wahrheit schwieg er.

Die Scheunen waren die letzten Gebäude auf dieser Seite des Dorfes, abgesehen von den Häusern von Mary Grant und Robert Tunley draußen am Bach. Ich hoffte, dass der seltsame Ausflug des Dekans bei den Scheunen enden würde, und so war es auch. Wir blieben bei der letzten der vier Scheunen stehen, wo unser Getreide und unser Schilf lagern und vorläufig auch der Karren, der am Morgen kaputtgegangen war.

Auf der anderen Seite der letzten Scheune befindet sich der sogenannte tiefe Graben, wo Ralf Drake und andere Jungs gerade Unrat schaufelten – tierischen, pflanzlichen und menschlichen. Schaufelten und vergruben, schaufelten und vergruben. Der Gestank fühlte sich wie ein Tritt in die Magengrube an. Weil ein Tag mit stinkender Plackerei zu Ende ging, waren die Jungs … zu Scherzen aufgelegt. Das war die Formulierung, die ich dem Dekan andienen wollte. Besser scherzhaft als niedergeschlagen. Und obwohl der Lärm, den sie machten, weithin hörbar war – was den Dekan veranlasst hatte, mit frisch entfachter Neugier und beschleunigtem Schritt voranzugehen –, war ihr Spiel doch denkbar harmlos. Es schien zum Teil darin zu bestehen, dass sie einen der Jungs über den Graben hoben und ihn dann so lange herabließen, bis seine Nase – zuckend wie bei einem Hasen – sich direkt über der Jauche befand. Wir waren nur wenige Meter entfernt, aber sie sahen uns nicht. Der Dekan nahm das vermutlich als Beweis dafür, dass sie nicht nur verdorben, sondern auch ignorant waren: Die Jungen aus Oakham sind fauler, tauber und blinder als die meisten anderen. Ganz zu schweigen von Oakhams Scheiße, die ist verschissener. Er räusperte sich, als ob ihm eine Weizenähre in der Kehle feststecken würde; sie drehten sich erschrocken um. Der arme

Bursche, den sie in die Höhe gehalten hatten, fuhr mit einem Schrei wie ein Esel in die trübe Brühe im Graben. Der Dekan wandte sich ab.

Er machte keine Anstalten weiterzugehen. Dann sprach er die einzigen weiteren Worte, die er bei diesem Spaziergang sprechen würde, und er sprach sie laut und ohne erkennbaren Adressaten aus.

»Wisst ihr, dass man euch in Bruton und weiter entfernt Käsefass, Kuhborn, Milchweide nennt? Ich versuche, die Leute eines Besseren zu belehren. Ich sage: Es heißt Oakham. Sie sagen: Wo? Die halten euch alle für Zwerge und glauben, dass ihr mit euren eigenen Müttern und Schwestern schlaft. Ich versuche sie eines Besseren zu belehren.«

Er zuckte betrübt die Schultern. Dann drehte er sich auf dem Absatz um und ging denselben Weg zurück, den wir gekommen waren. Er verzichtete auf sein kontemplatives Schlendern und schlug eine schnellere Gangart an. Der Nieselregen hatte mich durchnässt. Ich folgte ihm. Wenigstens eines wusste der Dekan nicht: dass die beiden, die im Haus der Lewys kopulierten, nicht Mann und Frau waren, denn Joanna Lewys war um diese Zeit mit Melken beschäftigt und ohnehin viel zu schwanger, um im Bett noch so tatkräftig zu sein. Ich betete, dass er in seiner boshaften Logik nicht darauf käme.

Oakham im Sommer ist golden, hätte ich am liebsten geschrien, als wir an der ersten der Scheunen vorbeigingen – der Scheunen, die mit Townshends arbeitseifrigen Kühen gefüllt waren, Kühen, die satt vom guten Klee waren und vor Milch strotzten, der sahnigsten Milch, die man sich vorstellen kann. Oakham ist allzeit golden und wohlgenährt und gottesfürchtig, ganz gleich, wie der äußere Anschein sein mag! Aber als wir an der Scheune vorbeiliefen – der Dekan ging mir voraus –, kam es zu einem Tumult: Eine Kuh bestieg begierig und gewaltsam eine andere. Der Blick der heimgesuchten Kuh war matt vom Erdulden dieses Angriffs. Sie stieß ein schreckliches, hohles Stöhnen aus, wie beim Schlachten. Kuh mit Kuh, völlig widernatürlich, sagte die Miene starrer Verachtung, die der Dekan aufsetzte. Er blieb einen winzigen Augenblick lang stehen, um sie zu betrachten, dann ging er weiter.

Goldener Haken

Ich klopfte an Sarahs Tür, erhielt aber keine Antwort. Ich ging hinein und sah, dass sie schlief. Ich schlich mich hinaus und schloss die Tür, so gut es ging.

»John Reve?«, fragte jemand. Es war Carter, er kam von dem Stück Land hinter Sarahs Haus.

»Herry?«

Er trug einen Spaten bei sich und klopfte mit dem Griff gegen die Wand. »Ich war drin, um nach ihr zu sehen.«

»Wie geht es ihr?«

»Sie ist verwirrt. Ich habe ihr Milch gegeben und versucht, sie zu beruhigen.«

»Und das ist dir gelungen, denn jetzt schläft sie.«

»Den Schlaf der Toten.«

»Sprich nicht so!« Ich bückte mich, um einen Eimer aufzuheben, der umgekippt auf dem Boden lag. Als ich ihn an der Wand abstellte, bemerkte ich, dass ich immer noch das kleine Christusröckchen in der Hand hielt. »Heute früh war sie bester Dinge«, sagte ich. »Ganz ruhig und gut beieinander.«

»Ha!«, sagte Carter – sein Lachen war ein Tadel, eine Widerlegung, ein Grunzen. Ich sagte nichts über das seltsame Wesen ihrer Ruhe und dass dahinter eine große Anspannung zu stehen schien. Er sah so erschöpft wie ein Hund nach einem Hundekampf aus. Die Schnittwunde an seinem Ohr war blutverkrustet, und er trug keinen Verband mehr. Sein armes, weiches Jungengesicht zeigte mehr Sorge als Hoffnung, und ich glaubte etwas von dem alten Mann darin zu sehen, der vielleicht einmal aus ihm werden würde. »Sie hat ihren Boden nicht für die Aussaat vorbereitet«, sagte er und ging zurück auf das Grundstück. Ich folgte ihm. »Schauen Sie sich das an. Das ist doch kein Boden, auf dem man etwas anbauen kann. Was soll hier wachsen?«

Nicht viel, das musste ich zugeben. Zwei Rotkehlchen labten sich an den ausgegrabenen Regenwürmern, immerhin etwas. Da schlägt das winterkalte Herz gleich ein wenig schneller.

»Wird Sarah sterben?«, fragte Carter. Er hatte zu graben begonnen und sah nicht hoch.

»Ich weiß es nicht.«

»Sie hat beschlossen, dass sie sterben will.«

»Heute früh hat sie gesagt, dass sie sich besser fühlen würde.«

»Heute früh bedeutet nichts, das ist vorbei.«

»Wenn das keine tiefere Wahrheit ist«, sagte ich und blinzelte ihn durch den Regen an. »Um was geht es, Herry?«

Er stieß den Spaten in den Boden und richtete sich auf. »Sie will beichten, dass sie Newman getötet hat, darum geht es. Hat sie mir gesagt.«

Ich lachte. »Und?«

»Stehen Sie nicht einfach da und sagen *und?*, John Reve.«

»Was denn sonst?«, fragte ich. »Was denn sonst, Herry Carter? Was soll ich tun, während ich hier stehe?«

Wir sahen einander in die Augen. Hühner liefen hungrig gackernd um uns herum. In der Luft hatte sich feuchter Dunst gesammelt, alles fühlte sich feucht und schwammig an. Ich verstand, was er sagen wollte – Gott allein weiß, woher Sarahs Leiden so plötzlich gekommen ist, diese niederträchtige, qualvolle Pein. Newmans rätselhaften Tod hatte sie offenbar als günstige Gelegenheit betrachtet, ihrem Leid ein Ende zu setzen. Ihr eigenes trauriges Leben musste ihr als geringes Opfer erschienen sein, und das Verbrennen auf dem Scheiterhaufen hielt für sie, deren Körper bereits Tag und Nacht brannte, wenig Schrecken bereit. Menschen beichten alles Mögliche, wenn sie verzweifelt sind – sicher ist sicher. Besser, man gesteht zu viele Sünden als zu wenige: Je höher die Strafe auf Erden, desto kürzer die Zeit im Purgatorium. Daher rührte der Gleichmut, den sie heute gezeigt hatte. Es war nicht der Gleichmut, den innerer Frieden oder innere Ruhe mit sich bringen, sondern der Gleichmut, der aus Berechnung erwächst. Carter wusste das genauso gut wie ich. Er starrte mich an, und seine Hand am Spatengriff wurde an den Knöcheln weiß. Die Hühner pickten nach unsichtbaren Körnern. Eine hackte kräftig nach meinem Zeh.

»Niemand wird ihr das Geständnis glauben«, sagte ich.

»Doch, wenn der Wunsch stark genug ist.«

»Niemand wird diesen Wunsch haben.«

»Nein?« Er nickte mit dem Kopf kurz in Richtung der Straße. »Jemand, der auf der Suche nach einem Mörder ist, vielleicht schon.«

»Der Dekan ist nicht hier, um jemanden aufzuhängen, Herry. Er ist ein gerechter Mensch. Er weiß so gut wie wir alle, dass Sarah nichts mit Newmans Ertrinken zu tun hat.«

»Ich traue ihm nicht.«

»Aber mir kannst du trauen. Glaubst du, ich lasse zu, dass der Dekan ihr Leid zufügt?«

Ich hörte, wie meine Stimme in der Luft zwischen uns schwebte: voller Zuversicht. Ich dachte: Wenn er jetzt spricht, wird er mich nicht »John« oder »Reve« oder »John Reve« nennen, er wird mich »Pater« nennen – man sieht es seinem Gesichtsausdruck an, dass er jetzt jemanden braucht, dem er glauben kann. Der Gesichtsausdruck eines Menschen, der eine Steilwand hochklettert und mit dem Fuß nach einem Halt sucht.

»Sind Sie sicher, Pater?«, fragte er.

»Sonst würde ich es nicht sagen.«

Er stand da und sah zum Haus hinüber.

»Vielleicht erholt sie sich wieder«, sagte ich und bemühte mich um Optimismus. »Wirklich kranke Menschen haben gar nicht die geistigen Fähigkeiten, ihren eigenen Tod zu planen. Außerdem ist sie noch jung. Vorhin hat sie noch die Litanei von der seligen Jungfrau rezitiert, ohne ein einziges Mal zu stocken.«

Er zog den Spaten aus dem Boden und wollte weitergraben.

»Das hat Zeit«, sagte ich, und er sah mich an. »Geh nach Hause.« Er nickte und ließ den Spatenstiel durch seine Hände gleiten. Kein Widerstand; der Junge war am Ende.

Pater, es tut mir leid, dass ich den Karren heute Morgen umkippen ließ; Pater, ich habe die Heilige Jungfrau verspottet; ich habe eben mit einer Frau geschlafen, die nicht meine Ehefrau ist, und das nicht zum ersten Mal; ich habe mit vollem Mund gesprochen; ich habe verschlafen; ich habe dabei geholfen, Fin Brackley in einen Graben voller Scheiße zu schmeißen; ich habe einen Stein nach einem Vogel geworfen; ich schäme mich, dass Sie mich gesehen haben, als ich mich ins Gebüsch erbrach; ich habe ein Ei mit doppeltem Eigelb gefunden und es ganz allein aufgegessen; ich habe meine Glücksmünze verloren; ich war unglücklich; erst heute habe ich mit einem Mann geschlafen, der nicht mein Ehemann ist, es ist schon oft passiert, aber dies war das letzte Mal; ich habe einen Stein auf eine Spinne fallen lassen, die wie der Teufel aussah, habe ich damit Thomas Newmans Tod verursacht?; ich habe das Ave-Maria gerülpst, um meinen Sohn zum Lachen zu bringen, habe ich damit Thomas Newmans Tod verursacht?; wir waren dreizehn bei Tisch, haben wir damit Thomas Newmans Tod verursacht?; ich habe gegraben, ohne meinen Spaten zu schärfen, habe ich damit das Glück herausgefordert?; ich bin über mein Kind hinweggestiegen, bringt das Unglück?; ich habe verschlafen; ich habe zu wenig geschlafen; ich habe verschlafen; habe ich Thomas Newmans Tod verursacht?; der Dekan sagt, dass Gott uns alle für die Verursacher von Thomas Newmans Tod hält, solange niemand sich schuldig bekennt. War ich es, Pater? Habe ich es getan?

Feuer wurden angezündet, und Oakham aß zu Abend. Die Luft bestand zu einem Drittel aus Wasser, zu einem Drittel aus Geistern und zu einem Drittel aus Rauch. Der Rauch roch nach Hühner- und Schweinefleisch. Ein richtiger Eintopf war die Luft heute Abend, bei all dem kochenden Fleisch, der Bierwürze und der regnerischen Windstille. Meine Lungen fühlten sich wie eingeweicht an. Und nach dem Abendessen – ich hatte darauf verzichtet – gingen wir alle zum Mühlteich, wie an jedem Fastnachtssonntag. Wir stießen ein Ruderboot, das mit einem Seil festgebunden war, auf den Teich hinaus.

Die Männer von Oakham wurden hinsichtlich ihrer Größe in Augenschein genommen: John Hadlo war einen halben Kopf zu klein, Oliver Townshend zwar größer, aber zu gedrungen, Morris »Klein« Hall war in jeder Hinsicht zu klein, als dass sich ein Versuch mit ihm gelohnt hätte, Robert »Rundlich« Tunley war in jeder Hinsicht zu groß, als dass sich ein Versuch mit ihm gelohnt hätte, John Fisker zu bucklig, um einem Vergleich standzuhalten. David Hikson war so hager, dass seine Größe keine Rolle spielte, und Adam Lewys zu betrunken, um auf festem Boden aufrecht zu stehen – von einem schaukelnden Boot ganz zu schweigen. Robert Guy schien am besten geeignet zu sein: Er war ein wenig dicker als ich, aber als wir uns Rücken an Rücken stellten, zeigte sich, dass er ein wenig kleiner war. Man kam zu dem Schluss, dass wir ausgezeichnet zueinanderpassten – er, unser Vogt, und ich, der Priester. Zudem war er, der meinem Gewicht entsprechen sollte, unser Buchhalter und insofern geübt darin, Dinge miteinander zu vergleichen.

Beifall begleitete seine Wahl, doch der Jubel fiel verhalten aus, denn keiner hatte vergessen, dass es Newman gewesen war, der in den letzten zwölf Jahren diese Rolle übernommen und meiner Statur am ehesten entsprochen hatte. Aber alle gaben sich redlich Mühe, so zu tun, als ob Newman nicht tot wäre, sondern nur für einen Tag in geschäftlichen Dingen unterwegs. Also machten wir weiter. Das Boot wurde parallel zum Ufer ausgerichtet, Tunley hielt den Bug fest und Hadlo das Heck. Robert Guy zog die Schuhe aus und stieg hinein. Ich zog meine aus und folgte ihm, sodass wir beide unsicher schwankend in der Mitte des Bootes standen und uns wider Willen fast umarmt hätten.

»Nehmt eure Plätze ein«, knurrte Tunley, und wir tappten unbeholfen an die entgegengesetzten Seiten des Bootes. Robert Guy stolperte und versuchte sich festzuhalten, was uns fast zum Kentern gebracht hätte. »Bist du eine blinde Kuh, oder was?«, schnauzte ihn Tunley an. »Dies ist ein Mühlteich, nicht der Atlantik.« Guy blickte finster drein und richtete sich auf. Ich war geschickter, wohl weil ich diese Prozedur jedes Jahr durchstand.

Jedenfalls war ich geschickt genug, mich auf den Beinen zu halten und ohne Zwischenfälle – aber auch ohne Anmut – zum Heck zu schlurfen.

Die Menschenmenge, immerhin gut zwei Drittel des Dorfes, wirkte verängstigt. Normalerweise gab es anfeuernde oder spöttische Zwischenrufe wie bei einem Hundekampf. Obwohl die geistliche Würde des Priesters auf die Probe gestellt wurde, war sie doch niemals ernsthaft angezweifelt worden. Dieses Jahr waren die Leute unsicher. War es ein Schauspiel oder eine Prüfung? Sie sahen besorgt zu, als Robert Guy versuchte, auf die Beine zu kommen und einen stabilen Stand zu finden. Wenn meine Seite des Bootes weniger tief sank als die des anderen Mannes, bedeutete dies, dass ich weniger wog; und wenn ich weniger wog als er – der ähnlich gebaut war wie ich –, dann bestätigte das mein Priestertum, weil ich mehr als ein Engel, aber weniger als ein Mensch wog. Ich hatte mehr körperliche Präsenz als ein Engel, aber nicht so viel wie ein Mensch. Somit hatte ich das Recht, die Gemeinde in die Fastenzeit zu führen. Und wenn meine Seite des Bootes genauso tief sank wie die des anderen Mannes (oder, Gott bewahre, sogar tiefer als seine), dann geschah ... ja, was eigentlich? Ich wusste es nicht, denn es war noch nie vorgekommen. Mit Newman auf der anderen Seite war es zwölf Jahre lang kein einziges Mal vorgekommen.

Robert Guy rappelte sich unsicher auf; wir hätten keinen seeuntüchtigeren Mann als diesen steifen Buchhalter wählen können. Er stand da wie eine Vogelscheuche, mit ausgestreckten Armen. Mir schien kein großer Gewichtsunterschied zwischen uns zu bestehen. Ich war froh, dass ich auf das Abendessen verzichtet hatte, und wünschte, ich hätte es mit dem Frühstück genauso gehandhabt. Das Boot schaukelte, kam dann wieder zur Ruhe, und Tunley knurrte: »Loslassen!«, woraufhin er und

John Hadlo das Heck und den Bug freigaben und uns unserem Schicksal überließen. Oakham hatte die Augen auf das Heck gerichtet. Hob es sich? Senkte sich der Bug mit Robert Guy? Ich hob den Blick zu den hohen Eichen, die das Ufer säumten. Jede von ihnen war ein ganzes Universum: Dohlen schaukelten auf den Zweigen, Spechte hüpften die Baumstämme hinauf und hinab, Finken hackten auf die Rinde ein. Es gab Nester. Viele, viele Nester.

Ich spürte nicht, ob sich das Boot auf meiner Seite senkte; ich fühlte nicht den kurzen Augenblick der Schwerelosigkeit. Ich versuchte die Leichtigkeit des Himmels in meinen Gliedern zu spüren, jenseits von Knochen und Fleisch, und ich hatte wieder einmal das Gefühl, dass gleich hinter dem Bergkamm das Meer in all seiner kühnen Weite läge; dass ich, wenn ich mich auf die Zehenspitzen stellte, die höchsten Masten der Schiffe sehen könnte, die dort auf dem Wasser kreuzten. Ich sah nicht Robert Guy an und ich konnte – weil ich das Gleichgewicht halten musste – auch nicht in die Menschenmenge schauen. Meine Knie fühlten sich schwach an, mein Stand unsicher, und das Boot – so schien es mir zumindest – wippte gleichmäßig. Ich atmete tief ein. Half das? Vielleicht sollte ich lieber ausatmen? Machte Atem leicht oder schwer? Jemand in der Menge begann zu klatschen, dann brachen die anderen in verhaltene und zögerliche Beifallsrufe aus, und Tunley rief: »Bug unter! Heck hoch! Amen!«

Das Boot wurde an das Ufer gezogen. Robert Guy stolperte eilig ans Festland, und ich folgte ihm ohne ein Gefühl der Befriedigung oder des Stolzes: Offenbar hatte sich das Boot zu einer Seite gesenkt, aber ich hatte nichts davon bemerkt. Doch Tunleys Erfolgsmeldung war laut und deutlich zu hören gewesen. Es wurde erleichtert gemurmelt, aber nicht gefeiert, und die Menge zerstreute sich rasch. Es ist kein Grund zum Feiern, wenn der Priester wenigstens ein bisschen heiliger als der Buchhalter ist, so wenig wie es ein Grund zum Feiern ist, wenn man morgens aufwacht und die Füße immer noch an den Enden der Beine sitzen. Man erwartete es nicht anders. Erst das Fehlen eines Fußes machte den Tag denkwürdig.

Ich ging allein zur Kirche zurück, und mein Herz fühlte sich an wie ein Päckchen Karten, das gerade gemischt wird. Als Newman noch am anderen Ende des Bootes gestanden hatte, hatten wir einander in die Augen geschaut. Nach dem Wiegen hatte er gegrinst und mir auf die Schulter geklopft, und dann waren wir gemeinsam zurück zur Kirche gegangen, wo er dann dieses oder jenes gebeichtet hatte. Im dritten oder vierten Jahr beichtete er, dass er sich vor dem Wiegen immer einige faustgroße Steinbrocken in den breiten, groben Saum seines Überrocks steckte. Ist eigentlich nicht nötig, sagte er, aber es macht die Sache dramatischer. Ich wusste, dass es eigentlich nicht nötig war. Also vergab ich ihm seine kleine Inszenierung und ließ zu, dass er auch in den folgenden Jahren seinen kleinen Trick anwandte.

In einer knappen halben Stunde hatte sich das stumpfe Licht des Tages in das stumpfe Licht der Dämmerung verwandelt. Die Körnung des Mauerwerks hatte sich aufgelöst und war im Schatten verschwunden. Niemand kam zur Beichte. Es wurde ein Ablass angeboten, aber sie kamen nicht. Vorher waren sie noch in Scharen herbeigeströmt, Pater, Pater, Pater – aber jetzt? Waren sie müde? Vielleicht hatte sich mein Ende des Bootes überhaupt nicht gehoben und sie vertrauten mir nicht mehr. Ich hatte mich auf meine Hände gesetzt, um sie zu wärmen, aber mein Gesicht glühte. Wie wäre es wohl, wenn sie ihren Glauben und ihr Vertrauen in mich verlören? Wer wäre ich dann? Wäre ich überhaupt noch etwas wert? Wenn ich nicht mehr ihr Heiliger Vater, ihr *goldener Haken* wäre, wer wäre ich dann? Nichts oder weniger als nichts. Ich merkte, dass es heftig regnete, dass der Regen unermüdlich und unablässig vom Himmel strömte, und ich nahm an, dass deshalb keiner kam. Das war der Grund und nicht mein Abschneiden auf dem Boot. Dann grollte ein tiefer, dumpfer Donner, und ich sah hoch und wartete auf einen Blitz. Ich weiß nicht, ob es aus Langeweile oder wegen des seltsamen Tages geschah oder wegen des laut prasselnden Regens und des lang gezogenen dröhnenden Donners, der sich grollend über den Himmel wälzte – jedenfalls war ich plötzlich von Sehnsucht erfüllt. Ich saß vorgebeugt da, die Ellbogen auf die gespreizten Knien gestützt, und meine Fingerspitzen trommelten ein lautloses Lied. Mein Herzschlag spielte die Begleitung dazu. Ich verschränkte die Hände.

Als ich beinahe noch ein Knabe war, lernte ich eine Frau kennen. Ich habe niemandem von ihr erzählt. Sie war eine verheiratete Frau und älter als ich; sie hatte nicht nur einen Mann, sondern auch Kinder – ich fragte sie nie, wie viele. Gut möglich, dass die Kinder fast so alt wie ich waren. Ich hatte bei unserer ersten Begegnung schon meine Priesterausbildung begonnen und als ich jäh der tiefsten Schwärmerei anheimfiel, da war es, als ob ich in einen Abgrund gestürzt wäre. Ich sah zu Gott empor, während das Blut in meinen Lenden pochte, und ich forderte ihn heraus: Wie sehr verdienst du mich, Herr? Wie sehr willst du mich? Bin ich es dir wert, dass du mich vor ihr rettest?

Die Affäre dauerte einen Sommer und endete mit dem ersten Frost. Sie beendete sie; ich hätte den ganzen Winter bis zum nächsten Frühjahr weitergemacht. Ich lebte damals einige Meilen von meinem Geburtsort Southampton entfernt, und unsere

Gemeinde war groß, ungefähr dreihundert Menschen. Die Frau und ich kannten einander nicht näher. Sie lebte in einem Dorf an der Küste, das ganz anders war als meines. Meines lag vier Meilen landeinwärts und vom Meer bekamen wir höchstens mal einen Mundvoll salziger Luft mit, wenn ein starker Wind von Nordwesten wehte.

Sie zog auf einem Maultier umher und verkaufte Seetang – Netze voller Rotalgen, die gut schmecken, wenn man sie in Butter anbrät. Man kann sie auch abspülen und für die Tiere als Futter unter das Heu mischen. Seegras ist ein guter Dünger und man kann ihn trocknen und als Füllung für Kissen und Matratzen oder als Isolierung für Dächer verwenden. Blasentang heilt Kröpfe und lindert Kopfschmerzen. Deshalb ging ich zu ihr – um Blasentang gegen die Kopfschmerzen meiner Schwester zu kaufen. Sie verkaufte ihn mir und sagte, wann sie wiederkäme. Als ich wieder hinging, gab sie mir den Blasentang, ohne dass ich dafür bezahlen musste, und sagte, wann sie wiederkäme. Als ich das nächste Mal hinging, führte sie mich zu einem Birkenwald in der Nähe des Dorfes.

Sie kam zweimal wöchentlich in unser Dorf und sie richtete es immer so ein, dass sie gleich zu Tagesbeginn oder aber zum Tagesende eintraf. Dann führte sie mich in den Wald, wohin außer bei hellem Tageslicht niemand ging, weil es hieß, dass in den Birken Geister hausten. Als sie mich das erste Mal mitnahm, hatte ich keine Ahnung, was sie von mir wollte. Ich war ein Junge, der vor gar nicht langer Zeit seine Mutter verloren hatte, und sie hätte meine Mutter sein können. »Hier entlang«, sagte sie, gerade so, wie es auch meine Mutter hätte sagen können, und ich ging neben ihrem Maultier her und beobachtete die Bewegungen des schwarzen Kreuzes, das über seine Schultern und seinen Rücken verlief.

Mit den Wochen gingen wir immer ungezwungener miteinander um. Hatte sie anfangs noch geführt, so war am Ende ich es. Sie zeigte mir, wie ich sie befriedigen konnte. Es heißt, dass Frauen unersättlich und leer seien und dass sie Männer verführen können bis hin zur völligen Selbstaufgabe. Ja, auch mir schien sie hungrig zu sein. Ihre Augen sahen manchmal auf schöne Art verrucht aus, und sie behandelte mich wie ihr Maultier, während ihr Maultier dabei zusah. Aber leer war sie nicht. Sie war innerlich voll und sie war sanfter als alle Sanftheit auf Erden. Ich machte es mir zur Aufgabe, die Leere in ihr zu finden, sollte sie denn wirklich existieren, und mich fast bis hin zur Selbstaufgabe verführen zu lassen. Ich wollte herausfinden, ob Gott mich vor ihr bewahren würde, ob er mich mehr wollte als ich sie.

Ich stellte sie mir als Eva vor, nackt, wie sie unter den Bäumen auf der Erde lag – zwischen Blättern, die erst sattgrün waren und später, als aus dem feuchten Boden Pilze schossen, golden gesprenkelt und schon ein wenig verfault. Ich ließ zu, dass sie mich nach Kräften verlockte, und ich ergab mich ihrem Locken und bat um mehr, und dann ergab ich mich erneut und tat, was sie von mir wollte. Ich wartete darauf, dass Gott mir sagte, ich solle aufhören und zu ihm kommen. Ich glaubte fast schon, dass er mich ermutigte, sie bis zum letzten Flecken zu erforschen, sei es, um mir zu zeigen, dass dort nichts Wahres oder Unvergängliches zu finden sei, sei es, um mir Lust zu gewähren, solange es noch ging. Ich glaubte, dass das Maultier sein Diener sei, der mich beobachten sollte, um mir ein Zeichen zu senden. Die Primeln, die an der Stelle, wo wir uns liebten, aus dem Boden sprossen, zeigten seine Zustimmung. Er wollte, dass wir Schönheit erfuhren. Später bildeten Vergissmeinnicht, Maiglöckchen und wilde Erdbeeren unser aufregendes, allzeit sich wandelndes Bett.

Sie tat mit mir, was ihr gefiel. Sie spielte ihr eigenes Spiel und sie bestimmte und brach die Regeln nach Belieben – die Finten, das Necken, die Versuchungen und die erlösende Ekstase der Erfüllung. Sie roch streng nach Salz, Fisch und Teer, und ihre Hände waren lang, schlank und rau. Dort, wo sie zupackte, blieben blaue Flecken zurück, und manchmal ließ sie mich benommen auf dem Waldboden liegen – ohne ein Wort der Zuneigung, sogar ohne ein Wort des Abschieds. Dann wieder war sie die sanfteste aller Mütter. Sie fütterte mich mit Erdbeeren und sang mir vor und umschloss meine Wangen mit ihren Händen. Ich stellte sie mir mit ihren Kindern vor und entbrannte leidenschaftlicher denn je und drückte ihre Schultern zurück auf den Boden und spreizte ihre Beine. Jetzt komm und hole mich, sagte ich zu Gott – jetzt, wo ich am tiefsten gesunken bin, pflücke mich, bestrafe mich, zeig mir, dass du mich willst. Ich sah zu dem Maultier hoch, und das Maultier ließ seinen Kopf hängen. Es sah mich mit wässrigen Augen an und stand einfach da.

Nur ein einziges Mal ging ich zu ihr, statt dass sie zu mir kam. Eines ihrer Kinder war krank geworden, und so konnte sie nicht ihre übliche Runde durch die Dörfer drehen. Also lief ich die vier Meilen zu ihrem Dorf, um sie noch vor Tagesanbruch zu treffen, und wir gingen auf einem Pfad hinab zur Küste, in eine Bucht, wohin keine Fischer kamen und wo wir uns hinter einem Felsen verstecken konnten. Wir waren vielleicht nur eine halbe Stunde dort, aber in dieser Zeit fuhren Schiffe im Hafen aus und ein – Schiffe so groß, dass ich sie sogar dann aus den Augenwinkeln sah, wenn der Körper meiner Geliebten mich aufnahm. Ich spürte es, das Vorbeigleiten dieser großen Städte aus Holz. Das Leben. Außergewöhnliches Leben – das Fleisch, die Welt, der Wind, die Flaggen, die unendliche Herrlichkeit der Frau, die mich auf die Probe stellen sollte, und wie sie sich rings um mich öffnete, wie die Welt dort erschien, wo meine Geliebte endete.

Das war Ende August. Als sie im September zu mir kam, war sie milder gestimmt und nicht mehr so unersättlich, ohne dass sie einen Grund dafür genannt hätte. Sie legte sich williger hin und hob ihre Röcke, als ob es um meine Lust ginge und nicht um ihre. Sie nahm sich weniger von mir, vergrub ihre Hände nicht mehr in meinen Locken, zog meinen Kopf nicht mehr in den Nacken, um mit ihrer Zunge über meinen Hals zu fahren, und sie hinterließ auch keine blauen Flecken mehr auf meiner Haut. Ich nahm, was sie mir anbot, und dann das, was sie mir nicht anbot. Ihre plötzliche Trägheit machte mich rasend, und ich stürzte mich wie besinnungslos auf sie. Manchmal hatte ich Angst, ich könnte zu weit gegangen sein, und dann küsste ich sie und fragte sie hundertmal: Geht es dir gut? Fehlt dir auch nichts? Sie war freundlich, fügsam und wie abwesend. Zum ersten Mal glaubte ich, dass sie meine Frau sein könne.

Und so lieh ich mir eines Morgens Mitte September ein Pferd aus und ritt nach Southampton. Dort gab es Märkte, wo man Schmuck kaufen konnte, und mit allem Geld, das ich besaß (und einigem, das ich meinem Vater gestohlen hatte), kaufte ich ein schönes Silberarmband aus Deutschland für sie. Ich ritt zurück und wartete auf sie. Warum sollte sie nicht *meine* Ehefrau sein? Ich dachte nicht klar – natürlich gab es unzählige Gründe, warum sie nicht meine Frau werden konnte, und nicht der geringste dieser Gründe war ihr Mann. Nun, dann vielleicht nicht dem Familiennamen nach. Doch nach dem Gesetz der Natur waren wir Mann und Frau. Wenn mir keine andere Wahl bliebe, könnte ich sie immer noch teilen. Ich könnte sie zweifach teilen – mit ihrem Mann und ihren Kindern. Und sie könnte mich mit Gott teilen, da Gott keine Einwände erhob. Und so wartete ich an jenem Abend, aber sie kam nicht, ich wartete am nächsten Morgen, aber sie kam nicht, und ich wartete tagaus, tagein mit dem Armband in der Börse, die um meinen Hals hing, aber sie kam nicht.

Am letzten Tag im September kam sie schließlich doch, aber nicht zu mir, sondern ins Dorf – und auch nicht im Morgengrauen oder am Abend, sondern mitten am Nachmittag. Als ich sie sah (denn mit meinen gespitzten Ohren hatte ich sofort ihren Ruf *Rotalgen! Seegras!* gehört, der ungewohnt süß wie die Vesperglocke läutete), sah sie mich auch und wandte sich ab. Danach kam sie wie üblich ein- oder zweimal die Woche in unser Dorf, aber sie ließ sich nie dazu herab, mich zu erkennen.

Ich ging zurück zu dem Waldstück, wo wir einander erkundet hatten, denn ich wollte wissen, ob Gott mir wenigstens jetzt etwas zu sagen hätte. Ich erwartete eine Bestrafung, aber es erfolgte keine. Ich erwartete Aufmunterung, aber auch die erfolgte nicht. Ich fragte ihn: Ist ihr Sinneswandel ein Zeichen, das du mir sendest? Keine Antwort. Ich schlug mir die Frau aus dem Kopf, für den Fall, dass das sein Wille sein sollte, und das war er gewiss. Ich fragte: Soll ich mich dir hingeben? Er schien es nicht zu hören. Ich ritt zurück zu dem Markt und verkaufte das Armband für die Hälfte dessen, was ich bezahlt hatte, und von dem Geld kaufte ich die Schnitzerei des Schmerzensmannes und ein blasses Vesperbild. Als mir dann später meine erste Stola und mein erstes Messgewand angelegt und meine Hände gesalbt wurden, fragte ich mich bang, ob mich der Blitz treffen würde. Aber nichts geschah. Er ließ zu, dass ich Priester wurde. Ich betete um eine Kirche, die kürzlich vergrößert und verbessert worden war, mit einem hohen Dachgewölbe und Wänden mit Strebepfeilern, darin große Fenster, die kühn in die Höhe strebten. Er gab mir eine Gemeinde zwischen Fluss und Bergkamm und eine Kirche wie jede andere auch. Obwohl ich wusste, dass er nicht antworten würde, sagte ich: Ich will dir treu dienen.

Wir stecken in einer Zwickmühle. Priester seien das Licht der Welt, sagen sie uns bei der Salbung. Das Licht dieser Welt, dieser schweren Erde. Die geistlichen Väter, der goldene Haken. Und manchmal fühle ich in mir ein kühles, unirdisches Feuer brennen, und meine Haut verwandelt sich in etwas, das irgendwo zwischen Licht und Luft liegt. Doch wir sind auch Menschen, Menschen unter anderen Menschen und wie andere Menschen, Pfarrbewohner, deren Muskeln schmerzen und deren Augen trübe vom Schlaf sind, denen der Magen knurrt und die Bedürfnisse haben – Bedürfnisse, die erst nörgeln und dann flehen.

Wir haben Gesichter, die rot werden, Ohren, die vor Verlangen brennen, Zähne, die sich entzünden und ausfallen, Haut, die reißt; wir schwitzen, es juckt uns, wir hocken uns hin wie die Hunde, um uns zu entleeren. Wir ähneln normalen Menschen so sehr, dass man uns in einem Boot wiegen muss, um festzustellen, ob kein Fehler vorliegt. Sie wiegen mich wie ein Schwein auf dem Markt! Wir sind keine normalen Menschen, aber wir ähneln ihnen so sehr, dass man den Unterschied kaum bemerkt. Wir ähneln ihnen so sehr, dass der geistliche Vater plötzlich in seinem eigenen Beichtstuhl auf den Knien liegt, das schmerzverzerrte Gesicht in die Hände gepresst – und sich vorstellt, dass der harte Boden, auf dem er kniet, ein Wäldchen ist und seine Knie im warmen Lehm ruhen und dass er so animalisch ist, wie ein Mann nur sein kann. Als ob die Zeit sich aufgelöst hätte und er immer noch mit dieser Frau zusammen wäre, mit ihrem strengen Salz-und-Meer-Geruch auf seinem Bauch. Er stellt sich vor, dass er von ihren Beinen hoch zu dem Maultier schaut, und er versucht, über seine Heiligkeit mit einem Gott zu disputieren, an dessen Interesse, an dessen Bereitschaft zuzuhören, selbst an dessen Existenz er einen Moment lang gezweifelt hat.

Gebratene Gans

»Tja, Pater, ich bin hübsch reingelegt worden.«

Ich faltete die Hände und wandte den Kopf nach oben, um mir etwas Luft um die Nase wehen zu lassen. Als ich hörte, wie jemand am Vorhang herumnestelte, saß ich wieder ordentlich auf meinem Schemel, streckte den Rücken durch und legte mir die Hand in den Nacken, um ihn zu kühlen.

»Hübsch reingelegt«, sagte er, »als ob Gott selbst die Sache eingefädelt hätte.« Eine Pause. »Glückwunsch, übrigens. Ihre Seite des Bootes hat prächtig in die Höhe geragt.«

Machte er Witze? Bei Townshend konnte man sich dessen nie ganz sicher sein. Auf den ersten Blick sah er wie der nette Onkel von nebenan aus – korpulent, mit kleinen Händen und weit auseinanderstehenden Augen –, aber sein Humor war trocken wie ein Zweig und manchmal scharf wie ein Messer. Townshend hatte vorhin am Mühlteich gestanden und die Szene weitgehend ungerührt verfolgt, sein Wams hatte über der Körpermitte ein wenig gespannt, und sein Gesicht war grauviolett gewesen. Jetzt saß jeder von uns auf seiner Seite der Trennwand, und der Donner polterte wie Felsen, die von einem Berg herabrollen.

»Sie wissen es so gut wie ich, Reve – jetzt, da Newman tot ist, sind wir Fische am Haken.«

Ich schwieg; es war immer besser, Townshend auf seine eigene Art sprechen zu lassen.

»Nicht einmal Fische am Haken – Elritzen in einem Netz. Wir zappeln schon eine ganze Weile in diesem Netz, und jetzt wird es bald hochgezogen.«

Elritzen können durch die Maschen der meisten Netze schlüpfen, dachte ich und ich wusste nicht recht, ob ich das kleinlich oder bedeutsam finden sollte.

»Sie meinen, dass die Mönche jetzt kommen?« Ich hatte am Vortag zum ersten Mal von den Mönchen gehört, weil der Dekan sie erwähnt hatte, aber ich wäre jede Wette eingegangen, dass Townshend schon im Bilde war. Er hatte seine Zuträger und er hatte überall seine Hand im Spiel.

»Ja, die Mönche«, sagte er. »Und alle anderen, die es auf uns abgesehen haben, aber vor allem die Mönche.«

»Wer hat es sonst noch auf uns abgesehen?«

»Die Welt, Reve. Sie will kleine Stückchen aus unseren Flanken beißen, wie eine Pferdebremse.«

»Elritzen, Pferdebremsen. Der Herr will, dass man klar und deutlich mit ihm spricht.«

»Er will Deutlichkeit? Bitte, hier ist eine wahre Geschichte – sie haben mir im Januar geschrieben, diese Mönche aus Bruton. Sie fragten, ob mein Land verfügbar sei. Sie fragten nicht, ob es zum Verkauf stünde, sie fragten bloß, ob es verfügbar sei – *erhältlich*, sagten sie. *Wären Ihre Getreidefelder erhältlich?* Nein, sagte ich, sind sie nicht. War das klar und deutlich genug?«

Oliver Townshend hatte eine Stimme wie Samt, Haut wie Satin, Augen wie eine sommerliche Abenddämmerung. Wie schwer die Zeiten für ihn auch waren oder wie grau vor Sorge auch sein Gesicht oder wie gut oder schlecht er auch aß oder wie viel Milch seine Kühe auch gaben – Reichtum und gute Manieren waren zu seiner zweiten Natur geworden. Ich bewunderte das. Er war edler als die meisten, aber er hatte auch mehr Schwächen. Ich konnte mir gut vorstellen, wie er diesen kurzen und rechtschaffenen Satz an die Mönche von Bruton schrieb: *Nein, sie sind nicht erhältlich. Hochachtungsvoll, OT.* Mit einem deutlichen Punkt am Ende. Bestimmt war er danach aufgestanden, hatte die Schultern gestrafft und den Bauch eingezogen.

»Ich hatte ein Abkommen mit Newman – keiner von uns würde sein Land an jemanden verkaufen, der nicht aus der Gemeinde kommt. Wir würden die Sache unter uns ausmachen, wir würden niemandem von außerhalb vertrauen und nichts verschenken. Wir hatten die Sache im Griff. Wenn wir Land verkauften, dann nur uns gegenseitig.«

Du hast ihm dein Land verkauft, dachte ich. Niemals umgekehrt.

»Aber jetzt ist er tot, und sein Land gehört niemandem, und ich habe auch nur zwei Hände – wie soll ich da alles im Griff behalten? Oakham ist wie eine reife Frucht, die nur darauf wartet …«

Er hielt inne, als ob er eine weitere Metapher vermeiden wollte, damit Gott keinen Anstoß nähme. Er schluckte laut. Gott allein weiß, was er gesagt oder getan hätte, wenn er von dem Geld gewusst hätte, das seine Frau mir erst vorhin gegeben hatte und das jetzt in Annies Schuhen steckte, oder wenn er von den Verträgen gewusst hätte, die Newman aufgesetzt hatte und in denen er alles ihm und seinem Hausmädchen hinterließ.

»Und wenn wir alle zusammen Newmans Land kauften und unter uns aufteilten?«, fragte ich. »Das wären hundert Paar Hände, die alles im Griff hätten.«

Er stieß ein kurzes Lachen aus. »Das sind kleine Hände, die sind nichts wert. Wie eine Schar Kinder, die Strohpuppen umklammern.«

Ich wusste, dass er recht hatte. Es ging nicht darum, dass das Land irgendjemandem gehörte. Es musste dem Richtigen gehören – jemandem, der wehrhaft genug war, um seinen Besitz zu verteidigen. In der Hand eines Einzelnen – Newmans Hand – war das Land sicher gewesen. Ein Mann, der viel Land besaß, verfügte über Macht, denn er hatte seine Finanzkraft und seine Fähigkeiten unter Beweis gestellt, ganz gleich, ob sie sich seiner Herkunft oder seinem Scharfsinn und seiner Gerissenheit verdankten. Vielen armen, schwachen Händen war es leicht zu entreißen, man hätte es genauso gut feilbieten können. Townshend musste es bekommen, aber dazu hätte ich die Existenz der Verträge aufdecken müssen, und das würde den Verdacht des Dekans erregen, und der würde sich in Mordvermutungen ergehen. Das aber würde uns alle in Gefahr bringen. Deshalb war Schweigen einstweilen das Sicherste.

»Ich glaube, dass meine Frau in Thomas Newman verliebt war«, sagte Townshend, und dieser plötzliche Schlenker in der Unterhaltung ließ meine Halsmuskeln nervös zucken. Ich erwartete fast, dass der Donner die Nacht spalten würde. »Nicht, dass das wichtig wäre, denn es ist nicht zu ändern.«

»Ist das deine Beichte?« Ich hoffte, dass meine Frage nicht allzu hastig klang.

»Was soll meine Beichte sein?«

»Der Verdacht gegenüber deiner Frau?«

»Wenn Sie so wollen.«

»Dann bitte den Herrn um Vergebung, denn ein guter Mann misstraut seiner Frau nicht, vor allem dann nicht, wenn es genug andere Sorgen gibt. Die Ehe verlangt anderes von ihm.«

»Und wenn er mit seinem Misstrauen recht hat?«

»Dann ist der Betrug ihre eigene Sünde, die gesondert vergeben wird.«

Allerdings habe ich die Sünde unwidersprochen hingenommen, dachte ich. Ich habe Cecily Townshend gehen lassen, ohne dass sie ihre Rechnung begleichen musste.

»Er ist sowieso tot. Selbst wenn meine Frau ihn weiterhin liebt, kann er ihre Liebe nicht mehr erwidern. Das wird sie schnell satthaben. Sie ermüdet, wenn man ihr keine Aufmerksamkeit schenkt.«

Ich dachte daran, wie Cecily Townshends Kleid in meinem Bierkrug gehangen hatte und seine Seide an meiner Wange entlanggestrichen war. Vielleicht roch ihr Mann sogar noch die Spuren ihres Lavendeldufts und ihrer Pomade hier im Beichtstuhl. Ich musste an ihre scharfen, kummervollen Gesichtszüge denken; ich bezweifelte, dass sie den toten Newman schnell satthaben würde. Was geschieht mit unerwiderter Liebe? Sie wird machtvoll, zügellos – in ihrem unruhigen Blick hatte ich das schon sehen können.

»Ich bin nicht froh, dass er tot ist«, sagte Townshend. »Nur für den Fall, dass Sie mich auffordern wollen, Neid und Freude über das Unglück zu beichten. Ich wünschte aufrichtig, dass er nicht tot wäre.«

Seine Stimme war zu einem Murmeln, einem lauten Nachdenken herabgesunken.

»Hören Sie zu, Reve, ich möchte Geld für den Wiederaufbau der Brücke spenden. Ich habe die Sache durchgerechnet …«

»Sie meinen, wir sollen sie an derselben Stelle neu bauen?«, sagte ich. »Nur, damit sie wieder einstürzen kann?«

»Etwas weiter stromab- oder stromaufwärts genügt schon. Da ist das Flussbett breiter, und der Fluss fließt langsamer.«

»Dann müsste sie fünf Bögen haben. Wer in Oakham verfügt dafür über das nötige Können?«

Wir hatten schon früher nach Brückensteinmetzen gesucht, aber alle wollten zu viel Geld. Wir hatten vier Männer aus Oakham nach Exeter geschickt, damit sie sich das erforderliche Wissen aneignen konnten, aber drei waren nicht mehr zurückgekehrt. Der vierte Mann, ein Arbeiter namens James Monk, holte sich die Syphilis und kam gebrechlich wie ein Greis und ohne irgendwelche Kenntnisse im Brückenbau zurück.

»Hören Sie mir zu, Reve«, sagte Townshend, und ich ließ mich auf meinem Schemel zurücksinken, denn vor nicht allzu langer Zeit hatte Newman mir die gleichen Argumente genannt, die ich jetzt Townshend nannte, und ich war es gewesen, der *Hör mir zu* gesagt hatte, obwohl ich wusste, dass das, was ich zu sagen hatte, des Zuhörens eigentlich nicht wert war. Deshalb musste es umso nachdrücklicher vorgetragen werden.

»Hören Sie zu«, sagte Townshend. »Mit meiner Herde kann ich wöchentlich ungefähr sechshundert Gallonen Milch produzieren, zu sechs Pence die Gallone, macht fünfzehn Pfund. Aber wenn ich die Herde um das Drei- oder Vierfache aufstocke – sagen wir, um das Vierfache, und selbst das ist maßvoll –, dann ergibt das dreitausend Gallonen, also fünfundsiebzig Pfund wöchentlich. Natürlich nur im Sommer, wenn das Gras gut ist und wir viel Getreide haben. Wenn wir eine Brücke bauen, können wir die Milch binnen Tagesfrist in die nächsten Städte bringen, wir können also mit frischer Milch handeln. Was übrig bleibt, können wir zur Käseherstellung verwenden, und den Käse können wir als unsere Spezialität verkaufen: Oakham-Käse, so wie venezianisches Glas oder portugiesischer Madeira oder holländischer Flachs. Innerhalb eines halben Jahres könnten wir unseren Gewinn verzehnfachen, stellen Sie sich das vor. Ich leihe mir das Geld, um Teile von Newmans Land zurückzukaufen – ich habe Cousins, denen schreibe ich. Unser Ort wird bekannt werden und an Einfluss gewinnen. Oakham-Käse. Klingt doch gut, oder? Ehrliche Hausmannskost. Denken Sie darüber nach.«

Ich dachte darüber nach, gleich an Ort und Stelle. Eine schöne, solide Brücke weiter stromabwärts, so wie Newman es gesagt hatte, fünf schön geschwungene Gewölbebögen, über die Karren voller Milch und Käse rollten – eine Käsebrücke. Wir konnten uns den Namen geben, den der Dekan genannt hatte: Käsefass. Am anderen Ufer verkündete ein Schild stolz unseren Namen.

Dreitausend Gallonen Milch in der Woche – schön und gut. Aber die Milch wäre schon sauer, ehe sie die andere Uferseite erreichte. Käsefass, auch Milchsauer genannt. Und wer würde sie überhaupt trinken wollen? Jeder konnte sich eine Kuh besorgen und sie melken und jeder konnte seine Milch so lange rühren, bis dieser körnige, blasse Mulch entsteht, den Townshend als »von feinster Qualität« bezeichnet. Man konnte sich das Gesicht mit Townshends Käse waschen, so nass und weich war er.

»Die nötigen Fachleute suchen wir uns«, sagte er. »Wir müssen etwas aus uns machen. Wir müssen ein Ort werden, der auf eigenen Beinen steht.«

Ich zögerte und lehnte mich seitlich an die Wand. Angenommen, wir fanden Fachleute; angenommen, Townshend konnte sie, wie er behauptete, tatsächlich bezahlen. Eine Brücke ist eine Brücke. Wenn wir erst eine Brücke hatten und wenn über diese Brücke Milch und Käse transportiert wurden, dann konnte eines Tages auch Zucker über sie transportiert werden, und wenn wir aus diesem Zucker Konfekt herstellten und es auswärts verkauften, dann konnten wir vielleicht wirklich etwas aus uns machen. Wenn die Brücke vorbeireisende Händler und Pilger zu uns führte, wenn diese Händler und Pilger Brückenzoll entrichteten und für Kost und Logis zahlten, wenn sich der Name unserer Gemeinde, die Qualität unseres Zuckers, unseres Getreides herumsprachen, dann konnten wir vielleicht wirklich auf eigenen Beinen stehen.

»Wenn du Geld für die Brücke spenden willst, wird Oakham deine Spende dankend annehmen«, sagte ich.

»Ich schreibe meinen Cousins.«

»Sind sie reich, deine Cousins?«

»Reicher als wir.«

»Es gibt Ziegen, die reicher sind als wir.«

Es hieß, ein Lord habe irgendwo im Land all seine weltlichen Güter an seine Ziegenherde vererbt. In Annies alten Schuhen steckte indessen das Geld von Townshends Frau – kein Vermögen, aber auch keine Kleinigkeit, sondern eine Hilfe, eine große Hilfe. Wenn ich ihm doch nur von diesem Vermögen, diesem traurigen Glücksfall, hätte erzählen können. Aber es gab keinen taktvollen Weg, die Herkunft des Geldes zu erklären.

Und was war mit dem anderen Vermögen, dem anderen traurigen Glücksfall? »Townshend«, sagte ich, und die Worte lagen mir schon auf der Zunge – *Newman hat dir fast seinen gesamten Besitz vermacht*. Aber sobald die Worte sein Ohr erreicht hätten, wäre er seiner Unwissenheit beraubt, und seine Unwissenheit war sein Schutz: Ein Mann, der nicht weiß, dass der Tod eines anderen ihn begünstigt, kommt als Täter nicht so leicht in Betracht. Sobald er es wüsste, wüsste er es, und er konnte nicht beweisen, wo dieses Wissen seinen Ursprung hatte und wann er davon erfahren hatte.

»Was?«, fragte er.

Eines baldigen Tages würde ich es ihm sagen müssen – wenn

der Dekan fort war. Wenn all der Ärger verraucht und Oakham wieder in Vergessenheit geraten war. »Nichts«, sagte ich.

»Wissen Sie etwas über meine Frau, das Sie mir sagen wollen?«

»Nein, das ist es nicht.«

»Was ist es dann?«

»Ich bin bloß traurig. Nichts ist mehr, wie es war.«

Er schnaufte und ließ offenbar seine Handgelenke kreisen, die bei jeder Umdrehung knackten.

»Damit haben Sie nicht ganz unrecht«, sagte er. »Noch etwas, Reve. Wenn Thomas Newmans Tod irgendeinen Verdacht erregt, wenn dieser Dekan – dieser Schnüffler des Herrn – beschließt, dass es mehr als ein Unfall gewesen sei, dann wird man mich verdächtigen. Wir waren keine Freunde, und ich gebe zu, dass wir einander nicht besonders mochten. Ich habe durch Newman fast alles verloren. Aber wir hatten ein gemeinsames Anliegen und eine Übereinkunft, die uns beide – und uns alle – absicherte. Sein Tod könnte mein Ruin sein. Er könnte, wie wir wissen, Oakhams Ruin sein. Ich bitte Sie, mich zu verteidigen, wenn es jemals so weit kommen sollte.«

Der noble, sanft schnurrende Townshend, ein Kater unter den Hunden. Er verströmte einen feinen Duft nach Kamille und Gewürznelken. Seine dunkle Silhouette zeichnete sich straff und stolz hinter dem Sprechgitter ab. Ich wusste, dass sich in der Falte zwischen seinen Augen die kleinen selbstsüchtigen Sorgen seines ganzen Lebens sammelten. Doch die schwereren, selbstlosen Sorgen drückten seine Schultern nieder und ließen ihn eine Haltung erschöpfter Freundlichkeit annehmen. Er versuchte immer, sie zu straffen, und zupfte dann an seiner Tunika oder seinem Überrock herum. Er wollte sich größer machen, als er war. Ich hörte, dass er es auch jetzt tat.

»Natürlich würde ich Sie verteidigen«, sagte ich. »Wenn es so weit käme.«

»Aus diesem Irrgarten führt kein Weg hinaus.«

»Es gibt immer einen Weg hinaus.«

»Ich sehe keinen.«

Ich fragte mich, ob dies der richtige Zeitpunkt für meine Betrachtungen über Elritzen und Netze sei, aber ich erinnerte mich nicht mehr, worum es dabei eigentlich ging. Wenn wir, die Elritzen, aus dem Netz der Mönche herausschwömmen, was bedeutete das dann? Wohin würden wir schwimmen?

»Gibt es überhaupt etwas Einfaches auf dieser Welt?«, fragte ich.

»Sein Geld loszuwerden ist einfach. Und Sterben anscheinend auch.«

»Sterben ist das Schwierigste von allem.«

»Dann wäre ich Ihnen dankbar, Pater, wenn Sie dafür sorgen könnten, dass es mir nicht allzu bald widerfährt.«

Sein Magen knurrte. Er kam mithilfe des Gitters auf die Beine: Er packte es mit einer Hand und zog sich hoch.

»Wissen Sie, warum ich hergekommen bin, Reve?«, fragte er.

»Um zu beichten, nehme ich an.«

»Einen feuchten Kehricht will ich beichten. Was denn überhaupt? Ich bin gekommen, weil Sie der letzte Freund sind, den ich hier im Ort habe. Ich wollte bloß einen Freund besuchen.«

Als er gegangen war, leerte ich mein Bier in einem Zug. Townshends Geruch nach Gewürznelken hinterließ ein Gefühl der Wärme und Behaglichkeit, genau wie das Bier. Aber meine Zunge war trocken und rau wie ein Brett.

Ich konnte mir mit erschreckend wenig Mühe vorstellen, wie diese Meute von Mönchen, die Townshend vorhergesagt hatte – oder zumindest ihre Boten oder Türhüter oder Träger oder Gärtner –, über den Berg kamen, der die Grenze zwischen Oakham und Bruton darstellt, wie sie unser East Woods durchquerten und dann das von Newman aufgekaufte Land besetzten. Ich sah vor mir, wie sie anerkennend die gut markierten und frisch gepflügten Parzellen betrachteten, die, wenn sie erst einmal getrocknet waren, guten Boden für Getreide böten. Ich sah vor mir, wie sie das Grasland begutachteten, wo einige einsame Pferde und Ziegen und Schafe grasten. Ich sah sie messen und planen, zählen und rechnen – hier kann man fünfzehn, sechzehn, siebzehn Scheffel Weizen oder Gerste pro Joch erwirtschaften; das macht wie viel? Man kann von hier aus ungefähr zweihundert Joch sehen, das macht ungefähr dreitausendzweihundert Scheffel Weizen, mehr, als die Mönche eines Klosters verzehren können. Und Weizen ist wie Gold, man kann ihn immer verkaufen. Ganz zu schweigen von den Ländereien rund um das Dorf und von den Wiesen am Fluss. Und von der Mühle und dem Herrenhaus und der Kirche. Alles sehr nützlich.

Ich stellte mir eine Armee von Mönchen vor und ich dachte: Was hält sie jetzt, wo Newman tot ist, noch ab? Sobald sie seinen Tod spitzkriegen, werden sie kommen. Sein Land ist leicht zu haben. Oakham sinkt in ihren Augen noch ein oder zwei Stufen tiefer, weil der ehrenwerte Thomas Newman, ein Mann mit Verstand und Geschäftssinn, nicht mehr da ist und weil er einen Tod starb, der uns Schande macht. Wenn es ein Mord war, dann beweist das unsere animalische Wildheit; wenn es ein Selbstmord war, dann belegt das, dass wir ihn zur Verzweiflung trieben; und wenn es ein Unfall war, dann zeigt es, dass zwölf Jahre in unserer Mitte selbst den fähigsten Mann linkisch und glücklos machen. Wenn sie jeden Respekt vor Oakham verloren haben, dann können sie uns das Land nehmen. Sie müssen nicht einmal um Vergebung bitten. Sie können es nehmen, als ob sie uns einen Gefallen tun würden.

Newman bei Annies Hochzeit: sein Gesicht hager, klug und lebendig. Janet Grant hatte unrecht: Er war nicht unglücklich, er war gelassen und in dieser Gelassenheit, so glaube ich, beschwingt.

Er stand da, wie er es oft tat: das linke Bein fest auf dem Boden, das rechte spielerisch ausgestellt. Er sah mich an; er war ein wenig kleiner als ich, aber er hatte etwas so Überragendes an sich, dass ich mich neben ihm oft wie ein Kind fühlte.

»Du solltest sie aufgeben, John, diese Liebesbeziehung mit der Brücke.«

»Eine Liebesbeziehung ist es wohl kaum.«

»Wie auch immer, gib sie auf. Wenn einem Mann zwei Frauen weggestorben sind, überlegt er es sich zweimal, ehe er noch einmal heiratet.«

»Oder er hofft, dass die dritte ihn überlebt.«

Er hatte, soweit ich es mitbekommen hatte, den ganzen Abend lang nichts getrunken, mit Ausnahme des Kruges Bier, den er noch in der Hand hielt. In einer Scheune voller tanzender Menschen stand er ruhig und reglos da, nicht einmal die Zehen seines spielerisch ausgestellten Beines bewegten sich zur Musik. Er lehnte an einem Stützpfeiler aus Eichenholz, und unmittelbar über seinem Kopf hing ein Rosmarinkranz, der während unserer Unterhaltung seinen intensiven Geruch verbreitete. Die Musik und die Tänzer ringsum schienen ihn wenig zu kümmern.

»Ich weiß, dass du mehr als genug Geld gespendet hast«, sagte ich, »aber …«

»Du hast recht, ich habe mehr als genug gespendet.«

»An wen soll sich Oakham jetzt wenden?«

»Um noch eine Brücke zu bauen? Es kann sich an seinen Priester wenden, und sein Priester kann ihm versichern, dass eine weitere Brücke unnötig ist und dass andere Dinge für sein Wohlergehen wichtiger sind.«

»Stimmt das denn?«

»Aber ja. Seine Brücke zum Herrn zum Beispiel, die ist wichtiger«, sagte er und warf mir einen kurzen Blick zu. Dann sah er in eine andere Richtung, aber ohne etwas Konkretes zu fixieren. Sein Blick war weder verärgert noch angriffslustig, aber warmherzig war er auch nicht. »Eine Brücke, die sie hin und wieder allein überqueren dürfen, ohne dass du dastehst und Brückenzoll nimmst. Manchmal hilft man am meisten, indem man nicht im Weg steht. Lass sie ihre Gebete in eigene Worte kleiden, lass sie wissen – und tief im Herzen zu fühlen –, dass es nicht nur *dein* Gott, sondern auch *ihrer* ist. Eine Brücke, die von ihren Herzen geradewegs zu ihm führt, ist viel wichtiger als deine Brücke über den Fluss.«

»Ihre Gebete in eigene Worte kleiden?«, fragte ich. »Hast du schon mal gehört, wie solche Gebete klingen?«

Newman sah in seinen Becher und stürzte das Bier schweigend hinunter.

»Peter Greens Türschloss hat geklemmt – für was hat er gebetet? Er beschwor Christus, das Höllentor einzureißen. Meinst du, es hat funktioniert?«

»Hättest *du* ein Gebet gewusst, das funktioniert?«, fragte er.

Ich wendete mich ab. Er sprach sanft mit mir, ohne die Stimme zu erheben, wenn es nicht gerade galt, die Musik zu übertönen, und er wirkte auch nicht gereizt. Ich beobachtete seinen rechten Fuß, um zu sehen, ob er doch noch im Rhythmus der

Musik klopfte oder ob er sich zum anderen Fuß gesellen und fortgehen würde. Der Fuß stand da wie angewurzelt.

Newman sah den Tanzenden zu, ohne ihnen wirklich Beachtung zu schenken. Annie wurde von Arm zu Arm weitergereicht. Sie trug das blaue Seidenkleid, das sie sich von Cecily Townshend geborgt und am Saum umgenäht hatte. Auf ihrem Kopf saß ein Blumenkranz, der sich dauernd löste, sodass sie ihn während des Tanzens immer wieder feststecken musste. Cecily Townshend lehnte an einem Tisch und stocherte im Kopf eines gebratenen Wildschweins herum. Falls Newman ihr gegenüber weniger gleichgültig war als gegenüber den anderen, ließ er es sich nicht anmerken.

»Wieso bist du dir so sicher, dass jeder Mensch direkt zu Gott sprechen kann?«, fragte ich. »Gibt es in Rom oder Florenz ein besonderes Weihwasser, das du getrunken hast und das all deine Fragen beantwortet hat? Wenn ja, dann hätte ich auch gern welches.«

Das war zweifellos mit Bitterkeit gesprochen. Bei anderer Gelegenheit hätte ich ihm zugezwinkert, um ihn wissen zu lassen, dass ich es nicht ganz ernst meinte, und er hätte mir ebenfalls zugezwinkert und sich bekreuzigt und *Fornax ardens caritatis* gemurmelt: Feuerherd der Nächstenliebe, vergib mir, dass ich durch Europa gewandert bin und mein Wasser ohne dich getrunken habe, Reve, *rex et centrum omnium cordium*: König und Mittelpunkt aller Herzen. Das alles mit einer Spur Sarkasmus gesprochen. Früher, als wir jünger waren, hätte ich ihm vielleicht einen Stups mit dem Ellbogen verpasst. Jetzt nicht; der Hochzeitswein hatte meinen *Feuerherd der Nächstenliebe* gelöscht. Und auch er war nicht zu Scherzen aufgelegt.

»Hör dich doch reden«, sagte er. »*Dann hätte ich auch gern welches*. Wenn du glaubst, dass es ein Weihwasser gibt, das all deine Fragen beantwortet, solltest du dann nicht aufbrechen, um es zu suchen, statt zu warten, dass es zu dir kommt? Du könntest etwas von der Welt sehen, aber du bleibst lieber hier und versuchst, Geld für eine Brücke aufzutreiben. Ich weiß nicht, warum du so davon besessen bist.«

»Was glaubst du, wozu ich eine Brücke haben will, wenn nicht, um sie zu überqueren?«

»Dafür, dass andere sie überqueren und dafür bezahlen.«

»Um Reichtum nach Oakham zu bringen«, sagte ich, »um uns vor den Hungerwintern zu schützen. Ich habe dir deine Spenden hoch vergolten, Newman – ein vollständiger Ablass ist mehr, als irgendjemand in Oakham jemals bekommen hat.«

»Und dafür danke ich dir.«

»Ich will die Brücke neu bauen«, sagte ich. »Ich will es, Tom. Um jeden Morgen an das andere Ufer zu spazieren.«

Was so viel heißen sollte wie: Erinnerst du dich an den schönen Morgen, als wir die Leute am gegenüberliegenden Ufer beobachteten? Weißt du noch?

»Es ist deine Sache, was du tust«, sagte er. »Ich bin nicht bereit, dir mehr Geld zu geben. Ich glaube, es geht dir nur ums Geschäft. Ein Geschäftsmann baut eine Brücke und lässt die Leute einen Brückenzoll bezahlen. Ein Mann des Geistes begibt sich selbst auf die Suche, jenseits der Brücke, er bezahlt mit seinem Glauben und öffnet sein Herz. Nun denn, Reve, ich bin kein Geschäftsmann, ich bin ein Mann des Geistes und ich habe gesucht und gebetet und befinde mich nun endlich im Zustand der Gnade.«

Das waren seine Worte. *Im Gegensatz zu dir* (diese ersten Wörter blieben unausgesprochen) *bin ich kein Geschäftsmann, ich bin ein Mann des Geistes*. So lautete seine Rede.

»Ah«, sagte der Dekan, als ich vor seiner – Newmans – Tür stand.

Er ließ mich ein. Wir setzten uns an den Kamin, wo gerade ein Feuer in Gang kam. Es war recht dunkel geworden und die letzten Donnerschläge hallten als fernes, leises Grollen am Himmel wider. Der Dekan hatte den Raum großzügig beleuchtet und auf dem Boden lagen noch die Veilchen und Binsen, die wir am Vortag verstreut hatten, in der Hoffnung, dass Newmans Leiche auftauchen werde und er in seinem Haus aufgebahrt werden könne. Dazu war es nicht gekommen – doch das Haus wirkte trotz Newmans Abwesenheit so fröhlich und warm, als ob es ihn hintergehen wollte.

»Ich dachte, ich teile Ihnen mit, was ich weiß«, sagte ich.

»Und was wissen Sie?«

»Dass an einem einzigen Tag ungefähr ein Drittel der Gemeinde gebeichtet hat.«

Ich hatte angenommen, dass ihn das froh stimmen werde. Es war sein Einfall gewesen, sie zur Beichte zu locken, und sein Plan war aufgegangen. Meine Lebenserfahrung sagt mir, dass Menschen sich freuen, wenn andere nach ihren Wünschen handeln. Aber ihm war keine Freude anzumerken, und so fuhr ich fort: »Trotzdem ist nichts Verdächtiges zum Vorschein gekommen – Herry Carter ist voller Trauer und hat sich am Ohr verletzt. Drew Norys hat einen Stein nach einem Vogel geworfen, der elende Narr. Maurice Fry hat ein Schläfchen im Beichtstuhl gehalten. Gil Otley hat die Zähne seines Sohnes wiedergefunden. Sarah Spenser ist in ihrer Pein bereit, so ziemlich alles zu beichten, darunter auch, dass sie Newman mit einer Axt ermordet hat.«

Der Dekan stieß ein kurzes, prustendes Lachen aus.

»Und wir wissen, dass sie das unmöglich getan haben kann.«

Ich nahm einen kleinen Schluck von dem Bier, das er mir eingeschenkt hatte, und wartete auf seine Erwiderung. Er gähnte. Eine Träne der Müdigkeit glitzerte in seinem Augenwinkel. Das gesamte Licht des Zimmers schien sich in ihr zu fangen und ließ sie glitzern wie ein Juwel.

»Ich wollte Ihnen sagen, wie sehr ich Ihre Anwesenheit hier in Oakham zu schätzen weiß«, sagte ich.

Er drehte mir das Gesicht zu, und die Juwelenträne funkelte mich an.

»Ihre Freundschaft. Ihre Unterstützung in dieser Zeit der Trauer. Sarah sagte, Sie seien sehr freundlich zu ihr gewesen.« Ich drehte den Becher in meinen Händen. »Manchmal kann man sich hier ziemlich einsam fühlen, so ganz ohne jemanden zum Reden. Über die Werke des Herrn, meine ich. Über Schwierigkeiten.« Ich lächelte. »Und dann kommt ein Bruder des Weges.«

Er nickte bedächtig. Nachdem er eine Weile genickt und dann eine Zeit lang still dagesessen hatte, sodass die Träne – sie war schon ein wenig herabgerollt – wie eine Perle auf seinem Wangenknochen ruhte, atmete er tief ein und sagte: »Ja, ein Priester zu sein kann einsam machen. Man muss vieles entscheiden. Manche Entscheidungen sind einfach, andere aber nicht. Das nimmt einem keiner ab.«

Die Wahrheit seiner Worte gab ihnen Gewicht, und die Anteilnahme, die darin mitschwang, verlieh ihnen Wärme. Ich fühlte mich schwer und unbeweglich und sagte: »Ja, tatsächlich, ja.«

»Als ich noch Priester war«, sagte er, »ist in meiner Gemeinde einmal etwas Seltsames passiert. Die Wand unserer Kirche hat die Wand eines Nachbarhauses gestützt, die beiden hatten nämlich dieselbe Wand. Ich vermute, das ist gar nicht so unüblich ...«

»Wie in Bourne«, sagte ich.

»Genau so. Nun, in dieser Wand tat sich also ein Loch auf, gerade groß genug, um eine Hand hindurchzuzwängen. Dem Mann, der im Nachbarhaus wohnte, John Brews hieß er, gefiel das Loch, weil er auf diese Weise in Unterwäsche der Segnung der Hostie beiwohnen konnte. Er war eine komische Rübe, dieser John Brews, sah aus, als ob man ihn gerade aus der Erde gezogen hätte.«

Der Dekan beugte sich mit dem Krug vor, um mir Bier nachzuschenken.

»Bei dem Lärm, der aus Brews' Haus drang, konnte ich keine Messe abhalten und auch nicht predigen«, sagte er. »Er hatte acht Kinder und eine Frau, die gern laut und falsch sang. Also ließ ich das Loch reparieren. Kurz darauf war es wundersamerweise wieder da. Ich sagte zu Brews, da er es gemacht habe, müsse er es auch reparieren, aber das lehnte er ab. Und so stand ich im Altarraum, und hinter dem Loch leuchtete sein knolliges, bleiches Rübengesicht. Ich ließ das Loch erneut reparieren, und da verklagte er mich und ließ mich wegen Besitzstörung festnehmen.« Der Dekan drehte sich zu mir um und sagte mit leisem Schnauben: »Besitzstörung!«

»Das ist eine traurige Angelegenheit.«

Ich beugte mich vor, um mich am Fußknöchel zu kratzen. Wenn Binsen auf dem Boden liegen, muss ich mich immer kratzen. Wenn ich bei meinem eigenen Tod auf Binsen aufgebahrt werde, wird dann ein flackernder Lebensrest in meinen Gliedern immer noch das Jucken spüren, obwohl meine Hände leblos wie Ton daliegen und ich außerstande bin, mich zu kratzen? Das, so schien es mir, wäre wahrhaftig das Purgatorium.

»Ich habe von ähnlichen Fällen gehört«, sagte ich zu dem Dekan, um meine Brüderlichkeit zu bekunden und auch weil es stimmte, »von Priestern, die von ihrer eigenen Gemeinde verklagt wurden. Das ist immer eine traurige Angelegenheit.«

»Oh ja, es kommt vor«, seufzte der Dekan, und er wirkte so winzig auf seinem Stuhl, dass mich eine Welle von Gefühlen erfasste, von denen Zuneigung zumindest eines war. Endlich rollte die Träne seine Wange hinab, und er wischte sie sich vom Kiefer. »Es kommt zweifellos vor. Und was können wir dagegen tun? Richtig und Falsch sind nicht wie Männer und Frauen, es ist nicht so leicht, sie auseinanderzuhalten.«

»Ich würde sagen, sie sind genau wie Männer und Frauen, man kann sie meistens auseinanderhalten, aber nicht immer.«

»Nun gut«, sagte er und hob seinen Becher, als ob er mir zuprosten wollte. »Was nun diesen besonderen Fall angeht, hatte John Brews recht oder unrecht? Es war seine Wand genauso wie die der Kirche. Außerdem nahm er, solange das Loch da war, weitaus öfter am Gottesdienst teil als sonst. Was denken Sie?«

»Das ist schwer zu sagen.«

Er drehte sich in seinem Stuhl um und sah mich an. »Ja, das ist schwer zu sagen, aber Sie müssen sich trotzdem entscheiden.«

Ich runzelte fragend die Stirn. »Muss ich das?«

Sein Starren war kalt, sonst nichts, auch wenn ich für einen Augenblick versuchte, etwas anderes darin zu sehen.

»Was ich sagen will, ist: Ich wüsste gern, was Sie getan haben«, ergänzte ich.

»Und ich wüsste lieber, was *Sie* getan hätten, Reve. Würden Sie John Brews ein Recht auf seine Wand und auf sein Loch in der Wand zugestehen und die Sache auf sich beruhen lassen? Oder würden Sie der Kirche zugestehen, dass sie ein Recht auf eine Wand ohne Loch hatte, und es verschließen?«

»Vielleicht ein Kompromiss?«, antwortete ich fragend.

»Ein Kompromiss!« Sein linkes Bein hob sich und fiel herab, als wäre es an einem Faden befestigt. Mit irgendetwas hatte ich ihn erfreut. »Ja, Reve, ein Kompromiss!«

»Man könnte das Loch lassen und seine Frau bitten, nicht zu singen.«

»Und seine Kinder, nicht zu weinen oder zu brabbeln oder zu zanken. Und Brews, nicht zu schnarchen oder zu furzen, und seine Frau, ihre Zunge zu bezähmen, während der Freuden des ...«

Geschlechtsverkehrs. Ich wollte es aussprechen, denn man soll dieses heikle Wort nicht ungesagt lassen, weil es sich sonst in der Stille hundertmal wiederholt und baumelnd herabhängt und anschwillt wie eine Frucht, die mit jedem Augenblick reifer wird. Weil es darum bettelt, gepflückt zu werden. Aber ich zögerte zu lange, und als ich es aussprechen wollte, war die Frucht schon herabgefallen und lag überreif zu unseren Füßen. Wir sahen beide dorthin, auf unsere Füße.

»Soll ich Ihnen sagen, was ich schließlich tat?«, fragte der Dekan und setzte sich im Stuhl auf. »Ich überzeugte den Richter, die Klage gegen mich fallen zu lassen, und wir reparierten das Loch und sagten Brews, es wäre das letzte Mal. Oder, wenn es ein nächstes Mal gäbe, dass er derjenige sei, der verhaftet würde.«

Irgendwann zwischen der dicken glitzernden Müdigkeitsträne und dem Aufrichten seines Rückens war die Stimmung des jetzt stocksteif dasitzenden Dekans umgeschlagen. Seine Lippen waren jetzt fest zusammengepresst und seine Finger herausfordernd gekrümmt.

»Wissen Sie, Reve, letztlich musste ich Entschlossenheit und Autorität beweisen. Wenn in einer bestimmten Situation kein

Richtig oder Falsch existiert, dann muss man selbst die nötigen Antworten geben. Darin zeigt sich die Wichtigkeit von Stärke und Führerschaft. Man muss sagen: So werde ich es mangels besserer Möglichkeiten tun. Man muss sagen: Es gibt unerwartete Schwierigkeiten, und ich werde die Angelegenheit in die Hand nehmen.«

»Sie sprechen nicht mehr über das Loch in der Wand«, sagte ich, denn sein wütender Blick ließ keinen Zweifel daran, dass die Anekdote jetzt ihre Richtung gewechselt hatte und auf mich wies.

Er klopfte mit dem Finger gegen seinen Becher: »Das habe ich schon die ganze Zeit nicht getan.«

»Nein.«

Wir starrten vor uns hin – ich auf den Boden, er auf mich. Meine Wangen fühlten sich heiß an, wie ausgehöhlt unter seinem stechenden Blick. In diesem Blick lag auch das Scheitern einer Freundschaft zwischen uns. Mein eigenes Scheitern, Vertrauen aufzubauen.

»Wollen Sie, dass ich etwas Bestimmtes tue?«, fragte ich.

»Wo es keine klare Antwort oder Verfehlung gibt, aber trotzdem eine Schwierigkeit, müssen Sie durch Ihr Vorbild führen.«

»Das ist es, was ich versuche.«

»Und dafür Sorge tragen, dass Ihre Gemeinde nicht im Unglück versinkt – oder entartet.«

Mir fiel bloß das Röckchen ein, das man der Jesusfigur angezogen hatte. Hatte es ihn so sehr gestört? Die grunzende, stampfende Kuh in der Scheune konnte es wohl kaum gewesen sein. »Geht es um den Spaziergang?«, fragte ich.

Keine Antwort.

»Geht es um den Rock, den Jesus in New Cross trug? Sie wissen, dass das nur ein Spaß ist. Ich glaube, dass eine Gemeinde, der immer noch nach Späßen zumute ist, sich guter Gesundheit erfreut. Finden Sie nicht?«

Ich hatte sein Schweigen satt, ich war wütend, und außerdem bereitete es mir Kummer, in Newmans Haus und auf Newmans Stuhl zu sitzen, während Newman tot war.

»Worum geht es also?«, fragte ich. »Um die Kühe in der Scheune? Haben Sie erwartet, dass ich die beiden Biester eigenhändig trenne, während sie noch stoßen und schieben? Sollte ich den Jungen bei den Scheunen in freiem Fall auffangen, ehe er in dem Graben voller Jauche landete? Jane Smith mit meiner Hand den Mund verschließen, während sie sich noch erbrach? Soll ich dem schlechten Wetter ein Ende setzen?«

»Ich sah Cecily Townshend heute Abend mit einem großen Bündel auf dem Arm hinter ihrem Haus«, sagte er, »und ich fand es seltsam, dass eine Frau in ihrer Stellung Besorgungen erledigt. Haben Sie mir zu diesem verwirrenden Anblick etwas zu sagen?«

Ich hatte mich wieder am Fußknöchel kratzen wollen, aber jetzt hielt ich inne. Meine Hand erschlaffte, und ich setzte mich wieder auf.

»Was hat das mit unserer Unterhaltung zu tun?«

»Sie haben mir also nichts zu sagen?«

»Sie brachte mir eine Gans«, sagte ich. Es hatte keinen Zweck zu lügen, und ohnehin handelte es sich dabei wohl nur um eine rhetorische Frage, weil er längst hinter meinem Haus gewesen war und sich vergewissert hatte. »Nur eine Gans.«

»Eine Gans? Was sollen Sie so kurz vor der Fastenzeit mit einer Gans anfangen?«

Ich legte die Hände flach auf meine gespreizten Knie.

»Es war nur eine Aufmerksamkeit, die mir Cecily Townshend zukommen ließ.«

»Werden Sie diese Aufmerksamkeit mit Ihrer Gemeinde teilen?«

»Dafür ist sie wohl kaum groß genug.«

»Mit anderen Worten: Während der Rest von Oakham sich vierzig Tage lang mit Brot und Gerste und Eintopf und – bestenfalls – einem Stück Fisch begnügt, haben Sie Fleisch für die halbe Fastenzeit.«

»Wenn ich die Gans teile, bekommt jeder nur einen Bissen.«

»Was Sie eigentlich sagen wollen, ist, dass Sie die Gans nicht teilen können, weil Sie dann erklären müssten, dass sie ein Geschenk von Cecily Townshend ist, und das wäre wohl ein wenig … heikel, nehme ich an. Vor allem, wenn Sie den Grund zu erklären versuchten.«

»Ich sagte Ihnen doch, Sie wollte mir eine Aufmerksamkeit erweisen; es ist nicht unüblich, seinem Priester zu danken.«

»Schaffen Sie es denn, die Gans vor der Fastenzeit zu verzehren?«

»Die Fastenzeit beginnt schon in zwei Tagen.«

»Dann teilen Sie sie mit Ihrer Gemeinde, einen Bissen für jeden. Oder wollen Sie sie ganz für sich allein haben?«

Der Dekan stand auf, ging zum Feuer und wandte seine Handflächen den Flammen zu; seine Finger waren blutlos und weiß. »Wissen Sie, wie wichtig es ist, die Leute nach Newmans Tod zusammenzuhalten und moralisch zu stärken? Wissen Sie, dass Ihr Kirchhof schon bald der Gemüsegarten eines Mönchs sein könnte? Wie können Sie Ihre Gemeinde auffordern, sich zusammenzureißen, wenn es Ihnen selbst nicht gelingt? Wenn Sie mit zweierlei Maß messen – eines für sich und eines für die anderen, können die Leute Ihnen vertrauen?«

Ich nahm einen kleinen Schluck Bier und behielt es kurz im Mund. Als ich es schließlich herunterschluckte, war das deutlich zu hören, und der Dekan fuhr herum und starrte mir ins Gesicht.

»Sie sind ihr Beschützer, Reve, sie sind die einzige nennenswerte Kraft, welche die Mönche aus Bruton davon abhalten kann, dieses Dorf zu übernehmen. Sie könnten sich ebenso mit einer Mistgabel an die Gemeindegrenze stellen. Vielleicht läuft es genau darauf eines Tages hinaus.«

Dann gnade uns Gott, dachte ich. Ich hätte nicht die geringste Ahnung, was mit der Mistgabel zu tun wäre. Sie schwenken, mit ihr zustechen, sie wie einen Speer handhaben, wild entschlossen und mit voller Wucht? Gegen einen Mönch?

»Vielleicht stimmt etwas nicht mit meinen Augen«, sagte der Dekan, »aber ich glaube nicht, dass Ihre Seite des Bootes sich gehoben hat. Sie ist eher ein wenig gesunken.«

Ich weiß nicht, welche Botschaft mein Blick ihm übermittelte, denn ich versuchte, keine Panik zu zeigen, aber Panik lässt sich nicht so leicht verbergen. Ich bin ordiniert, hätte ich ihm gern gesagt; ich habe mein Fleisch dem Heiligen Geist überantwortet, ein Pfund meines Blutes für ein schwereloses Flüstern, eine Hoffnung. Wenn das Boot sich nicht hebt, ist dann nicht eher die Prüfung daran schuld als der Geprüfte? Wollen Sie wirklich sagen, dass der Herr mich zurückgewiesen hat? Oder dass ich ein Scharlatan bin?

Ich sagte unnötigerweise: »Ich schicke die Gans zurück zu den Townshends.« Mochte das Angebot auch unnötig sein, so hatte der Wunsch, der dahinter stand, doch erheblich zugenommen: die Gans loszuwerden, die mich jetzt zu verspotten, zu verlachen und herabzusetzen schien.

»*Das* wäre erst recht belastend für Cecily Townshend. Würde ihr Mann sich nicht fragen, warum sie dem Priester kleine Fastnachtsgeschenke zukommen lässt? Vielleicht würde er denken, dass sie etwas zu verbergen hat.« Der Dekan ging zu seinem Stuhl zurück und setzte sich auf den Rand der Sitzfläche. »Nein«, sagte er. »Nein, nein. Sie werden diese Gans nicht zurückgeben. Sie werden jede einzelne Sehne essen, sodass bis Fastnachtsdienstag nichts mehr von ihr übrig sein wird. Stellen Sie sich vor, dass Sie Ihre Schwäche und Ihre Vorliebe für Kompromisse verzehren, und wenn die Schwäche endlich fort ist, dann wird nichts als Entschlossenheit geblieben sein.«

Mein Schnauben klang wie jenes, das ich so oft auf der anderen Seite des Beichtstuhls gehört hatte – trotzig, aber hilflos.

»Entschlossenheit, Reve. Haben Sie verstanden? Wenn die Dinge sich hier zum Schlechten wenden, müssen Sie der stärkste aller Männer sein. Nicht jemand, der sich hinter seinem Tisch verschanzt, eine Gans isst und darauf hofft, dass die Dinge sich zum Guten wenden. Nicht jemand, der darauf wartet, dass ein Landdekan ihm hilft. Ich sage dies zum Wohle Oakhams, nicht zu meinem eigenen. Warum sollte es mich kümmern, was für ein Mensch Sie sind? Aber fast einhundert Menschen verlassen sich auf Sie. Mit Kompromissen kommen Sie nicht weiter. Auf dieser Welt muss man schwierige Entscheidungen treffen. Sind Sie dem gewachsen?«

Ich erhob mich schwerfällig vom Stuhl. Ich nickte, wobei ich nicht wusste, ob es ein zustimmendes Nicken war oder einfach eine Geste des Abschieds.

Hol die Gans herein, dachte ich. Aber kaum dass ich aufgestanden war, dachte ich: Lass sie draußen. Bestimmt fressen die Füchse sie oder die Hunde, wenn ich sie dort lasse – und wenn nicht, dann ist das Gottes Zeichen, dass ich sie essen soll. Doch dann war ich schon bei dem Gedanken hungrig. Ich aß ein Stück von Townshends milchweißem, feuchtem Käse.

Ich ging hinaus, um mich zu vergewissern, dass es in der Kirche dunkel war. Doch einige Lichter brannten noch, und so überquerte ich den Kirchhof. Die Nachtluft war feucht und drückend. Der Donner hatte fast zwei Stunden lang gegrollt, aber der Himmel war immer noch wolkenverhangen. Als ich die Kirche betrat, sah ich Janet Grant, die im Nordschiff die Kerzen löschte.

»Pater«, sagte sie.

»Ich helfe Ihnen.«

Während sie sich von Nordosten zur Tür vorarbeitete, schlug ich die entgegengesetzte Richtung ein und löschte eine Kerze nach der anderen. Es überrascht mich immer, wie viel Licht eine einzelne Flamme wirft und wie tief und leer die Dunkelheit ist, die an ihre Stelle tritt. Und dass eine kleine, gleichmäßige Flamme einen so munter tänzelnden Schatten werfen kann.

Ich ging schweigend von Kerze zu Kerze, und Janet Grant tat auf ihrer Seite das Gleiche. Als wir uns an der Tür trafen, leuchteten nur noch das Talglicht in ihrer Hand und die eine Kerze, die bis zum Morgen weiterbrennen würde. Die Welt um uns herum war zu einer einzigen Flamme geschrumpft, die in ihren Augen flackerte. Diese turbulente Welt – plötzlich bestand sie nur noch aus ihrem schalen, schwach nach Ziege und Fenchel riechenden Atem und einem wachsartigen Umbra, das einer schwindelerregenden Finsternis wich, ehe wir auch nur die Tür erreicht hatten.

Ich öffnete tastend den Riegel, und wir betraten den Vorraum, wo ich an der zweiten Tür herumhantierte. Dann gingen wir hinaus in die durchnässte Nacht. Die Tür fiel schwer hinter uns ins Schloss.

»Schlaf gut, Janet«, sagte ich.

Und sie entgegnete: »Schlafen Sie auch gut, Pater.«

TAG 1

Der vorausgehende Tag,
Fastnachtssamstag, auch Eiersamstag genannt

Brand

»John. *John!*«

Ein lautes Hämmern an der Tür; ich drehte mich verschlafen auf die andere Seite. Ein Auge brachte ich auf, aber nur eines. Das andere war wie zugeklebt. Das dienstbare Auge sah, dass es entweder noch Nacht oder sehr früher, tiefdunkler Morgen war.

»Mach auf, John.«

Es war Thomas Newman; diese Stimme hätte ich zu jeder Tages- und Nachtzeit erkannt, auch wenn sie jetzt flach und gepresst klang und gar nicht so melodiös wie sonst.

»Bitte, John, mach schon.«

Er drückte gegen die Tür (die zwar nie abgeschlossen war, jetzt aber vom Regen so aufgequollen, dass sie sich kaum öffnen ließ). Ich schloss die Augen und vergrub den Kopf unter der Decke. Mein Kopf registrierte einen schneidenden Schmerz, meine Augäpfel fühlten sich wie Steine an, die unter einem Schuh zermahlen wurden. Ich hatte einen Kater. Zu viel von Hiksons Gebräu am Vorabend bei der Hochzeit. Newman stand jetzt im Zimmer; seine Stimme tönte nur eine Armlänge entfernt von meinem Bett aus dem Dunkel.

»John, wach auf, steh auf. Ich brauche etwas.«

Ich brauche etwas. Als ob wir nicht alle etwas bräuchten.

»Ich weiß, dass du wach bist. Ich brauche die Sterbesakramente. Du musst aufstehen.«

Ich brauche die Sterbesakramente! Nur Thomas Newman konnte so anmaßend sein, nach den Sterbesakramenten zu fragen wie ein Schmied nach seinem Gesenk.

Während ich mich tiefer unter meiner Decke versteckte, erschien vor meinem inneren Auge sein Gesicht, wie ich es am Vorabend gesehen hatte – frisch, unerschütterlich, die Augen wie auf eine unsichtbare Hoffnung gerichtet.

»Du kannst sie mir gleich hier erteilen. Ich kann hier niederknien – du musst nicht einmal aufstehen. Du musst nur meine Beichte anhören. Ich kann auch zur Kirche gehen und das Öl und die Hostie holen. Ich bringe sie her. Du musst nicht aufstehen.«

Er wird Annie aufwecken, dachte ich, doch dann fiel mir ein, dass meine Schwester zum ersten Mal seit vielen Jahren nicht im Nachbarzimmer schlief, sondern geheiratet hatte und ausgezogen war. Mein Körper versteifte sich vor kalter, ohnmächtiger Wut. Glaubte Newman, er könne das Weihöl und die Hostie einfach so nehmen? War der Altar vielleicht sein Küchentisch? Da stand der Mann, der behauptete, dass seine Laute einen ebenso guten Weg zu Gott wiese wie ein Priester. Dann geh doch und knie vor deiner Laute nieder, wenn du die Sterbesakramente haben willst, dachte ich; bitte die Laute, deine Stirn zu salben und deine Dämonen zu vertreiben. Warum weckst du mich?

Er stand neben meinem Bett, zitternd wie in einem Sturm, und sein Atem ging stoßweise. Er hatte keine Kerze dabei, das hätte ich sogar durch meine geschlossenen Augenlider wahrgenommen. Außer der Kerze, die neben meiner Tür brannte, gab es kein Licht im Zimmer. Jetzt erst bemerkte ich das Rauschen des Regens rings um das Haus. Dann hörte ich, wie Newman sich niederließ; wahrscheinlich kniete er.

»Wenn man sich schlafend stellt, sollte man dabei nicht so angestrengt wirken. Du bist ein schlechter Schauspieler.« Die letzten Worte flüsterte er mir direkt ins Ohr.

Mein schaler Atem sammelte sich unter der Decke, in der ich feststeckte wie in einem Kokon. Newman hatte recht: Ich atmete zu ungleichmäßig und zu flach für jemanden, der schläft. Auch mein Herz schlug zu schnell. Bestimmt hatte er gehört, dass meine Lungen fast platzten.

»Bitte, John. Erlaubst du mir, die Dinge für die Sterbesakramente zu holen?« Er wartete auf meine Antwort. Dann schlug er sich mit den Händen auf die Schenkel. »Was ist, John? Wir sind doch Freunde, oder?«

Ich fühlte mich, als hätte man mich vergiftet, und mir war schlecht; Hikson musste etwas Übles in das Hochzeitsbier getan haben. Als ich Newmans Stimme wieder hörte, kam sie wie ein Pfeil aus der Dunkelheit geradewegs auf mich zugeschossen: ein Pfeil mit bunten Federn, deren Farben zu explodieren schienen.

»Als meine Tochter am Schweißfieber starb«, sagte er, »nahm ich all meine Trauer und drehte sie so lange in meinen Händen hin und her, bis sie wie Liebe aussah – und diese Liebe schenkte ich meiner Frau. Ich hatte sie vorher nicht richtig geliebt, denn ich war kein warmherziger Ehemann gewesen, so wie auch sie keine warmherzige Ehefrau gewesen war. Uns blieben acht Tage, um festzustellen, dass wir einander brauchten, und dann wurde auch sie krank und starb. Dieses Leben hat mich nicht überzeugt. Dieses Leben, das uns gegeben wird. Ich habe so gut, so unternehmungslustig und freundlich gelebt, wie ich es vermochte, und meine Freundlichkeit wurde mir mit Freundlichkeit vergolten. Trotzdem stelle ich fest, dass ich mir nicht mehr viel vom Leben erhoffe. Ich bin misstrauisch, was die Logik dieses Lebens angeht, John – wenn es überhaupt einer Logik folgt. Du versicherst mir das, und ich glaube dir. Aber ich bin bereit, dieses Leben aufs Spiel zu setzen und darauf zu vertrauen, dass das nächste besser wird. Du versicherst mir, dass es ein besseres Leben sei, und ich glaube dir. Du versicherst mir, dass im Himmel schon ein Platz für mich vorgesehen sei und dass du selbst ihn wegen meiner guten Taten durch Ablässe ausgehandelt habest, und ich glaube dir. Wieso sollte es von Nachteil sein, wenn ich mich selbst dorthin begebe?«

Ich lag da, ohne mich zu rühren, den Rücken gegen das Bett gepresst. Newman fügte beiläufig hinzu: »Mein Tod wird wie ein Unfall aussehen, als ob ich ertrunken wäre, und niemand wird zu Schaden kommen. Du kennst die Verträge; ich möchte sterben, ohne diesem Dorf und seinen Menschen Schwierigkeiten zu bereiten, und ich bitte dich dringend, Townshend dahin zu bringen, dass er für ihre Bedürfnisse sorgt. Du wirst das tun. Du bist ein guter Mensch.« Eine Pause, und dann: »Lass mich zu den Worten der Kirche und Gottes sterben. Ich will sterben.«

Die Muskeln und Knochen und Sehnen, bis eben noch eine einzige Suppe in meinem Innern, schienen sich auf eine Bewegung vorzubereiten, aber gerade als ich mich aufrichten und zu Newman sprechen wollte (um ihm zu sagen, dass er das, was er tun wollte, nicht tun sollte, dass sein Leben kostbar sei), kam die kurze Aufwallung zum Erliegen. Danach konnte ich nur noch die Kälte meiner Haut und den Schmerz in meinem Kopf spüren – und den Verrat der vorangegangenen Nacht, der eine Wut entfacht hatte, wie ich sie noch nicht gekannt hatte. Ich bin kein Geschäftsmann, ich bin ein Mann des Geistes, hatte er gesagt. *Ich bin ein Mann des Geistes*. Als ob er sagen wollte: Du, John, bist es nicht.

Seine Hand packte meinen Arm. »Ich brauche die Sterbesakramente. Ich kann nicht sterben, ohne gebeichtet zu haben.«

Ich rührte mich nicht. Er wartete, und seine Hand war immer noch um meinen Arm geschlossen. Meine Kieferknochen schmerzten, weil ich sprechen wollte, weil ich mich aufsetzen und ihm die nackte Wahrheit ins Gesicht schleudern wollte: Wenn du so ein großer Mann des Geistes bist und ich bloß ein Geschäftsmann, dann sollte *ich* zu *dir* kommen, um die Sterbesakramente zu empfangen.

Mein Herzschlag war wie ein Vogel, der sich in einem geschlossenen Zimmer gegen die Fensterscheiben wirft. Seine Finger drückten meinen Arm ein letztes Mal, dann löste sich sein Griff. Trotzdem rührte ich mich nicht, bis er die Hand fortnahm. Er stand auf und verharrte längere Zeit neben meinem Bett. Der Regen klang wie ein Musikstück mit Trommel und Fiedel, er hämmerte und jaulte. Es bewegte mich, dass er dort so lange und hoffnungsvoll stand – aber so war er nun einmal: geduldig und entschlossen. Ich musste all meine Kraft aufwenden, mich nicht aufzusetzen, meine Hand nach der seinen auszustrecken, um ihn mit seiner sanften Stimme »Benedicite« sagen zu hören, woraufhin ich mit meinem »Dominus« antworten würde. Er stand da, ohne sich zu rühren, und ich lag da, ohne mich zu rühren, und der Kampf zwischen uns wurde mit den Augen ausgetragen – mit seinen, die mich nicht aus dem Blick ließen, und mit meinen, die sich nicht öffnen wollten.

Schließlich hörte ich, wie er tief einatmete und sich entfernte; er befand sich jetzt irgendwo im Raum, aber ich wusste nicht, wo – nicht, ehe die Kerze neben der Tür verlosch (durch Ausblasen oder Zugluft?) und die Tür knarrend geöffnet und wieder geschlossen wurde.

Einige Augenblicke kamen und gingen. Wie viele? Genug, dass etwas Bleiernes durch meine Beine in die Füße strömte und eine Hitze die Sohlen jäh entflammte. Es war, als ob in Ermangelung eines zurechnungsfähigen Kopfes meine Füße das Denken übernommen hätten. Welcher Priester lässt einen aus seiner Gemeinde ohne Beichte in den Tod gehen? Was wäre das für ein Mensch? Ich rappelte mich auf, kam auf die Füße, diese Klumpen meines Gewissens, wickelte mich in eine Decke und stellte, als ich die Tür öffnete, fest, dass inzwischen mein ganzer Körper sein Gewissen wiedergefunden hatte und meine Wut abgeebbt war. Ich lief im Nieselregen durch die windstille Luft in Richtung Old Cross.

Weiter vorn, in der sich auflösenden Dunkelheit, ging Newman auf sein Haus zu – nicht zum Fluss, sondern heim. Ich folgte ihm mit einigem Abstand und sah ihn über seine Türschwelle treten. Dann stand ich noch eine Weile im Wald, um mich zu vergewissern, dass er nicht gleich wieder hinausging. Der Rauch aus seinem Schornstein stieg beruhigend zum Himmel, die Luft roch nach Eiche. Die Anwandlung von Verrücktheit und Melancholie war vorbei, er hatte es sich anders überlegt. Natürlich – welcher Mensch, der noch bei Trost ist, würde freiwillig ohne Beichte in den Tod gehen.

Ich stand in meinem Nachthemd im Regen, notdürftig in eine Decke gewickelt, mit offenen Schuhen, verkatert und vor Kälte zitternd. Aber ich versicherte mir: Du hast Newman nicht im Stich gelassen, keineswegs – du hast ihn vom Selbstmord abgebracht, indem du ihm den Übergang verweigert hast. Niemand kann behaupten, du hättest ihn im Stich gelassen.

Meine Füße, kalt vor Erleichterung, trugen mich getreulich nach Hause.

Ich muss in einen unruhigen Schlaf gefallen sein, und während ich schlief, muss ich mir Sorgen über die gelöschte Kerze bei der Tür gemacht haben, denn ich träumte davon, sie anzuzünden. Als ich aufwachte, war ich mir sicher, dass sie gleichmäßig brannte und ich mit den Händen nach ihr greifen konnte. Es war das Geräusch der sich öffnenden Tür, das mich geweckt hatte. Ich fuhr hoch und saß aufrecht im Bett. Die Kerze brannte nicht. Es war früher Morgen, eine kalte, dunkle Dämmerung, und Carter stand mit klappernden Zähnen vor mir. Er brachte den strengen Geruch des Flusses mit sich.

»Stehen Sie auf!«, sagte er.

Er hatte mir seine kalten Hände auf den Arm gelegt. Er war völlig durchnässt, und Wasser – aus seinem Ärmel, aus seinem Haar? – tropfte auf mein Handgelenk. Schwaches Tageslicht fiel in den Raum, grau und trostlos. Newman ist hier gewesen, dachte ich, und obwohl es mir wie ein Traum erschien, wusste ich, dass es tatsächlich passiert war. Sobald ich Herry Carter gerochen hatte, war mir klar, welche Neuigkeit er brachte. Trotzdem saß ich noch immer im Bett und sah mit wahrscheinlich ausdrucksloser Miene durch ihn hindurch, denn er brachte sein Gesicht ganz nah an meines und wiederholte: »Stehen Sie auf!«

»Ich …«

»Thomas Newman hat sich eben bei der Brücke ertränkt. Er ist untergegangen. Ich habe ihn gesehen.« Carter zeigte mit gespreizten Fingern auf seine Augen, dann vergrub er schluchzend sein Gesicht in meiner Decke.

Ich rappelte mich mühsam auf und streifte mein Messhemd über. Ich weiß nicht, ob ich wirklich verstand, was er gesagt hatte, auch wenn ich es vorausgeahnt hatte. Ich zog nur das Messhemd an und spürte, wie die Kälte mir in die Haut kniff. Diese endlosen Winternächte mit ihren dunklen Dämmerungen und kalten Morgenmonden. Feinde des nackten Fleisches. Herry Carter war weniger zu sehen, als durch sein Schluchzen zu hören. »Ich war es«, sagte er, »ich.«

Ich machte mir nicht die Mühe, eine Kerze anzuzünden. »Was warst du?«

»Ich habe ihn dazu gebracht, sich zu ertränken.«

»Du bist ja ganz durcheinander. Komm, setz dich her.«

Ich zog einen der beiden Stühle unter dem Tisch hervor. Er schaute finster drein und blieb neben dem Bett knien.

»Er ist zum Fluss gegangen, um sich zu ertränken«, sagte er. »Von allen schlimmen Dingen hat er sich ausgerechnet das *Ertränken* ausgesucht. Ausgerechnet Tom Newman. Ich habe versucht, ihn aufzuhalten, und wir haben gekämpft, und er hat versucht, mich unter Wasser zu drücken. Aber ich habe mich gewehrt, und irgendwie …« Carters Gesicht und seine Fäuste verkrampften sich gleichzeitig. »Er hat versucht, mich unter Wasser zu drücken.« Dann Tränen und Fassungslosigkeit. »Er hat versucht, mich unter Wasser zu drücken.«

»Du hast dich gewehrt, und deshalb war schließlich er derjenige, der untergegangen ist?«

»Ich wollte das nicht.«

Ich setzte mich auf den Stuhl, den Carter verschmäht hatte, und er kniete weiter im Schatten des ungelüfteten Zimmers. Alles, was ich sah, waren das flackernde Weiß seiner Augen und seine halb zum Gebet verschränkten milchweißen Hände.

»Warum warst du überhaupt vor Tagesanbruch am Fluss, Herry?«

Herry Carter rappelte sich auf. Dann ließ er sich unbeholfen auf die Bettkante plumpsen und stützte die Ellbogen auf die Knie. Kummervolles Seufzen. Er rieb die Handflächen aneinander, als ob er Funken mit ihnen schlagen wollte, dann umklammerte er sie und kaute an einem Daumennagel.

»Ich schlafe in letzter Zeit nicht gut, meine Frau wälzt sich unruhig im Bett herum. Der Unterschied ist, dass sie dabei schlafen kann, ich aber nicht. Es hat wie aus Eimern geschüttet. So sehr ich es auch versuchte, ich konnte einfach nicht schlafen.« Er biss ein Stückchen Nagel ab und spuckte es aus. »Ich bin aufgestanden, und dann bin ich zum Fluss gegangen, einfach so. Bei den Überschwemmungen habe ich mir Sorgen wegen der Schafe unten in den Marschen gemacht. Ich hatte Angst, dass sie ertrinken könnten.«

»Und Newman war dort?«

»Nein, aber er kam dann. In Mantel und Stiefeln. Er war überrascht, mich zu sehen.«

Carter stand auf und ging zitternd auf und ab. Ich erhob mich von dem Stuhl, nahm meine Decke vom Bett und legte sie ihm um die Schultern. Er war noch immer völlig durchnässt, seine Haut kalt wie Granit. Er zog sich die Decke fest um den Leib.

»Anfangs scherzte er noch und sagte, dass er frische Luft schnappen wolle, um den Hochzeitswein aus dem Schädel zu kriegen. So hat er das gesagt. Er wollte mich überreden, wieder zu Bett zu gehen. Aber ich habe gemerkt, dass etwas nicht stimmte, deshalb bin ich geblieben. Wir sind durch das Hochwasser gewatet und haben nach Tieren Ausschau gehalten, und es drang auch schwaches Blöken von den Marschen herüber, aber in der Dunkelheit konnten wir nicht sehen, ob die Tiere in den Fluss geraten waren. Newman sagte, dass er bis zur Dämmerung dableiben wolle, um nach dem Rechten zu sehen, und dann sind wir zurück zur Brücke gegangen – oder zu dem, was von der Brücke noch übrig ist – und haben über die Sterne gesprochen, und er meinte, dass seien andere Welten, genau wie unsere, wo es auch Leben gibt.«

Carter setzte sich wieder auf das Bett, und ich sagte: »Du musst atmen, tief durchatmen«, denn er zitterte am ganzen Leib, und sein Atem flatterte so hektisch und unregelmäßig wie ein Birkenblatt im Wind.

»Dann hörte Tom Newman auf, über die Sterne zu sprechen, und sagte: Entschuldige mich, Herry, und ging zum Ufer und wollte ins Wasser. Einfach so.«

Er begann wieder zu schluchzen, und dann kam ein schmerzliches Winseln hinzu. Was war bei all diesem dunklen, kalten Hin und Her von Leibern und Wörtern real, was war Illusion? Newman an meinem Bett, Carter an meinem Bett, Newman am Fluss, Newman, der in den Fluss watet, Carter, der durchnässt dasteht, Newmans Hand auf meinem Arm, Carters Hand auf meinem Arm. Der vielfarbig gefiederte Pfeil, als der mir Newmans Bitte erschienen war und den ich jetzt als einen echten Pfeil ansah, als ob Newman im Traum damit auf mich gezielt hätte. Nichts von all dem war im Traum geschehen, doch all dem fehlte auch die Klarheit der Realität. Newman war doch nach Hause gegangen, oder? Nicht zum Fluss, sondern – *nach Hause*? Die Decke war von Carters Schultern gerutscht, und ich wickelte sie wieder fest um ihn.

»Dann ging es los«, sagte Carter. »Keine Ahnung, was passiert ist, woher soll ich das wissen? Ich sah einfach, dass Tom Newman, geradewegs und ohne anzuhalten, in diesen teuflisch wilden Fluss marschiert ist, also bin ich hinter ihm her, und er sagte, ich solle ihn in Ruhe lassen. Aber wir standen beide bis zu den Hüften im Wasser, obwohl wir noch nicht einmal richtig das Ufer verlassen hatten, und wir hielten uns an den Resten der Stützpfeiler fest, deshalb dachte ich: Wenn er wirklich sterben wollte, würde er sich nicht festhalten. So ist es doch, oder? Wenn er wirklich sterben wollte, wäre er jetzt schon im Fluss.«

Ich starrte aus dem Fenster, während er sprach: Ein fröstelnder Mond verblasste, und der Tag saß ihm im Genick. Aber auch der Tag war blass und fröstelte, und er kam ohne Überzeugung und ohne Vogelsang.

»Wir haben kaum gesprochen«, sagte Herry Carter. »Ich wusste, was er wollte, und ich kannte auch den Grund, den musste er mir nicht erklären. Er hat mir früher schon gesagt, wie gern er mit seiner Frau und seiner Tochter im Himmel wiedervereint wäre und dass dieses Leben ihm nur dazu diene, genug Gutes zu tun, um in den Himmel zu kommen, je früher, desto besser. Ich wusste, dass das sein Ziel war. Der Saum seines Mantels war voller Steine, das erkannte ich an der Art, wie der Stoff ins Wasser hinabgezogen wurde, während meiner sich wie ein Rock ausbreitete. Ich versuchte, ihm den Mantel auszuziehen. Er ließ es geschehen, er half mir sogar, als wollte er mir damit zeigen, dass ich mich nicht darum kümmern sollte, weil er sowieso ertrinken würde, bloß dass es ohne Mantel vielleicht etwas länger dauern würde. Aber ich verstand das anders: Dass er sich aus seinem Mantel kämpfte und sich immer noch an der Brücke festhielt, all das zeigte mir, dass er tief im Innern noch nicht zum Sterben bereit war. Ich glaube, sein Mantel trieb noch ein Stück weit flussabwärts, ehe er unterging. Ich legte meinen freien Arm um seine Taille, den, mit dem ich mich nicht an dem Stützpfeiler festhielt, und schrie ihn an: Ich bin dein Sohn, ich werde dich nicht loslassen, wir gehen nach Hause und machen Feuer. Alles wird gut! Und er, was hat er getan?«

Ich drehte den Kopf und sah Carter über meine Schulter an. Ich dachte daran, dass Newmans Mantelsaum genauso mit Steinen gefüllt gewesen war wie an jedem Fastnachtssonntag, wenn wir gewogen wurden. Bei dem Gedanken, dass er jetzt für immer fort sei, füllte sich plötzlich auch mein Herz mit Steinen. Da draußen holte der bleiche Mond zum letzten Mal Atem, doch er hatte sich schon von uns abgewandt. »Was hat er getan?«, fragte ich, weil Carter es so wollte.

»Er hat mir in die Augen geschaut, unser Freund Thomas Newman, bei all dem Durcheinander und dem Lärm und trotz des rutschigen Bodens hat er mir so ruhig und gelassen in die Augen geschaut, dass ich dachte: Er hat verstanden, dass ich ihn liebe und was das bedeutet, und dann hat er den Brückenpfeiler losgelassen. Ich habe mich an ihn geklammert, ich kann Ihnen gar nicht sagen, wie sehr, bis nur meine Finger noch an seinem Hemd zerrten und zogen. Aber Sie verstehen bestimmt, worin die Schwierigkeit für mich bestand – ich hatte keine Hand frei, und er hatte zwei, und mit einer der beiden drückte er meinen Kopf unter Wasser.«

Er ließ den Kopf hängen und sah hinab – vielleicht auf seine Hände, welche die Knie jetzt wahrscheinlich wie Krebse umklammerten. Aber das konnte ich in dem schwachen Morgenlicht nicht sehen. »Haben Sie gehört, was ich gesagt habe? Er hat meinen Kopf unter Wasser gedrückt.«

Seine Zähne fingen heftig an zu klappern, und ich fragte mich, wie der Herr auf die Idee gekommen war, dass Zähneklappern helfen könnte, wenn man friert. »Wo ist die Decke, Herry?« Ich konnte nicht erkennen, ob sie noch um seine Schultern lag. »Wickel dich fest in die Decke ein.«

»Er hat meinen Kopf unter Wasser gedrückt«, sagte Carter, »und ich war dem Tod näher als jemals zuvor, und ich schlug wie wild um mich, mir war sterbenskalt, und als ich an die Oberfläche kam, um Luft zu holen, sah ich ihn und trat nach ihm, und dann ging ich wieder unter, und als ich wieder hochkam, hielt ich immer noch sein Hemd in der Hand, aber er war fort.«

Für eine Weile war das Rascheln der Decke das einzige Geräusch im Raum: Ich sah, wie er sie unbeholfen um sich schlang – ein schwarzer Schatten stand wie ein Flügel von seinen Schultern ab – und an ihr zerrte: Wolle auf Hanf. Und ich stellte mir vor, wie Newmans Hemd mit flatternden Ärmeln durch die Strömung gepeitscht wurde.

»Ich hätte ihn einfach loslassen können«, sagte Herry, »aber ich gab ihm einen Tritt. Mit beiden Füßen. Ich gab ihm einen Tritt.« Dann hob Herry Carter den Kopf und nagelte mich – so zumindest schien es mir – mit seinem Blick fest. »Sieht Gott, was unter Wasser geschieht?«

»Hör zu …«

»Hat er gesehen, dass ich Newman mit den Füßen in die Rippen getreten habe?«

»Der Fluss ist wild und trüb, und Gott sieht nicht immer hin.«

Wir wussten beide, dass das nicht stimmte. Carter hielt seinen Blick fest auf mich gerichtet: Das Oval seines Gesichts zeichnete sich deutlich gegen die Dunkelheit ab.

»Ich glaube, Gott hat meine Beine ganz gut gesehen.«

»Er hat dir ins Herz gesehen«, sagte ich. »Das ist es, wohin er immer schaut. Und du hast ein gutes Herz.«

»Ein gutes Herz? Wenn er mir ins Herz gesehen hat, dann hat er meine Absicht erkannt, und die war, Thomas Newman zu töten – nicht, ihn bloß sterben zu lassen, sondern ihn zu töten.«

»Nur, damit er dich nicht tötet.«

»Du sollst nicht morden.«

»Nicht jeder Mord ist gleich.«

»Jeden Sonntag im Gottesdienst sagen Sie uns: *Du sollst nicht morden. Du sollst nicht töten.*«

»Aus Bosheit, aus Gier, aus Hass. Aber dein Herz war immer voller Liebe für diesen Menschen, nichts als Liebe. Gott sieht das.«

»Ich habe Sie noch nie sagen hören: *Du sollst nicht töten, außer mit einem Herzen voller Liebe*.«

»Ich sage es jetzt. *Dein Herz soll voller Liebe sein*. Und jeder Handlung, die aus dieser Liebe entsteht, ist Gott wohlgesinnt.«

Carter sackte in sich zusammen, sein Kopf sank auf die Knie. Ich ging zu ihm, setzte mich neben ihn, legte meinen Arm um seine Schulter. Er war so still, als ob er gestorben wäre. Mein Kopf war immer noch dumpf und benommen von zu viel Bier und zu tiefem Schlaf, mein Körper gereizt vom Scheitel bis zur Sohle, und eine stechend scharfe Empfindung machte sich im Hals bemerkbar, die Hirn und Herz voneinander trennte: Scham. Sag es ihm, dachte ich, sag ihm, dass Newman heute Nacht hier war. Dass er vor einigen Stunden hier stand, noch lebendig, sein Tod noch vermeidbar – oder kannst du es nicht?

»Bist du dir sicher, dass Newman ertrunken ist?«, fragte ich schließlich (und versuchte es, statt mit der Wahrheit, auf gut Glück mit der Hoffnung). »Er könnte doch auch ein Stück weit stromabwärts getrieben und dann kerngesund ans Ufer geklettert sein.«

»Kerngesund!«, brachte Carter heraus, und seine Schultern zuckten, als ob er lachte.

»Nun?«

Er hob den Kopf: »Nun – ich sah, wie er in die Tiefe gezogen wurde, und dann sah ich ihn nicht mehr. Ich habe mich ans Ufer gerettet und bin stromabwärts gelaufen, und ich habe nichts gesehen. Er ist ganz bestimmt nicht ans Ufer geklettert.«

Ich zweifelte seine Worte nicht an. Wenn der Fluss Hochwasser führt und man in den Strom gerissen wird, gibt es kein Entkommen mehr. Wir hatten ihn schon Kühe forttragen sehen. Newman konnte zwar schwimmen, aber er war kein besonders guter Schwimmer. Abgesehen davon konnte man in dem eiskalten Wasser nicht lange überleben – und er wollte sterben. Warum sollte er also schwimmen?

»Herry«, sagte ich schließlich, »sprich zu niemandem über das, was heute Morgen geschehen ist.«

Herry Carter schwieg, und alles, was ich von ihm sah, war sein dichter, nasser Haarschopf, der nach dem Rauch und Schmutz von Wochen roch.

»Falls dich jemand fragt, sag, du warst noch im Bett. Du hast nichts gesehen.«

»Meine Frau weiß, dass ich nicht im Bett war«, murmelte er.

»Dann musst du sie dazu bringen, deine Darstellung zu bestätigen.«

Er schluckte. Cat Carter war so treu ergeben und gehorsam wie alle Frauen in Europa, auf der ganzen Welt. Sie würde jede Geschichte bestätigen, die er ihr auftischte.

»Du sagtest, dass du sein Hemd immer noch in den Händen hieltest. Wo ist es? Hast du es losgelassen, und es ist ihm hinterhergetrieben?«

Schweigen.

»Herry?«

»Es ist da drüben«, sagte er dumpf.

»Wo?« Ich stand auf und ging zur Tür. Das Hemd lag deutlich sichtbar auf dem Boden – ein klatschnasser Haufen. Ich streckte meine Hand danach aus, hob es aber nicht auf.

»Du musst es loswerden«, sagte ich.

Er hob den Kopf.

»Wie willst du den Leuten erklären, dass du dieses Hemd hast?« Ganz gegen meine Absicht kamen die Worte zischend aus meinem Mund. »Wie willst du das erklären?«

»Ganz einfach: Indem ich die Wahrheit sage. Ich sage, dass ich ihn umgebracht habe.«

»Nimm es jetzt, ehe es hell wird, und verstecke es irgendwo. Später verbrennen oder begraben wir es. Fürs Erste versteckst du es an einem sicheren Ort.«

Herry saß so angespannt da, als ob meine Bitte der schiere Wahnsinn wäre, während der Wahnsinn doch darin lag, nichts zu tun, als angespannt dazusitzen.

»Möchtest du gehängt werden?«, fragte ich.

In seinem Körper zeigte sich ein gewisser Widerstreit: Noch weiter zusammensacken oder aufstehen? Seine Schultern sagten: Ja, warum soll ich mich nicht hängen lassen? Aber seine Füße, zwei dunkle, scharfe Umrisse auf dem Boden, sagten: Nein, das will ich nicht. Einer glitt vor, bereit zum Gehen. Ich hob das Hemd auf und wrang es über dem Eimer aus.

»Vergrabe es«, sagte ich.

Er kam unsicher auf die Beine.

»Und kein Wort, zu niemandem.«

Ich schob ihm den nassen Hemdklumpen in die Hände, und er presste ihn gegen seinen Bauch.

»Habt ihr genug Holz? Hat deine Frau schon Feuer gemacht?«

Er nickte, zitternd vor Kälte und kaum imstande zu sprechen.

»Dann geh zu ihr und wärm dich auf. Verlier keine Zeit. Warme Kleidung, etwas zu essen – und kein Wort. Sag nichts, tu nichts. Vergiss, was du weißt.«

Ich ging zum Holzstapel, steckte mir für mein eigenes Feuer zwei Scheite unter den Arm und nahm noch zwei weitere. Carter ging, während ich ihm den Rücken zukehrte. Lieber Gott, sagte ich zu meinem leeren Haus, und Gott antwortete bloß: *mieser Priester*. Ein vernichtender Vorwurf. Ich versuchte ihn zu vergessen, indem ich mich im Haus zu schaffen machte. Leinwandzunder, Zündstein, Feuerschläger. Das Feuer anfachen. Ich konnte an nichts anderes als an den Anblick einer brennenden Flamme und das Gefühl ihrer Wärme denken. Ich schlug mit dem Feuerschläger mehrmals ungeduldig gegen den Zündstein. Ich entfachte das Feuer, und sobald es brannte, frühstückte ich. Meine Hände zitterten vor ... war es Furcht? Reue? Verzweiflung? Denn was sollte jetzt geschehen? Feuer machen, frühstücken. *Wenn wir aber Nahrung haben, so wollen wir uns damit begnügen*.

Essen müssen wir

Gekochtes Rindfleisch. Es war noch viel von der Hochzeit übrig geblieben. Ein Stück Roggenbrot, an dem ich herumkauen konnte – ich aß es lieber zum Frühstück als zum Abend, weil ich sonst mit Verdauungsproblemen und einem Stein im Bauch zu Bett gehen müsste. Bei uns nennt man es »Sünderbrot«, denn aus welchem anderen Grund als zur Buße sollte man es essen? Nicht ohne Grund schenkte Gott uns den Weizen. Aber auch das Roggenbrot war bei der Hochzeit übrig geblieben, und so saß ich am Tisch und aß es, während das Geräusch des Regens langsam nachließ und Nebel aufkam.

Der Roggen von heute wanderte in meinen Magen, wo er dem Roggen von gestern begegnete und sich auf ihm niederließ. Doch das Rindfleisch war zart, bekömmlich und ein Trost. Ich trank ein wenig wässrigen Wein. Die Pfütze neben der Tür, die Newmans Hemd hinterlassen hatte, war jetzt fast getrocknet, nur noch ein dunkler Fleck auf dem Erdboden. Ich starrte ihn an, den Fleck, und erst als ich mehrmals lange hingeschaut hatte, bemerkte ich, dass das Stück Rindfleisch in meinem Mund ungekaut zwischen meiner Zunge und den Zähnen verharrte.

Ich ging in Annies Zimmer und zog ihre Truhe hervor und einen Beutel voller klirrender Gegenstände – ihr Teller, ihre Schüssel, ihr Löffel und ihre Gabel, vermutete ich. Ihr Messingtopf, ihr Wasserkrug. Als ich den Beutel zur Tür trug, fiel ein Kästchen heraus, das Holzkästchen, das mein Vater zu ihrem neunten oder zehnten Geburtstag gefertigt hatte und das sie mit Muschelschalen beklebt hatte.

Ich öffnete das Kästchen und fand darin ihre Nähnadeln, Garnspulen, Stoffreste, Ahle, Strickgabel, Schere und ein mattes Fadenknäuel. Als das Kästchen wieder im Beutel lag, band ich die Schnüre zusammen, fester diesmal, und legte den Beutel auf die Truhe, damit beide heute noch mit dem Karren abgeholt werden konnten. Auch Annies Stuhl stellte ich dazu, darum hatte sie mich gebeten. Konnte ihr Mann keinen Stuhl für sie besorgen? War es schon so weit gekommen, dass eine Frau ihren eigenen Stuhl und Tisch in die Ehe einbringen musste? Was käme als Nächstes? Würde sie Tür und Fenster mitbringen müssen? Ihr eigenes Dach?

Ich setzte mich auf den verbliebenen Stuhl. Kaum zu glauben, dass schon wieder Fastnachtssamstag war – und noch weniger, wie der Tag begonnen hatte. Meine Schwester war ausgezogen und Thomas Newman ertrunken. *Lauf zum Fluss und such nach ihm*, sagten alle Teile meines Körpers, mit Ausnahme dessen, der über Klugheit verfügte: das Herz. *Geh von Haus zu Haus, setz eine Suche in Gang*. Das Herz zog die Knie an und sagte: Warte! *Wenn wir warten, kommen wir vielleicht zu spät*. Das Herz behauptete zu wissen, dass es schon zu spät sei, und blieb gleichmütig. Das Herz zog eine Grenze zwischen Liebe und Furcht, und von seinen ständigen Reisen zwischen diesen beiden Reichen wusste es alles, was es zu wissen gab. Mein Brustkorb versteifte und verhärtete sich, bis das Fleisch und das Brot, das ich gegessen hatte, stecken zu bleiben drohten. Ich wischte die Krümel fort und reinigte meine Gabel und den Teller mit einem Stück Leintuch.

Es würde nicht mehr lange dauern, bis sich Janet Grant auf ihre Morgenrunde begäbe und feststellte, dass Thomas Newman nicht zu Hause war. Dann wäre die Katze aus dem Sack, wie man sagt. Und so folgte ich dem Ratschlag meines Herzens und wartete.

Es war dann Robert Tunley, der die Neuigkeit verbreitete, nicht Janet Grant. Er trampelte mit seiner persönlichen Höchstgeschwindigkeit die Straße entlang, in seinem feinen Mantel mit dem Pelzkragen, den er Gott weiß woher hatte. Er rief: »Mann im Fluss bei Odd Mill!« und fuchtelte im strömenden Regen mit den Armen herum. »Mann im Fluss vor der Biegung bei Odd Mill!«

Es war immer noch recht dunkel, aber jetzt sangen die Vögel, und ihr Gesang war so durchdringend, dass ich mich fragte, ob das vielleicht der Grund dafür sei, dass die Wolken aufplatzten. Halb Oakham war auf den Beinen, nachdem Tunley seine Runde gemacht hatte, und viele Leute standen vor ihren Türen.

»Tunley!«, rief ich, denn er war an meinem Haus vorbei in Richtung New Cross gelaufen. Er hörte mich nicht. Er wollte alle für eine Suche am Fluss zusammentrommeln. Ich kann nicht behaupten, dass diese Idee angesichts des Regens und des spärlichen Lichts große Begeisterung hervorrief – warum sollte man sich groß um einen ertrunkenen Fremden kümmern? Hätte es sich um eine Kuh aus Oakham gehandelt, hätte die Sache schon anders ausgesehen.

Aber dann kam Janet Grant von Old Cross herauf und sie wirkte verwundert und besorgt und sagte zu mir, dass sie auf ihrer Runde vergeblich an Newmans Tür geklopft habe. Ich sagte, sie solle mit Tunley sprechen, und deutete die Straße hinauf. Sie eilte ihm nach – ihr Halstuch hatte sie zum Schutz vor dem Regen um den Kopf gebunden – und erkundigte sich, worum er ein solches Aufhebens mache. Zusammengenommen ergaben die beiden Neuigkeiten eine alarmierende Botschaft. Könnte es sein, dass die Person im Fluss Newman war?, fragten die Leute Tunley, und Tunley antwortete mit Ja. Es schien ein Mann zu sein. Auch wenn der Körper im Wirbel der rasenden Strömung nur kurz zu sehen gewesen war, schien es sich nicht um einen kleinen Mann zu handeln, er wirkte langgliedrig – aber das war vielleicht auch nur eine von der Geschwindigkeit und dem schäumenden Wasser verursachte Täuschung. Jedenfalls schien es sich nicht um eine Frau oder ein Kind zu handeln. Und obwohl es noch recht dunkel gewesen war, hatte Tunley den Mann ganz aus der Nähe gesehen, als er entlang des Ufers nach Hause ging (er hatte die Nacht in den Armen einer Witwe aus Cooper's Ash verbracht, die ihn gern vor Sonnenaufgang loswurde, damit sie nicht seine Wampe sehen musste und er nicht den vollen Umfang ihres Alters sehen konnte – das sagte er natürlich nicht den Dörflern, aber er hatte es mir einmal anvertraut).

Und so kam eine Suche in Gang. Die kraftvolle Hälfte der Dorfbewohner stürzte oder trabte oder ging hinab zum Fluss bei Odd Mill, und die weniger kraftvolle Hälfte blieb zurück, um Feuer zu machen und Frühstück zuzubereiten und die Eier, die man sich am Eiersamstag schenkt, mit Wachs einzureiben. Der Tag musste ja irgendwie weitergehen.

Auch ich schaffte es an den Fluss. Ein Priester ruft nicht, und er läuft auch nicht (in seiner Soutane kann er das gar nicht), er trippelt vorwärts wie ein alter Mann, selbst wenn er jung ist, und er fragt sich, warum er, wenn er wirklich der Leib Christi ist, außerstande sein soll, etwas so Einfaches zu tun, wie seine Beine mit hohem Tempo zu bewegen. Ich war allein; der restliche Suchtrupp war weiter vorn und schwärmte im Licht des trüben Tagesanbruchs aus. Herry Carter war nicht dabei. Was mich freute – er musste sich aufwärmen – und mir gleichzeitig Sorge bereitete. Was würden die Leute sagen? Dass er keinen Grund zur Suche hatte? Dass er wusste, dass sie zwecklos war?

Rund vierzig oder mehr Dörfler legten die halbe Meile zu der Flussbiegung bei Odd Mill zurück, und dort holte ich sie ein. Ein Ertrunkener war weit und breit nicht in Sicht. Der Nebel wallte über die Felder auf das Dorf zu, und der Fluss, durch die Biegung verlangsamt, bewegte sich so stetig und kraftvoll voran wie das muskulöse Hinterbein eines Pflugochsen. Dort, wo der nasse Winter die Ufer abgetragen hatte, waren Bäume umgestürzt. Es gab viele Stellen, an denen sich eine Leiche hätte verfangen können, aber es war keine zu sehen. Wir folgten dem Fluss bis zur nächsten Biegung bei Burn Wood. Hier beschrieb er eine so scharfe Kurve, dass das umschlossene Stück Land weit schmaler war als der Flusslauf selbst – gerade mal vier Schritte breit. Es bildete fast eine Insel, auf der wir nun standen. Wir staksten zum Ufer und riefen »Newman! Thomas Newman!« in den Fluss, als ob er wie nach einem Bad aus dem Wasser steigen könnte.

Aber unsere Rufe blieben unbeantwortet. Eine gewisse Anspannung machte sich breit. Gerede und ein Chor von Stimmen: Es könnte doch ein Tier gewesen sein, das Tunley gesehen hat, kein Mann. Nein, es war ein Mann, oder hat man jemals gesehen, dass Tunley sich über eine Nichtigkeit aufregt? Vielleicht ist Newman draußen auf seinen Feldern oder er ist auf der Jagd oder macht einen Spaziergang. Bei diesem Regen? Nein, das ist nicht Newmans Art. Vielleicht liegt er im Bett und schläft – hat Janet Grant nachgesehen oder hat sie nur an seine Tür geklopft? Ha, wenn er schlafend im Bett liegt und ich wate seinetwegen hier draußen im Regen durch Mist und Matsch, dann bringe ich ihn eigenhändig um. Tom Newman ersoffen? Das sieht ihm nicht ähnlich. Das kann nicht sein. Doch, es muss so sein. Pater? Ist er ertrunken, Pater? Woher soll Pater Reve wissen, ob er ertrunken ist, er hat genauso geschlafen wie wir.

Ich zuckte ernst die Schultern. Andere waren weitergelaufen, nach Westen, wo der Fluss seinen Weg nach West Fields geradliniger als zuvor fortsetzt. Wenn der Leichnam so weit fortgetragen worden war, dann würden wir ihn jetzt keinesfalls finden. In der allgemeinen Unruhe machte ich mich davon. Ich ging etwas mehr als eine Viertelmeile stromaufwärts, zurück zur Brücke. Ich war jetzt allein und völlig durchnässt. Ich stand neben der eingestürzten Brücke am Ufer, dort, wo Newman, wie ich wusste, ins Wasser gegangen war. Ich flüsterte vor mich hin: Sieh es dir an. Den Fluss, der gegen seine Ufer drückt, die nichtsnutzigen Stützpfeiler, den tiefen Schlamm mit den Hufabdrücken von Kühen, diese völlige Ungewissheit, wo der Fluss endet und das Land beginnt. Ein versehentliches Ertrinken an dieser Stelle war einleuchtend – nein, fast unvermeidlich. Es war ein Wunder, dass es zuvor noch nie geschehen war.

Ich setzte versuchsweise einen Fuß in den Schlamm. Ja, rutschig wie Eis. Jeder, der dort stand, wäre ausgerutscht. Im Matsch zeichneten sich Vertiefungen ab, in denen sich Regenwasser gesammelt hatte – zurückgelassen von einer Person mit großen Stiefeln. Dort, wo der Fluss auf das Ufer traf (auch wenn das bei so viel Schlamm und Wasser schwer zu erkennen war), waren zwei engere, längere Spuren sichtbar. Sie waren so flach, dass sie nur von jemandem stammen konnten, der nicht lange hier gestanden hatte. Vielleicht der Beweis für ein Ausrutschen und Abgleiten?

Erst als ich schon gehen wollte, als ich dachte, dass wir sofort nach dem Landdekan schicken sollten, um ihm diesen Schauplatz, falls er ihn sehen wollte, zu zeigen und ihn daraus auf einen Unfall schließen zu lassen – erst da sah ich im Schlamm ein Stück Seil. Ich wagte mich kühn in den tiefsten Schlamm vor, um es herauszuholen, und hielt mich dabei selbst an dem eingestürzten Pfeiler fest. Das Seil hatte die Länge und Breite eines Gürtels – nicht Newmans Gürtel, denn der war aus Leder. Nein, es war Carters Gürtel. Ich hatte ihn oft genug gesehen, denn er trug ihn seit Jahren täglich. Ich hob ihn auf und wickelte ihn um meine Faust.

Danke, sagte ich und blinzelte in den dichter werdenden Nebel. Was, wenn jemand anders Carters Gürtel gefunden hätte? *Danke, Herr*, sagte ich erneut.

Dann traf der Karren ein. Zwei Männer aus Bourne lenkten ihn, und sie luden die Habe meiner Schwester auf. Wie leer der Raum jetzt war, voller Leere, so randvoll, dass es sich anfühlte, als ob in seiner sich mästenden Leere nicht genug Platz für mich bliebe. *»Sanctus, sanctus, sanctus«*, sagte ich laut, und die Worte fielen wie Steine auf Blech und der Raum schien mich hinausschieben zu wollen, ins Freie, wo jetzt die vom Fluss zurückkehrenden Teilnehmer des Suchtrupps eintrafen.

Ich reinigte das Stück Seil in dem Wassereimer neben meinem Haus. Ich steckte es hinter den Eimer, sodass niemand es sehen konnte, wusch mir die Hände und begab mich zur Vorderseite des Hauses. John Hadlo ging mit großen Schritten die Straße entlang, den Kopf tief gebeugt und die Schultern hochgezogen, um sich vor dem Regen zu schützen. »Suche fehlgeschlagen«, sagte er, als er an mir vorbeikam. Es war, als ob der Fehlschlag sein Herz aus seiner warmen Höhle gerissen hätte.

Ich bat ihn, einen Burschen ausfindig zu machen, der auf einem von Newmans Pferden nach Bruton reiten konnte, um dort jemanden zu überzeugen, eine Nachricht nach Wells zu schicken und dem Landdekan mitzuteilen, dass es in Oakham einen Todesfall gegeben habe, und ihn zu bitten, sich möglichst noch am selben Tag auf den Weg zu machen. Hadlo zuckte bei dem Wort »Todesfall« zusammen. Aber er war ein pflichtbewusster Mensch und nickte.

Ich sah zu, wie die Fuhrleute Annies Sachen mitnahmen. Sie deckten den Karren mit Schweinsleder ab, um den Regen fernzuhalten, und während sie noch damit beschäftigt waren, zäumte einer der Burschen aus den Scheunen Newmans lebhaftestes Pferd auf. Der Bursche und die Männer brachen gleichzeitig auf, der eine nach Bruton, die anderen nach Bourne.

Kleine dunkle Kiste

Als Annie mir sagte, sie werde heiraten, nahm ich die Neuigkeit sogleich zwiespältig auf: schockiert, und das aufs Äußerste, und erwartungsvoll, ebenfalls aufs Äußerste. Man kann im selben Augenblick überrascht und unüberrascht sein und wissen, dass etwas unmöglich und dennoch unvermeidbar ist.

So war es auch gewesen, als Carter jene Worte in die Dunkelheit meines Hauses gesprochen hatte: *Thomas Newman hat sich ertränkt, er ist untergegangen.* Ich verstand sofort, dass es so sein musste, weil er erst kurz zuvor in meinem Zimmer gestanden und mir voller Leidenschaft gesagt hatte, dass er genau das tun wolle – und zugleich verstand ich sofort, dass es so nicht sein konnte, weil er erst kurz zuvor in meinem Zimmer gestanden und voller Leidenschaft zu mir gesprochen hatte. Ich tat so, als hätte ich nicht ganz verstanden, was Carter gesagt hatte, aber das stimmte natürlich nicht. Was ich nicht verstand, war die Tatsache, dass ich es gleichzeitig wusste und nicht wusste, dass ich fassungslos und gefasst war und dass ich von Trauer ergriffen wurde, während ich spürte, wie sich innerlich etwas in mir sofort verhärtete – etwas, das die grässliche Tatsache seines

Todes anerkannte, aber nicht das Leid, das er mit sich brachte. Als ob ich zwei entgegengesetzte Wege zugleich gehen würde, wie die Reiter nach Bruton und nach Bourne – einer, der etwas nahm, und zwei, die etwas brachten. Beide zur selben Zeit.

Ich nahm nicht an, dass der Dekan in großer Eile kommen würde, bei all dem, was er am Hals hatte. Für mich spielte es keine Rolle, ob er überhaupt kam. Wenn er mitten in der Fastenzeit einträfe und für eine halbe Stunde bliebe, unaufmerksam und nur um seine Pflicht zu tun, dann würde das völlig reichen. Welche Bedeutung besaß Oakham für ihn? Welche Rolle spielte ein Toter mehr oder weniger in dieser kleinen Gemeinde? Ich hatte gehört, dass er überarbeitet und unterbezahlt sei und dass seine Arbeit wenig beachtet und unterschätzt werde. Ich hatte von seiner strengen, nüchternen Gläubigkeit gehört. In einem Leben voller Papierkram ist ein Todesfall nichts als ein weiteres Blatt Papier, das unterschrieben werden muss. Warum sollte ihn dieser Todesfall beschäftigen?

Ich hatte ihn nur deshalb benachrichtigt, damit niemand mich der Heimlichtuerei bezichtigen konnte. Wenn er wollte, konnte er die Nachricht einfach ignorieren. Noch so ein Ertrunkener, konnte er sagen; was soll ich Ihrer Meinung nach tun, Reve – den Fluss verklagen? Aber wenn wir die Sache verheimlichten und sich herumspräche – was früher oder später geschehen würde –, dass der reichste Bürger Oakhams tot war, dann würde unser Schweigen fragwürdig und verdächtig wirken. Es war besser, den Dekan mit unserer Nachricht zu langweilen, als seine Fantasie damit anzufeuern, dass wir sie ihm vorenthielten. Ich hatte in der ersten nervösen Hast nach ihm geschickt. Aus einer Laune heraus, könnte man sagen. Oder in einem kurzen Moment der Klarsicht.

Ich war so wenig darauf gefasst, dass der Dekan noch am selben Tag nach Oakham kommen könnte, dass ich einen Reiter durch den Fluss platschen sah, in den sich unsere Hauptstraße verwandelt hatte, ohne zu ahnen, wer er sein könnte. Mann und Pferd schälten sich gerade in dem Augenblick aus dem Nebel, als die niedrig stehende Wintersonne durch die Wolken brach, den Nebel zum Glühen brachte und den Eindruck erweckte, Oakham wäre eine Stadt auf dem Meeresgrund. Es war um die Mittagszeit, nur vier Stunden nachdem ich nach ihm geschickt hatte. Ich trat aus der Kirchentür, als ich das »Plitschplatsch« hörte, das die Hufe seiner Stute im Wasser machten. Die Mittagsglocke läutete, und als Ross und Reiter aus dem sonnenbeschienenen Nebel traten, sah ich, dass er Priesterornat trug. Und als die Sonne verschwand und der Nebel sich wieder um uns schloss, lief ich auf ihn zu.

Es war der Anblick eines Kirchenbruders, der mich loslaufen ließ – dieser kleine, unsichere Mann in einer Amtstracht, die ihm eine Größe und Bedeutung verlieh, welche nicht die seine waren. Seine Füße waren so winzig klein, dass sie die eines Kindes hätten sein können. Sein Lächeln war in einem schmalen Gesicht gefangen, das eine schwere Last zu tragen schien. Das ordentliche Band des Schultertuchs um seinen Hals, die bestickten Manschetten seines Messhemds. Ein leibhaftiger Bruder! Ein Gefühl der Erleichterung durchlief mich so heiß, dass ich die Haut auf meinen Schultern und in meinem Nacken fühlte – einer Erleichterung, wie Gil Otley sie verspüren musste, wenn ein Mann ihm beim Pflügen zur Hilfe kam und der Acker unter der vereinten Kraft zweier Händepaare zu schrumpfen schien. Ich packte seine behandschuhten Handgelenke. »Willkommen«, sagte ich.

Er stieg behände ab. »John Reve! Seit über einem Jahr haben wir uns nicht gesehen.«

»Ich wünschte, es wäre ein Wiedersehen unter glücklicheren Umständen.«

»Ich begegne Menschen meist unter traurigen Umständen.«

»Glücklich der Mann, der niemals seinem Sheriff begegnet und keinen Grund hat, den Namen seines Dekans zu kennen.«

»So sagt man wohl.«

In Wahrheit ging der Spruch anders: *den Namen seines Bischofs*, hieß es. Aber da unser Bischof im Gefängnis saß, konnte es nicht schaden, das Sprichwort ein wenig abzuwandeln. Er lächelte und versuchte, unsere Kirche auszumachen, die freilich wenig mehr als graue Schemen in einem schemenhaften Grau war. Er sah sich unbehaglich um.

»Ich habe Sie nicht so früh erwartet«, sagte ich.

»Ich war schon in Bruton, als ich Ihre Aufforderung erhielt.«

»Eher eine Bitte als eine Aufforderung …«

»Ich hatte sowieso schon daran gedacht, zu Ihnen zu kommen.«

Überrascht antwortete ich: »Ich wüsste keinen Grund dafür.«

Meine Überraschung muss deutlich sichtbar gewesen sein, denn er legte seine behandschuhten Finger auf meinen Arm, wo sie wie Schneeglöckchen auf einem Grab aussahen, und sagte: »Um etwas mit Ihnen zu besprechen. Doch das soll vorerst nicht unsere Sorge sein, John. Geleiten Sie mich hinein.«

Nichts ist ein größerer Anlass zur Sorge, als wenn einem jemand sagt: *Das soll vorerst nicht unsere Sorge sein*. Dennoch beruhigten mich seine Liebenswürdigkeit und die ungezwungene Verwendung meines Vornamens. Er führte seine Stute über den Kirchhof, band ein Ende ihres Zügels los und schlang es um die Eberesche. Die Stute war hager unter ihrem Winterfell, kein Vollblüter, mittleren Alters und dickbäuchig, und ihr Maul zeigte einen deutlichen Zug nach unten. Ich strich mit der

Hand über ihre Wange. Ihre trüben Augen behielten mich aufmerksam im Blick. Wäre der Dekan auf einem feurig erhitzten, heißblütigen jungen Hengst angetänzelt gekommen, dann wäre ich vielleicht wachsamer gewesen. Aber diese kraftlose Stute weckte mein Vertrauen und machte mich wehrlos.

Durch das undichte Dach regnete es in den Vorraum der Kirche. Ein rasches Tröpfeln, *hurtig wie Halunkenfüße*, wie Tunley sagte. Der Dekan umging die Stelle und musterte das Dach. Ich öffnete die Haupttür.

»Bitte«, sagte ich, »schauen Sie sich um.«

Sein Zögern war verständlich – es gab nichts zu sehen. Er hatte in seinem Dienst zweifellos manche Kirche gesehen und er war obendrein wohlvertraut mit der Kathedrale in Wells, von der es hieß, dass Gott sie irgendwo zwischen »prächtig« und »prahlerisch« einordne, und mit der verglichen jede andere Kirche zu wünschen übrig ließ. Er schlenderte zu dem Wandbild an der gegenüberliegenden Seite.

Er betrachtete es konzentriert. Das musste er auch, denn das Wandbild drängt sich dem Betrachter nicht gerade auf. Seine Farben waren nie besonders leuchtend gewesen, und das Licht war wie gewöhnlich trübe und schummerig, trotz der Wandleuchter ringsum, die Janet Grant angezündet hatte.

»Der heilige Christophorus«, sagte ich. »Wie er das Jesuskind über den Fluss trägt.« Was ich nicht hätte sagen müssen, da der heilige Christophorus niemals etwas anderes tat.

»Ich vertraue Ihnen; selbst kann ich nicht viel erkennen.« Der Dekan runzelte die Stirn, als ob er kaum glauben könnte, wie unzulänglich die Farben waren.

»Der Eisvogel übertrifft mit seinem Blau alle Versuche des Menschen«, verteidigte ich mich gegen einen Angriff, der nicht stattgefunden hatte. »So wie die Blätter im Mai mit ihrem Grün.«

Dieses glänzende, unglaubliche Grün. Das Scharlachrot der Libellen. Das Gelb der Wintergoldhähnchen. Tiere, die fliegen können und sich die Regenbogenfarben des Himmels aneignen. Ich sah, dass er die Augen kurz schloss, und fragte mich, ob auch er die Libelle und den Regenbogen vor sich gesehen hatte. Vielleicht konnten wir Freunde werden, der Dekan und ich, obwohl wir uns früher nicht füreinander interessiert hatten. War dieser Gesichtsausdruck, der mir immer so streng erschienen war, nicht vielleicht – beherzt? Tapfer (wenn auch mürrisch)? Und nickte er, wenn ich sprach, nicht genauso, wie Freunde es tun? Auch wenn er gleichzeitig mit unergründlichem Blick die riesige gebeugte Gestalt des blassen Christophorus musterte, der das Jesuskind in seinen Händen hielt?

Er kniff ein Auge zu und kratzte mit dem Fingernagel an der Hautfarbe des Jesuskindes herum. Dann sagte er, halb singend, halb sprechend: *»Im Herbst das gelbe Blatt der Buche …«*

»Ist schöner als die schönsten Tuche.« Wir brachten den Vers gemeinsam zu Ende und lächelten. Es war vielleicht fünfundzwanzig Jahre her, seit ich zuletzt an diesen Reim gedacht hatte.

»Der Mann, der ertrunken ist«, sagte der Dekan plötzlich, »wie hieß er?«

»Thomas Newman.«

»Ein reicher Mann?«

»Nach unseren Maßstäben schon. Er hat Oliver Townshend gut zwei Drittel seiner Ländereien abgekauft.«

»Hat er vor seinem Tod gebeichtet?«

Ich senkte den Kopf. »Nein.«

»Hat er viele Sünden mit in den Tod genommen?«

»Er war ein anständiger und gerechter Mensch. Er hatte keine Feinde. Aber niemand ist völlig frei von …«

»Keine Feinde? Nicht einmal Oliver Townshend? Wenn jemand mir all meinen Reichtum nähme – wenn ich denn über Reichtum verfügte, den man mir nehmen könnte –, dann würde ich ihm das vielleicht missgönnen.«

»Vielleicht aber auch nicht – wenn der Handel von Land gegen Geld Sie vor Hunger und Ruin bewahrt?«

»Waren Newman und Townshend Freunde?«

»Sie kamen gut miteinander aus.«

Der Dekan trat einen Schritt von dem Wandbild zurück, spitzte die Lippen und streckte die Hände in seine Richtung aus.

»Hat er vor seinem Tod vielleicht den heiligen Christophorus gesehen?«

»Newman?« Ich trat neben ihn und betrachtete das Wandbild, als ob es ein bislang unbeachtetes Detail preisgeben könnte.

»Er hätte es innerhalb eines Tages vor seinem Tod sehen müssen, damit der ... Zauber wirkt. Ungefähr von Sonnenaufgang bis Sonnenaufgang. Also seit Freitagmorgen.«

»Ich weiß es nicht. Er war an dem Abend vor seinem Tod in der Kirche, er hat hier einen eigenen Altar, vor dem er betet. Er bringt immer sein eigenes Gebetbuch mit und er singt seine eigene Anbetungshymne. Aber ob er ihn angesehen hat? Ich weiß es nicht. Wie lange müsste er es anschauen, bis das Wunder wirkt?«

»*Die Augen müssen sich sattsehen*, das ist alles, was das Ritualbuch dazu sagt.«

»Aber was heißt ›sich sattsehen‹?«

Der Dekan machte eine seltsame zuckende Bewegung mit dem Kopf, eine ganz pedantische kleine Regung, mit der er meine Frage fortzuwischen schien. Er ging auf den Altarraum zu und sah zu der Hexenhasel, dem Hartriegel und der Winterblüte hinauf mit ihren kleinen Rüschen und wachsartigen

Blütenblättern, gelb und rot, und den Wellen von Duft, die der Dumpfheit der Jahreszeit trotzten.

»Eine Hochzeit?«, fragte er.

»Meine Schwester hat gestern geheiratet.«

»Glückwunsch!«

Das Wort verklang, während er sich Newmans Altar näherte, wo das leuchtende Vesperbild hing.

»Woher ist das?« Er hielt die Ecke der Leinwand zwischen Daumen und Zeigefinger.

»Aus Rom – Newman hat letztes Jahr eine Wallfahrt dorthin unternommen, im Dezember kam er nach drei Monaten zurück. Das hier hat er mitgebracht.« Und ein paar komische Ideen auch, aber das sagte ich dem Dekan nicht.

»Farbenfroh«, sagte er. »Unenglisch.«

Ich nahm an, dass das kein Kompliment war: Unser Dekan war bekannt für seine Ansichten über Italiener, Franzosen, Spanier. Entartete, Rebellen, Schausteller, Maskenträger und Puppenmacher. Meister des Schwachen und Falschen. Ich musste an Newmans Erzählung denken, dass die Italiener ein Blau herstellen konnten, das dem der Libelle gleichkam, ein Rot, das röter als Blut war, ein Violett, das der Handschuhe Unserer Lieben Frau würdig wäre. Der Dekan sah sich das Gemälde lange Zeit an; seine Lippen bewegten sich ganz leicht, als ob er versuchte, mit dieser Frau und dem getöteten Mann auf ihrem Schoß in halb geformten, lautlosen Worten zu kommunizieren – einer Frau und einem Mann, die keiner Maria und keinem Jesus glichen, die wir jemals auf unseren Vesperbildern gesehen hatten. Da war Fleisch, nackte Haut mit dem bleichen Schimmer echter Haut, und die Gesichter waren so menschlich wie jene des Mannes oder der Frau von nebenan, mit wissenden, sehenden Augen. Marias kleine knöcherne Hand, die Jesus umklammerte.

»Es macht aus der Jungfrau eine Hure«, sagte er leise.

Er löste seine Aufmerksamkeit von dem Bild und ging zu Chor und Altar. Ich wusste, wie kümmerlich die Kirche in seinen Augen wirken musste, mitsamt dem Kram und den billigen Kinkerlitzchen, die dort noch von der Hochzeit meiner Schwester herumlagen. Diese beiden Steine mit Darstellungen des Brautpaars sahen für den Dekan bestimmt wie die Kritzeleien eines Kindes aus; und der andere Stein, in dem eine Zinnader schimmerte, musste wie ein armseliger Ersatz für etwas wirklich Festliches wirken. Die Holzpuppe machte bestimmt einen »unenglischen« Eindruck. Der Dekan nahm sie und fuhr mit dem Daumen über das glatte Holz.

»Wissen Sie, wo Thomas Newman in den Fluss gegangen ist?«, fragte er.

»Ich habe den Verdacht, dass das bei der Brücke war – der Fluss steht dort sehr hoch. Wenn Sie möchten, kann ich Ihnen die Stelle zeigen.«

Er wischte den Vorschlag mit der Hand beiseite – nicht nötig.

»Und er wurde weiter stromabwärts gesichtet, ertrunken?«

»Von Robert Tunley.«

»Hat Robert Tunley gute Augen?«

»Gut genug, um überall Frauen zu finden.«

Er gab ein leises, gut gelauntes *Hmm* von sich. Nach einer kurzen Pause sagte er: »Wenn er wirklich tot ist, dann ist dies ein trauriger Tag für Ihre Gemeinde.«

Das sagte er mit einem Mitgefühl, das in allen Berichten über ihn völlig fehlte. Ja, er war klein; ja, er war hinterhältig; ja, seine Stirn war angespannt und wirkte irgendwie unredlich. Aber an seinem Körper kann man nichts ändern. Wie kann ein Gesicht etwas über den gelebten Charakter eines Menschen aussagen, wenn es ihm schon im Mutterschoß gegeben wurde?

Er kniete am Altar nieder. »Ohne Beichte wird die Seele dieses Mannes viel Unterstützung brauchen, um das Purgatorium zu überstehen«, sagte er. »Sollen wir jetzt für seine Seele beten? Ich empfehle Ihnen, jetzt für sie zu beten.«

Ich kniete neben ihm nieder. Mich berührte es, wie schnell und tief er seinen Kopf senkte. Mir blieb kaum Zeit, meine Knie ordentlich auszurichten. Wir sprachen das Mittagsgebet, auch wenn es schon zu spät dafür war. Während des Betens überwältigte mich die Vorstellung, dass wir jetzt dort, wo ich sonst jeden Tag allein kniete, gemeinsam beteten. Mich überwältigte mein Wissen, dass Newman tot war und seinen Tod selbst herbeigeführt hatte, weil dieses Leben ihn nicht zufriedenstellen konnte. Mich überwältigte und erdrückte der Gedanke an sein leeres Hemd im Fluss – ein Hemd ohne Besitzer. Ich war den Tränen nahe, weil ich zu wenig getan hatte, als Newman mich aufgesucht hatte. *Zu wenig?*, fragte eine Stimme. *Du hast gar nichts getan!* Die Fastenzeit begann in kaum vier Tagen, ich hatte bei einem Pfarrbewohner meine Pflicht vernachlässigt und jetzt log ich deswegen auch noch. Zwei Sünden, die mich begleiten würden, wenn ich sie nicht sühnte.

Der Dekan murmelte etwas über die Flamme der Liebe. Wieder sah ich Newmans Hemd vor mir, wie Carter es festhielt, damit die Strömung es nicht mit sich fortriss, und dann, wie er es losließ. Zu meiner Linken war der Dekan kniend in sich zusammengesunken. Ich streckte meinen Arm nach ihm aus und legte meine warme Hand auf seine kalte – in der Gewissheit, dass er sie abschütteln würde. Er legte seine andere Hand auf meine.

Wenn es überhaupt je eine Gelegenheit gab, dem Dekan zu gestehen, was an diesem Morgen geschehen war, dann war diese Gelegenheit jetzt gekommen und würde im nächsten Augenblick verschwinden. Ich sammelte die Worte in meinem Herzen: Newman kam in den frühen Morgenstunden zu mir und verlangte nach den Sterbesakramenten, doch ich enthielt sie ihm vor, indem ich zu schlafen vorgab. Schließlich ging er. Wie hätte ich ihm die Sterbesakramente erteilen können? Wie hätte ich ihm die letzte Beichte abnehmen können? Ich glaubte, dass er sich nicht umbringen würde, wenn ich ihm die letzte Beichte vorenthielte. Selbst er musste erkennen, wie gefährlich ein Selbstmord ohne Beichte war. Ich dachte: Wenn ich ihm nicht helfe, rette ich sein Leben. Als er aufbrach, folgte ich ihm bis zu seinem Haus und ging davon aus, dass er über die Sache schlafen würde – ich glaubte, ihn zu retten.

Der Dekan zog seine Hand aus meinen und beendete das Gebet, indem er sich im Sitzen aufrichtete. Als ich den Mund öffnete, um das Geständnis aus meinem Herzen freizugeben, stellte ich fest, dass der geeignete Zeitpunkt (mit seiner überfließenden Fülle an Wärme und Nähe) schon verstrichen war. Sag es ihm später, dachte ich, wohl wissend, dass jegliche Zeitspanne, die zwischen diesem Moment und einem möglichen Geständnis verginge, dieses Geständnis schwerer und unwahrscheinlicher machen würde.

»John«, sagte er plötzlich, und dass er mich beim Vornamen nannte, fühlte sich an, als ob er seine Hand erneut auf meine legte, »ich war, wie Sie wissen, in Bruton, und die Mönche dort sind außerordentlich erpicht auf die Weizenfelder von Oakham, für die sie einen guten Preis zahlen würden.«

Er wirkte aufrichtig, aber war er es wirklich? Seine Augenbrauen, der ausdrucksstärkste Teil seines ansonsten nichtssagenden Gesichts, waren besorgt in die Höhe gezogen.

»Sollten wir nicht geschmeichelt sein, dass sie eine so hohe Meinung von uns haben?«, fragte ich, und damit entschwand –

vollständig und fast spurlos – die Gelegenheit zu einem Geständnis. »Andererseits«, fügte ich hinzu, »steht Oakham natürlich nicht zum Verkauf.«

»Ich habe gehört, dass die Mönche ihre Ziele, wenn man ihre Angebote ablehnt, mit Gewalt durchsetzen. Schon in fünf Jahren könnte dieses Dorf geräumt sein. Die Kirche wäre dann eine Klosterkapelle, und Sie wären fort.«

In meinen Ohren klangen diese Worte lächerlich, aber beim Dekan lösten sie etwas aus, das wie aufrichtige Sorge wirkte.

»Deshalb habe ich Sie besuchen wollen – um Sie zu warnen«, sagte er, »und als ich von diesem Todesfall hörte, bin ich sofort aufgebrochen.«

Er sah mich an, als ob er eine Entgegnung oder eine Lösung von mir erwartete. Ich lehnte mich kniend auf die Fersen und strich mir die letzten Krümel Roggenbrot von der Soutane, so schleierhaft mir auch war, wie sie sich den ganzen Morgen dort hatten behaupten können.

»Angesichts dieses Interesses der Mönche aus Bruton verheißt der Tod des reichsten Mannes im Dorf nichts Gutes, zumal sein Land damit herrenlos wird.« Er legte die Hände im Schoß übereinander. »Sofern es tatsächlich herrenlos ist. Gibt es vielleicht irgendwelche Verträge?«

»Das weiß ich nicht«, sagte ich. Was sollte dadurch zu gewinnen sein, dass man einem beinahe Fremden schon zu einem so frühen Zeitpunkt des Gesprächs die eigenen Geheimnisse anvertraute, ohne zu wissen, ob er wirklich ein Freund war?

Er legte mir eine Hand auf den Rücken. »Auf meinem Ritt hierher habe ich überlegt, was ich dem Erzdiakon berichten könnte. Wäre irgendein anderer Dorfbewohner ertrunken – Sie selbst natürlich ausgenommen –, hätte ich einfach eine Sterbeurkunde ausstellen und sagen können, dass es sich um einen

Unfall handelt, und fertig. Aber da Newman ein reicher Mann war und dem Erzdiakon mittelbar bekannt, kann man seinen Tod nicht so einfach abtun.«

»Aber in einem Winter mit so starken Überschwemmungen müssen doch Tausende ertrunken sein.«

»Ich habe mir die Sache durch den Kopf gehen lassen«, sagte er. Seine Hand verließ meinen Rücken und kehrte zu ihrem Gegenstück in seinem Schoß zurück, als ob die beiden Hände das Getrenntsein nicht ertrügen. »Wie es der Zufall will, ist dies die Zeit der Beichte. Wenn wir einen guten Ablass gewähren, einen vierzigtägigen Ablass für jeden, der in den nächsten drei Tagen bis zum Beginn der Fastenzeit zur Beichte kommt, dann kann ich zum Erzdiakon gehen, mit dem Ablass wedeln und ihm sagen, dass dieser zwar für eine gute Beteiligung gesorgt, aber keine Überraschungen ans Tageslicht gebracht habe, und hinzufügen, dass Sie aufgrund Ihrer Nachforschungen keinen Anlass sähen, etwas anderes als einen Unfall zu vermuten.«

Da war sie, die nächste Gelegenheit, bei der ich hätte sagen können: *Aber es war kein Unfall.* Ich hatte schon die Hand gehoben.

»Aber das ist nur einer der Vorteile«, sagte er mit einem plötzlichen Nachdruck, der meine Hand wieder sinken ließ. »Es beweist nicht nur, dass wir den Todesfall gewissenhaft und eingehend untersucht haben, es beweist auch, dass Sie eine lebendige, gehorsame und glaubensstarke Gemeinde haben. Um die Wahrheit zu sagen: Ihre *kleine dunkle Kiste* wird hie und da noch mit Argwohn betrachtet. Wenn wir mindestens die Hälfte der Gemeinde in den nächsten drei Tagen zur Beichte bewegen könnten, würde das solche Zweifel verringern. Mit Gewissheit würde es Oakham in ein gutes Licht rücken. In den meisten Gemeinden wird nur selten gebeichtet, bisweilen kein einziges Mal vor der Fastenzeit, und dann kommen alle in der letzten Minute, einen Tag vor Karfreitag – ein Nervenspiel, Sie kennen das. Wer hält am längsten aus. Beichte als Letzter, wenn alle anderen die Karten schon auf den Tisch gelegt haben. Kein Wunder, wenn jeder die Beichten der anderen hören kann. Aber mit Ihrer neumodischen Kiste da in der Ecke, nun, da ist es kein Nervenspiel mehr, denn die Beichte bleibt geheim. Deshalb beichtet die halbe Gemeinde brav und ordentlich und nicht erst im letzten Moment. Das würde Oakham tatsächlich in ein gutes Licht rücken. Und Sie als Priester auch.«

Selbst wenn ich Jahre zurückdachte, konnte ich mich an niemanden in Oakham erinnern – und schon gar nicht von außerhalb –, der so gründlich über das Wohlergehen des Ortes nachgedacht hatte. Die Lauterkeit seiner Motive rüttelte mich auf, und obwohl ich wusste, dass letztlich ein Eigeninteresse dahintersteckte, war ich bereit, darüber hinwegzusehen – zumindest solange seine Interessen mit den meinen übereinstimmten. Außerdem mochte ich ihn. Seine Bescheidenheit, seine zierlichen Hände.

»Mit einem guten Ablass können wir mindestens die Hälfte der Pfarrbewohner zur Beichte bewegen«, sagte ich.

»Ich stimme zu.«

»Und damit würde sich der Erzdiakon zufriedengeben? Wenn ich sagte, dass die Beichte nichts Verdächtiges, nichts Ungehöriges aufgedeckt habe, dann würde er mir Glauben schenken?«

»Sie sind der Gemeindepfarrer – Ihr Wort wiegt hundertmal so viel wie das eines normalen Mannes, zweihundertmal so viel wie das einer Frau, dreihundertmal so viel wie das eines Kindes. Ihr Wort ist nicht mit Silber aufzuwiegen. Ihr Wort ist

Gold wert. Es ist wie ein Stein, der mühelos durch das Wasser dringt.«

Ich senkte den Kopf. Er stand auf, und einer seiner Fußknöchel gab ein erleichtertes Knacken von sich. Er ging zu Newmans Altar im Nordschiff und blieb vor dem Vesperbild stehen. Jetzt, wo er mir den Rücken zuwandte, wagte ich es, ihn genauer zu betrachten. Ich hatte ihn als kleinen, unscheinbaren Menschen mit schmalen Schultern in Erinnerung, und all das war er auch – er schien aus dem gleichen Nebel gemacht, aus dem er heute aufgetaucht war. Ich hatte mir jedoch nicht eingeprägt, dass er in seiner kleinen, schmalen Unauffälligkeit auch etwas Robustes hatte, wie ein Pfeiler, ein Tischbein, etwas Verlässliches, etwas Ehrliches. Etwas, das man zum ersten Mal durch den Nebel sieht, kann anfangs nebelhaft erscheinen, doch dann erweist es sich vielleicht als fest und beständig.

Er raffte seine Gewänder ein wenig und drehte sich zu mir um. »Ich brauche eine Unterkunft für die nächsten Tage. Ich nehme an, dass Thomas Newmans Haus leer steht? Sie lassen es für mich herrichten, ich bereite den Ablass vor, in einer Stunde sind wir so weit. Sie werden den Todesfall bekannt geben müssen.« Er spitzte die Lippen, sah an seiner Nase herab, die halb im Schatten lag und deshalb nur halb so breit aussah, wie sie eigentlich war, und dadurch mädchenhaft und schmal wirkte. »Wir werden die Sache ins Lot bringen, John Reve«, sagte er.

Verlangen

In der Nähe von Old Cross tönte die Totenglocke dreimal durch den Nebel – ein mattes, dünnes Klirren. Die gewissenhafte Janet Grant läutete sie überall im Dorf, bis nach New Cross, weiter hinaus zur Gemeindegrenze und zurück.

Ich ging an Old Cross vorbei auf den Waldrand zu. Newmans Haus war das einzige, das so weit draußen lag, und es war größer als die anderen, bestimmt so groß wie meines. Als dort noch die alte Holzkirche gestanden hatte, war es das Pfarrhaus gewesen, aber das war lange vor unserer Zeit. Newman hatte es umgebaut. Er schlief dort, wo auch der ehemalige Priester geschlafen und den Verstand verloren hatte – aus Einsamkeit, wie es hieß. Am Waldrand hinter dem Haus erstreckte sich ein Gelände mit Schweinekoben und Pferdeställen und Ausläufen für Gänse und Hühner und einer Pferdekoppel dahinter – hierhin führte Agnes Prye die Stute des Dekans. Beim Schweinestall betete unser Fiedler John Green zu Newmans Sau. Die kleine Jane Smith hielt ein Huhn umklammert und murmelte: *Sei Mr Newmans Seele gnädig und lass ihn in den Himmel kommen.* Vor den Pferdeställen hängte Fisker Steine auf, durch die er Löcher gebohrt hatte, damit der Teufel hineingelockt würde und verschwände (ich fürchtete allerdings, dass der Teufel sich nicht so leicht überlisten ließ).

Die Frau von Philip, dem Stümper, hängte ein Kreuz vor Newmans Tür auf. Im Innern legten Tunleys Töchter und Cat Carter sauberes, trockenes Stroh und Schilf auf den Boden, dazwischen verstreuten sie einige matte, gepresste Veilchen, die vom Sommer übrig geblieben waren. Die hochschwangere Frau von Adam Lewys stellte trotz ihrer Rückenschmerzen Newmans Andachts- und Gebetbücher auf ein Regal neben seinem Bett, während ihr Mann das Feuer anfachte – wie man es tut, wenn die Leiche eines jüngst Verstorbenen davor aufgebahrt wird. Robert Guy, der Vogt, war so humorlos und gewissenhaft wie immer, während er Esswaren in einem Stoffbeutel einsammelte – Milch, Käse, Äpfel, eine Schüssel Fischfrikadellen (noch ungekocht), eine Stange Porree (nicht mehr fest), ein paar kurze, knorrige Pastinaken (ungewaschen) – und er leerte den Beutel ebenso humorlos und gewissenhaft wieder aus, als ich ihm sagte, dass der Dekan hier wohnen werde und diese Dinge vielleicht essen wolle. Ich bat Cat Carter, das Bett neu zu beziehen, Adam Lewys, etwas von dem Rind und Wildschwein zu bringen, das von der Hochzeit übrig war, und seine Frau, Eintopf zu holen.

In der kurzen Zeitspanne, die ich allein war – während Cat Carter das Bettzeug besorgte, Lewys und seine Frau das Essen holten und Guy und die Tunleys nach Hause gingen –, zündete ich das Rauchfass mit Lorbeerblättern und Thymian und alle Leuchter ringsum an den Wänden an – alles mit derselben Kerze. Ich konnte nicht glauben, dass dies das Haus eines Toten sei. Was, wenn er gar nicht tot wäre – wie konnten wir uns dessen sicher sein? Vielleicht spielte Newman uns einen Streich – nicht, dass er im Geringsten zum Streichespielen geneigt hätte, aber das Leben geht seltsame Wege und der Tod noch seltsamere.

Ich hörte eine Stimme, die seine, aber ebenso die des Teufels sein mochte und hoffentlich nicht die des Herrn war: *Newman hat deine Hilfe gesucht, und du hast nicht einmal die Augen geöffnet. Dieser Mensch ist tot, weil du deine Augen nicht geöffnet hast.*

Dem, so schien mir, musste ich widersprechen. Bei all dem, was es in diesem Leben zu bereuen, zu beklagen, zu tadeln und zu fürchten gab, war es da sinnreich, einem völlig ermüdeten Priester vorzuwerfen, dass er seine Augen nicht öffnete? War es so verwerflich, die beiden Sehwerkzeuge geschlossen zu halten, wenn der Herr zu diesem Zweck immerhin Augenlider geschaffen hat? *Denn der Herr hat über euch einen Geist des tiefen Schlafs ausgegossen und eure Augen hat er zugetan.*

Aber wie verhielt es sich dann mit den Muskelgruppen, die meine Augenlider ohne jede Anstrengung tausendmal am Tag öffneten – eine Bewegung, an welcher der Herr keinen Anteil hat und die auszuführen er bei seiner unendlichen Geschäftigkeit jedem einzelnen Menschen überlässt. Vielleicht hatte ich aus Bequemlichkeit beschlossen, die Augen nicht zu öffnen, oder weil ich mich über Newman ärgerte oder aus Gehässigkeit. *Denn das Herz dieses Volkes ist verfettet, und mit ihren Ohren hören sie schwer, und ihre Augen haben sie geschlossen, auf dass sie nicht mit den Augen sehen und mit den Ohren hören und mit dem Herzen verstehen.*

Ich trat an Newmans Bett, das er erst wenige Stunden zuvor verlassen hatte. In seinem Kissen zeichnete sich nur eine schwache Mulde ab. Ich legte meine Knöchel in die Mulde und drückte sie nach unten, weil ich es nicht ertrug, dass ein ganzes Leben einen so schwachen Eindruck hinterließ. Na bitte, eine schöne, große Vertiefung. Und dennoch – wie schwach musste ich Gott erscheinen, dass ich mich ehrfürchtig und gerührt über das Kissen eines Menschen beugte, der mir gegenüber keinerlei Ehrfurcht gezeigt hatte – dass ich sein Dasein in dieser Welt zu bewahren versuchte, obwohl seine Worte mich quasi abgeschafft hatten. *Du bist kein Mann des Geistes*, hatte er gesagt. Es hatte Trauer darin gelegen, ein so großes Gefühl des Verlustes, dass ich an diesem Morgen sprachlos gewesen war. Und so glättete ich das Kissen, kühl und nüchtern, bis die Mulde verschwunden war, und kümmerte mich um andere Dinge. Nur um festzustellen, dass mich auch das traurig machte. Es war, als ob meine Hände soeben seine letzten Überbleibsel zerstört hätten.

Als der Dekan eintraf, trug ich gerade einen Eimer mit Wasser ins Haus, um es in den Kessel über dem Feuer zu schütten, sodass es warm wäre, wenn er sich zur Nacht waschen wollte (denn mir war zu Ohren gekommen, dass Dekane, sogar solche vom Land, sich zur Nacht wuschen). Er sah sich anerkennend um, prüfte mit der Hand die Weichheit des Bettes, betrachtete dankbar den Herd, begutachtete die Pastinaken und reagierte freudig, als ich ihm sagte, dass der Eintopf unterwegs sei. Die fünf Äpfel wollte er freilich nicht haben, weil sie, wie er sagte, seinen Magen angriffen; also wickelte er sie in ein Stück Stoff und überreichte sie mir mit einer Geste der Großzügigkeit, als ob es tatsächlich seine Äpfel wären. Er dankte mir für alles und tätschelte meinen Arm.

Als ich ging, war das Haus schon recht warm und roch nach Wiese.

»Der Mensch ist ein verdorbenes Ding, klein und armselig, ein stinkender Schleim und danach ein Sack voll Dung und schließlich Futter für die Würmer. In seiner letzten Stunde liegt er mit schmerzendem Kopf und rasselnder Lunge und klaffendem Mund und pochenden Venen, mit erkaltenden Fingern, mit schmerzendem Rücken, mit schwächer werdendem Atem da und wartet auf den Tod. Seine Zähne grinsen in einem knochigen Kopf, Maden verspeisen seine Augen. Der Mensch ist schwach, ein Kadaver in Kleidern, der sich an seine weltliche Habe klammert, ein Skelett, das eines Tages aus Mangel an Blut und Fleisch klappern wird; ein eiternder Klumpen Haut und Nägel und danach ein ausgedörrter Knochenhaufen. Ist der Mensch Herr über das Leben? Gehören ihm die Augenblicke, aus denen es besteht? Nein, diese Augenblicke gehören Gott, und er verlängert oder verkürzt das Leben nach seinem Gutdünken. Der Mensch ist ein Sünder, der Tag für Tag seinem Grab näher kommt, er ist nicht Herr über seinen Körper, sondern sein Sklave. Seine roten Lippen werden schwarz werden, und über seine Augen wird sich ein Schleier legen, und seine Füße werden steif werden, und seine Zunge wird erschlaffen, und in seinen Ohren wird der Tod zischen.«

»Amen«, sagten sie und stellten sich im Kirchenschiff mit ihren Geschenken für den Toten an. Ich sah Carters Gesicht, das starr vor Trauer war und dessen Lippen immer wieder die gleichen Worte formten: *Mea culpa*, während alle anderen auf ihrem »Amen« beharrten.

Auf dem Sims vor Newmans Altar sammelten sich Glückspennys und kleine Socken und Handschuhe aus Samt, um die Marienstatue zu Ostern zu schmücken, und Seidenfetzen, um ihre trauernden Augen an Karfreitag zu bedecken, und ein Schlüssel, der Jesus beim Öffnen der Himmelstore helfen sollte; und kleine Dinge aus der Natur, wie Eichelhälften, die dem Abendmahlskelch ähnelten, und Steine, die (wenn man die Einbildungskraft bemühte) wie die Taube oder die Mutter und das Kind geformt waren, Beeren, die rot vom Blut Christi waren, und Zweige, die der Ast des Baums der Erkenntnis waren, und mandelförmige Blätter, die Marias Mutterschoß waren, und Weizengarben, welche die irdische Form ihres Sohnes waren, und Efeuableger und gepresste Veilchen und die pelzigen Rücken toter Bienen und ein Becher Milch, ein Becher Ale, ein Stück Brot, vier bemalte Eier, ein Päckchen Samen, ein Ballen Samt, ein Ring aus Zinn, zwei Würfel, eine Haarlocke, ein Backenzahn, ein Zehennagel, damit Newman ins Paradies kam.

»Zuerst glauben wir, und erst danach versuchen wir zu verstehen.«

Sarah nickte. Sie hatte, kurz nachdem ich selbst angekommen war, an meine Tür geklopft. Jetzt stand sie an der Feuerstelle, obgleich das Feuer nur schwach brannte. Ich versuchte es neu zu entfachen; lieber die Aufmerksamkeit auf das Feuer richten als auf sie, grau und abgemagert, schon auf halbem Weg zum Skelett. Doch selbst jetzt sah ich aus den Augenwinkeln die leichte, verstörende Krümmung ihres linken Mundwinkels. Je mehr ich sie zu ignorieren versuchte, desto grotesker wurde sie. War es Schmerz? Als sie mir Anmachholz reichte, bemerkte ich, dass ihre Finger genauso verkrümmt waren.

»Wie lange müssen wir glauben«, fragte sie, »ehe wir verstehen können?«

Das trockene Anmachholz erweckte eine neue kleine, energische Flamme zum Leben. Ich schüttelte kaum sichtbar den Kopf.

»Ich war gesund«, sagte sie, »erinnern Sie sich noch, wie gesund ich war? So voller Gesundheit, dass ich über eine Kuh hätte hinwegspringen können. Ich hätte mir Robert Tunley auf die Schultern legen und nach Fox Hole tragen können. Und jetzt sterbe ich.«

»Du stirbst nicht«, sagte ich.

»Ich verfaule.«

»Nein.«

»Ich möchte den Grund verstehen.«

»Ich kenne ihn nicht.«

Ich kannte ihn wirklich nicht. Was immer sie getan hatte, die Strafe war gewiss zu hoch. Ein göttliches Gleichgewicht, das hatte ich ihr schon erklärt. Der Herr fordert von dir Wiedergutmachung für etwas. Sie sagte, sie habe nichts getan, was sie wiedergutmachen müsse. Unsere Sünden können sogar vor uns selbst verborgen sein, hatte ich gesagt. Dann helfen Sie mir, den Grund zu verstehen, lautete ihre Antwort. Meine Antwort war Schweigen. Ich kannte den Grund nicht. Ich kannte ihn wirklich nicht.

Ich schnitt eine Scheibe Rindfleisch für sie ab und gab ihr eines der gewürzten Teigstücke aus Annies Hochzeitskuchen. Ich selbst nahm mir auch eines. Da jetzt nur noch ein Stuhl da war, bot ich ihr diesen an und setzte mich selbst auf die Bettkante. Wir aßen gemeinsam, ich schnell und hungrig, sie fast nichts – aber sie versuchte es, immerhin. Der Wille zur Genesung zählte, selbst wenn der Körper über eine Genesung längst hinaus war.

»Die Vögel schweigen«, sagte ich und nickte zum Fenster, durch das der Nebel und die frühe Abenddämmerung drangen. »Obwohl sie heute eigentlich ihre Partner finden sollen.« Heute war Valentinstag. Schamhaft und scheu waren sie in dieser Angelegenheit, denn es waren kein Gesang und kein Ruf und kein Flügelschlagen zu hören. »So viel dazu«, sagte ich, denn ich ertrug die Stille nicht.

Sarah hatte den Rest ihres Gewürzkuchens hingelegt und starrte mit gefalteten Händen in ihren Schoß. Ich war froh, dass ihr Gesicht im Schatten lag, sodass ich ihren verkrümmten Mund und die hervorstehenden Wangenknochen und die eingesunkenen Augen nicht sehen musste. Ihre Augen waren zu dunkel und zu groß, sie schienen nur aus Pupillen zu bestehen. Sie ließen mich an einen schwarzen Mond an einem weißen Himmel denken – so wie es beim Weltende aussehen sollte. Zu sehen waren nur ihre Stirn und ihre energische Nase, die Nase einer Königin. Diese Nase hatte in ihrem rundlichen, jungen Gesicht immer deplatziert gewirkt, doch jetzt hatte die Krankheit ihrem Gesicht eine brutale Form von Fraulichkeit verliehen, die durch und durch königlich war und eine verstörende Schönheit besaß. Oder sie zumindest besessen hatte, ehe die Verkrümmungen und Verzerrungen hinzugekommen waren.

»Sarah«, sagte ich und ergriff ihre Hände. Ich berührte den krummen Mund. Die Liebe kommt auf Wegen, die wir weder kennen noch verstehen. Zuerst glauben wir, und erst danach versuchen wir zu verstehen. Zwei Jahre lang war ich in sie verliebt gewesen, zwei Jahre, und es waren peinvolle und undankbare Jahre gewesen, so wie es zweifellos sein sollte. Der Herr stellt uns keine einfachen Prüfungen und Versuchungen. Er fragt nicht: Bis du bereit, dich zu verlieben? Er warnt dich nicht, dass dieses Mädchen, die Freundin deiner Schwester, die für dich auch eine Art von Schwester ist, plötzlich Fußknöchel hat, von denen du die Blicke nicht wenden kannst, und dass sie diese Fußknöchel jedes Mal sehen lässt, wenn du versuchst, Maria oder die Heiligen anzurufen.

Er stellt sie einfach eines Abends vor dich hin, wie üblich ist deine Schwester auch dabei, und verwandelt sie vor deinen Augen. Ihr fliehendes Babykinn wird zum Kinn einer Frau, die sich konzentriert. Ihre kindlichen Handgelenke bewegen sich grazil und ausdrucksstark. Ihre kleinen Kinderzehen sind verschwunden und durch einen perfekt geformten Fuß ersetzt worden, und ihre muskulösen Beine scheinen jetzt wie gemacht für das stundenlange Wiegen und Schaukeln eines Kindes.

Wenn der Herr uns prüft, dann gibt er vorher keine Warnung aus – nein, er wirft den Ball, um zu sehen, wie gut wir fangen können. Als er entschied, Sarahs Kinn und ihre Handgelenke und Fußknöchel in Werkzeuge der Verführung zu verwandeln und ihr Gesicht gefälliger und edler zugleich zu machen und ihren Worten etwas Einladendes zu verleihen, da versprach ich ihm: Ich werde sie nicht berühren. Und daran hielt ich mich. Stattdessen dachte ich an all die Dinge, die ein Mann zu denken gemacht ist, und beinahe zwei Jahre lang handelte ich nicht danach. Aber eines Tages im November letzten Jahres, an dem Tag, als wir die Vollendung der Brücke feierten, kam sie in mein Haus – sie wusste, dass Annie in der Scheune mit den anderen feierte –, und sie ließ mich auf einem Stuhl niedersitzen und setzte sich auf den anderen (in jenen seligen Tagen, als ich noch zwei Stühle besaß), öffnete ihren Umhang und ließ ihn an sich hinabgleiten, löste die Haube auf ihrem Haar, hob ihre Tunika über den Kopf und legte sie auf ihren Schoß, zog ihr abgetragenes blaues Kleid bis zur Taille hinab, wo es sich um ihr Mieder drapierte, und zeigte mir ihren Oberkörper in vollständiger Nacktheit.

Man könnte vermuten, dass ich sie angestarrt oder gestottert hätte wie ein Chorknabe. Aber das tat ich nicht. Ich hielt still die Luft an, und dann nickte ich. Ich habe gesehen, wie Sie mich angeschaut haben, sagte sie. Armer John Reve – ich wollte Ihnen zeigen, was Sie so gern sehen wollten.

Mich überraschte meine fehlende Überraschtheit. Mir schien, dass ich die ganze Zeit schon ihren verborgenen Körper gekannt hatte. Ich erinnerte mich, dass Tunley einen Busen mit jungen Birnen verglichen hatte, die süß und schwerelos herabhingen, und Schultern mit flaumigen Pfirsichen. Ich wusste, dass das Unsinn war – Männer sprechen von Früchten, wenn sie die Bilder ihres Verlangens, die keinerlei Ähnlichkeit mit Früchten haben, beschönigen wollen. Als ich Sarah sah, spürte ich ein Körnchen der Begierde und Reue und Sehnsucht in meiner Kehle, an dem ich hätte ersticken können. Ich hätte am liebsten den Wasserkrug beiseitegestoßen, nur um etwas zerbrechen zu sehen.

Aber ich nickte nur und schaute hin, wohl wissend, dass dies die nächste Stufe der Prüfung war, welcher mich Gott unterzog. Als Erstes setzte er eine Frau vor mich hin und erfüllte mich mit einer Liebe für sie, die keinen Grund, keine Vergangenheit und keine Ausflucht kannte. Als ich dieser Liebe widerstand, ließ er sie ihre Kleider ausziehen und mir alles zeigen, was an einer Frau unverfälscht, anstößig und schön ist. Rundungen, die er geschaffen hatte und die ich, selbst als ich sie vor mir sah, kaum verstand. Wölbungen, die sich nach unten und nach innen und nach außen runden wie sonst nichts in der Natur.

Kein Mann soll durch sein Leben gehen, ohne jemals eine Frau gesehen zu haben, sagte sie. Nicht einmal ein Priester. Hier – sehen Sie sich satt.

Sie ahnte natürlich nicht, dass sie nicht die erste Frau war, die ich sah, und auch nicht, dass sie die verspätete Antwort auf die Bitten war, die ich viele Jahre zuvor an Gott gerichtet hatte. Als meine Affäre mit der verheirateten Frau endete, hatte ich um Bestrafung für meine Taten gebetet und um Ermutigung für meinen Entschluss, Priester zu werden, und ich hätte wissen sollen, dass beide, die Bestrafung und die Ermutigung, kommen würden, wenn auch vielleicht nicht sofort. Nun endlich waren sie da. Die Bestrafung dafür, dass ich der Versuchung nachgegeben hatte, und die Ermutigung durch seine Liebe. Ich hatte von Prüfungen gehört, bei denen Gott einen Priester mit etwas versucht hat, das er niemals haben durfte. Es hieß, je stärker die Versuchung sei und je länger sie andauere, desto eifersüchtiger sei Gottes Liebe. Je eifersüchtiger seine Liebe, desto fordernder. Je fordernder, desto höher seine Erwartungen an den Priester – weil er um dessen Eignung wusste.

In den nächsten drei Monaten besuchte sie mich fünfmal in dieser Weise, und ich berührte sie kein einziges Mal. Ich war mir nicht einmal sicher, ob ich in sie verliebt war – Verliebtheit ist zu vergleichen mit Reisen und Abenteuern, ich aber reiste nirgendwohin, außer – so hoffte ich – näher und näher zu Gottes Anerkennung. Sie kam vorbei, setzte sich hin und zeigte mir ihren nackten Oberkörper, als wäre es ein Spiel, während mir der Atem in den Rachen rutschte und meine Hände sich auf meinen Schenkeln spreizten. Hätte ich gestanden, während sie saß, hätte ich dort, wo ihr Haar sich scheitelte, das Elfenbeinweiß ihres Schädels sehen können. Es war die Nacktheit ihres Kopfes, welche die Versuchung vollkommen machte – dass sie sich immer die Zeit nahm, ihre Haube abzusetzen und die Pracht ihres hochgesteckten schwarzen Haares zu zeigen.

Als sie sich auf ihre Pilgerreise begab, war sie zwei Wochen lang fort, und in diesen zwei Wochen saß ich mit gesenktem Kopf vor dem Feuer, die Ellbogen auf den gespreizten Knien, und dachte daran, was für eine besondere und schwere Prüfung dies sei. Als sie eine Woche fort war, lag ich mit einem Fieber darnieder, magerte ab, stellte mir vor, meine Finger seien Fliegenbeine. Ich aß Knoblauch und Wermutkraut und schrubbte mich mit Myrrhe ab. Die Türen meines Hauses standen offen, und die Kerzen waren angezündet, um die Teufel zu vertreiben, auch wenn gar keine Teufel da waren. Nur ein wütender, boshafter Gott.

Zwei oder drei Tage nach meiner Genesung kehrte sie nach Oakham zurück, und auch sie hatte Fieber, so brennend heiß, dass sie in schrillen Tönen wimmerte und sich wand. Wir glaubten, dass auch dieses Fieber abklingen werde, wie es meistens der Fall ist. Wir gaben ihr Knoblauch und Wermutkraut zu essen und schrubbten sie mit Myrrhe ab, doch das Fieber schlug umso gnadenloser zurück.

Sie versuchte jetzt unbeholfen, mit ihren gekrümmten Fingern die Haube zu lösen (das Haar, das darunter zum Vorschein kam, war dünn, und sie hatte es nicht zu einem Knoten hochgesteckt, sondern achtlos unter die Haube gestopft), ihre Tunika, ihr Kleid und schließlich ihre Untertunika abzustreifen. Ich kniete immer noch vor ihr. Ihre armen Schultern. Keine Birne und kein Pfirsich. Nichts Fülliges mehr zwischen ihrem Hals und ihrer Brust, nur noch Haut und Knochen. Ihre Haut war unregelmäßig gescheckt und hatte einen schmutzigen Farbton angenommen. Die Brüste freilich hatten ganz für sich allein Lebenslust und wundersame Rundheit bewahrt. Was in mir noch brennen konnte, entbrannte mit größter Heftigkeit beim Anblick ihrer spätherbstlichen Reife. Welcher Teufel in ihr auch am Werk sein mochte, er heulte aus einem Körper, der sich noch an seine vergangene Lebenskraft und Gesundheit erinnerte.

Aber ihr verkrümmter Mund – er war es, den ich mit bangem Herzen ansah. Die Flamme dieses hoffnungslosen Verlangens hatte wild zu tanzen begonnen. Doch flackert eine Flamme nicht dann am schnellsten, wenn sie kurz vor dem Verlöschen ist und nach Luft ringt? Mit jedem Flackern verzehrt sie sich selbst ein bisschen mehr. Hatte der Herr endlich beschlossen, diese Versuchung zu beenden?

»Dann muss es dies sein«, sagte sie in die kalte Stille hinein.

»Dies war meine einzige Sünde – herzukommen und Sie zu erfreuen. Dafür muss ich sterben.«

»Sarah«, wiederholte ich, weil ich mich an kein anderes Wort mehr erinnerte und weil es an der Zeit war, dass ich sie bat, sich anzuziehen, und mich für das Leid entschuldigte, das auf sie gekommen war, falls es meinetwegen auf sie gekommen sein sollte. Nicht, wie sie glaubte – nicht weil sie Gott dadurch enttäuscht hatte, dass sie mich besuchte, sondern weil ihre Besuche ein Teil seiner Absicht waren, mich zu prüfen. Weil sie der Einsatz in seinem Spiel war. Er hatte mir ein Fieber geschickt, damit es mein Verlangen ausbrannte. Wollte er mein inneres Brennen auf sie übertragen, damit sie an meiner statt litt?

Sie saß mir regungslos gegenüber, knochig wie der Teufel, mit gebeugtem Rücken, nackten Brüsten, hohlem Bauch, eingesunkenen Augen, losem Haar und zu ewigem Locken verkrümmten Fingern, und als an der Tür ein knappes, abgehacktes Klopfen erklang – offenkundig von einem Menschen, der nicht vorhatte zu warten, bis man ihn hineinbat –, rührte sie sich immer noch nicht. Und so kam es, dass der Dekan in mein Haus trat und sie halb nackt vorfand – uns vorfand, sollte ich wohl sagen, denn ich kniete ja vor ihrer Nacktheit. Jegliche Freundschaft schwand aus seinem Gesicht. Etwas Geduldiges wich für immer.

Aberglaube

Als Sarah das Haus verließ, hatte sie ihren Umhang fest um sich gewickelt und ihre Haube hastig zugebunden. Sie sagte ein Gebet vor sich hin, doch so leise, das ich es nicht verstehen konnte. Eine halbe Stunde verging, und es dämmerte ein Tag, der zu keinem Zeitpunkt hell gewesen war. Keine Spur von dem Dekan; ich war mir sicher gewesen, dass er zurückkehren werde. Ich zog mir einen Umhang über und meine schlammverkrusteten Holztrippen an, dann verließ ich das Haus.

Nebel, sogar noch dichter als zuvor. Aus ihm drang ein Gewirr von Stimmen, einige debattierten und stritten, nichts Ungewöhnliches, außer dass ich nicht hören konnte, woher sie kamen, ob von der Straße oder aus den Häusern. Der Nebel trennte die Klänge voneinander, sodass ein Ruf von hier vorn und ein Lachen von da drüben zu kommen schien, und dann schien dasselbe Lachen von einem weit entfernten Punkt herüberzudringen. Daraufhin die Töne eines Saiteninstruments, noch ein Ruf, dann eine schroffe, barsche Stimme, weiteres Lachen, das Liebesgeflüster einer Frau.

In der Kirche brannten Kerzen vor Newmans Altar und

überall auf dem Boden ringsum. Ich schlüpfte aus den Trippen, betrat die kleine dunkle Kiste und setzte mich hin. Ich blies mir in die Hände, um sie warm zu halten, und lehnte meinen Kopf gegen die Trennwand. Ich muss eingeschlafen sein – aber es war kein tiefer oder erholsamer Schlaf, wie ich bemerkte, als ich wieder aufwachte. Ich hielt mir die Hände vor das Gesicht und pustete hinein, um meine Nase zu wärmen.

Ich verließ den Beichtstuhl, als die Glocke sechs Uhr schlug, und sah, dass der Dekan vor dem Altar kniete und das Abendgebet sprach.

»John«, sagte er, ohne hochzuschauen. Er war anscheinend nicht überrascht, mich zu sehen, was wiederum bedeutete, dass er von meiner Anwesenheit im Beichtstuhl gewusst hatte – vermutlich wegen der Trippen, die davor standen. Immerhin, er nannte mich noch beim Vornamen, das war bestimmt ein gutes Zeichen. »Großer Andrang zur Beichte scheint nicht zu herrschen. Wo sind Ihre Beichtkinder?«

»Ich vermute, viele haben noch nicht von dem Ablass erfahren.«

»Bestimmt haben Sie recht.«

»Und sie sind schockiert und verwirrt in ihrer Trauer.«

Er stand auf, drehte sich aber nicht um. Dann ging er zu Newmans Altar, und immer noch hatte er mir sein Gesicht nicht gezeigt.

»Was ist das alles?«, fragte er und schob die Kinkerlitzchen, Talismane, Stofffetzen, die Eichel, die Würfel, die Zweige, die Bienen fragend hin und her.

»Das sind Spenden für den Toten«, sagte ich, obwohl er das zweifellos wusste, denn es war nichts Ungewöhnliches daran.

»Würden Sie sagen, dass Thomas Newman in Ihrem Dorf eine einflussreiche Person war?«, fragte er.

»Ihm gehörte der Großteil der Ländereien …«

»Ich meine seinen Einfluss auf die Dorfbewohner.«

»Er hatte viele Freunde …«

»Ich meine in geistlicher Hinsicht.«

Jetzt drehte er sich zu mir um, und sein Gesicht sah genauso aus wie immer – leidlich barmherzig, ohne die Spur eines Grinsens oder Tadels.

»Ich habe gerade eine sehr aufschlussreiche halbe Stunde im Haus von Morris Hall verbracht«, sagte er, »und ich muss zugeben, dass ich verwirrt bin. Es war eine kleine Versammlung von Dorfbewohnern dort – sie hatten Newmans Laute bei sich und versuchten, sie zu spielen und, wie sie sagten, Gott in ihr zu hören. Um herauszufinden, wie Newman gestorben ist und wie viel Zeit er im Purgatorium verbringen muss. Als es keinem gelang, ein richtiges Musikstück darauf zu spielen, fingen sie merkwürdigerweise an, das Ding zu schütteln. Sie schüttelten es, weil sie hofften, dass Gott sich darin aufhalte.« Sein Stirnrunzeln war deutlich und echt. »Warum sollte der Herr sich in Thomas Newmans Laute aufhalten?«

»Sie sind auf der Suche«, sagte ich, und ich sagte es gefasst und ohne mir die Wut anmerken zu lassen, die mich gepackt hatte, als ich die Neuigkeiten des Dekans hörte – keine Wut auf die Lautenschüttler, aber auf Newman, der ihre Köpfe und Herzen mit falschen Hoffnungen gefüllt hatte und dann gestorben war. Nun musste ich sehen, wie ich mit den Folgen zurechtkam. »Es mag Ihnen seltsam erscheinen«, sagte ich, »da Sie mit Gemeinden zu tun haben, die weltläufiger sind als diese, die den Toten mehr mitgeben können als Eicheln und Blätter. Aber sie suchen den Herrn überall, in allem. Ihnen erscheint das geschmacklos, aber es ist alles, was sie haben.«

»Ich habe Gemeinden gesehen, die genauso arm waren – sogar ärmer. Das ist es nicht, was mir Sorge bereitet. Meine Sorge besteht darin, dass Sie, der Priester dieser Leute, hier in der Kirche sind, mit Gott an Ihrer Seite, und darauf warten, ihnen die Beichte abzunehmen, während sie sich dort in Morris Halls Haus aufhalten und die Laute eines Toten schütteln, weil sie hoffen, dass Gott herausfallen könnte. Haben Sie sie in die Irre gehen lassen? Haben Sie zugelassen, dass sie geistliche Autorität woanders als bei Ihnen suchen? Bei Thomas Newman, in seiner Musik, in den Zweigen, die sie ihm jetzt schenken? Warum wenden diese Leute sich nicht an *Sie*, um etwas über seinen Aufenthalt im Purgatorium zu erfahren?« Er hielte inne und atmete tief aus. »Haben Sie eine Kerze?«

Ich holte ihm eine aus der Sakristei, und er zündete sie an und stellte sie vor Newmans Altar, in einen Halter, dessen Kerze bereits flackerte und gleich verlöschen würde.

»Zweierlei«, sagte er. »Erstens habe ich entschieden, während meines Aufenthalts alle Häuser in Oakham zu durchsuchen, weniger um etwas zu finden, das seinen Unfalltod infrage stellt, als vielmehr um zu beweisen, dass es nichts dergleichen zu finden gibt. Das hoffe ich zumindest – auch wenn wir beide wissen, dass man Überraschungen erleben kann, wenn man jemandes Haus betritt.«

Da war sie also, die Rüge, die Bestätigung: *Ich habe dich zusammen mit dieser Frau gesehen*, auch wenn er sie nur angedeutet und mit einem sehr schwachen Lächeln verkleidet hatte. Da war sie, die Griesgrämigkeit, an die ich mich von unserer letzten Begegnung erinnerte, etwas Missgünstiges in seinem Temperament, das nie direkt zur Sprache kam und sich dennoch nicht verleugnen ließ. Ich verschränkte die Arme, ich nickte. Wenn er die Häuser durchsuchen wollte, dann sollte er es ruhig tun. Er würde nichts finden.

»Zweitens, und das ist keine Kleinigkeit: Wäre es nicht tröstlich, wenn der Himmel ein Zeichen schickte? Wäre es nicht hilfreich, Gottes eigenes Wort über Newmans Verbleib im Purgatorium zu hören, statt dafür eine Laute schütteln zu müssen? Ohne Hysterie oder Aberglaube, Plunder und Talismane.« Er nahm die Eichelhälfte und tat so, als würde er hineinspähen. »Ein echtes Zeichen von Gott. Das wäre gut. Wenn ein Mensch schnell das Purgatorium durchläuft, dann ist das der beste Beweis dafür, dass er keine schwere Sündenlast zu tragen hatte, nicht wahr? Wenn also alle Bewohner Oakhams eines gerechten Todes sterben und schnurstracks in den Himmel kommen, dann ist das der beste Beweis dafür, dass dies eine durch und durch gesunde Gemeinde ist. Kann es einen besseren Beweis für den Erzdiakon geben? Einen besseren Beweis, dass Oakham all meiner Mühen wert ist, es zu retten?«

Er legte die Eichel nach eingehender Musterung nachlässig an den Rand des Altars, von wo sie sogleich herabrollte, um dann sanft neben seinen Füßen aufzuschlagen.

Ich fragte: »Welche Art von Beweis?«

»Ich weiß es nicht, Reve, es ist nicht an uns, darüber zu entscheiden. Aber ist die Heilige Schrift nicht voller Gotteszeichen? Woher soll ich wissen, welches Zeichen er uns zu schicken geruht?«

Jetzt also »Reve«, nicht mehr »John«. Dieses Gesicht! Es bewegte sich kaum, und doch hatten sich in den Falten um den Mund und entlang der Augenbrauen Ärger und Zorn eingegraben.

Draußen auf der Straße ertönten laute Rufe, und sein Kopf zuckte hoch wie bei einem Molch, der eine Gefahr bemerkt. Dann eilte er aus der Kirche, und ich eilte hinterher. Als wir die Straße erreichten, sahen wir gerade noch eine Gruppe rennender, schreiender Menschen in Dunkelheit und Nebel verschwinden.

»Folgen Sie ihnen«, sagte der Dekan. Ich starrte ihn an. Wenn ihm an einer Verfolgungsjagd so sehr gelegen war, warum lief er ihnen nicht selbst hinterher? Aber er stand da, die Hände in die Hüften gestemmt und beide Füße fest auf den Boden gepflanzt, und nichts in seiner Haltung deutete darauf hin, dass er sich demnächst flott in Bewegung zu setzen gedachte. Ich wandte mich in die Richtung, in die die Menschen gelaufen waren, auf Old Cross zu, und verfiel in eine Art Trab.

»Bei diesem Tempo holen Sie sie nicht vor Montag ein«, rief er. »Laufen Sie!«

Ich hob meine Gewänder, und aus dem Trab wurde ein leichter Galopp. Da ich meine Trippen nicht trug, würden Matsch und Nässe geradewegs durch meine Schuhe dringen. Das war eine äußerst unschöne Aussicht; wenn der Dekan unbedingt wissen wollte, wohin die Gruppe der Dörfler lief, dann sollte er doch seine eigenen Füße beschmutzen. Abgesehen davon hatte ich die Gruppe inzwischen aus dem Blick verloren und konnte nur den Stimmen folgen, die, was unmöglich war, aus allen Richtungen zu kommen schienen. Bei Old Cross nahm ich den Abzweig nach West Fields, weil die Stimmen in dieser Richtung lauter zu sein schienen. Meine Füße waren schon so verdreckt und durchweicht, dass ich es aufgab, über Wagenspuren und Schlaglöcher und neu entstandene Bäche zu springen. Erst als ich in die Nähe des Birkenhains kam, sah ich wieder Bewegungen und hörte die Stimmen deutlicher. Wie die lebhafte und aufgeregte Stimme von Ann Otley, die etwas über das Waldstück sagte.

»Ann«, rief ich, und dann, als ich andere sah, »Morris Hall, John Mersh …« Auch Joan Hall, Piers Kemp, Paul und Simon

Brackley, John Green, Jane Tunley, Richard Prye, Adam Lewys, sie alle versammelten sich am Rand des Birkenhains. »Was in aller …«

»Wir glaubten, die Gestalt von Thomas Newman zu sehen, Pater«, sagte Ann Otley, »und wir sind ihr bis hierher gefolgt. Wir vermuten, dass sie in das Wäldchen gegangen ist.«

Ihre Augen leuchteten anzüglich; sie keuchte.

So sehr ich es auch wollte, mir leuchtete diese Theorie nicht ausreichend ein, um selbst einen Blick hineinzuwerfen. Ich schwieg.

»Die Gestalt hat seltsame Geräusche ausgestoßen, Pater, ein schauerliches Stöhnen.«

Alle nickten, mit Ausnahme von Jane Tunley, die nicht vollständig überzeugt schien. Mein Kopf war der einzige, der ein Schütteln zustande brachte.

»Newman ist zwischen den Welten gefangen«, sagte Morris Hall.

»Ohne Beichte, ohne Segen«, sagte Joan, die Frau von Morris.

»Kein Leichnam zum Begraben, also rennt er frei herum«, sagte Adam Lewys.

»Vielleicht ist er nur halb tot und ihm fehlt der Kopf«, schlug Piers Kemp vor.

Jetzt warf ich doch einen Blick in das Wäldchen, in dem der Bodennebel die schlanken und feuchten Birken geisterhaft umhüllte. Kein Mensch, keine Seele, kein kopfloser Teufel und keine seltsamen Geräusche.

»Wer hat die Gestalt gesehen?«, fragte ich.

»Jane Tunley«, sagte John Green.

»Adam«, sagte Simon Brackley.

»Mrs Otley«, sagte Jane Tunley, während Ann Otley auf Richard Prye zeigte.

Sie beäugten mich, den Boden, das Wäldchen. Ihre Körper waren diffuse Ansammlungen von Grau- und Brauntönen vor einem weißen Nebelschleier, der sich in alle Richtungen ausdehnte. Jane Tunleys rote Webbrosche schien der einzige klar bestimmbare Gegenstand auf der Welt zu sein, alle anderen Formen und Farben waren verhandelbar – man konnte sie addieren und erhielt entweder ein Nichts oder ein Etwas. Der Tag verwandelte sie in Geister.

»Geht alle nach Hause«, sagte ich.

»Pater.«

»Geht nach Hause.«

Ich wandte mich von ihnen ab in Richtung West Fields, als ob ich selbst die Erscheinung suchen wollte. Ich hörte ihr Murmeln und Murren und ihren widerwilligen Rückzug. Sie waren kopfscheu und ängstlich, und das war kein Wunder. Während meiner Zeit in Oakham hatte es nie einen Todesfall ohne Leiche gegeben, ohne einen toten Körper, den man sicher im Boden begraben konnte – und weg war er. Jetzt schienen sich die Toten in einem Schwebezustand zu befinden, als ob der Teufel sie jederzeit pflücken könnte oder als ob sie sich versteckten und jederzeit hervorspringen könnten.

Ich ging in das Wäldchen. Wie konnten diese Stämme im Sommer so fein, papieren und silbrig sein, wo sie doch in der Nässe des Winters so dunkel und hart wie zähes Leder waren? Jeder stachelige, leblose Ast beherbergte eine tote Seele. Der Sommer lebte irgendwo in seinem Gedächtnis fort, er konnte ein grünes Blatt aus einem kümmerlichen, sepiafarbenen Knubbel heraufbeschwören. Die an die Äste gebundenen Pferdeschwänze waren durchnässt und verfilzt, und der gelbe Samt, der so fröhlich gestrahlt hatte, als wir ihn im Sommer aufgehängt hatten, hing jetzt schwer und bräunlich herab. Hier gab es Nebel und Nässe, die von den Ästen tropfte, den Mulch des winterlichen Unterholzes – aber keinen Toten.

Ich bückte mich, denn auf dem Boden lag etwas, das weder Erde noch Mulch war, sondern ein Stoffklumpen, der notdürftig mit Blättern bedeckt war, wie zur Tarnung. Ich wusste, was das war. Ich hob es eilig auf. Newmans Hemd. So stellte Carter sich also *Verstecken* vor: Man verbarg etwas, indem man eine Handvoll Blätter darüberstreute. Es sei denn, dass er es gut versteckt hatte und es ausgegraben worden war. Der Boden ringsum wirkte nicht unberührt – aber das war auch nicht anders zu erwarten, wie hätte Carter sonst das Hemd vergraben können. Ich hob mit den Händen ein angemesseneres Loch aus und vergrub das Hemd darin. Dann verteilte ich Blätter darauf, und schließlich glättete ich den Blätterhaufen, damit er natürlicher wirkte.

Ich stand auf, wusch mir die Hände in einer Pfütze und ging in Richtung Fluss, auch wenn mir der Grund dafür nicht ganz klar war. (Meine Gedanken ähnelten einem Zaunkönig, der unruhig hierhin und dorthin fliegt. Vielleicht war Newman tatsächlich zwischen Diesseits und Jenseits gefangen und war hergekommen, um sein Hemd zu holen. Aber nein, das Hemd war ja noch da, und abgesehen davon hatte niemand Newman tatsächlich gesehen, es hatte bloß einer dem anderen geglaubt. Wenn sie einen echten Geister-Newman verfolgt hätten, dann hätte ich ihn sehen müssen, denn er hätte nur diesen Weg gehen können. Wenn sie nicht nur einer Einbildung gefolgt wären, welcher Geruch oder Instinkt, welches Geschick hatte sie dann zu dem Birkenhain geführt? Und welches Geschick hatte mich dazu gebracht, ihnen zu folgen und Newmans Hemd zu finden, ehe sie es finden konnten?)

Am Fluss war alles wie immer, zumindest soweit ich es im

Nebel erkennen konnte. Ich schritt am Rand des Überschwemmungsgebietes über sumpfigen Boden, bis ich das Röhricht erreicht hatte, das im Sommer so hoch stand und jetzt nur eine halbe Armlänge aus dem Wasser ragte. Genauso sahen die Rohrkolben auch aus: wie Arme, die nach etwas griffen. In der feuchtkalten Abenddämmerung hier am Flussufer machten sie einen hoffnungsvollen Eindruck – so hatte ich sie noch nie gesehen. Eigentlich hatte ich sie noch nie bewusst wahrgenommen.

Ein furchtbares Krachen ertönte. Ich hielt es zuerst für Donner, doch es kam aus der Tiefe statt aus der Höhe, und für Donner klang es ohnehin zu schroff und zu rau; obendrein war es zu nah: das Geräusch von etwas, das zerriss. Wenn ich imstande gewesen wäre, mich zu bewegen, ich hätte mich bekreuzigt. So, wie die Dinge standen, arbeiteten nur jene Teile meines Organismus unbeeinträchtigt weiter, die sich meiner Kontrolle entzogen – Atmung, Herzschlag, Gehör. Es war ein Geräusch wie von brechenden Knochen, und das wahrhaft unirdische Ächzen, das folgte, brachte selbst meinen Atem in Bedrängnis. Gleich darauf erklang ein gewaltiges Platschen.

Ich rannte einige Schritte stromaufwärts zu der Stelle, von der die Geräusche kamen. Undeutlich, aber deutlich genug durch den Nebel sichtbar lag ein umgestürzter Baum im Fluss.

Rohrkolben

Die Nacht brach an, aber sie kam so heimlich und leise, dass man es kaum bemerkte. Auf einmal lastete sie auf uns, schwer, apathisch und schwarz. Auf der Straße waren allerlei Leute unterwegs, und es kam zu einer Art Gerangel zwischen Gil Otley und seinem Bruder Rob darüber, wie sie das Stück Land aufteilen sollten, das an ihres grenzte – ungefähr dreißig Ackerfurchen fruchtbaren Bodens, die Newmans Eigentum waren. Bald hörten sie auf und gingen ins Haus; das Trinken begann. Reste vom Hochzeitsbier waren an alle Haushalte ausgeteilt worden, und es wurde gut gegessen an diesem Abend kurz vor der Fastenzeit: Braten von Rind, Wildschwein, Huhn und Gans; Kohl mit Schinkenspeck, in Honig geschmorte Birnen.

Ich aß und verfluchte dabei den schlaffen John Endall, der mir die Schwester und ihre Möbel geraubt hatte. Nichts ist einsiedlerischer als ein Leben ohne Verwandtschaft – vor allem wenn man nur einen einzigen Stuhl besitzt. Ich legte das Kreuz, das sonst neben meinem Bett lag, vor mich auf den Tisch. Es war roh behauen, und ein Jesus hing auch nicht daran – wenn Jesus nicht da ist und einen daran erinnert, was er schon für einen geopfert hat und was man im Gegenzug nicht geopfert hat, dann kann man mehr von Gott erflehen. Man könnte sogar eine kleine Bitte riskieren:

Sag mir, was ich tun soll.

Newman ist tot, begann ich mein Ersuchen. Herry Carter will unbedingt gestehen, dass er ihn umgebracht hat. Ich selbst habe gelogen, außerdem erwartet der Dekan ein Zeichen von dir, nicht mehr und nicht weniger, und Oakham ist eine reife Frucht, die jederzeit gepflückt werden kann. Dies war ein langer, verpfuschter Tag. Sag mir, was ich tun soll.

Ich stellte mir vor, wie ich eines kommenden Tages auf halbem Weg nach Bruton – oder noch weiter – am Straßenrand stehen und in die muffige Kapuze eines Wandermönchs flüstern würde, denn wem sonst konnte ich jetzt noch beichten, und was würde mir widerfahren, wenn ich es nicht tat? *Ich sollte einem aus meiner Gemeinde die letzte Beichte abnehmen, doch ich habe es nicht getan, ich habe so getan, als ob ich schliefe.* Ich übte diesen Satz, und er klang selbst in meinen Ohren schäbig und falsch. Ein paar Einzelheiten: *Er war ein wichtiger Mann, der eines schlimmen Todes starb. Wenn ich ihm die letzte Beichte abgenommen hätte, wäre er vielleicht eines besseren Todes gestorben, oder er wäre gar nicht gestorben, und dann hätte der Landdekan wenig oder gar nichts, worüber er die Nase rümpfen könnte. Er hätte sich eine halbe Stunde in Oakham aufgehalten, einen Happen von unserem Käse gegessen, und weg wäre er gewesen.*

Das Wörtchen »wenn« klang immer schäbiger, wie eine Art Eingangstor zu allerlei Arten von Himmel und Hölle. Es wäre besser, nicht mit dem zu beginnen, was hätte passieren können, sondern mit dem, was tatsächlich passiert war. Besser wäre es, mit dem Ende zu beginnen und dann rückwärts zu reisen, gegen den Strom zu schwimmen, fort von dem Felsen, an den man geschwemmt wurde, hinaus ins offene Wasser – die Wellen stellen dabei die Absichten dar, die einen trugen. Nicht der Sünde, sondern der Absicht, die hinter der Sünde steht, gilt Gottes Interesse. Nicht dem Ort, wo man angeschwemmt wurde, sondern den Wellen, die einen dorthin trugen.

Deine priesterlichen Pflichten werden dich schwer ankommen – so hieß es in meiner Ausbildung. Du wirst dich wie ein Bogen fühlen, dessen Sehne immer weiter gespannt wird, bis sie sich schließlich nicht weiter spannen lässt. Dann wirst du in dieser Spannung verharren, du wirst geprüft werden, und du wirst dir wünschen, dass die Sehne endlich gelockert werde. Aber wenn du wartest, lernst du, dass die Anspannung nötig ist, damit der Pfeil fliegen kann – und der Pfeil ist jener Teil von dir, der dem Herrn gehört und auf ihn gerichtet ist, dicht befiedert und schusssicher. Wie soll der Pfeil fliegen können, wenn der Bogen nicht gespannt ist?

Ich schlug die Bibel auf: voller Zeichen des Herrn und keineswegs arm an Wundern. Es gab nur eines, um das ich ihn bitten wollte, und ich suchte nach den lateinischen Worten, die er bevorzugt. Bitte, Herr, sagte ich laut, wenn du ein Zeichen sendest, dann weiß ich, dass du bei mir bist – wie sonst soll ich wissen, dass all dieses Bemühen nicht vergebens ist? Da: Der Herr beendet – durch Moses – die Heuschreckenplage mit einem Wind, *ventum ab occidente*, einem Wind von Westen. *Vehementissimum*, stark, am stärksten. Der stärkste Westwind, um die Heuschrecken fortzuwehen. Ich sah durch das Fenster hoch in den weißen Nebel, und er erinnerte mich an Schafe. Lauter Schäfchen in der Luft – wie eine große Gemeinde. Ein Pilz mit dünnem Hut war aus dem Sägespalt in meinem Tisch gesprossen. Erstaunliche Kühnheit; ich zog ihn heraus.

Wenn die Strecke von meinem Haus zum Abtritt draußen auch so kurz war, dass sie nicht einmal für ein schnelles Vaterunser reichte, so war sie doch lang genug, dass ich mich erst beschwingt fühlte (ein starker Westwind, der die Geister vertreibt), dann entmutigt (das wird der Herr nie tun, es ist ein zu großes Zeichen, es wird nicht funktionieren; bitte um etwas Kleineres, zeige menschliche Demut), dann kleingläubig (wenn ich der gespannte Bogen bin, wie kann ich dann gleichzeitig der befiederte Pfeil sein?), dann wieder beschwingt (ist das möglich, ein starker Westwind?).

Der Nebel löste sich endlich auf. Als ich auf dem Abtritt fertig war, ließ ich meine Gewänder herunter, querte die Straße und ging über den Kirchhof zur Rückseite der Kirche. Von dort aus erstrecken sich die Felder sanft ansteigend bis zu der Grenze, die Oakham von der Gemeinde Bruton trennt. Ich stellte mir vor, dass zwei Mönche über die Bergkuppe kämen, und dann wurde aus dem Paar eine Meute, aus der Meute eine Armee, und ich fragte mich, ob der Dekan unrecht hatte. Waren die Mönche nicht unsere Brüder?

Dennoch hatte ich mich noch nie so klein gefühlt wie in diesem Moment, auch nicht so zaghaft – wie die ersten Schnitte einer Radierung –, noch hatte Oakham mein Herz je so eingenommen oder mit größerer Sorge beschwert. Ich konnte dem Dekan jetzt nicht mehr von der Rolle erzählen, die ich bei Newmans Tod gespielt hatte, und es gab niemanden sonst, dem ich sie hätte beichten können, es sei denn, einem dieser umherziehenden Mönche. Was für eine Schande für einen Priester, am Straßenrand einem Gauner mit Kapuze etwas zuzuflüstern und ihm für eine unbefugte Vergebung ein paar Münzen zu geben.

Mein Atem dampfte in der kalten Luft. Sarah saß jetzt wahrscheinlich zitternd vor ihrem Feuer, in ihren Umhang gewickelt, oder sie lag im Bett, voller Sorge, was der Dekan gesehen haben könnte, oder voller Furcht vor dem Tod. Sie starb, weil sie das Unterpfand in der Prüfung war, die der Herr mir auferlegt hatte; sie starb, um meine Treue zu ihm zu beweisen – in Anbetracht dessen schien es nicht so kühn, ihn um einen Gefallen zu bitten, zumal kein anderer diesen Gefallen gewähren konnte. Könntest du den Westwind schicken, um die Geister zu vertreiben – als ein Zeichen, dass Newmans Seele den Übergang geschafft hat und dass du nicht enttäuscht von mir bist? Und könntest du ihn schicken, solange der Dekan hier ist? Und wenn das zu viel verlangt sein sollte, Herr, oder wenn du es zwar tun kannst, aber nicht in der erbetenen Zeitspanne, könntest du dann ein anderes, bescheideneres Zeichen schicken?

Ich stand ganz still, wie eingefroren. Das Zwiegespräch zweier Eulen zerriss die Stille der Nacht. Der Dekan wünschte sich ein Zeichen – also musste ein Zeichen her. Ich stellte mir vor, dass ein sanfter, leiser Wind mein Gesicht und meinen Hals wie liebkosende Hände berührte und über die Felder von Oakham strich. Da musste ich an die samtige Schwärze der Binsen denken, die sich wie Arme in die Höhe reckten, und daran, wie sie die Arme einer anbetenden Menge repräsentierten. Ich dachte auch an Moses und meine Mutter, ihren absurden Glauben an mich.

Wenn ich der Bogen und der Pfeil war, derjenige, welcher Gott beherbergte, und derjenige, welcher in seine Richtung schoss, konnte ich dann nicht selbst zu ihm gehen, statt ihn zu bitten, zu mir zu kommen? Konnte ich nicht der Überbringer des Zeichens sein statt nur der, welcher um ein Zeichen bat? Ich konnte Thomas Newmans Hemd nehmen und es *im Namen des Herrn* in die Binsen hängen, damit es die Rettung seiner Seele symbolisierte: aus dem Fluss in die Arme seines Volkes und Gott als Opfer dargeboten. Eine bescheidene und friedvolle Rettung, eine, bei der ich zudem garantieren konnte, dass sie sich während der Anwesenheit des Dekans ereignete – im Gegensatz zu dem prunkvolleren und launenhafteren Wunder des Westwindes.

Ich bemerkte, dass ich mit den Daumen Kreise auf meinen Handflächen zog. Ich war plötzlich aufgewühlt, erregt und voller Tatendrang. Was den Wind von Westen betraf – auf den würde ich ebenfalls warten, und wenn er käme, wäre das der Beweis dafür, dass der Herr immer noch an mich glaubte. Das wäre kein Zeichen für den Dekan, das wäre ein Zeichen für mich – ein Pakt, sofern Gott sich auf so etwas einlässt.

Und was war sonst noch möglich? Wenn das Hemd gefunden wurde, warum sollte dann nicht auch ein Leichnam gesichtet werden, um die Angst der Dorfbewohner vor einer zwischen den Welten schwebenden Seele zu bannen? Sie mussten diese Angst vor Geistern und Untoten und Teufelsgestalten loswerden, sonst würden Aberglaube und Hysterie um sich greifen und dem Dekan viel Grund zum Spott bieten. Der Leichnam konnte zwar nicht begraben werden, aber es war möglich, dass jemand ihn sah oder zumindest zu sehen glaubte: eine geschundene und verstümmelte, im Fluss aufgedunsene Fleischmasse, so wenig geisterhaft wie ein Eisbein. Wenn man die Leiche zur gleichen Zeit wie das Hemd in den Binsen sähe, dann stünde fest, dass ihre Seele aller irdischen Drangsal entflohen war.

Ich konnte freilich nicht derjenige sein, welcher den Leichnam zu finden vorgab; wieso sollte der Dekan mir glauben? Es musste jemand anders sein, jemand, der in den Augen des Dekans nichts zu gewinnen oder zu verlieren hatte – und diese Person konnte nur Herry Carter sein. Also würde ich zu ihm gehen und ihm erklären: Du musst Newmans Hemd ausgraben, du musst zum Fluss gehen und es in die Binsen hängen. Du sagst, dass du nach einem umgestürzten Baum sehen wolltest, und in dem habe Newmans Leichnam festgehangen, wegen der wilden Strömung. Dann musst du zu mir gelaufen kommen und es mir erzählen. Dann gehen wir gemeinsam hin, ich mit der Hostie und dem Weihöl, für alle Fälle. Wenn wir dort ankommen, ist der Leichnam natürlich fort, aber dafür wirst du ein Hemd finden, ein trauriges und wundersames Zeichen. Wir gehen gemeinsam zurück ins Dorf.

Und Carter würde Einwände vorbringen – er würde sagen: Das mache ich nicht, das ist Betrug, der Leichnam kann nicht verschwunden sein, weil er überhaupt nicht dort war, wie kann ich lügen, wie kann ich behaupten, dass ich ein Hemd gefunden habe, das ich selbst dort hingelegt habe, ich mache das nicht. Ich würde ihm sagen: Ein bisschen Theater schadet nicht, wenn es einem guten Zweck dient – denk an die Mysterienspiele, die überall aufgeführt werden (in Oakham allerdings noch nie), denk daran, wie sie unseren Herrn und seine Werke loben. Dies ist unser Mysterienspiel, verstehst du? Wir führen es gemeinsam auf. Du kommst zu mir, sobald du mit dem Hemd getan hast, was ich dir aufgetragen habe. Tu es bald, aber noch nicht morgen, nicht zu bald, sonst wird sich der Dekan wundern, dass sein Wunsch nach einem Zeichen so schnell in Erfüllung gegangen ist. Aber tu es bis Fastnachtsdienstag, ehe der Dekan geht.

Carter würde weitere Einwände vorbringen – er würde sagen: Das mache ich nicht. Und ich würde sagen: Mach es zum Wohle Oakhams – der Dekan will ein Zeichen sehen. Carter würde antworten: Der Dekan will ein Zeichen von Gott sehen, nicht von uns, und wenn wir nichts Falsches getan haben, dann wird Gott uns helfen, oder vertrauen Sie ihm nicht? Auf diese Frage könnte ich nicht antworten, ohne mein Gesicht zu verlieren, denn im Gegensatz zu Carter wusste Gott, dass Newman nicht nur die Sünde des Selbstmordes begangen hatte, sondern dass ich mich obendrein geweigert hatte, ihn zu retten, aufzuhalten oder ihm die letzte Beichte abzunehmen. Nein, könnte ich antworten – ich kann Gott nicht völlig vertrauen.

Aber solche Antworten kann ein Priester nicht geben, also müsste ich ihn mit einem neuen Ansporn von seiner Frage ablenken: Willst du, dass dir dein Anteil an Newmans Tod vergeben wird und du die Gelegenheit zur Buße erhältst? Also gut, dies ist deine Buße; tu es für mich, und tu es widerspruchslos. Carter würde Einwände vorbringen – und letztlich würde er nachgeben. Er würde seine Einwände mit der Rechtschaffenheit der Trauer vorbringen, aber er würde mit dem Schmerz der Schuld nachgeben.

Ich eilte zurück über die Straße zum Pfarrhaus, holte seinen Gürtel hinter dem Eimer hervor, ging mit forschen Schritten zu seinem Haus und klopfte mit der Faust an die Tür – ein dumpfes, leises Klopfen, das in den Häusern ringsum hoffentlich nicht zu hören war. Er öffnete die Tür, seine Frau stand hinter ihm.

»Ich muss mit dir reden, Herry«, flüsterte ich. »Lass mich ein.«

Carter brachte keine Einwände vor. Er sah seinen Gürtel an – den ich auf den Tisch legte –, und in seinem Gesicht zeichnete sich kurz Entsetzen ab. Dann sah er mich misstrauisch an, als ich erklärte, was er zu tun habe. Dann, als ich geendet hatte, sah er mich voller Verachtung an. Schließlich sprach ich zu ihm über Vergebung und Buße, und seine Verachtung verwandelte sich in Verzweiflung, und er stimmte zu. Dass er nicht widersprach, machte die Sache schlimmer, denn da ich ihn nicht überzeugen musste, war ich vorübergehend selbst weniger überzeugt. Seine Frau sagte nichts, aber sie wusch den Gürtel aus, hängte ihn zum Trocknen ans Feuer und brachte uns warme Milch.

Er saß krumm und teilnahmslos da, und nachdem er seine Milch getrunken hatte, blieb auf seiner Oberlippe ein Milchbart zurück, den seine Frau wortlos mit ihrem Ärmel abwischte. »Keiner wird uns glauben«, sagte er gleichgültig. »Wir werden uns bloß verdächtig machen – ein Hemd und ein Leichnam werden plötzlich angeschwemmt, drei Tage nachdem der Mann ertrunken ist, obwohl die Leiche zu dem Zeitpunkt schon viel weiter abgetrieben sein müsste als bis West Fields. Wer soll uns das glauben?«

Das war keine Frage, sondern eine Zurückweisung, die ich meinerseits zurückwies. »Eine Leiche, die stromabwärts in Richtung West Fields treibt, muss die Flussbiegungen bei Odd Mill und Burn Wood passieren«, sagte ich, »und würde an unzähligen Stellen aufgehalten werden – ganz zu schweigen von dem umgestürzten Baum.«

Unter dem eine angeschwemmte Leiche mit völliger wissenschaftlicher Plausibilität festhängen konnte. Ich sagte ihm, er müsse Vertrauen in unseren Plan haben und dass unsere kleine Inszenierung die Wahrheit darstelle – und die Wahrheit sei, dass Newmans Leiche irgendwo verstümmelt liege und seine Seele sich auf dem Weg in den Himmel befinde. Wie Carter dreinsah? Ich kann nur sagen: verzweifelt. Doch in dieser Verzweiflung schwang auch Erleichterung mit, dass sich ihm eine Gelegenheit bot, Buße zu tun, und in dieser Erleichterung wiederum klang die Verzweiflung an, dass unsere kleine Inszenierung nicht ausreichen könnte.

»Du kommst also zu mir, Herry Carter«, sagte ich, »am Montag oder Dienstag kommst du zu mir, vor Tagesanbruch, und du sagst, du habest einen Mann gesehen, der unter einem Baum im Fluss festhänge.« Sein Kinn sank auf die Brust, und ich hob es wieder an. »Du kommst zu mir, Herry, und was sagst du?«

So matt und mutlos wie ein Fisch auf dem Trockenen: »Da wurde ein Ertrunkener angespült.«

»Je besser du spielst, desto weniger fühlt es sich nach einer Inszenierung an, desto mehr ähnelt es der Wahrheit. Und ein desto wahrhaftigeres und besseres Zeichen ist es, ganz, als ob es wirklich von Gott käme.« Ich fügte noch hinzu: »Und desto vollständiger ist auch deine Buße.«

»Ein Ertrunkener im Fluss bei West Fields, Pater.«

»Angeschwemmt.«

»Wie ein alter Lumpen.«

Ich legte meine Hand auf seine Schulter, die sich immer noch kalt von seinem morgendlichen Erlebnis im Fluss anfühlte. Cat Carter saß an seiner anderen Seite und hatte ihre Hand auf jene andere Schulter gelegt. Sie schaute mich nicht an, nur ihn. Ich sah uns, Carter und mich, vor mir, einige Tage später in einem Augenblick, der mehr als eine Farce war. Ein Augenblick bewusst herbeigeführter Hoffnung. Ein Augenblick, in dem auch Newman da war, weder tot noch lebendig, und sich bereithielt, gerettet zu werden: seine Stirn, dass sie mit Weihöl gesalbt werde, sein Mund, dass er die Hostie empfange. Die Zeit stünde entweder still oder verliefe rückwärts. Wir würden das Öl und die Hostie mitnehmen, die Herzen voller Erwartung. Und wir würden rennen, Carter und ich.

Später saß ich auf der Treppenstufe vor dem Altar. Die Glocke schlug neun, und das Dorf lag im Schlaf. Fast erwartete ich, dass Newman – tot oder lebendig, auf jeden Fall aber herausfordernd – hereinspazierte. Doch es fühlte sich für mich an, als ob er schon eine Ewigkeit tot wäre, nicht erst einen Tag. Es fühlte sich an, als ob es keine Zeit vor seinem Tod gegeben hätte.

Ich stand auf und blies alle Kerzen in den Wandhaltern aus, bis die Kirche mit Ausnahme der Kerze, die ich in der Halt hielt, dunkel war. Als Oliver Townshend in die Kirche kam, fand er mich allein in fast völliger Dunkelheit auf der Altartreppe vor. Der Regen klopfte sanft gegen die Fenster; ich hatte das Geräusch zunächst mit umherhuschenden Mäusen verwechselt. Townshend betrat die Kirche leichtfüßig, deshalb wusste ich gleich, dass er es war – deshalb und wegen seiner untersetzten und massigen Figur, die sonst keiner in Oakham hatte. Alle außer Tunley waren von schmaler Gestalt, nur die Townshends waren anders. Cecily war schlank, aber breit in den Hüften, und ihr Mann war gedrungen und sah aus wie ein Filetstück aus schierem, knochenlosem Fleisch. Dennoch hatte er einen katzenhaften Gang, und seine Zehen zeigten beim Gehen nach außen. Er näherte sich geschmeidig dem Altar und setzte sich neben mich. Er stellte seine Laterne ab.

»Kirchenbänke«, sagte er, »wir brauchen Kirchenbänke. Wussten Sie, dass es jetzt sogar in Bourne welche gibt?«

»Fenster, Bänke, eine Brücke, ein Gewerbe. Gibt es etwas, das wir nicht brauchen?«

»Es ist spät. Wollen Sie hier schlafen, Reve?« Er roch heimelig und vertraut nach Gewürznelken, Rauch und geschmortem Schweinefleisch. Er fügte hinzu: »Sagen Sie mir nicht, dass Sie es waren, der diesen lästigen Landdekan gerufen hat.«

»Gut, ich sage es Ihnen nicht.«

»Warum in Gottes Namen haben Sie das getan?«

»Er ist ein anständiger Mensch.«

»So anständig wie die Syphilis.«

Einige Stunden zuvor hätte ich dagegengehalten, jetzt schwieg ich. Ich wusste nicht, ob unser Landdekan anständig war oder nicht. Sein Verhalten mir gegenüber hatte sich völlig gewandelt – er hatte mich für einen Mann gehalten, der des Beistands wert sei, dann hatte er zu zweifeln begonnen. Aber fehlte es ihm deshalb schon an Anstand? War nicht ich es, auf den das zutraf?

»Er war gerade bei mir«, sagte Townshend, »hat mich gefragt, welche Ländereien mir gehören und welche Newman, wann Newman mein Land gekauft hat und wie und warum er es erworben hat. Er hat eine halbe Flasche von meinem Wein getrunken. Er hat sogar gefragt, ob er die Pläne und Verträge einsehen dürfe.«

»Durfte er denn nicht?«

Townshend fand die Frage wohl naiv, denn er tat sie mit einem »Pfff« ab und schlug sich leicht aufs Knie.

»Er versucht herauszufinden, was er tun muss, um Antworten parat zu haben, das ist alles. Wenn seine Vorgesetzten ihn befragen, muss er ihnen etwas erzählen können. Versuchen Sie, ihm zu vertrauen.«

»Ich vertraue ihm nicht.« Townshend drehte sich zu mir um. Sein Schatten war riesig, der Kopf hatte die Größe eines Ochsenschädels. »Er trippelt durch die Gegend, um etwas zu beweisen«, sagte er. »Der geht nicht, ehe einer von uns für Newmans Tod bezahlt hat. Einer von uns wird auf dem Scheiterhaufen enden, wahrscheinlich ich.«

Der gewaltige Schatten von Townshends Hand, die nordwärts schwebte in Richtung der Scheunen, erinnerte an eines der albernen Schattentiere, wie Kinder sie machen: einen Vogel, der auffliegt, einen Hasen, der hüpft. Im Vergleich dazu war die echte Hand klein und zart. Einen Moment lang dachte ich, ich könnte diese Hand nehmen, sie halten und meine Sünde im Zusammenhang mit Newmans Tod beichten – nicht, dass er mir hätte Absolution erteilen können, aber auch wenn er kein Geistlicher war, so konnte er mir doch zuhören, und ich konnte mich auf diese Weise entlasten.

»Ich sage Ihnen, Reve, der macht vor nichts halt. Wir haben eine ganze Scheune voller guter, trockener Binsen, die nur darauf warten, zu einem Scheiterhaufen aufgeschichtet zu werden.«

»Sie tun dem Dekan unrecht«, sagte ich. »Was auch immer er für ein Mensch sein mag, er ist kein Despot und schickt niemanden zum Scherz auf den Scheiterhaufen.«

»Ich habe ein schlechtes Gefühl bei ihm.«

Sei doch kein Narr, dachte ich. Aber er *war* ein Narr mit seinen alten Seidenstrümpfen, die sich eng an seine Schenkel schmiegten, einem federlosen, staubigen Hut mit breiter Krempe, seinen lächerlichen Schultern, die er offenbar ausgepolstert hatte, als er vom Eintreffen des Dekans gehört hatte, und den zerschlissenen Puffärmeln, die er bei dieser Gelegenheit auch gleich eilig aus dem Schrank gekramt hatte. Wenn die Abtei in Bruton ernstlich beschlösse, Oakham als ihren Gutshof zu betreiben, was würde uns Townshend dann nutzen, mit seinen Puffärmeln und Polstern und Seidenschenkeln?

Die Kerzenflamme flackerte und warf ein orangefarbenes Licht auf diese rundlichen Schenkel, und ich konnte jetzt, da er ihn erwähnt hatte, an nichts anderes als an einen Scheiterhaufen denken und daran, wie seine Schenkel dem Feuer ausgesetzt waren. Einen erschreckenden Augenblick lang hatte ich die Vorstellung, dass er am Aschermittwoch auf Geheiß des Dekans auf diesem Scheiterhaufen verbrannt werden würde – der

Dekan hatte ja, schon als er kaum eine halbe Stunde in Oakham gewesen war, einen misstrauischen Blick auf Townshend geworfen. Newman tot, Townshend tot und Oakham ein todgeweihtes Dorf in den Händen eines Priesters mit ungebeichteten Sünden. Was blieb mir dann zu tun, als zu einem Wandermönch zu gehen und zu beichten, was ich getan hatte? Ich würde die Ereignisse in umgekehrter Folge erzählen und dadurch versuchen, Townshend vor dem Tod zu bewahren und ihn auf gewisse Weise am Leben zu erhalten: wie er leibhaftig hier gesessen hatte, als seine Seidenschenkel noch zukunftsfroh waren.

Natürlich konnte ich Townshend nichts beichten, und er konnte mich auch nicht retten. Nur das Gegenteil konnte jemals wahr sein. Wenn meine Vision – lächerlich und aus Furcht geboren – jemals Wahrheit zu werden drohte, konnte ich ihn retten – weil ein Priester so etwas für den Lehnsherrn seiner Gemeinde tut. Ich drückte kurz seine Hand, wenn auch nicht aus vollem Herzen.

»Seien Sie getrost, Townshend«, sagte ich. »Wenn es zu Scheiterhaufen und Galgenstricken käme, würde ich eher mich selbst opfern, als einen einzigen Menschen aus meiner Gemeinde sterben zu sehen.«

Townshend wandte mir sein Gesicht zu, und während ich ein *Unsinn* oder irgendein abstraktes Dankeswort für ein Opfer erwartet hatte, von dem wir beide wussten, dass es niemals geschehen würde, waren seine Augen stattdessen unverkennbar feucht und blickten dankbar, und er packte meine Hände. Die Kerze in dem Halter, den ich in einer dieser Hände hielt, spuckte einen Spritzer Wachs auf meinen Daumen. Ich ließ ihn abkühlen und aushärten, ohne auch nur zu zucken.

»Danke«, sagte er. »Danke. Ich habe nie an Ihnen gezweifelt. Was wäre Oakham ohne seinen John Reve? Sie sind jeder Mann, jede Frau, jedes Kind – ich habe es oft zu meiner Frau gesagt. Wir haben vielleicht zu kämpfen, aber wir haben auch unseren Priester, und jede Gemeinde, die einen Priester wie John Reve hat, wird Gnade vor Gott finden. Sie haben die Seele eines jeden Tieres in Oakham in der Hand, jedes Baums und jeder Blume, jedes Stücks Land. Sie sind für uns Gottes Wort und Gottes Wille, Sie sind wie Jesus.«

Jetzt zuckte ich doch zusammen. Nein, nicht wie Jesus. Vielleicht hatte ich es gar nicht ernst gemeint mit der Selbstaufopferung? (Wie dünn, aber scharf doch die Trennlinie zwischen einer Geste und einem Angebot ist.) Townshend küsste den Daumen, auf dem das Wachs getrocknet war, nahm seine Laterne und stand auf, um zu gehen. Als er sich entfernte, wippte das Licht der Laterne vor seiner mächtigen Silhouette gleichmäßig auf und ab. *Ich würde eher mich selbst opfern, als einen einzigen Menschen aus meiner Gemeinde sterben zu sehen.*

Was für eine gewaltige Aussage, wenn es einem ernst damit ist. Ich wusste nicht, ob es mir ernst damit war. Aber es spielte keine Rolle, weil es nie so weit kommen würde.

Samantha Harvey ist Autorin mehrerer hochgelobter Romane, mit denen sie für wichtige Literaturpreise wie den Man Booker Prize, den Orange Prize und den Guardian First Book Award nominiert war. »Westwind« ist ihr viertes Buch. Es erhielt viel Aufmerksamkeit und wurde mit dem Staunch Book Prize für Spannungsliteratur ausgezeichnet. Samantha Harvey lebt und arbeitet in Bath, England.

Steffen Jacobs, geboren 1968, lebt in Berlin. Er hat u. a. Romane von Philip Larkin, Kingsley Amis, Helen FitzGerald, Dennis Lehane und Mattias Berg ins Deutsche übertragen. Neben seiner Arbeit als Übersetzer ist Jacobs auch als Kulturjournalist tätig und hat mehrere Gedicht- und Essaybände veröffentlicht.